Giménez-Bartlett   Piranhas im Paradies

Aus dem Spanischen
von Sybille Martin

Alicia Giménez-Bartlett
Piranhas im Paradies

Ein Petra-Delicado-Roman

editionLübbe

Die Übersetzung dieser Ausgabe wurde finanziell unterstützt von der Dirección General del Libro, Archivos y Bibliotecas des Ministerio de Educación, Cultura y Deporte de España.

editionLübbe
ist ein Imprint der Verlagsgruppe Lübbe

Originalverlag: Editorial Planeta, S.A., Barcelona
Titel der Originalausgabe: SERPIENTES EN EL PARAÍSO

Aus dem Spanischen von Sybille Martin

Satz: Kremerdruck GmbH, Lindlar
Gesetzt aus der DTL Documenta
Druck und Einband: Friedrich Pustet, Regensburg

Printed in Germany
ISBN 3-7857-1545-5

Sie finden die Verlagsgruppe Lübbe
im Internet unter: www.luebbe.de

5 4 3 2 1

Piranhas im Paradies

Eins

Der erste Empfang bestand aus einer Ohrfeige feuchter, klebriger Hitze. Einen zweiten gab es nicht. Niemand holte mich vom Flughafen El Prat ab, denn ich hatte niemanden über meine Rückkehr informiert. Das war möglicherweise der Grund dafür, dass mich keine Menschenseele erwartete. Doch hegt nicht jeder die Hoffnung, dass bei seiner Ankunft ein Grüppchen von Freunden ein Schild mit seinem Namen schwenkt und ihn herzlich willkommen heißt? Blödsinn, dachte ich, so was geschieht doch nie, schon gar nicht einer wie mir, die wie eine Zerbera über ihre Ruhe wacht. Im Grunde war ich froh darüber, dass niemand auf meine Kosten einen Auftritt veranstaltete und die Aufmerksamkeit sämtlicher internationaler Fluggäste auf mich lenkte.

Ich ziehe die Einsamkeit vor. Tatsächlich hatte ich meine drei Wochen Urlaub in einem entlegenen Winkel der Landkarte verbracht, am Vänersee im Herzen Schwedens. Dort hatte ich zu einem günstigen Preis ein Holzhäuschen mit bescheidener Einrichtung gemietet, wo ich die meiste Zeit gelesen oder geschlafen habe oder spazieren gegangen bin und zu meiner Freude feststellen konnte, dass die ewige Lampe der mediterranen Sonne an diesem Ort aus-

geschaltet blieb. Die Sonne, der angebliche Segen der südlichen Länder, machte in diesen Breiten eine Verschnaufpause. All das, was mein Land charakterisiert – weiß gekalkte Häuser, würziges Essen, Meeresbrise –, erschien mir wie ein billiges Märchen, um Touristen anzulocken. Der August in Spanien ist unmenschlich und erschöpfend. Die Hitze macht jeden Gedanken und inneren Frieden, jegliche Spur von zivilisiertem Verhalten unmöglich. Deshalb hatte ich meine Koffer gepackt und mich auf den Weg in den Norden gemacht. Volltreffer.
Schweden hat den Ruf, das »Paradies auf Erden« zu sein. Es war ein wunderbarer Urlaub gewesen, den ich nie vergessen würde. Die einzige Enttäuschung war, dass ich keine Wildgänse auf ihrem Weg in den Süden betrachten konnte. Das hatte ich mir lebhaft gewünscht. Seit ich als Kind Nils Holgersson gelesen hatte, sind die Wildgänse für mich Metapher von Weite und Freiheit. Die Autorin Selma Lagerlöf lässt darin den kleinen Nils auf dem Rücken einer Wildgans reisen, die majestätisch ganz Schweden überfliegt, sodass Nils sich an der wunderbaren Landschaft erfreuen kann: dichte Wälder, klare Flüsse, Holzhäuser … Vermutlich hatte ich in meiner kindlichen Naivität auch von einem solchen Abenteuer geträumt, wenn auch eher in der spanischen Version, wie etwa das kastilische Geestland auf dem Rücken eines Rebhuhnes zu überfliegen. Jedenfalls hatte sich das Bild unauslöschlich in meine Erinnerung gegraben, und ich ertappte mich in Schweden bei dem Versuch, es wiederzubeleben, als wäre keine Zeit vergangen und das Leben ein Kinderspiel.
Als ich endlich mein Gepäck hatte, schwitzte ich schon.

Und kaum war ich vor meinem Haus in Poblenou aus dem Taxi gestiegen, sah ich mich in die nackte Realität versetzt, die einen Reisenden bei der Rückkehr erwartet: das Öffnen der Haustür nach wochenlanger Abwesenheit. Es roch nach Staub, der Boden im Flur war mit Post bedeckt und das Lämpchen vom Anrufbeantworter blinkte so hektisch, als kündigte es Nuklearalarm an. Das einzige Zeichen dafür, dass hier einmal intelligentes Leben existiert hatte, war eine vertrocknete Gurke im Kühlschrank, die schon Schimmel ansetzte. Ich stülpte eine Plastiktüte in den Mülleimer und warf sie hinein. Das Wegwerfen dieser vergammelten Gurke symbolisierte das wahre Ende der Freiheit. Jetzt war mein Urlaub wirklich zu Ende. Alle weiteren Katastrophen würden sich von selbst einstellen.
Diesen letzten freien Tag sollte ich nutzen, um mich wieder ein wenig einzurichten: die Wäsche in die Waschmaschine zu stecken, etwas zu essen einzukaufen und der Putzfrau Bescheid zu geben, dass sie wieder regelmäßig kommen konnte. Ich musste versuchen, meinem Leben wieder so was wie Normalität zu geben.
Doch zwang mich ein Anflug von Pflichtgefühl – noch so ein Begriff, dessen eigentlicher Sinn sich mir nicht erschließt –, all diese Nachrichten auf dem Anrufbeantworter abzuhören. Ich sah auf das Display: vierzehn? Vierzehn Nachrichten im August, dem Monat, an dem traditionell alle verschwinden? Die Welt vergaß mich nicht, selbst wenn ich versuchte, ihr den Rücken zu kehren. Ich drückte so vorsichtig wie neugierig den Knopf. Die erste Nachricht stammte von meiner Putzfrau. Sie ließ mich wissen, dass sie wieder einsatzbereit sei. Gut, ein weiterer Fortschritt

meiner Reorganisation. Ich hörte die zweite, dritte, vierte bis zur vierzehnten Nachricht ab und konnte es nicht glauben: Es war immer dieselbe Stimme, und alle Nachrichten waren an diesem Morgen hinterlassen worden. Die Botschaft war im Grunde immer die gleiche: »Petra, wenn Sie noch nicht angekommen sind, dann müssten Sie bald da sein. Rufen Sie mich an, sobald Sie eingetroffen sind. Ich brauche Sie dringend im Kommissariat.«
Die Stimme gab sich nicht zu erkennen, war auch nicht nötig. Wer sonst konnte so dringend nach mir verlangen, wenn nicht Comisario Coronas? Ich entlarvte seinen nachlässigen Sprachstil, die unnötige Wiederholung des Verbs »sein«. Obwohl ich zugeben muss, dass Menschen beim Besprechen eines Anrufbeantworters oft so nervös waren, als ginge es darum, für die BBC eine Oper aufzunehmen. Zumindest sehnte sich jemand nach meiner Rückkehr, wenn auch nicht, um mich in die Arme zu schließen. Ich zögerte, sollte ich anrufen oder nicht? Schließlich war dies noch ein Urlaubstag und ich musste den Notruf ja nicht gehört haben. Es handelte sich bestimmt nur um etwas Unwesentliches, kannte ich die willkürlichen Dringlichkeiten des Comisario doch gut genug. Ich zögerte; lag der Gedanke, womöglich unentbehrlich zu sein, mir wirklich so fern? Wenn mich schon kein Freund oder Partner in Barcelona vermisste, konnte ich mir dann nicht wenigstens einreden, dass die Polizei nicht ohne mich auskam?
Die Pflicht oder die Dämlichkeit oder, um ehrlich zu sein, die Eitelkeit siegte. Ich rief zurück.
»Na endlich, Petra!«, rief Coronas wie ein Wissenschaftler

angesichts einer wichtigen Entdeckung. »Ich habe Sie hundertmal angerufen. Darf man erfahren, wo Sie waren?«

»Im Urlaub, Señor. Und das bin ich noch bis morgen.«

»Darum kümmere ich mich schon. Ich sage Ihnen, was Sie tun müssen: Wenn Sie ins Kommissariat kommen, gehen Sie ins Personalbüro und sagen denen, dass Ihnen der Urlaubstag gutgeschrieben wird. Ich brauche Sie hier, Petra, je früher, desto besser.«

»Ist was Ernstes passiert?«

»Was dachten Sie denn? Alles, was in dieser Stadt passiert, ist ernst, Petra, das wissen Sie sehr wohl. Und im Augenblick ist es besonders schlimm. Die halbe Belegschaft ist noch im Urlaub, die andere Hälfte ist zurück, aber noch nicht wirklich angekommen … und dazu noch der Papst!«

»Haben Sie den Papst festgenommen?«

Er dehnte die Pause länger als sonst. Ich hielt standhaft durch.

»Petra, ich habe gesagt, dass ich Sie brauche, Ihre ironischen Bemerkungen können ruhig weiter Urlaub machen.«

»Ich fürchte, die sind im Preis inbegriffen, Señor.«

»In einer Stunde in meinem Büro. Adios.«

Möglich, dass der Urlaub meinem Sinn für Ironie keinen Abbruch getan hatte, doch hatte sich Coronas' Autoritätsgebaren zwischenzeitlich auch nicht geändert. Was er mir gesagt hatte, war nichts Neues: eilig, fehlendes Personal, Verbrechen im ungeeigneten Augenblick … Nur eines war nicht einzuordnen: Was hatte der Papst mit den Nöten des Kommissariats zu tun? Das war bestimmt ein Scherz außer der Reihe, der mich stimulieren sollte, unverzüglich an meinen Arbeitsplatz zu eilen.

Ich zog mich an, schminkte mich und verabschiedete mich von meinen häuslichen Reintegrationsplänen. Fast war ich versucht, die verschmähte Gurke wieder aus dem Mülleimer zu holen, falls noch schlechtere Zeiten bevorstanden. Ich fuhr mit dem Auto ins Kommissariat – schlechte Entscheidung. Nach einer Weile im dichten, hektischen mediterranen Verkehr vermisste ich Schweden und seine Lebensqualität noch mehr. Aber die Sehnsucht half mir auch nicht. Eine halbe Stunde später traf ich völlig entnervt in dem wunderbaren Gebäude ein, in dem das Verbrechen und die Mächte des Bösen bekämpft wurden.

Drinnen war meine erste Vision Subinspector Garzón im Kampf mit dem Kaffeeautomaten. Ich ging mit dem breiten Lächeln des nach langer Abwesenheit Heimkehrenden auf ihn zu.

»Fermín, wie geht es Ihnen?«

Ich weiß nicht, warum ich so viel Herzlichkeit verschwendete, denn er erwiderte den Gruß wie immer und bat mich um eine Münze, um dem fordernden Apparat endlich etwas zu entlocken, das man trinken konnte.

Ich erstarrte. Da hat man einen Monat Urlaub, fährt weit weg, und alles, was man bei der Rückkehr erhält, ist ein Routinegruß, als hätte man sich am Tag zuvor das letzte Mal gesehen. Ich gab ihm herablassend die erbetene Münze. Er zog seinen Kaffee, trank ihn und sah mich müde wie eine Eule nach einer langen Nacht an.

»Haben Sie sich erholt?«, ließ er sich zu fragen herab.

»Sehr, und Sie?«

»Verdammt, ich erinnere mich schon gar nicht mehr. Ich bin vor drei Tagen zurückgekommen und habe seitdem

keinen Moment innegehalten. Ich arbeite an einem Fall, muss offensichtlich Ihnen in einem anderen helfen und dann noch das mit dem Papst.«
»Sagen Sie mal, was zum Teufel soll das mit dem Papst?«
Statt einer Antwort machte er sich eiligst auf den Weg zu Coronas' Büro. Ich verfolgte ihn wie eine Journalistin einen Politiker, hüpfte und passte mich seinem Schritt an, wobei ich seine Aufmerksamkeit mit kurzen, gezielten Fragen zu gewinnen versuchte.
»Was für einen Fall sollen wir übernehmen? Was für einen Fall hat man Ihnen übertragen? Was soll das mit dem Papst?«
Er blieb abrupt stehen.
»Wissen Sie das mit dem Papst wirklich nicht? Wo haben Sie denn die letzten Tage gesteckt?«
»In Schweden.«
»Am Arsch der Welt! Dann können Sie es ja nicht wissen!«, rief er und lief weiter.
Ich hätte ihm mit dem größten Vergnügen erklärt, dass Schweden keineswegs am Arsch der Welt liegt, sondern das ideale Land ist, wo keine Verbrechen begangen werden, weil sich alle ordentlich selbst umbringen, und wo es keine Päpste gibt, sondern nur gepeinigte protestantische Schäfer im Stile Bergmans, aber er ließ mir weder Zeit für derartige Ausführungen noch interessierte ihn mein Urlaubsziel überhaupt. Ich versuchte dennoch, höflich zu sein.
»Und wo waren Sie, Fermín?«
»Ach, mal hier, mal dort! Ich erkläre Ihnen das mit dem Papst, damit Sie sich den Anpfiff vom Comisario sparen.

Ist ganz einfach. Der Papst kommt in einem Monat nach Barcelona, ein Treffen mit der Jugend oder was weiß ich. Es muss ein gewaltiger Sicherheitsapparat organisiert werden. Und dann wird die Massenmesse auch noch hier nebenan stattfinden, vor der Kathedrale, deshalb geht der Kelch der Verantwortlichkeit exklusiv an unser Kommissariat. Wie finden Sie das?«

Ich dachte nach und lächelte.

»Wenn der Papst sich schon mit der Jugend treffen will, hätte er sie auch in den Vatikan einladen können.«

»Die werden nicht genug Teetassen haben.«

Bevor er kräftig an Coronas' Tür klopfte, fragte ich ihn noch einmal.

»Wo waren Sie im Urlaub, Fermín?«

Aber er antwortete nicht, stattdessen ließ der Comisario ein ohrenbetäubendes »Herein!« ertönen.

Coronas war tief gebräunt. Ich unterstellte, dass ihn die brutale Realität ebenfalls sofort nach dem Urlaub überrumpelt hatte. Ich wollte eigentlich auch ihn nach der langen Abwesenheit besonders freundlich grüßen, kam aber wieder nicht dazu. Unser Vorgesetzter eröffnete das Feuer, ohne gar »Guten Tag« gesagt zu haben.

»Na endlich tauchen die Leute wieder auf! Sie werden in San Cugat erwartet, in der Siedlung El Paradís. Inspector Beltrán mit seinem Team von der Spurensicherung ist bereits vor Ort. Der Fall, sollte es einen Fall geben, geht an unser Kommissariat. Ein junger Anwalt ist tot aufgefunden worden, er lebte dort. Nach den ersten Hinweisen ist Mord nicht auszuschließen. Machen Sie sich sofort auf den Weg. Mir wurde gesagt, dass der Richter schon dort ist. Sie sollten dabei sein, wenn die Leiche abtransportiert wird, und hören Sie gut zu, was der Pathologe sagt.«

»Ist das alles, Señor?«, fragte Garzón möglicherweise ironisch.

»Ja«, erwiderte der Comisario knapp und schaute auf seinen Bildschirm. Als wir fast draußen waren, fügte er hinzu: »Ach Petra, bitte nehmen Sie zur Kenntnis, dass Sie trotz Ihrer Ungläubigkeit von den Sitzungen zur Sicherheit des Papstes nicht befreit sind! Garzón wird's Ihnen erklären.«

Garzón erläuterte es mir im Auto auf dem Weg nach San Cugat. Damit der Sicherheitsapparat auch hundertprozentig funktionierte, fanden tägliche Treffen zur Koordination mehrerer Kommissariate statt.

»Wunderbar, finden Sie nicht auch, Inspectora? Als hätten wir nichts anderes zu tun.«

»Warum sind Sie so schlecht gelaunt, Fermín?«

»Soll ich Ihnen erzählen, was für einen Fall mir Coronas aufgehalst hat?«

Während er mir berichtete oder es mir, besser gesagt, hinspuckte, begriff ich, dass seine miese Laune nicht unbegründet war. Es handelte sich um den typischen Rattenfängerfall, für den sich keiner im Kommissariat freiwillig gemeldet hätte. Ein Mord bei einem Streit zweier rivalisierender Zigeunerfamilien oder, genauer gesagt, zweier verfeindeter Clans. Ein junger Mann von siebenundzwanzig Jahren war bei einem Handgemenge mit einem Messerstich getötet worden. Es gab bestimmt Zeugen, aber keiner war zur Aussage bereit, nicht einmal die Familienangehörigen des Toten. Der Subinspector war davon überzeugt, dass sie auf die passende Gelegenheit warteten, um die Justiz selbst in die Hand zu nehmen. Die Familie des mutmaßlichen Mörders bagatellisierte die Sache. Die Rolle der Polizei war bei solchen Verbrechen ausgesprochen unangenehm und bestand darin, von einem stummen Zeugen zum nächsten zu hetzen, eine vorsorgliche Verhaftung vorzunehmen, einen Versuchsballon steigen zu lassen in der Hoffnung, dass jemand etwas ausspuckte, und die Daumen zu halten, dass dem Mord nicht noch mehr folgten. Frustration pflegt dabei das Endergebnis zu sein.

Ich versuchte ihn mit Floskeln über Professionalität und Pflichtgefühl zu ermutigen, jedoch ohne Erfolg. Er knurrte weiter wie ein Tier in seiner Höhle.

»Hören Sie, Garzón, haben Sie außer der intensiven Arbeit und den Nachwehen des Urlaubs noch etwas?«

Er sah mich schief an und schüttelte den Kopf.

»Vielleicht entspannen Sie sich und es bessert Ihre Laune, wenn Sie mir etwas aus Ihrem Urlaub erzählen.«

»Bah, das würde es nur noch schlimmer machen! Im Augenblick steht es mir einfach bis hier oben, Sie sehen es ja.«

Dem Subinspector musste etwas Außergewöhnliches passiert sein, davon war ich überzeugt. Er hatte keinen Ton über seinen Urlaub verlauten lassen, und das passte absolut nicht zu ihm. Der Beruf allein, so hart er auch sein mochte, konnte nicht die Ursache für einen solchen Pessimismus sein. Ich beschloss, dass ich neben den Ermittlungen in dem Fall von Sant Cugat auch herausfinden würde, was meinem Kollegen widerfahren war.

Als wir in der Wohnanlage *El Paradís* eintrafen, schien die Sonne etwas kräftiger. Garzón drehte mehrere Runden durch das gepflegte Gelände, bis er das kleine Polizeiaufgebot gefunden hatte: zwei Streifenwagen und ein paar Autos mehr. Wir wurden schon ungeduldig erwartet. Inspector Beltrán und seine Schnüffler waren in voller Aktion. Ich freute mich darüber, dass der zuständige Richter Joaquín García Mouriños war, ein Galicier mittleren Alters, höflich und bedächtig, mit dem ich schon öfter zu tun hatte und mich gut verstand.

»Haben Sie das gesehen, Petra?«, begrüßte er mich mit ausladenden väterlichen Gesten. »Kommen Sie, kommen Sie mit.«

Er ergriff meinen Arm und zog mich zu dem großen Swimming-Pool. Ich war sprachlos, als ich auf dem blauen Wasser einen vollständig bekleideten Mann mit dem Gesicht nach unten treiben sah.

»Sagen Sie mir, woran Sie das erinnert, los, schnell, sagen Sie es mir.«

Mir war nicht nach Raten zumute, meine Aufmerksamkeit war ganz von dem leblosen Körper gefesselt. García Mouriños wurde ungeduldig.

»Also, Petra, Sie lassen nach! Fällt der Groschen endlich?«

»*Boulevard der Dämmerung*«, flüsterte ich.

Der Galicier klatschte begeistert in die Hände angesichts meines Volltreffers.

»Genau! Als hätte der große Billy Wilder seinen ausgezeichneten Film in der Realität wiederholen wollen. Würde mich nicht wundern, wenn gleich noch Gloria Swanson auftaucht.«

»Was ist passiert, Richter?«, fragte ich, ohne mich von seiner Leidenschaft des begeisterten Kinofans, die ich schon kannte, mitreißen zu lassen.
»Es handelt sich um Juan Luis Espinet, einen jungen Anwalt mit dem Ruf, sehr kompetent zu sein. Gestern Abend haben er und seine Frau sich mit zwei befreundeten Ehepaaren aus der Nachbarschaft zum Essen getroffen. Um drei Uhr nachts ging er raus, um etwas aus dem Auto zu holen, kam aber nicht zurück. Zwanzig Minuten später machten die anderen sich, leicht verstimmt wegen seiner Verspätung, auf die Suche nach ihm. Und fanden ihn hier. Seine Frau hat einen Nervenzusammenbruch erlitten. Sie wurde nach Barcelona zu ihren Eltern gebracht. Und die beiden Kinder natürlich auch.«
»Äußerliche Anzeichen von Gewaltanwendung?«, fragte Garzón.
»Solange die Leiche nicht rausgefischt ist … Der Pathologe ist gleich da, hoffe ich, ich warte schon seit einer Stunde.«
»Wo ist Inspector Beltrán?«
»Der durchforstet mit seinen Leuten die Anlage. Wenn Sie mit ihm reden wollen, folgen Sie der Hauptstraße mit den Akazien, dann sehen Sie sie gleich.«
»Das mache ich«, erbot sich der Subinspector.
Wir sahen ihn leichten Schritts davongehen. García Mouriños kehrte zum Thema zurück.
»Ein großartiger Film, jawohl, solche Filme werden heute nicht mehr gedreht.«
»Haben Sie eine Ahnung, was hier geschehen ist, Richter?«
»Vielleicht war er betrunken und ist reingefallen.«

»Bah, diese Erklärung würde in keinem der Thriller, die Sie sich anschauen, standhalten! Was tun Beltráns Männer?«
»Sie suchen wie verrückt Spuren und Hinweise. Abgesehen davon suchen sie auch wie verrückt nach einer Möglichkeit, einen Kaffee zu kriegen. Ich habe ihnen gesagt, dass es hier mit Sicherheit keine Bar gibt. Das hier ist ein kleines Paradies für Yuppies. Sehr luxuriös, viel luxuriöser, als wir es uns je erlauben könnten, auch wenn du dann in der Stunde der Wahrheit nicht mal einen schlechten Kaffee kriegst.«
»Wo sind die Freunde des Toten?«
»Sie warten im Haus der Espinets, das habe ich angeordnet, falls Sie sie alle zusammen befragen wollen.«
In dem Moment tauchten eine Ambulanz und ein ziviler Wagen auf.
»Da ist ja endlich die medizinische Autorität«, verkündete der Galicier fröhlich.
Man merkte, dass ich schon ein paar Jahre im Dienst war, den Pathologen kannte ich auch. Es war Alfredo Martínez, ein unzugänglicher Typ, der sein Umfeld gern mit seiner schlechten Laune beglückte. Das uns umgebende Panorama aus Natur und Stille schien jedenfalls keinen Einfluss auf seinen Gemütszustand zu haben. Er grüßte knapp und ging mit seinem Notizbuch und einem Fotoapparat zum Swimming-Pool.
»Verdammt!«, rief er. »Wasserleichen machen alles immer kompliziert.«
Ich hatte keine Lust, mir seine Ausbrüche anzuhören, und beschloss, ihn alleine arbeiten zu lassen. García Mouriños befreite ich auch von seiner Anwesenheitspflicht.

»Begleiten Sie mich auf der Suche nach Inspector Beltrán? Seine Männer müssen die Leiche aus dem Swimming-Pool fischen.«

Der Richter folgte meinem Vorschlag augenblicklich, er kannte Doktor Martínez auch. Wir gingen zusammen den Weg entlang, auf dem Garzón verschwunden war.

»Dieser Martínez ist ein ungehobelter Kerl«, bemerkte ich.

»Das ist der Weinberg des Herrn!«, philosophierte mein Begleiter. »Die menschliche Persönlichkeit ist vielfältig. Martínez hat bestimmt auch seine guten Seiten. Nur im Kino gibt‘s durchschaubare rein gefällige Charaktere und Situationen.«

Ich hörte nicht auf den folgenden altbekannten Vortrag über die Filmkunst und konzentrierte mich auf den Anblick dieses kleinen Paradieses. Um diese Zeit wurde es hier lebendiger. Trotzdem kam niemand aus dem Haus, um nach dem Grund für die Anwesenheit der Polizei zu fragen. Wenn sie neugierig waren, hielten sie sich zurück. Es roch nach Kaffee – der einzige Hinweis darauf, dass hinter den Mauern der luxuriösen Anwesen Leben existierte. In einigen Gärten lag Kinderspielzeug: Bälle, kleine bunte Fahrräder. Bestimmt hatten all diese Yuppies, wie der Richter sie so treffend genannt hatte, kleine Kinder, derentwillen sie hier lebten. Gepflegte Blumenbeete, ordentlich beschnittene Bäume, gleichmäßig gestutzte Hecken … das Dekor war so idyllisch wie unwirklich. Hier war alles bis ins letzte Detail durchdacht, nichts wuchs wild. Die Umzäunungen waren nicht sehr hoch, im amerikanischen Stil. An jeder Haustür hing ein Schild, das der jeweiligen Villa einen Blumennamen zuordnete: Geranien,

Lilien, Veilchen ... es war unendlich kitschig, aber ich unterstellte, dass der Erfinder stolz auf sich war.
Der Gedanke, dass sich nur wenige Kilometer von hier Barcelonas berüchtigte Vorstädte befanden, war verstörend. Offensichtlich schafften sich diejenigen, die es sich leisten konnten, eine künstlich gestaltete Realität, die nichts mit der Hässlichkeit, dem Lärm und der Verschmutzung der wirklichen Welt zu tun hatte. Alles war so aseptisch, dass es wie eine Art Botanischer Garten wirkte. Für mich wäre es schrecklich, an solch einem Ort zu leben, wo es weit und breit kein Geschäft, keinen Zeitungskiosk, keine Bar oder Bushaltestelle gab. Am schlimmsten fand ich jedoch das Fehlen der Vielfalt: Familien gleichen Alters, gleicher Hautfarbe und sozialer Schicht und wahrscheinlich mit den gleichen Vorstellungen und Grundsätzen. Ich rief mir das morgendliche Verlassen meines Hauses in Poblenou ins Gedächtnis: die alten Damen, die früh einkaufen gingen, als hätten sie tagsüber keine Zeit dazu, meine tägliche Plauderei mit dem Zeitungsverkäufer, der mir die erste kritische Meinung über die nationalen Ereignisse vermittelte, die voll gestopften Bars, die Arbeiter in ihren Blaumännern ... Nein, ich könnte mich nie daran gewöhnen, beim Aufstehen die Blumen zu sehen, die ein Gärtner für mich gepflanzt hat, oder die Straßen, die ein Ingenieur im Gedanken an Leute wie mich geplant hat, oder das Haus, das ein Architekt als ideales Heim für mich gebaut hat. Das wäre, wie in einem Getto zu leben, in dem man ein Glück finden sollte, das auf der Verleugnung anderer Welten basierte.
Als ich mich wieder in García Mouriños Vortrag einklinkte, war er gerade bei der exzessiven Gewalt in Tarantinos

Filmen. Zum Glück tauchte in dem Moment das gesuchte Kollegengrüppchen auf. Sie standen an einer bestimmten Stelle des Drahtzauns, der die gesamte Wohnanlage umgab. Beltrán sprach angeregt mit Garzón, während die anderen Polizisten auf dem Boden knieten.

Sie gaben uns eine knappe Zusammenfassung. Jemand hatte den Drahtzaun durchgeschnitten und war so in die Anlage eingedrungen. Nahe beim Swimming-Pool hatten sie einen Schlüsselbund gefunden, der offenbar dem Toten gehört hatte.

»Der Eindringling hatte bestimmt Werkzeug dabei«, sagte Beltrán. »So einen dicken Zaun schneidet man nicht mit irgendwas durch, vermutlich eine Drahtschere.«

An einer Stelle, wo das Gras etwas spärlicher wuchs, hatten sie den schwachen Abdruck eines rechten Schuhs gefunden. Außerhalb der Wohnanlage nichts, nicht mal Reifenspuren. Der ungebetene Besucher musste hergeflogen sein. Die Männer machten gerade einen Abdruck von der Fußspur.

»Gibt es hier keine Sicherheitsleute?«, fragte ich.

»Zwei, einen tagsüber und einen nachts. Der Nachtwächter hat einen Rottweiler bei sich.«

»Und er hat nichts gehört?«

»Er sagt Nein.«

Die Möglichkeit, dass ein Fremder widerrechtlich eingedrungen war, brachte uns einen Schritt weiter. Ein Mord war nun nicht ausgeschlossen. Wie immer zu Beginn eines neuen Falles war ich auf einmal mit den verschiedensten Details konfrontiert, die alle gleichzeitig meine besondere Aufmerksamkeit erforderten. Die kurz hintereinan-

der gestellten Fragen der Anwesenden verstärkten diesen Eindruck noch.
»Wollen Sie den Wachmann befragen?«
»Sehen wir uns das Haus des Opfers an?«
»Sollen wir schon nach Zeugen suchen?«
»Zuallererst müssen wir die Leiche aus dem Swimming-Pool holen«, sagte der Richter mangels Antworten meinerseits.
»Ja, stimmt«, flüsterte ich sichtlich verwirrt. García Mouriños, der meinen Zustand durchschaute, fügte hinzu: »Der Verantwortliche in einem Kriminalfall ist wie ein Filmregisseur, er muss zunächst mal Ordnung ins Chaos bringen.«
»Chaos« war die treffende Bezeichnung für das, was im Augenblick in meinem Kopf los war. Entschlossen schob ich meine Unsicherheiten beiseite und ließ die erste Klappe fallen: Action!
Die Leiche aus dem Wasser zu holen war gar nicht so einfach. Doctor Martínez erlaubte nicht, den Körper mit irgendeinem Gegenstand an den Beckenrand zu ziehen, aus Angst, die Leiche könne Kratzer oder Verletzungen davontragen. Beltráns Männer schlugen mit den Händen Wellen, in der Absicht, die Leiche werde in den flacheren Teil des Schwimmbeckens getrieben. Sie waren geschickt, und es gelang ihnen recht schnell. Dann baten sie mich um Verzeihung und zogen Schuhe und Hosen aus. In Unterhosen stiegen sie ins Wasser, um die Leiche hochzustemmen. Sie waren jung und fröhlich, und obwohl das Ganze eher makaber war, lächelten und scherzten sie leise, als beteiligten sie sich an einem lustigen Wasserspiel.

Endlich lag die Leiche des Anwalts am Beckenrand. Ich wollte sie mir ansehen, bevor der Pathologe mit der Untersuchung begann. Vorsichtig ging ich näher, noch war er einfach ein Toter, wenn sich herausstellte, dass er ermordet worden war, würde er »das Opfer« sein, ein abstraktes Wesen, an dem ich mit professioneller Distanz arbeiten konnte. Im Augenblick sah ich nur einen abstoßenden und zugleich faszinierenden Menschenkörper, aus dem erst kurz vorher das Leben gewichen war.

Ich sah ihn mir genau an. Hager und knochig, aber athletisch, gleichmäßige, feine Gesichtszüge, blondes Haar, perfekte Nase. Die Augen waren offen, blau wie Aquamarine und völlig ausdruckslos. Ich schloss sie und riskierte damit einen Anpfiff vom Pathologen. Ich spürte die Kälte der Lider, die feuchte zarte Haut. Seine langen blonden Wimpern glänzten in der Sonne. Ein schöner Mann. Mir war zum Weinen zumute. Es ist immer die Schönheit eines Opfers, die unser Mitleid erregt, mehr als Armut oder Schmerz.

Doctor Martínez, der sich darüber beklagt hatte, dass es keinen Kaffee gab, kam mit seinem Köfferchen näher, und ich trat beiseite. Garzón merkte, dass ich betroffen war. Ich lächelte ihn an und sagte wie zu meiner Entschuldigung:

»Der Tod eines jungen Mannes ist absurd, nicht wahr?«

»Das ist er immer, auch bei einem alten Menschen, selbst ein natürlicher Tod.«

Ich nickte traurig. Unabhängig von der Tragödie waren García Mouriños, Beltrán, Martínez und die Polizisten zu einer Gruppe von Männern geworden, die für einen Kaffee gemordet hätten. Auch ich hatte das Bedürfnis, etwas Heißes und Bitteres zu trinken.

Eine halbe Stunde später kam der Pathologe mit einem Ausdruck von »Alles erledigt« auf mich zu.

»Das hier ist eine Wüste! Das muss der einzige Ort in ganz Spanien sein, wo es keine einzige verdammte Bar gibt. Also, Inspectora Delicado, sollten Sie noch an einen Unfalltod denken, können Sie das vergessen. Dieser Mann hat eine Wunde am Hinterkopf, eine große Prellwunde, die eine Gehirnerschütterung zur Folge hatte. Offensichtlich hat ihn jemand mit einem schweren stumpfen Gegenstand auf den Kopf geschlagen. Allerdings bezweifle ich, dass der Schlag heftig genug war, um ihn zu töten. Er ist bewusstlos ins Wasser gefallen und ertrunken. Ich glaube, das ist die wirkliche Todesursache.«

»Und die Uhrzeit?«

»Zwischen zwei und drei in der Nacht. Jetzt bringen wir ihn erst mal in die Anatomie. Erwarten Sie die Ergebnisse der Autopsie aber nicht vor einer Woche, wir sind völlig überlastet. Zurzeit gibt es dort mehr Tote als Lebendige. Das war's, Herrschaften, ich bin so weit fertig.«

Er gab uns die Hand und verschwand mit mürrischem Gesicht, während die Sanitäter die Leiche zum Abtransport fertig machten. Da ging dieser fürstliche Körper hin, um in einem Kühlfach zu ruhen. Wir alle fühlten einen Schauer. Garzón erlöste das Grüppchen aus der respektvollen Erstarrung.

»Raub, Inspectora?«

»Man hat ihm nicht mal die goldene Armbanduhr abgenommen.«

»Jemand ist in der Absicht zu stehlen hier eingedrungen, und er hat ihn überrascht?«

»Und hat ihn dann bis an den Rand des Swimming-Pools gelockt, um ihn zu überfallen?«
»Vielleicht sind sie gemeinsam dahin gegangen.«
»Das passt nicht zusammen.«
García Mouriños unterbrach unsere ersten groben Schlussfolgerungen. »Herrschaften, ich habe beglaubigt, was ich zu beglaubigen habe. Jetzt bin ich hier überflüssig, und da es keinen Kaffee gibt... Sollte mir der Fall nicht übertragen werden, wünsche ich Ihnen viel Glück, das werden Sie bestimmt brauchen, das hier sieht alles nicht so toll aus.«
»Vielen Dank für Ihre Aufmunterung, Richter«, seufzte ich, ein Opfer der Ohnmacht. Der Richter ergriff zärtlich meinen Arm.
»Nur Mut, Petra! Die Urlaubszeit ist vorbei. Die Welt des Verbrechens braucht Ihre Dienste. Ach, noch was: Wann sind Sie endlich bereit, mich zu heiraten? Das wäre wunderbar, wir würden alles teilen: Verbrechen und Kinoleidenschaft. Was kann man mehr verlangen? Ich bin kein sonderlich anspruchsvoller Mann, ich würde Sie jeden zweiten Film aussuchen lassen.«
Ich sah ihn voller Sympathie an.
»Eines Tages werde ich Ihnen einen ordentlichen Schrecken einjagen, Richter, wenn ich Ihren Heiratsantrag annehme. Ich an Ihrer Stelle würde darüber keine Scherze machen. Zu gefährlich für einen Witwer, der sein halbes Leben lang getan hat, was ihm gefällt.«
Er lachte dröhnend. Dann sah ich ihn zwischen den Blumen verschwinden und fragte mich, wie es ihm gelang, in einer so harten Welt so zufrieden zu wirken. Schützten ihn die Filme vor der Realität?

»Mein Beileid an Gloria Swanson!«, rief er von weitem und bestätigte damit meine Vermutung.
Garzón holte mich aus meinen Tagträumen.
»Der Scherz ist überhaupt nicht witzig. Dieser alte Knacker kokettiert immer mit Ihnen.«
»Und was ist daran schlimm?«
»Nichts, aber Sie sagen doch immer, dass Sie die Typen verachten, die immer kokettieren müssen, sobald eine Frau auftaucht.«
Meine Urlaubstage hatten mich vergessen lassen, dass ich über ein alternatives Bewusstsein verfügte. Hatte der Subinspector meine feministischen Ansätze tatsächlich so nachhaltig verinnerlicht?
»Lassen Sie die Anspielungen, Garzón, und gehen Sie diesen Nachtwächter mit dem Rottweiler befragen.«
Normalerweise hätte mein Assistent mir eine flapsige Antwort gegeben, aber da seine schlechte Stimmung vorhielt, beschränkte er sich auf ein Achselzucken und verschwand. Was zum Teufel war ihm im Urlaub nur passiert? Wo war seine gutmütige, scherzhafte Art geblieben?
Beltrán und seine inzwischen wieder bekleideten Männer suchten eifrig nach weiteren Hinweisen oder Spuren im Umfeld des Swimming-Pools. Ich konnte es nicht länger aufschieben: Obwohl ich überhaupt keine Lust hatte, musste ich endlich in das Haus des Opfers gehen und mit dessen Freunden reden. Ich hasse es, den Angehörigen oder Freunden eines Toten gegenüberzutreten. Auf eine gewisse Weise fühle ich mich immer schuldig an dem Verbrechen, verantwortlich für das schreckliche Schicksal, als Komplizin des Verhängnisses.

Das Haus der Espinets trug den Namen *Margariten*. Auch dort lag im Garten Kinderspielzeug herum, was nun irgendwie tragisch erschien. Da die Tür angelehnt war, trat ich, ohne zu klingeln, ein. Ich durchquerte den kleinen Flur, und vor mir tat sich ein geräumiges Wohnzimmer auf. Zwei Frauen und zwei Männer sahen mich überrascht an, als hätten sie nicht wirklich erwartet, dass sich noch jemand für sie interessierte. Die Frauen saßen einander umarmend auf dem Sofa, beide hatten gerötete Augen vom Weinen. Einer der Männer stand mit einem Glas in der Hand am Fenster. Der andere kniete vor dem Fernseher und hatte scheinbar das tonlos eingeschaltete Geschehen auf dem Bildschirm verfolgt. Ich stellte mich ihnen vor.

»Guten Tag, die Herrschaften. Ich bin Inspectora Petra Delicado und habe den Auftrag, den Mord an Juan Luis Espinet aufzuklären.«

»Er wurde ermordet?«, fragte der Mann vor dem Fernseher wie aus der Pistole geschossen.

»Das vermuten wir.«

Diejenige der beiden Frauen, die am betroffensten wirkte, schlug die Hände vors Gesicht und begann laut zu schluchzen. Ihre Freundin wiegte sie tröstend hin und her.

»Rosa, bitte, beruhige dich.«

»Können Sie uns sagen, was passiert ist?«, bat der Mann.

»Dazu ist es noch zu früh. Bis jetzt wissen wir nur, dass man ihm von hinten einen Schlag versetzt hat, woraufhin er in den Pool fiel und ertrank.«

Das Grüppchen schien zu erschauern. Irgendwie musste ich meine Müdigkeit verraten haben, denn die Frau, die

ihre Freundin im Arm hielt, bot mir einen Sessel an und sagte:
»Setzen Sie sich, Inspectora. Kann ich Ihnen einen Kaffee machen?«
»Wäre das möglich?«
»Selbstverständlich! Ich kenne dieses Haus sehr gut. Wenn Sie wollen, machen wir für alle Ihre Kollegen Kaffee.«
»Ich versichere Ihnen, das wäre ein echter Akt der Barmherzigkeit.«
Entschlossen stand sie auf und ging hinaus. Sie hatte blondes Haar und zarte Haut, war mittelgroß und etwas mollig. Irgendetwas Angenehmes, Liebenswürdiges ging von ihr aus. Ich wandte mich an die anderen und öffnete mein Notizbuch.
»Ich brauche von Ihnen allen die Personalien.«
Der Mann mit dem Glas in der Hand ergriff die Initiative. Wie die anderen musste er um die dreißig sein. Er war groß, dunkelhaarig und sehr stark gebräunt, trug elegante Freizeitkleidung und italienische Mokassins ohne Strümpfe. Er wirkte wie ein typischer Schönling, fast wie ein Gigolo.
»Schön, dann fange ich an. Ich heiße Mateo Salvia, und Rosa ist meine Frau.« Er blickte zu der Weinenden auf dem Sofa.
»Wo wohnen Sie?«
»Hier, im Haus *Narden*. Wir wohnen alle in dieser Anlage und sind seit vielen Jahren befreundet. Wir drei Paare haben die Häuser gleichzeitig erworben.«
Als ich das notiert hatte, wandte ich mich an den anderen Mann. Er war untersetzt, nicht sehr attraktiv, mit Glatzen-

ansatz und einer Stupsnase, die ihm den Ausdruck eines Strebers verlieh. Er wirkte wie ein Junge, der zu schnell gewachsen ist und seine kindlichen Merkmale noch nicht verloren hat.

»Ich bin Jordi Puig, und Malena, ich meine María Elena – wir nennen sie Malena –, meine Frau, ist gerade hinausgegangen. Wir wohnen im Haus *Hibiskus*. Ich bin ebenfalls Anwalt, Juan Luis Espinets Partner in der Kanzlei. Wir haben drei kleine Kinder.«

Diese Angaben hatten ihn offenbar große Anstrengung gekostet. Er zitterte fast. In den Achselhöhlen zeichneten sich zwei Schweißflecken auf seinem Hemd ab.

»Und Sie haben keine Kinder?«, wandte ich mich wieder an den Schönling.

»Nein«, antwortete er.

»Arbeiten Sie, Rosa?«

Rosa, eine hoch gewachsene Frau mit kastanienbraunem Haar, sehr schön trotz der Tränenspuren, versuchte etwas zu sagen, was ihr aber nicht gelang. Ihre Stimme brach, und sie weinte wieder. In dem Moment kam Malena mit einem Tablett und dampfendem Kaffee zurück. Im Geiste war ich dankbar für ihre Anwesenheit. Sie lächelte.

»Ich habe Ihren Kollegen Kaffee rausgebracht, und sie haben mir fast applaudiert. Ich habe noch niemanden so gierig nach Kaffee erlebt.«

»Wir Polizisten ernähren uns von Kaffee, das ist nicht nur eine Redensart. Und hier ist es schwierig, eine Bar zu finden, an einem so ruhigen Ort!«

Mateo Salvia explodierte:

»Es *war* ruhig! Deshalb sind wir hier hergezogen, deshalb

und wegen der Sicherheit, und dann passiert so etwas Schreckliches wie heute Nacht.«

Ich versuchte, die Spannung zu lösen, die seine Worte im Raum hinterlassen hatten, ohne ihnen die Möglichkeit zu nehmen, mir etwas von sich aus zu erzählen.

»Ich verstehe Sie sehr gut. Ihre Wohnanlage ist nicht schlecht gesichert, aber offensichtlich hat letzte Nacht jemand den Zaun durchgeschnitten und ist eingedrungen.«

Alle schwiegen einen Augenblick verblüfft und verwirrt. Dann platzte Salvia wütend heraus:

»Gott im Himmel! Und wo war der verdammte beeidigte Wachmann? Ich habe euch gleich gesagt, das ist ein Angeber und Versager. Der ist immer nur mit seinem verdammten Hund rumspaziert, als wäre das abschreckend genug.«

Malena ging zu ihm und reichte ihm eine Tasse Kaffee.

»Beruhige dich, Mateo, schreien hilft jetzt auch nicht mehr.«

»Aber er wird das erklären müssen, nicht wahr, Inspectora Delicado?«

»Das wird er. Mein Kollege befragt ihn gerade.«

Ich wandte mich an Malena, weil sie als Einzige relativ gelassen reagierte.

»Sagen Sie mir, Malena, arbeiten Sie außer Haus?«

»Nein, von uns drei Freundinnen bin ich die einzige Hausfrau. Ich bin auch Anwältin, aber mein Mann und ich haben beschlossen, dass ich zu Hause bleibe, solange die Kinder klein sind. Inés, Juan Luis' Frau, hat ein Geschäft für Kinderkleidung und Rosa … Hast du es ihr schon gesagt, Rosa?«

Rosa schüttelte traurig den Kopf. Malena lächelte und sagte herzlich:

»Rosa ist unser Crack. Sie hat ihr eigenes Unternehmen. Eine erfolgreiche Geschäftsfrau.«

Der Crack flüsterte mit schwachem Stimmchen:

»Bitte, Malena, hör auf.«

Ich sah ihren Mann an, der den Kaffee abgelehnt hatte und sich verstimmt noch einen Whisky einschenkte.

»Und Sie, was machen Sie?«

»Ich bin Kaufmann und arbeite in unserem Familienunternehmen. Wir produzieren Autoersatzteile.«

»Gut«, sagte ich und notierte das wie eine fleißige Meinungsforscherin. Und nach einem Schluck Kaffee fügte ich hinzu: »Wer hat ihn gefunden?«

Jordi Puig verspannte sich sichtlich. Seine Brille war vom Schwitzen beschlagen.

»Ich, ich habe ihn gefunden.«

»Und wie?«

»Wir haben hier zu Abend gegessen und dann ein paar Gläser getrunken. Plötzlich erinnerte sich Juan Luis daran, dass er im Auto noch eine Flasche Bourbon hatte. Ich wollte sie holen, aber Juan Luis bestand darauf, selbst zu gehen, um ein bisschen Luft zu schnappen. Er nahm den Schlüssel und verschwand. Zwanzig Minuten später war er noch nicht zurück. Wir haben gespöttelt, dass er mit seinem betrunkenen Kopf die Flasche sicher nicht finden könnte.«

»Was natürlich nicht ernst gemeint war«, merkte Malena erklärend an.

»Na schön. Bei all den Witzeleien beschloss ich, nach ihm zu sehen. Er war nicht beim Wagen, und ich fand ihn auch sonst nirgends, bis … ich ein Geräusch aus der Nähe des Swimming-Pools hörte und hinlief.«

Jordi Puig war so betroffen, dass ihm die Stimme versagte. Seine Frau ging zu ihm und legte ihm den Arm um die Schultern. »Und dort war er, er trieb mit dem Gesicht nach unten im Wasser. Es war schrecklich: Es können noch so viele Jahre vergehen, ich werde den Anblick nie vergessen können. Ich ...«

Er nahm brüsk die Brille ab und rieb sich die Augen, um nicht zu weinen.

»Um welche Uhrzeit war das?«

»So um drei Uhr nachts.«

»Das ist in etwa der Zeitpunkt, zu dem er starb. Wie klang dieses Geräusch, das Sie gehört haben?«

»Ich weiß nicht, wie das Knacken von Ästen oder Holzstückchen, obwohl es sonst was gewesen sein kann. Ich habe darüber nachgedacht, aber je mehr ich grüble, desto verwirrter bin ich.«

»Die Person, die Ihren Freund umgebracht hat, ist in dem Moment bestimmt davongelaufen.«

Mateo Salvia ereilte ein neuerlicher Wutanfall.

»Ja, der Dieb war vermutlich noch da, er hätte dich auch umbringen können, während dieser Pinguin mit dem Hund zu seinen Füßen in aller Ruhe schlief.«

»Glauben Sie, es war ein Dieb?«, fragte ich und zog neugierig die Augenbrauen hoch.

»Ich gehe davon aus, dass das irgendein Arschloch war, das stehlen wollte. Wer sonst sollte es gewesen sein, Inspectora? Der Gelegenheitsmörder aus der Nachbarschaft?«

»Geh nicht zu weit, Mateo!«, wies ihn seine Frau ziemlich scharf zurecht.

»Verdammt, das hier ist doch kein Armenviertel, auch kein

abgelegenes Industriegebiet!«, beharrte der cholerische Freund.
»Wessen Schlüssel sind das?«, fragte ich und zeigte ihnen die Plastiktüte mit dem Schlüsselbund, den Beltrán gefunden hatte.
»Das sind Juan Luis' Schlüssel«, antwortete Jordi Puig nach einem flüchtigen Blick.
Ich beobachtete alle verstohlen. Die Anspannung und die durchwachte Nacht hatten ihre Spuren hinterlassen.
»Sie können sich jetzt ausruhen oder zur Arbeit gehen. Ich werde natürlich noch öfter mit Ihnen reden müssen, und Sie werden vom Richter zur Aussage vorgeladen, aber im Augenblick ist das alles. Das Haus wird ein paar Tage lang versiegelt. Hier haben Sie meine Handynummer und die vom Kommissariat. Was Ihnen auch immer einfällt, rufen Sie mich an.«
»Und was ist mit Lali?«, fragte Malena Puig überrascht.
»Lali?«
»Lali ist das philippinische Kindermädchen von Juan Luis und Inés. Sie ist oben in ihrem Zimmer. Die Arme hat sich ordentlich erschrocken, es geht ihr ziemlich schlecht.«
»Das hat mir niemand gesagt. Wir werden mit ihr reden müssen.«
»Seien Sie rücksichtsvoll, Inspectora, das Mädchen ist sehr mitgenommen«, empfahl mir Malena.
»Keine Sorge, das bin ich immer, wie alle meine Kollegen.«
Ich fand, das war ein angemessener Abschied für eine Polizistin, mit dem notwendigen Funken Unverschämtheit.
Wir gingen der Reihe nach hinaus, und ich suchte Garzón, den ich beim Notieren von irgendetwas antraf.

»Wie war's mit dem Sicherheitsmann, Subinspector?«
»Das ist ein Dummkopf, Sie wissen schon, das Übliche. Er hat ständig wiederholt, dass er gern Polizist geworden wäre, um anderen zu helfen, aber er hat die Aufnahmeprüfungen nicht bestanden, Schicksal. Auf mich wirkt er wie ein hirnloser Versager.«
»Wo war er zum Zeitpunkt des Mordes?«
»Er meinte, er hätte eine Runde durch die Anlage gemacht, ohne etwas Außergewöhnliches zu bemerken. Dann hat er sich in sein Häuschen gesetzt und Radio gehört. Den nächsten Rundgang hat er erst um fünf Uhr morgens gemacht.«
»Ist er Ihnen verdächtig vorgekommen?«
»Eigentlich nicht. Wie war's mit Espinets Freunden?«
»Das können Sie später in meinem Bericht nachlesen, ich würde sagen, alles ganz normale Leute. Das philippinische Kindermädchen der Espinets muss noch befragt werden. Begleiten Sie mich, ich habe es satt, wie eine Studentin Notizen zu machen.«
Er folgte mir gehorsam und schweigend. Wir gingen in das obere Stockwerk des schönen Hauses hinauf. Das Zimmer war groß und hatte ein eigenes Bad. Es war in einem Stil zwischen Country und Naiv eingerichtet, als wäre es ein Kinderzimmer, und beherbergte einen riesigen Fernseher. Das Mädchen saß zusammengekauert wie ein erschrockenes Häschen auf einem Sessel. Als sie uns erblickte, fing sie an zu weinen. Ich bemühte mich um ein wenig Verständnis, Tränen wirkten auf mich eher abschreckend.
»Beruhigen Sie sich bitte, Lali.«
»Der Señor ist tot.«

»Ja, das wissen wir, wir sind die Polizisten, die in dem Fall ermitteln.«
Ihre Mandelaugen verengten sich noch mehr, und ihr Weinen wurde stärker.
»Lali, ich bitte dich, wir müssen dir ein paar Fragen stellen.«
Mit dieser Erklärung erreichte ich lediglich, dass sich ihr bisher stilles Weinen zu lautstarkem, babyhaftem Plärren steigerte. Garzón und ich sahen uns missmutig an. Er übernahm freiwillig die Initiative.
»Also, Lali, kannst du nicht aufhören zu weinen?«
Die Stimme meines Kollegen bewirkte, dass sie noch hysterischer kreischte. Sie jaulte wie ein verlorener Wolf in der Steppe. Mein Handy klingelte. Ich entfernte mich ein paar Schritte von dieser Heulboje.
»Inspectora Delicado? Hier ist Malena, die Frau von Jordi Puig. Klappt es mit Lali?«
»Um ehrlich zu sein, haben wir es nicht geschafft, sie so weit zu beruhigen, dass sie überhaupt reden kann.«
»Hab ich mir schon gedacht, deshalb rufe ich an. Wir kennen sie alle, sie ist ein wenig infantil und einfältig. Soll ich hochkommen? Vielleicht beruhigt sie mein Anblick.«
»Ich wäre Ihnen sehr dankbar, wenn es nicht zu viel verlangt ist ...«
Ich segnete diese durch und durch reizende Frau, die in kritischen Momenten hilfsbereit war und vor allem guten, heißen Kaffee kochte. Fünf Minuten später war sie da. Lali warf sich in ihre Arme. Malena tröstete sie und trocknete ihr das Gesicht, als wäre sie ein Kind.
»Lali und ich sind gute Freundinnen, nicht wahr? Sie er-

zählt mir immer von ihrer Familie in Manila, stimmt's, Lali?«
Die Philippinin nickte schon wesentlich ruhiger. Malena war sehr geschickt. Einen Augenblick später war Lali bereit, uns zu antworten. Unsere Retterin machte Anstalten zu gehen, aber ich bat sie, dazubleiben, um uns weitere Heulanfälle zu ersparen.
»Kannst du uns sagen, was du letzte Nacht gemacht hast?«
»Das Essen servieren, die Küche aufräumen, fernsehen und schlafen.«
Ich schob diese Genauigkeit auf ihre geringen Sprachkenntnisse.
»Um welche Zeit bist du ins Bett gegangen?«
»Um zwölf.«
»Hast du letzte Nacht etwas Außergewöhnliches gehört?«
»Ja, beim Einschlafen habe ich was gehört.«
Garzón und ich sahen uns komplizenhaft an. Es war nicht rechtmäßig, dass Malena bei dieser Befragung anwesend war, vor allem, sollte die Aussage wesentlich sein. Ich bedankte mich für ihre Hilfe und bat sie zu gehen. Sie vergewisserte sich, dass Lali ruhig blieb, empfahl ihr, alle unsere Fragen zu beantworten, und gab ihr zärtlich einen Kuss auf die Wange. Kaum hatte sie den Raum verlassen, kam Garzón ohne Rücksicht auf die Sensibilität des Mädchens direkt zur Sache.
»Was hast du gehört?«
»Die verrückte Señora nebenan. Gestern Nacht hat sie zum Fenster raus gesprochen. Nichts Besonderes.«
Lalis rudimentäres Spanisch vernebelte ihre Worte.
»Kannst du das genauer erklären? Nebenan wohnt eine

verrückte Señora? Warum sagst du, das sei nichts Besonderes?«
»Es ist nichts Besonderes, dass sie Dinge sagt aus dem Fenster, wo sie schläft. Sie sagt oft Dinge, gestern Nacht auch.«
Garzón zog sich einen Sessel heran und setzte sich ihr gegenüber.
»Also, willst du damit sagen, dass im Nachbarhaus eine Frau wohnt, die verrückt ist?«
Das Mädchen antwortete etwas eingeschüchtert:
»Ja, im Haus *Oleander*. Eine alte Frau und ein alter Mann, der nicht verrückt ist.«
»Erinnerst du dich daran, was sie gestern Nacht gerufen hat?«
Lali sah mich Hilfe suchend an. Garzón gab zu viel Gas. Ich griff ein.
»Nimm dir so viel Zeit, wie du zum Nachdenken brauchst.«
»Sie sagt immer dumme Sachen: ›Wie heißt du?‹ ›Heute regnet es Wasser.‹ Gestern Nacht rief sie: ›Wo gehst du hin, Vögelchen? Wer bist du?‹«
»Hast du jemanden gesehen, einen Fremden?«
»Nein. Ich habe geschaut, aber es gab auch keinen Vogel.«
»Erinnerst du dich daran, um welche Zeit das war?«
»Nein. Ich habe geschlafen und bin aufgestanden, habe aber nicht auf die Uhr geschaut.«
Ich sah zum Fenster hinaus. Man sah auf die Hinterseite des Nachbarhauses. Ein Zaun mit einer Metalltür trennte die Gärten voneinander. Die rückwärtigen Fenster waren sehr nah.

»Diese verrückte Señora ist viel am Fenster.«
»Weißt du, wie diese Señora heißt?«
»Señora Domènech.«
»Sehr gut, Lali, das hast du sehr gut gemacht. Wo wirst du bleiben, bis Señora Espinet zurückkommt?«
»Señora Espinet lässt mich bei Tahita schlafen, die arbeitet im Haus *Sonnenblumen*. Ich habe Angst hier allein.«
»Das ist eine gute Idee.«
Bevor wir fuhren, sahen wir uns noch den Garten an. Hinter dem Haus führte eine Tür direkt in die Küche. Beltráns Männer hatten schon alles abgesucht, aber nichts gefunden, weder Fußabdrücke noch zurückgelassene Gegenstände noch Spuren. In dem dichten Gras blieb kaum etwas zurück. Garzón kratzte sich am Ohr wie ein Hund.
»›Wo gehst du hin, Vögelchen? Wer bist du?‹ Wie verrückt ist wohl diese alte Señora, Petra?«
»Das müssen wir herausfinden. Sind die Routinebefragungen der Nachbarn schon gemacht worden?«
»Routinebefragungen, genau das, nichts Genaueres. Coronas hat angeordnet, kein unnötiges Aufsehen zu erregen. Auch das Gespräch mit dem Verwalter der Wohnanlage hat nichts ergeben. Nur negative Resultate, alle haben geschlafen. Wir haben unsere Visitenkarten verteilt.«
»Wunderbar, unser Chef will nicht, dass wir diese braven Bürger belästigen. Sie werden mir beipflichten, dass er sich durch große Sensibilität für die Privilegierten auszeichnet!«
»So ist die Welt eben.«
»Wir müssen mit dem alten Mann reden, der nicht verrückt ist.«

»Na, dann nichts wie hin.«
»Warten Sie, ich will vorab ein paar Informationen. Wir können nicht einfach klingeln und fragen: Hier wohnt doch eine verrückte Alte, nicht wahr?«
»Der Verwalter ist schon zur Arbeit gefahren. Der könnte uns sicher was dazu sagen.«
»Gehen wir zu Malena Puig. Sie ist doch so hilfsbereit, ich glaube nicht, dass es sie stört, ein wenig mitzuarbeiten.«
An den blühenden Gärten vorbei schlenderten wir zum Haus *Hibiskus*.
»Nicht schlecht, die Hütte!«, rief der Subinspector.
»Würden Sie hier leben wollen?«
»Ich weiß nicht, vielleicht. Wenn's eine Bar gäbe ...«
»Sie würden sich unendlich langweilen, Fermín.«
»Ich könnte einen Gemüsegarten anlegen und das ganze Jahr frische Tomaten essen.«
»Das wäre hier bestimmt nicht gern gesehen. Tomaten sind viel zu gewöhnlich. Man würde Ihnen zur Auflage machen, hübsche Blumenbeete anzulegen.«
»Stimmt. Außerdem fühle ich mich wohl in meiner Bude. Wenn ich es recht bedenke, könnte ich es nirgendwo besser haben als in meinem ruhigen Apartment: ein wenig Musik, ein Fußballspielchen im Fernsehen und der Kühlschrank reich gefüllt mit kaltem Bier und tief gefrorenen Pizzen. Ich würde dort nicht einmal ausziehen, wenn mir der Buckingham-Palast angeboten würde.«
Ich hatte von Garzón eine solche Verteidigungsrede zur Häuslichkeit nicht erwartet. Seit unserer Rückkehr aus dem Urlaub war dieses ungewöhnliche Plädoyer das erste Positive. Er war wirklich merkwürdig.

Wir klingelten am Haus *Hibiskus*. Ein verspielter Labrador kam angelaufen und bellte wenig bedrohlich. Gleich darauf tauchte ein Kindermädchen in Uniform auf. Ihr Akzent bei den Worten »Ja, kommen Sie herein, ich sage Señora Puig Bescheid« verriet mir, dass sie aus einem südamerikanischen Land, vielleicht Ecuador, stammte.
Kaum standen wir in dem weiten Flur, kam uns auch schon Malena Puig mit je einem Jungen an jeder Hand entgegen. Ich schätzte sie auf sieben und fünf Jahre. Bei unserem Anblick lächelte sie. Sie hatte geduscht und sich umgezogen. Mit Jeans und einem hellblauen Hemd machte sie einen jugendlichen Eindruck. Ich sah mich zu einer Entschuldigung verpflichtet.
»Es tut uns Leid, dass wir schon wieder auftauchen. Wir wollen nicht stören, aber ...«
»Sie stören nicht. Ich bin gleich für Sie da. Sie müssen nur einen Augenblick warten, sonst verpassen die Jungs ihren Schulbus. Sagt Guten Tag, Kinder.«
Die beiden Jungen gehorchten verschlafen.
»Hallo, ihr Burschen«, sagte Garzón wie ein Dorfpfarrer.
Malena zog den beiden Strickjacken über, half ihnen, den überproportional großen Ranzen zu schultern, und küsste sie zum Abschied. All dies tat sie mit einer bewundernswerten Anmut, ihr Verhalten vermittelte Zärtlichkeit und Sicherheit.
»Hat das Schuljahr schon angefangen?«, fragte mein Kollege, als kennte er sich aus.
»Noch nicht. Im September gehen sie in eine Einrichtung, wo sie Sport treiben und Englisch lernen.«
Der Subinspector nickte verständnisvoll, als wären diese

beiden Aktivitäten der Gipfel einer vernünftigen Erziehung.

»Ganz richtig, man muss sie auf die Zukunft vorbereiten, der Konkurrenzkampf ist groß«, lautete die überzeugend vorgetragene Standardantwort.

Die Mutter drehte sich um und schob die Kinder zur Tür.

»Geht schon, Azucena begleitet euch zum Bus.«

Sie gingen wie zwei kleine programmierte Roboter. Malena Puig lächelte wieder.

»Sie sind noch völlig verschlafen. Kommen Sie herein und setzen Sie sich.«

»Wir wollen Sie nur etwas fragen.«

»Warum begleiten Sie mich nicht in die Küche und wir frühstücken erst mal vernünftig? Wegen dieser schrecklichen Geschichte habe ich noch keinen Bissen gegessen.«

Wir lehnten zunächst ab, wie die Höflichkeit es verlangte, waren im Grunde aber begeistert von der Möglichkeit, endlich etwas essen zu können. Es war eine freundliche, sehr helle Küche. Auf einem großen Tisch standen die Frühstücksreste der Kinder. Malena räumte sie mit zwei Handgriffen ab und legte eine bunte Tischdecke auf. Nach weiteren zwei Sekunden standen die Gedecke und ein großer Bizcocho auf dem Tisch.

»Den habe ich selbst gebacken, hoffentlich schmeckt er Ihnen.«

»Einen selbst gebackenen, ich kann es nicht glauben, so was gibt es noch!«, rief ich aus.

»Furchtbar, seine Zeit mit Kuchenbacken zu verschwenden, nicht wahr, Inspectora.«

»Das habe ich damit nicht sagen wollen.«

»Ich weiß schon, aber es ist trotzdem schrecklich. Vor kurzem habe ich gelesen, dass viele amerikanische Hausfrauen ihr Brot selbst backen, um die Familie gesünder zu ernähren. Hoffentlich kann ich mir das ersparen. Wenn die Kinder größer sind, werde ich wahrscheinlich wieder arbeiten.«

»Haben Sie als Anwältin gearbeitet?«

»Ja, ich hatte ein paar Mandanten. Später habe ich in der Kanzlei von Adolfo Espinet angefangen, das ist der Vater des armen Juan Luis. Sie haben vermutlich schon von ihm gehört, er ist einer der renommiertesten Anwälte in Barcelona. Jetzt ist er im Ruhestand, aber sein Name öffnet immer noch Türen. Ich kann mir vorstellen, wie sehr die Nachricht von dem absurden Tod des Sohnes ihn und seine Frau getroffen hat. Ich glaube nicht, dass sie das je überwinden.«

»Sie und Ihr Mann, haben Sie sich in der Kanzlei von Espinet senior kennen gelernt?«

»In gewisser Weise ja. Ich war mit Juan Luis befreundet, und er schlug mir vor, in der Kanzlei zu arbeiten. Dann hat er mir Jordi vorgestellt. Wir haben uns verliebt und geheiratet. Alles lief gut, bis gestern …«

Ihr Gesicht verdüsterte sich plötzlich, und sie machte eine Geste der Verzweiflung. Der Subinspector, der schon ein Stück Bizcocho gegessen hatte, beteiligte sich zum ersten Mal am Gespräch.

»Sie scheinen die Einzige zu sein, die angesichts des Geschehenen Haltung bewahrt.«

»Ja, das ist typisch für mich, Ruhe zu bewahren und mit beiden Beinen auf der Erde zu stehen. Das ist meine Rolle in unserer Clique.«

»Clique?«
»Wir drei Paare sind sehr verbunden. Die Kinder gehen auf dieselbe Schule, wir feiern alles zusammen, wir haben die Häuser gleichzeitig gekauft ... Wir sind wie eine Familie ... oder, besser gesagt, wir waren es. Jetzt weiß ich nicht, was passieren wird. Ich hoffe nur, dass Inés nicht beschließt, das Haus *Margariten* aufzugeben und zu ihren Eltern zu ziehen. Das wäre ein großer Fehler. Hier könnte ich ihr helfen, sie ein wenig aufmuntern.«
Ich zündete mir eine Zigarette an. Unsere freundliche Gastgeberin holte sofort einen Aschenbecher.
»Ich habe gar nicht gefragt, ob ich hier rauchen darf.«
»Selbstverständlich. Bei uns gibt's nicht viele Verbote. Der Hund und auch unsere beiden Katzen dürfen überallhin, außer in die Küche. Den Kindern ist kein Ort verboten, und wir empfangen jederzeit überraschende Besucher. Vermutlich ist es nicht gut, dass ich so viel erlaube, aber ich lebe gern in einer freien Atmosphäre. Außerdem will ich mich nicht ständig ärgern, und die beste Methode, das zu erreichen, ist, nicht zu viele Regeln aufzustellen.«
Ich lachte. Die Herrschaft dieser starken, zart gebauten Frau über ihr kleines Reich faszinierte mich. Garzón schien diese Kleinigkeiten nicht sehr zu schätzen, das Ganze kam ihm wohl eher wie ein typisches Frauengespräch vor, und vielleicht war es das auch.
»Inspectora«, sagte er und wischte sich dabei die Krümel vom Mund. »Wir sind hier, um Señora Puig eine Frage zu stellen, erinnern Sie sich?«
»Gewiss, entschuldigen Sie. Sie hat uns so freundlich bewirtet, dass ich unsere Pflicht ganz vergessen habe. Sagen

Sie, Malena, stimmt es, dass im Nachbarhaus der Espinets eine verrückte Señora lebt? Das hat Lali erzählt.«

Sie zwinkerte ein paar Mal irritiert, dann schlug sie sich an die Stirn und rief:

»Eine verrückte Señora, Gott im Himmel, die arme Señora Domènech! Diese Lali übertreibt immer so, ich hab Ihnen ja schon gesagt, dass sie etwas einfältig ist. Die Domènechs wohnen im Haus *Oleander* neben den Espinets. Er hatte ein Textilunternehmen und ist im Ruhestand, seine Frau leidet an Alzheimer. Die Arme – und er auch! Auch wenn sich tagsüber eine Krankenschwester um sie kümmert, muss es doch schrecklich sein, den Verfall der eigenen Frau mitzuerleben. Ich vermute, sie sind wegen ihrer Krankheit hergezogen, hier haben sie ihre Ruhe und können in der Sonne spazieren gehen.«

Ich nickte mehrfach. Das erklärte die merkwürdige Aussage der Philippinin. Allerdings folgte daraus die Frage: Ist es glaubhaft, wenn eine Alzheimerkranke sagt: »Wo gehst du hin, Vögelchen? Wer bist du?« Bedeutete das, dass sie wirklich jemanden gesehen hatte, einen Eindringling gar, oder handelte es sich um einen eher zufälligen Satz oder eine Halluzination?

Wir standen auf und bedankten uns aufrichtig für das Frühstück und die Auskunft. Als wir im Flur standen, sah ich, dass sich auf der Treppe etwas bewegte. Ein kleines Mädchen kam zögerlich herunter, blieb auf jeder Stufe stehen. Ich beobachtete sie regungslos. Sie war sehr hellhäutig, hatte große haselnussbraune Augen und trug einen Pyjama mit Bärchenmotiven. Malena drehte sich zu ihr um und erwartete sie unten an der Treppe mit ausgestreckten Armen.

»Ana! Ist mein Mädchen schon aufgewacht?«
Sie kam mit der Kleinen auf dem Arm näher, und das Mädchen blickte uns neugierig an.
»Schau mal, diese beiden haben Mama besucht.«
»Hallo«, sagte ich, ohne genau zu wissen, wie man sich bei solch einer Vorstellung zu verhalten hat. »Sie ist reizend«, fügte ich, an die Mutter gewandt, hinzu.
»Ja, sie ist unser kleiner Sonnenschein. Magst du der Frau einen Kuss geben, Ana?«
Ich trat näher, und zu meiner Überraschung streckte das Mädchen mir beide Arme entgegen und klammerte sich an meinen Hals. Ich umarmte sie auch. Sie war zart wie frisch gezupfte Baumwolle und roch nach kölnisch Wasser und Schlaf. Eine angenehme Wärme breitete sich in meinem Körper aus. Ich war fassungslos und stumm vor Freude.
»Gib dem Señor auch einen Kuss.«
Ana sah Garzón schräg an, sie schien nicht sehr begeistert. Sein Aussehen eines mexikanischen Revolutionärs schien ihr offenbar nicht sonderlich vertrauenswürdig. Doch sie war schon im zarten Alter mit positivem Sozialverhalten vertraut und schmatzte dem Subinspector einen Kuss neben den Schnurrbart. Garzón lachte auf.
»Danke, Schatz, das war ein toller Kuss!«, rief er und klopfte ihr dabei vielleicht etwas zu ruppig auf die Wange.
Ich stellte die zarte Last vorsichtig auf den Boden, und die Kleine lief in die Küche. Ich spürte, wie die Wärme, die ihr Körper an mich abgegeben hatte, sich wieder abkühlte. Es war eine behagliche Erfahrung gewesen, wie das Schnurren eines Katers dicht am Ohr zu hören.
Als wir vor der Tür des Hauses *Oleander* standen und dar-

auf warteten, dass uns geöffnet wurde, war ich noch immer benommen von der angenehmen Weichheit dieses Kindes. Doch hatte mich gerade die lächelnde Seite des Alltagslebens gestreift, erwartete mich jetzt genau das Gegenteil. Unser Auftritt bei den Domenèchs war eher kläglich. Der Mann empfing uns sofort, allerdings unmutig. An einem Morgen zweimal Besuch von der Polizei zu bekommen ist etwas, das kein Normalbürger klaglos hinnimmt. Und er klagte ausgiebig. Glaubten wir etwa, es sei statthaft, die älteren Anwohner, die am meisten Ruhe brauchten, dauernd zu belästigen? Garzón hatte den unseligen Einfall, ihn an seine Bürgerpflichten zu erinnern, woraufhin der Rentner erwiderte:

»Hören Sie, ich habe mein Leben lang gearbeitet und ein gut gehendes Geschäft geführt. Jetzt ist meine einzige Pflicht, in Frieden zu leben, und Ihre, mir das zu ermöglichen.«

Es konnte nicht schlechter beginnen, die Stimmung war angespannt, noch bevor wir die erste Frage gestellt hatten. Die Gerüchte hatten die Bewohner dieses friedlichen Ortes bestimmt verunsichert. Ich versuchte, größeren Schaden zu vermeiden.

»Señor Domènech, wir sind nicht zum Vergnügen hier oder aus Freude am Stören, wir machen nur unsere Arbeit. Uns wurde gesagt, dass Ihre Frau möglicherweise den Mörder von Juan Luis Espinet gesehen hat. Es bleibt uns nichts anderes übrig, als sie zu befragen.«

Dem Unternehmer im Ruhestand fiel überrascht die Kinnlade runter. Gleich darauf wurde er wütend.

»Bei allen Heiligen, es ist nicht zu glauben! Wer hat Ihnen

denn diesen Blödsinn erzählt? Meine Frau ist sehr krank, und wenn Sie auch nur einen Funken Verstand hätten, würden Sie hier nicht auftauchen in der Absicht …«

Nun war ein Donnerwetter fällig, selbst wenn er zehnmal so alt war wie Methusalem.

»Es reicht, Sie haben keinerlei Recht, uns so anzuschreien! Wenn Sie nicht mitarbeiten wollen, schicke ich Ihnen eine Vorladung, damit Ihre Frau vor dem Richter aussagt.«

»Meine Frau ist nicht bei Verstand, sie kann also nicht aussagen!«

»Um zu entscheiden, ob Ihre Frau bei Verstand ist oder nicht, muss sie von unseren Ärzten untersucht werden! Wollen Sie das?«

Manchmal ist es gut, demjenigen, der schreit, im selben Ton zu antworten. Domènech verstummte. Er starrte auf seine Knie, vielleicht zählte er bis zehn, dann seufzte er tief.

»Ist ja gut. Sagen Sie mir, was Sie wollen.«

»Eine Zeugin hat gehört, wie ihre Frau wörtlich zum Schlafzimmerfenster hinausgerufen hat: ›Wo gehst du hin, Vögelchen? Wer bist du?‹ Das war kurz bevor Juan Luis Espinet ermordet wurde, und es könnte sich um einen bedeutungsvollen Ausruf handeln. Wir wollen mit ihr sprechen.«

Erst reagierte er nicht. Dann nickte er traurig.

»Ist gut, kommen Sie mit. Sie weiß nichts von dem schrecklichen Mord, es wäre sinnlos gewesen, es ihr zu sagen.«

Das Haus war ähnlich geschnitten wie die anderen, aber die Einrichtung unterschied sich deutlich von der der Espinets oder der Puigs. Antike Möbel und dunkle alte

Bilder spiegelten eine vergangene Zeit. Das hatte nichts zu tun mit der Leichtigkeit von hellem Holz und bunten Sofas.
Señora Domènech saß vor dem großen Wohnzimmerfenster an einem Tischchen. Sie wirkte gepflegt und elegant, ganz normal. Das graue Haar war sorgfältig geschnitten und nach hinten gekämmt. Sie trug einen schwarzen Rock und eine schöne weiße Seidenbluse. Jegliche vorurteilsgeprägte Vorstellung von »der Verrückten im Nachbarhaus« verflüchtigte sich. Was blieb, war der fragende Blick ihrer blauen Augen. Sie wirkten leer, völlig leblos.
Domènech setzte sich neben sie und streichelte ihr über den Handrücken. Sein Verhalten, der Ton, in dem er sie ansprach, waren das Gegenteil zu dem, wie er uns behandelt hatte. Er war wie verwandelt.
»Lolita, meine Liebe, diese zwei Herrschaften wollen wissen, wie es dir geht.«
Die alte Dame sah uns ausdruckslos an. Dann fragte sie ihren Mann:
»Gehen wir heute nicht spazieren?«
»Doch, natürlich gehen wir an so einem schönen Tag spazieren. Aber vorher müssen wir uns um unsere Gäste kümmern. Sie wollen dich etwas fragen, vielleicht weißt du die Antwort.«
Der Mann machte mir ein aufforderndes Zeichen, und ohne zu wissen, welchen Ton ich anschlagen sollte, sagte ich lächelnd:
»Señora Domènech, ich bin Petra Delicado, und das ist Fermín Garzón.«
»Freut mich«, sagte sie wie ein braves Mädchen. Es war das

erste Mal, dass ich bei einer dienstlichen Vorstellung solch eine Antwort erhielt.

»Letzte Nacht waren Sie wie immer in Ihrem Schlafzimmer, nicht wahr?«

»Ja, ich habe ein eigenes Schlafzimmer.«

Ihr überzeugter Ton und ihr Begreifen weckten Hoffnung in mir.

»Haben Sie um Mitternacht jemanden im Garten der Espinets gesehen, einen Fremden, jemanden, der vorbeiging oder sich versteckte?«

Sie sah ängstlich ihren Mann an, der zwinkerte ihr aufmunternd zu.

»Ich war noch nicht müde. Manchmal schaue ich nachts aus dem Fenster.«

»Ja genau. Dann können Sie uns sagen, was Sie gesehen haben.«

»Die Blumen, die sich schließen, wenn es dunkel ist.«

»Selbstverständlich, die Blumen. Haben Sie noch etwas gesehen?«

»Manchmal gehe ich in den Garten.«

Sie sah wieder ihren Mann an, als hätte sie etwas Böses getan. Er wollte etwas sagen, aber ich hinderte ihn mit einer Handbewegung daran.

»Waren Sie gestern Nacht im Garten?«

»Vielleicht, aber ich darf nicht hinaus, weil ich mich verirre und nicht weiß, wo ich bin.«

»Señora, denken Sie bitte gut nach, haben Sie letzte Nacht vom Fenster aus oder im Garten, wenn Sie draußen waren, jemanden gesehen? Haben Sie zu jemandem gesagt: ›Wo gehst du hin, Vögelchen? Wer bist du?‹«

Als ich diesen Satz sagte, wirkte sie vollständig abwesend. Es war unmöglich zu ahnen, ob sie sich an das Vorgefallene erinnerte oder es in einen fernen Winkel ihres Gedächtnisses abgelegt hatte. Sie sah zum Fenster und ließ ihren Blick über den Garten gleiten. Plötzlich belebte sich ihr Gesichtsausdruck wieder.

»Sehen Sie dort!«, rief sie. Ich schaute, ohne zu begreifen, was sie meinte. »Dort, dort!« Sie zeigte auf den Ast einer Weide, der fast das Fenster berührte.

Tatsächlich, ein Distelfink hatte sich auf den Ast gesetzt und sah sich unruhig um.

»Ein echter Vogel!«

»Das letzte Nacht, war das kein Vogel, Señora Domènech, war es vielleicht ein Mann?«

Sie sah mich wieder an. Ihr Ausdruck war verändert. Sie schien mich nicht wiederzuerkennen. Fast erschrocken sagte sie zu ihrem Mann:

»Ich habe Durst.«

»Ich hole dir gleich ein Glas Wasser.«

»Ich habe Durst, ich habe Durst, ich habe Durst …«

Sie wiederholte den Satz immer wieder, zunehmend ängstlich und verzweifelt. Dann brach sie in Tränen aus, und nicht einmal ihr Mann konnte sie beruhigen. Ich begriff, dass wir gehen mussten. Eine konventionelle Verabschiedung sparten wir uns, sie wäre sinnlos gewesen. Domènech rief die Hausangestellte herbei, die bei seiner Frau bleiben sollte, während er uns zur Tür begleitete. Er war ernst und nervös.

»Sie haben ja gesehen, was passiert ist, wir haben sie völlig aus dem Gleichgewicht gebracht.«

»Sie nimmt die Realität nicht wahr, wie sie ist? Macht die Alzheimerkrankheit das, was sie sagt, völlig unglaubwürdig?«
»Inspectora, ich habe Ihnen gestattet, mit meiner Frau zu reden. Wenn Sie etwas über die Krankheit wissen wollen, müssen Sie sich schon selbst erkundigen. Ich gebe keine Kurse.«
Irgendwie hatte er Recht. Mit der verschlossenen Tür ließen wir die Tragödie hinter uns. Wir gingen zum Wagen. Garzón schüttelte den Kopf.
»Ich bin ja daran gewöhnt, dass die Penner uns anmachen, aber dass jetzt sogar pensionierte Unternehmer Krawall schlagen. Ich weiß nicht, wo das hinführen soll.«
»Unter diesen Umständen ist seine Verbitterung verständlich. Sie würden an seiner Stelle genauso reagieren.«
»Vielleicht noch schlimmer. Wenn ich nicht schon wegen der Krankheit meiner Frau einen Nervenzusammenbruch bekäme, dann würde mir dieser schreckliche Ort den Rest geben.«
Auf dem Rückweg brach ich eine Lanze zugunsten von *El Paradís.*
»Ich verstehe nicht, warum Ihnen dieser Ort so schrecklich erscheint. Bei mir hat er eine Art Sehnsucht wachgerufen.«
»Sehnsucht nach was?«
»Nach dem, was ich nicht habe.«
»Und was gibt es in *El Paradís*, das Sie nicht haben?«
»Ich weiß nicht, kleine Kinder, Familie … das, was normale Menschen eben haben.«
Er rutschte unruhig auf seinem Sitz herum.

»Ach du Scheiße!«, rief er dann verächtlich.
»Sie können so viel fluchen, wie Sie wollen, aber es stimmt, dass eine Familie auch ihre angenehmen Seiten hat. Haben Sie dieses Mädchen im Schlafanzug gesehen? War das nicht eine echte Naturschönheit wie ein Fluss oder ein Berg?«
»Mit Ihrer Erlaubnis, Chefin: Ich hätte wirklich nicht erwartet, dass ausgerechnet Sie mir ein Loblied auf die Familie singen.«
Ich kam fast von der Straße ab wegen des Blicks, den ich ihm zuwarf.
»Welche Laus ist Ihnen denn über die Leber gelaufen, Fermín? Sie waren doch immer ein glühender Verfechter des trauten Heims!«
»Ach, und Sie waren immer eine Abtrünnige! Und dann haben Sie einmal ein paar Minuten lang ein niedliches Mädchen auf dem Arm, und schon überkommt Sie so ein seltsamer Mutterinstinkt.«
»Seltsam, was ist daran seltsam? Darf ich Sie daran erinnern, dass ich eine Frau bin wie alle anderen. Wenn es einen Mutterinstinkt gibt, warum sollte ich denn keinen haben?«
»Ich dachte, dass zumindest Sie sich nicht das Gehirn aufweichen lassen von so einem dummen Zeug.«
Unglaublich, eine Umkehrung der Rollen! Garzón verhielt sich wie James Dean in *Denn sie wissen nicht, was sie tun*, und in mir rührten sich mütterliche Gefühle, die mir sonst so fern lagen. Ich brach die Unterhaltung brüsk ab, sie war absurd und lächerlich, und ich war absolut nicht in der Stimmung, mit diesem wild gewordenen und partei-

ischen Herodes weiter zu diskutieren. Wie sollte ich ihm die Zweifel und widersprüchlichen Gefühle begreiflich machen, die während des Besuchs bei Malena Puig in mir aufgestiegen waren? Er war völlig unfähig zu begreifen, dass ich einige der Dinge, die wir an diesem Morgen erlebt hatten, schätzte. Was war zum Beispiel schlecht daran, zuzugeben, dass es angenehm ist, ein kleines Kind zu küssen, wenn es gerade aufgewacht ist? Oder, auf der anderen Seite, war es nicht tröstlich zu erleben, dass ein Ehemann seine Frau auch im Alter noch immer zärtlich behandelt, selbst wenn diese es ihm nicht mehr danken kann? Das war zu hoch für einen Rohling wie meinen Kollegen!

Wir aßen in einem schmutzigen Lokal, das zu Garzóns liebsten gehörte. Er bestellte Bohnen mit Chorizo und fiel über sie her, als wäre er am Verhungern. Er aß mit Appetit, mit Anmut, fast mit Sinnlichkeit, und trank in langen bedachtsamen Schlucken Wein dazu.

Ich war in Gedanken vertieft und verwirrt, als wäre ich plötzlich aus tiefem Schlaf erwacht. Vor weniger als vierundzwanzig Stunden war ich noch eine unabhängige, geistreiche Frau gewesen, die gern las und sich für wunderschöne nordische Vögel begeisterte, und jetzt steckte ich mitten in einem Mordfall, auf den ich mich nicht konzentrieren konnte.

»Das ist das wirkliche Leben!«, rief der Subinspector und schreckte mich auf. »Eine gut besuchte Bar, ein Teller Bohnen, ein Glas Rioja und zum Teufel mit den Sorgen. Was mich angeht, können alle Familien beruhigt sein, ich werde mich ihnen nicht wie ein Schaf der Herde anschließen.«

Meine Neugier wuchs. Woher stammte Garzóns plötzliche Phobie vor dieser elementaren Form des gesellschaftlichen Zusammenlebens? Hatte er sich plötzlich in einen radikalen Anarchisten verwandelt oder im Urlaub ein traumatisches Erlebnis mit einer Familie gehabt, über das er nicht reden mochte? Ich startete einen Versuchsballon.
»Wo haben Sie eigentlich Ihren Urlaub verbracht?«
Missmutig starrte er auf seinen Teller.
»Auf Mallorca«, murmelte er.
»Aber Fermín, das ist doch wunderbar! Hatten Sie ein Apartment oder waren Sie im Hotel?«
»Ich war dort mit dem Club Mediterrané.«
»Ein Club, was für eine gute Idee. Sport, Feste, organisierte Aktivitäten und außerdem lernt man viele Leute kennen, oder?«
Er antwortete mit einem lakonischen Ja und widmete sich wieder seinen Bohnen. Es war sinnlos, er war nicht bereit, mir auch nur das Geringste zu erzählen, obwohl ich seiner üblen Laune nach vermutete, dass des Pudels Kern im Urlaub steckte. Schon eher hoffnungslos gab ich ein paar Gemeinplätze über die Schönheit der Inseln von mir, aber als ich zu lästig wurde, unterbrach er mich mit einer direkten Frage.
»Was halten Sie von der Sache?«
»Welcher Sache?«
»Inspectora, wir ermitteln in einem Fall, erinnern Sie sich?«
»Flüchtig.«
»Warum konzentrieren Sie sich nicht endlich?«
»Sie finden mich zerstreut, nicht wahr? Sie sollten ein

wenig Verständnis haben. Diese Rückkehr zur Arbeit war eine Entführung. Ich habe mich noch nicht umgestellt.«

Er sah mich strafend an. Solche Schwächen hatte er mir nicht zugetraut. Wie heißt es so schön, sich vor einem Untergebenen schwach zu zeigen ist ein Fehler, so klein die Schwäche oder so groß die gegenseitige Sympathie auch sein mochte.

»Hat diese Señora nun einen Vogel mit Federn oder mit Hose gesehen?«, versuchte er mich beharrlich auf unsere Arbeit zu fokussieren.

»Ich weiß es nicht, aber sollte sie jemanden um das Haus der Espinets schleichen gesehen haben, würde das bedeuten, dass dieser Jemand darauf wartete, dass irgendwer oder eben Juan Luis herauskommt.«

»Oder auch nicht; der Eindringling hörte ein Geräusch aus dem Haus, ging näher, lauerte, sah Juan Luis herauskommen, folgte ihm und …«

»Und was? Das ergibt keinen Sinn.«

»In diesem Fall ergibt gar nichts einen Sinn. Ein junger Mann, erfolgreich, brillant, Abkömmling einer gut situierten Familie, glücklich verheiratet … warum will den einer umbringen?«

»Schließen wir einen gewöhnlichen Dieb aus?«

Keiner von uns beiden mochte irgendetwas ausschließen. Es war zu früh, um eine Hypothese aufzustellen. Dennoch, die Möglichkeit, dass ein gewöhnlicher Dieb, vom Opfer in flagranti überrascht, dieses zum Swimming-Pool lockt, um es umzubringen, war schon vom gesunden Menschenverstand her schwach.

»Das Essen war gut«, sagte Garzón und fuhr sich schnell

mit der Serviette über den Mund. »Bah«, fügte er hinzu, »ich verstehe nicht, wie die Leute an einem Ort leben können, wo es nicht mal eine Bar gibt. Die Bar ist das wahre Heim der kleinen Leute, Inspectora!«

Vielleicht hatte es mit meinem vierwöchigen Aufenthalt in der skandinavischen Einöde zu tun oder mit dem Kopfsprung in die Welt des Verbrechens, aber ich fand den Subinspector ausgesprochen lästig. Ein langsamerer Übergang vom schwedischen See zum tödlichen Swimming-Pool in Sant Cugat hätte alles viel leichter gemacht.

Am Nachmittag, als ich die Unterlagen in meinem Büro ordnete, wurde mir zum ersten Mal richtig bewusst, dass tatsächlich ein Mensch gestorben war. Ich versuchte mich an sein Gesicht zu erinnern, aber es gelang mir nicht. Ein starkes Unwohlsein stieg in mir hoch. Ich verließ das Kommissariat mit dem dringenden Bedürfnis, mir Juan Luis Espinet noch einmal anzusehen. Möglich, dass der Tod bereits jegliches Merkmal echter Physiognomie oder individuellen Ausdrucks verwischt hatte, aber vielleicht ließ sich an der Leiche doch noch irgendein Zeichen seiner Persönlichkeit entdecken.

Ich hatte keine Sondererlaubnis vom Gerichtsmediziner oder vom Richter zum Betreten des Leichenschauhauses, aber der Beamte kannte mich und ließ mich herein. Er zog mir das entsprechende Kühlfach auf und ließ mich sogar ohne Umschweife mit dem Toten allein.

Espinet ruhte in Erwartung der Autopsie. Ich betrachtete ihn aufmerksam, wobei ich mir keinerlei Gefühlsregung erlaubte. An der Unterlippe war der Mund leicht verzogen, aber das tat seiner Schönheit keinen Abbruch. Nicht mal die blasse Haut oder der fehlende Glanz des Haares konnten seiner Attraktivität etwas anhaben. Er war schön.

War dieser Mann anständig, geduldig, neugierig, treu gewesen? Hatte er in seinem erfolgreichen Leben jemals die Grenzen übertreten? Konnte man aus seinem Gesicht irgendein Zeichen von Verrücktheit, von Ungestüm, von Leidenschaftlichkeit herauslesen? Nichts, nur die beunruhigende Ruhe des Todes. Noch vor kurzem hatte dieser Körper geatmet, war dieser leblose Kopf voller Ideen, Wahrnehmungen, Erinnerungen gewesen. Eine Sekunde später war er nichts mehr, nur Materie, die man in eine Kiste stecken konnte, die endgültig der Erde übergeben wird. Ich erschauderte. Es war eine absurde Idee gewesen, dieses tote Gesicht noch einmal sehen zu wollen.

Ich ging besorgt und unruhig auf den Flur hinaus, mit dem festen Vorsatz, mir in der nächstbesten Bar einen Whisky zu gönnen, aber der Zufall ließ mir Richter García Mouriños über den Weg laufen.

»Petra Delicado, ich traue meinen Augen nicht! Was machen Sie im Haus des Todes?«

»Und Sie, Richter?«

»Ach, Verwaltungskram und Beglaubigungen. Ihr Grund ist bestimmt interessanter.«

Ich beschloss, aufrichtig zu sein, da meine Beklemmung mir verunmöglichte, ihm etwas vorzumachen.

»Laden Sie mich auf ein Glas ein, Richter? Ich hab's nötig.«

»Selbstverständlich! Ist was mit Ihnen?«

»Ich habe einen Fehler gemacht. Ich bin hergekommen, um mir den Anwalt aus Sant Cugat anzusehen und um mir eine Vorstellung von dem Fall zu machen, aber … ich habe nicht damit gerechnet, dass es mich noch immer so mitnimmt, eine Leiche zu sehen …«

»Kommen Sie, verschwinden wir von hier und trinken wir einen Kräuterschnaps.«

Als wir uns in einem belebten galicischen Lokal gegenübersaßen, sah mich García Mouriños mit väterlicher Besorgnis an.

»Eigentlich bin ich hart im Nehmen, aber heute … dieser leblose Mann, die Stille …«

»Der Tod ist eine ernste Angelegenheit, Petra! Auch wenn du glaubst, dich daran gewöhnt zu haben, packt dich eines Tages die Angst und lässt dich nicht wieder los, bis du keuchst. Sie kennen meine Geschichte, nicht wahr?«

Ich nickte, alle auf dem Kommissariat und im Gericht kannten die Geschichte des Richters. Er hatte sehr jung geheiratet, gleich nach dem Examen, und war mit seiner Frau nach Santiago de Compostela auf Hochzeitsreise gefahren. Sie hatten sich ein Motorrad gemietet und waren in einer gemeinen Kurve mit einem Kleinlaster zusammengestoßen, seine Frau war bei dem Unfall gestorben. Er hatte nicht wieder geheiratet.

»Das ist jetzt über dreißig Jahre her. Schmerzt mich der Gedanke daran noch? In Wahrheit nein. Ich lebe mein Leben und erinnere mich selten an die Tragödie. Trotzdem denke ich manche Nacht darüber nach und bekomme furchtbare Angst. Meine Frau ist nicht mehr, der Tod hat sie für immer ausgelöscht, und wenn ich sterbe, verlöscht auch die Erinnerung an sie. Das ist absurd, Petra.«

Er trank den Orujo in einem Zug aus, und ich betrachtete

sein ernstes Gesicht, seine Züge wirkten härter als sonst, winkliger. Dann lachte er auf und klopfte mir herzlich auf den Rücken.

»Bestens! Sie verlassen deprimiert das Leichenschauhaus, und ich beglücke Sie mit einer noch düstereren Geschichte. Wissen Sie, was wir tun könnten, um unseren schwachen Momenten zu entkommen? Wir gehen ins Kino!«

»Nein, Richter, es ist schon spät.«

»Kommen Sie schon, seien Sie nicht so langweilig, begleiten Sie mich. Heute zeigt die Filmothek *Pulp Fiction* innerhalb eines Zyklus ›Gewalt im Film‹. Sie haben kürzlich gesagt, dass Sie Tarantino mögen.«

»Ich mag ihn, aber …«

Es gab keine Möglichkeit des Entkommens. Ich begleitete García Mouriños, und wir sahen zusammen zum zigsten Mal den berühmten Film. Beim Hinausgehen ließ er sich in einer langen Theorie darüber aus, weshalb sich die Filmmusik im »Fußmassage«-Dialog zwischen John Travolta und Samuel L. Jackson verdichtete. Er kannte sich aus, er war ein Filmexperte. Und sah mich voller Sympathie an.

»Das Leben ist komplizierter als das Kino, Petra, auch langweiliger, es hat alles, was ein guter Regisseur immer zu vermeiden versucht: tote Stunden, Abschweifungen, Wiederholungen, Rückschritte …«

»Wie eine Ermittlung.«

»Machen Sie sich Sorgen wegen des neuen Falls?«

»Vermutlich, ich fürchte, das wird einer von denen, die sich extrem hinziehen.«

»Wollten Sie deshalb das Opfer noch einmal sehen, damit es nicht aus Ihrem Gedächtnis verschwindet?«

»Möglich. Ein Ermordeter stirbt nie ganz, solange sein Fall nicht aufgeklärt ist.«

»Sie werden es schaffen.«

Er lächelte, zeigte dabei seine großen, weit auseinander stehenden Vorderzähne und verabschiedete sich höflich und mit voll tönender Stimme.

Als ich nach Hause kam, war ich so müde, dass ich mich sofort ins Bett legte. Mein Blick fiel auf den nicht ausgepackten Koffer, aber ich hatte keine Lust, auch nur damit anzufangen. Ich musste schlafen und wieder mit beiden Beinen im Alltagsleben aufwachen. Warum fiel es mir diesmal so schwer, mich wieder in die Polizeiarbeit hineinzufinden?

Ein Motorradfahrer preschte mit Vollgas über die Straße und verursachte einen höllischen Lärm. Da begriff ich endgültig, dass der Urlaub zu Ende war und ich wieder ein Jahr lang nicht die Wildgänse auf ihrem Zug in wärmere Gegenden beobachten konnte.

Zwei

Ich war wieder im Alltagsleben gelandet, und wie ich gelandet war! Comisario Coronas beförderte mich mit seinem kurzen Zusammenschiss unmittelbar in die Realität zurück. Ich hatte die Sitzung wegen der Sicherheitsvorkehrungen zum Papstbesuch völlig vergessen und war demzufolge natürlich nicht aufgetaucht. Coronas tobte angesichts meiner Nachlässigkeit. Ich konterte, dass mein Fehlen nicht so schlimm gewesen sein konnte, denn die Zusammenkunft hatte ja auch ohne mich erfolgreich stattgefunden. Dann war der Teufel los. Er behauptete, die Sicherheit des Papstes sei genauso wichtig wie irgendein Mordfall, und fügte hinzu, dass die Karriere aller Polizisten unseres Kommissariats zu Ende wäre, sollte dem Papst auf seinem Weg durch unseren Zuständigkeitsbereich etwas passieren.

Er hatte wahrscheinlich Recht, trotzdem konnte ich das Ganze nicht so richtig ernst nehmen. Außerdem war es nicht gerecht, wegen des Papstes war noch die kleinste Polizeieinheit mobilisiert worden, während Juan Luis Espinets Leiche nur Garzón und mich hatte. Vorsichtshalber hielt ich meinen Mund und wiederholte mir das so oft nicht eingehaltene Prinzip, einen Befehl nie infrage zu stellen. Ich notierte mir die Uhrzeit der nächsten Sitzung am selben Nachmittag. Petra Delicado würde ihr ganzes Talent als Polizistin einsetzen, um den großen Anschlag zu vereiteln.

Um mich darauf vorzubereiten, beschloss ich, zur Stärkung ins La Jarra de Oro frühstücken zu gehen. Kaum hatte ich einen Fuß auf die Straße gesetzt, erblickte ich Inspector Garzón in Begleitung zweier schöner Zigeunerinnen. Seinem Verhalten nach hätte ich schwören können, dass er versuchte, sie abzuwimmeln. Beim Nähergehen stellte ich fest, dass es stimmte.

»Es reicht, es reicht!«, sagte er. »Wenn Sie aussagen wollen, gehen Sie zum Richter.«

Mein Auftauchen irritierte die beiden Frauen und hielt sie von der hartnäckigen Verfolgung meines Kollegen ab. Sie verschwanden die Straße hinunter.

»Was wollten sie?«, fragte ich den schwitzenden und fassungslosen Garzón.

»Sie verfolgen mich ständig und machen mich verrückt. Falsche Aussagen, falsche Zeugen ... und eigentlich will niemand, dass geklärt wird, was wirklich passiert ist.«

»Kann ich Ihnen irgendwie helfen?«

»Ich weiß nicht, ich kann Sie mir in dieser Angelegenheit nicht vorstellen, Inspectora. Besser, Sie überlassen das mir.«

»Ganz wie Sie wollen. Gehen Sie mit mir frühstücken?«

Wir tranken Kaffee und aßen Churros, und auch wenn ich noch immer den Eindruck hatte, dass sich der Subinspector merkwürdig verhielt, überging ich es einfach.

»Gibt's was Neues im Fall Espinet?«, fragte ich.

»Die Witwe kann noch nicht aussagen. Der Arzt sagt, dass

es ihr morgen oder übermorgen vermutlich besser gehe, dann stehe sie nicht mehr so stark unter Beruhungsmitteln. Übrigens hat Doktor Martínez angerufen, Inspectora. Er macht heute Mittag um zwölf die Autopsie und meint, Sie könnten dabei sein, wenn Sie wollen.«

Es war keineswegs üblich, dass ein in einem Mordfall ermittelnder Polizist zur Autopsie eingeladen wurde. Ich fragte mich nach dem Grund. Mein Kollege kannte die Praxis besser als ich, also fragte ich ihn. Er zog die Augenbrauen hoch beim Nachdenken.

»Haben Sie ihn angerufen oder so was?«

»Nein, aber ich war gestern im Leichenschauhaus, um mir die Leiche noch mal anzusehen, obwohl der Pathologe nicht da war.«

»Na klar, das hat ihm jemand geflüstert, und jetzt glaubt er, dass Sie ihm nicht vertrauen, dass Sie irgendetwas an seiner Arbeit zu kritisieren haben oder so was in der Art. Deshalb will er Sie dabeihaben.«

Die Aussicht, an einer Autopsie teilzunehmen, begeisterte mich nicht gerade, aber ich würde diesem Blödmann Martínez die Freude über eine Absage nicht gönnen. Wieder einmal wurde deutlich, dass ein so erfahrener Kollege wie Garzón unentbehrlich war.

Um zehn Uhr sollten wir José – »Pepe« – Olivera befragen, der an diesem Tag in *El Paradís* Wachdienst hatte. Er war fast siebzig und Witwer. Seine kräftige Gestalt wirkte beruhigend. Er trug einen auffälligen Schnurrbart im Stile des mexikanischen Revolutionärs Zapata und ein rot kariertes Holzfällerhemd. Der Mord hatte ihn mitgenommen, und er verteidigte sein Unternehmen und den Kollegen, den er als »guten Jungen« bezeichnete. In der Mordnacht war er zu Hause gewesen und hatte ferngesehen wie jeden Abend. Seine Hypothese über den Mord an Espinet war klar: Nachdem der Nachtwächter seine Runde gedreht hatte, war jemand, ein Dieb, durch den Zaun eingedrungen. Der Eindringling war durch die Anlage geschlichen, und Espinet hatte das Pech gehabt, über ihn zu stolpern. Der Dieb wollte verhindern, dass er ihn verriet, und weil er unfähig war, ihn direkt umzubringen, schleppte er ihn zum Swimming-Pool, versetzte ihm einen Schlag und hoffte, er möge ertrinken.

Was den Täter betraf, war diese Version nicht zufrieden stellend: Warum sollte ein einfacher Dieb morden? Die Theorie, dass jemand Angst davor hat, einen anderen mit eigenen Händen umzubringen, klang fundierter, daran hatte nicht mal ich gedacht. Dabei war es so logisch, dass es mir selbst hätte einfallen müssen. Offensichtlich steckte in jedem Sicherheitsmann ein frustrierter Polizist. Ich musterte ihn neugierig: wässrige Augen, abgearbeitete Hände … einer der vielen Männer, die still ihrer Arbeit nachgingen, ohne dass jemandem aufgefallen wäre, dass es sie gibt. Obwohl er im Grunde nichts mit der Angelegenheit zu tun hatte, war er sichtlich betroffen. Sein letzter Kommentar erklärte mir, warum.

»Ein wenig später, und ich wäre in Rente gegangen, ohne dass in meiner Firma jemals was passiert wäre.«

»Wann gehen Sie in Rente?«

»In einem Monat.«

Berufsethos, als würde die Firma ihm gehören. Würden die Firmeninhaber jemals begreifen, was treue Mitarbeiter wert sind! In diesem Unternehmen schien man sich dessen zumindest einigermaßen bewusst zu sein. Die angeforderten Berichte über die beiden Sicherheitsleute hätten nicht besser sein können. Matías Martín, der etwas zurückgebliebene Nachtwächter, wurde als Arbeitnehmer bezeichnet, der seine Pflichten immer tadellos erfüllt hatte, und José Olivera, dreizehn Jahre in der Firma, wurde als unbescholtener und effizienter Mann beschrieben. Natürlich lag es im Interesse der Firma, möglichst nicht in den Fall verwickelt zu werden. Daher hätten sie es bestimmt als Entschuldigung angeführt, wäre einer der beiden Angestellten unbeständig oder streitbar gewesen.

Wieder allein im Büro sahen Garzón und ich uns an. Er breitete die Arme aus und zog gleichzeitig die Augenbrauen hoch, was bedeutete, dass er sich nichts davon versprach, in diese Richtung weiterzuermitteln. Keiner der beiden Sicherheitsmänner wirkte verdächtig auf uns. Nach gründlichem Nachdenken sagte ich:

»Sie sehen ja, wie sich der verdammte Fall darstellt! Alles ist so klar, dass man nicht weiß, wo man anfangen soll.«

»Petra, Sie wissen doch: Ein Netz kann noch so gut geknüpft sein, es hat immer eine Schwachstelle, von der aus man es auftrennen kann.«

»Freut mich, Sie so animiert zu sehen. Ich habe Ihnen ja gestern schon gesagt, dass ich Sie merkwürdig finde.«

»Achten Sie nicht darauf, das ist der Stress!«

Er überzeugte mich nicht ganz. Ich kannte ihn gut und wusste, dass etwas in seinem Dickschädel vorging, aber ich ließ ihn in Ruhe, zog meinen Mantel über und verabschiedete mich.

»Vergessen Sie die Papst-Sitzung nicht!«, rief Garzón mir nach.
»Keine Sorge«, sagte ich leise. Ich war davon überzeugt, dass Coronas ihn auf mich angesetzt hatte.
Ich nahm ein Taxi zum Leichenschauhaus. Der Anblick der Leute, die weit entfernt von Tod oder Verbrechen sorglos durch die Stadt schlenderten, beruhigte mich diesmal nicht so wie sonst. In meinem Kopf kreiste die Frage: Warum hatte ich zugesagt, an dieser Autopsie teilzunehmen? Kräftespielchen mit diesem Blödmann Martínez? Nein, Juan Luis Espinets lebloser Körper faszinierte mich. Die feinen Gesichtszüge, der stumme Mund, die langgliedrigen männlichen Hände ... Ich glaube, ich bedauerte seinen Tod, weil diese männliche Schönheit von der Erde verschwunden war. Ich hätte ihn gern lebend kennen gelernt und gewusst, wie er sich bewegt, welche Handbewegungen er gemacht und wie seine Stimme geklungen hatte.
Garzón war ein Weiser. Martínez hatte tatsächlich erfahren, dass ich mir die Leiche am Abend zuvor noch einmal angesehen hatte, und wollte meine Absichten erforschen. Aber ich befriedigte seine Neugier nicht und verhielt mich wie die super professionelle Polizistin, was heißt, ich schwieg und gab vor, mehr zu wissen, als tatsächlich der Fall war.
Und wieder war ich von Espinet verzaubert. Er war noch immer schön und wirkte irgendwie feierlich, wie eine Statue in einer Kathedrale. Ich hätte ihn und alles Schöne, das unwiederbringlich stirbt, beweinen können. Erst als das Vieh Martínez ihm die Rippen brach und die Organe her-

ausholte, begriff ich endlich, dass Juan Luis Espinet doch nur eine leblose Hülle war.
Ich hielt gut durch und redete mir ein, dass dieses zerlegte tote Fleisch nichts mit mir oder dem wahren Menschen zu tun hatte. Schließlich stellte ich mir vor, es handelte sich um ein Tier vom Bauernhof, das bei einer Überschwemmung umgekommen war.
Der Pathologe leierte alle seine Schlussfolgerungen auf Band. Alles wirkte normal. Espinet war gesund gewesen, nichts Besonderes bei einem so jungen Mann. Er war ertrunken, und der Schlag auf den Kopf war mit einem stumpfen Gegenstand ausgeführt worden. Sein Hinterkopf war zertrümmert, woraus zu schließen war, dass der Schlag heftig gewesen sein musste. Als Doktor Martínez mit der Schlachterei fertig war, untersuchte er noch die Haut. Dabei kam der erste überraschende Fund zutage, der leider auch der einzige blieb.
»Schauen Sie, Inspectora«, forderte mich der Arzt auf. »Eine Wunde am rechten Schulterblatt.«
Ich betrachtete Espinets Rücken und konnte einen kaum sichtbaren Kratzer auf der glatten weißen Haut erkennen.
»Wirkt wie ein Kratzer«, sagte ich dann auch.
»Das ist es. Ein Kratzer von langen spitzen Fingernägeln. Ich würde sagen, der ist etwa eine Woche alt. Unser Mann hatte eine Auseinandersetzung, oder er hat eine heiße Nacht mit einer Frau verbracht. Mehr kann ich daraus nicht schlussfolgern, die Spuren auf der Haut sind schon zurückgegangen, aber aufgrund der Form bin ich mir so gut wie sicher, dass die Wunde von menschlichen Fingernägeln stammt.«

Endlich hatte dieser makellose, perfekte Tote seine Achillesferse gezeigt, die Gewalt oder zumindest profane körperliche Liebe ins Spiel brachte.

Der Pathologe, der misstrauisch wie ein Raubvogel auf seiner Beute hockte, nahm Proben von den Schleimhäuten, die inzwischen eine blutige Masse waren. Für die ersten Ergebnisse war es nicht nötig, auf die Analysen zu warten: In einer tiefen Falte der Nasenschleimhaut des Anwalts fand Martínez Reste eines weißen Pulvers, das er sofort als Kokain identifizierte.

»Kokainsüchtig?«, fragte er in den Raum, als wäre das die einzige Möglichkeit.

»Sie haben gefeiert«, erwiderte ich schlicht.

Dieser Ausschlachter von Eingeweiden kannte offensichtlich die Spielgewohnheiten der gebildeten Bourgeoisie nicht. Er sah mich mit einem Pokerface an und sagte knapp:

»Na, die Feier ist aber schlecht ausgegangen.«

Mit diesen spärlichen Erkenntnissen kehrte ich ins Kommissariat zurück. Der schöne gefallene Engel, in den ich mich beinahe verliebt hätte, dieser junge, reiche, distinguierte, brillante Vater und Ehemann hatte also auch Schwächen gehabt, zumindest so weit, dass ihm jemand den perfekten Rücken aufgekratzt hatte. Und er war auch dem falschen Glück des weißen Pulvers zugeneigt gewesen. Das war immerhin ein Ausgangspunkt, es gibt nichts Unergiebigeres als einen perfekten Menschen. Die glatte und makellose Oberfläche eines Lebens aufzubrechen ist der erste Schritt bei der Rekonstruktion der Ereignisse. Meine Intuition sagte mir, dass wir es mit einer persönlichen Angelegenheit zu tun hatten und zufällige Diebe oder anonyme Überfälle vergessen konnten. Wir hatten ein winziges Etwas, um den Grund dieses Todes herauszufinden.

Als ich Garzón von der Autopsie berichtete, war er wie gewöhnlich nicht meiner Meinung. Er fand es riskant, dem Polizeiriecher oder womöglich der Intuition blind zu folgen, und tendierte zu der Hypothese, dass Espinets Kratzer ein Unfall gewesen war oder von einer Liebesnacht mit seiner Frau herstamme.

»Ehefrauen rammen ihren Männern in einer normalen Samstagnacht nicht die Fingernägel in den Rücken, Fermín. Diese Art Leidenschaft gibt es nur bei Seitensprüngen.«

»Darüber kann ich nicht urteilen. Ich war meiner Frau zu Lebzeiten immer treu.«

Es erschien mir geschmacklos, ihn zu fragen, wie oft seine Frau ihn bei ihren erotischen Zusammenkünften gekratzt hatte, also sagte ich nur:

»Dann müssen Sie sich auf meine Erfahrung verlassen.«

Ich erntete einen vorwurfsvollen Blick. Im Grunde wünschte Garzón immer noch, dass ich ein braves Mädchen wäre, und jegliche Anspielung auf meine losen Verhältnisse war ihm unangenehm. Da seine Laune sich zudem nicht gebessert hatte, beglückte er mich mit einer Aufstellung mehr oder weniger willkürlicher Theorien über alltägliche Möglichkeiten eines Kratzers am Schulterblatt.

»Ihre Hypothesen sind alle absurd«, erklärte ich.

»Sie haben sich das jetzt in den Kopf gesetzt und sind nicht bereit, davon abzulassen, stimmt's, Inspectora?«

»Stimmt.«

»Voreilige Schlussfolgerungen sind das Schlimmste bei einer Ermittlung, wissen Sie das?«

»Ja, ist mir aber egal. Ich habe die Absicht, Espinets Persönlichkeit genauso zu sezieren, wie es der Pathologe mit seinem Körper gemacht hat.«

Wir machten uns an die Arbeit. Der erste obligatorische Schritt war, das berufliche Umfeld des Anwalts zu erforschen. Also fuhren wir in die Kanzlei. Plötzlich war alles eilig. Nun hatten wir ein klar eingegrenztes Ziel. Außerdem war es mir gelungen, meine urlaubsbedingte Trägheit zu überwinden, und ich war in einem Zustand, der die Dinge außergewöhnlich beschleunigte: Ich war neugierig. Das statische Wesen, das mich zu seiner Grabskulptur gemacht hatte, belebte sich plötzlich und schien etwas über seinen Mörder erzählen zu wollen.

Im Auto war ich fast euphorisch.

»Halten Sie die Augen offen, Fermín! Ich will, dass Sie sich alles in dieser verflixten Kanzlei genau ansehen. Achten Sie auf die Sekretärinnen, auf alle anderen Angestellten, auf die Einrichtung, auf die wartenden Mandanten. Registrieren Sie alles. Haben Sie mich verstanden?«

Er antwortete nicht. Von allem, was man nicht teilen kann, ist Euphorie das Schlimmste, denn sie bewirkt Groll bei demjenigen, der sie nicht verspürt. Natürlich war meine Euphorie nicht hundertprozentig echt. Ich übertrieb absichtlich, um den Karren in Bewegung zu setzen und meinen Kollegen aus seinem Tief zu holen. Mit wenig Erfolg.

Jordi Puig war kein bisschen überrascht über unser Auftauchen. Er war gerade in einer Sitzung und bat uns um etwas Geduld.

»Können wir uns inzwischen Espinets Büro anschauen?«
Davon war er nicht gerade begeistert, aber es blieb ihm nichts weiter übrig als einzuwilligen. Er bat uns, den Arbeitsablauf nicht zu stören. Er war offensichtlich ein sehr gewissenhafter Anwalt. Selbst sein Aussehen hatte sich im Rahmen des beruflichen Umfelds verändert. Ich möchte nicht behaupten, dass die Anwaltskluft ihn in einen attraktiven Mann verwandelte, aber er wirkte nicht mehr wie das Hausschweinchen von *El Paradís*. In gewisser Weise war er als konventioneller Siegertyp verkleidet: ein schreckliches gestreiftes Hemd mit weißem Kragen und Markenhosenträgern an der tadellosen Flanellhose. Mir ging durch den Kopf, dass heutzutage alle jungen Siegertypen das Modell Wall Street imitierten.
Außerdem stellte ich fest, dass mein Auftrag vom Vortag sorgfältig ausgeführt worden war.
»Ihre Leute haben heute Morgen sämtliche Unterlagen von Juan Luis mitgenommen.«
»Ich weiß, es geht nur um eine Inaugenscheinnahme. Wir wollen wissen, in welcher Atmosphäre er gearbeitet hat.«
Diese Erklärung musste ihm ziemlich blödsinnig vorgekommen sein, aber er zeigte keine Regung. Er war sicher an viel Verrückteres gewohnt und stellte uns eine freundliche Empfangsdame zur Verfügung – oder besser, er setzte sie auf uns an. Ich lehnte dankend ab; auch wenn ich keine großen Hoffnungen auf einen Fund hegte, wollte ich doch ausgiebig herumschnüffeln.
»Finden Sie nicht auch, dass Puig ein wenig unentschlossen war, uns hier hereinzulassen?«, fragte ich Garzón.

»Kein Mann mag es, wenn an seinem Arbeitsplatz herumgeschnüffelt wird.«
Ob es sich dabei um eine typisch männliche Anwandlung handelte, wollte ich im Moment nicht diskutieren. Daher begann ich mit der Untersuchung von Espinets Büro und versuchte, mir eine Vorstellung von dessen Persönlichkeit zu machen. Der Schreibtisch war ordentlich aufgeräumt und das Mobiliar war schlicht und funktionell. Mir fiel ein Bilderrahmen mit dem Foto einer jungen Frau, wahrscheinlich seiner Ehefrau, ins Auge. Ich sah mir das Foto genauer an. Inés Espinet war attraktiv mit einem kindlichen engelsgleichen Gesicht. Auf einem anderen Foto waren die Kinder abgebildet, blond, lächelnd und sportlich gekleidet. Garzón zog Schubladen auf und untersuchte ihren Inhalt.
»Entspannen Sie sich, Fermín, Inspector Sangüesa hat alle Unterlagen mitgenommen. Sollte es finanzielle oder berufliche Unregelmäßigkeiten geben, wird seine Abteilung sie finden. Wir können hier wenig ausrichten.«
»Verzeihen Sie, aber dann verstehe ich nicht, was wir hier verloren haben. Wenn es nichts zu untersuchen gibt und wir auch die Angestellten nicht befragen ...«
»Die einzige Antwort, die ich Ihnen geben könnte, klingt aber ziemlich dämlich.«
»Wie lautet sie?«
»Dass ich hier bin, um herauszufinden, ob Juan Luis Espinet ein Verhältnis mit jemandem aus der Kanzlei hatte.«
»Und wenn er aus Neid umgebracht wurde? Puig und er waren Partner, aber Espinet hatte das Ansehen und den Stammbaum.«
»Wir werden ja sehen, wie diese Kanzlei funktioniert, aber

im Prinzip reicht das als Motiv nicht aus. Außerdem wirkt Puig nicht wie ein Mörder auf mich.«

»Sie wissen doch, wie sehr das manchmal täuscht. Die Nachbarn des blutrünstigsten Serienmörders behaupten immer, dass er beim Brotkaufen reizend war.«

»Und wen soll er mit der Ermordung beauftragt haben?«

»Einen Profikiller.«

»Der Espinet einen Schlag auf den Kopf versetzt, damit er im Swimming-Pool ertrinkt? Das glaub ich wirklich nicht. Ich will ja nicht leugnen, dass Männer im Konkurrenzkampf zu Tieren werden, aber selbst dann noch …«

Garzóns finsterer Blick bedeutete mir, dass er nicht zum Scherzen aufgelegt war. Seine Antwort bestätigte es.

»Der Mann. Das fehlerhafte Wesen.«

»Garzón, so können wir nicht arbeiten. Seit dem Urlaub sind Sie unausstehlich, reizbar und überempfindlich. Sagen Sie mir, womit ich Sie beleidigt habe, und ich werde Sie ganz brav um Verzeihung bitten, aber so machen wir nicht weiter.«

»Entschuldigen Sie, Inspectora, Sie haben Recht. Ich bin aus persönlichen Gründen schlecht gelaunt, will aber nicht darüber sprechen. Also werde ich versuchen, das aus unserer Arbeit herauszuhalten.«

»Gut«, sagte ich und bezwang meine Neugier. »Das, worauf ich mit all dem Gerede eigentlich hinauswill, ist, dass ich den Eindruck habe, Espinet war unter der Gürtellinie weit weniger diszipliniert als am Schreibtisch.«

»Das ist reine Unterstellung.«

»Stimmt, aber vergessen Sie nicht den Kratzer auf seinem Rücken.«

»Wir kennen noch nicht mal seine Frau.«

»Finden Sie, dass das Mädchen da auf dem Foto wirkt wie eine kratzwütige Wildkatze?«

Er zuckte irgendwie beschämt die Schultern. Zwischen den Zeilen unseres Gesprächs lauerten latent delikate Themen. Führte die Tatsache, schön und reich zu sein, automatisch zur Untreue? Hielt selbst die perfekte Ehefrau einen Mann nicht vom Seitensprung ab? Garzón hatte schon Recht, wir mussten so schnell wie möglich Señora Espinet befragen. Eine Frau kann viel über die Persönlichkeit ihres Mannes aussagen, und Inés musste, so erschüttert sie auch sein mochte, mit uns reden.

Nach unserer fruchtlosen Überprüfung befragten wir eher aus Pflichtgefühl als nach einem konkreten Plan alle Anwesenden: Sekretärinnen, Empfangsdamen, Assistenten ... ein Praktikant erklärte uns sogar in allen Einzelheiten den Kanzleialltag und den organisatorischen Ablauf. Alle Befragten bestätigten die Harmonie auf dieser augenscheinlichen Friedensinsel. Als Krönung dieses süßen Ergusses blieb uns noch Jordi Puig. Jedes Charaktermerkmal, das er seinem Partner zuordnete, pries diesen ein wenig mehr. Demnach musste er ihn für den perfekten Menschen gehalten haben. Ich nutzte die Gelegenheit, um meinen Keil hineinzutreiben.

»Wissen Sie, ob er seiner Frau treu war?«

Puig blieb unerschütterlich.

»Ja natürlich, selbstverständlich. Er liebte Inés sehr.«

»Nahm Ihr Freund regelmäßig Kokain?«

Die Frage irritierte ihn ein wenig, aber gleich darauf antwortete er ganz selbstverständlich:

»Nein. Wir nahmen es gelegentlich bei einer Feier oder einem Abendessen, in der Nacht seines Todes hatte er eine Linie oder zwei, nicht viel. Ein gemeinsamer Freund hat es uns besorgt, auch Anwalt, wenn Sie wollen, kann ich Ihnen seine Adresse geben.«

»Das wird nicht nötig sein.«

Dieser Mann war ehrlich und zudem ein guter Freund. Ich hatte den Eindruck, dass er uns wahrheitsgemäß das Bild beschrieb, das er von Juan Luis hatte, und verließ die Kanzlei in der Überzeugung, dass dort nichts Interessantes für unsere Ermittlungen zu finden war.

Die Ergebnisse aus Inspector Sangüesas Untersuchungen waren ebenfalls negativ. Espinet und seine Kanzlei waren sauber. Es gab keine unbezahlten Rechnungen, weder Schulden der Partner noch Hinweise auf Veruntreuung. Die persönlichen Konten des Opfers waren einwandfrei, er hatte sogar schon das Haus abbezahlt. Die Mandanten waren nicht verdächtig, und Espinet hatte mit keinen heiklen Strafverfahren zu tun gehabt. Alles war vorbildlich. Zu sehr? Nein, man kann nicht systematisch leugnen, dass es keine vorbildlichen Menschen auf der Welt gibt.

Als das Autopsieergebnis eintraf, ging daraus nichts Interessantes oder Wesentliches hervor. Der Kratzer auf der Schulter war schon so weit verheilt, dass keine Haut- oder Blutreste mehr vorhanden waren. Es war unmöglich, die DNS der Person herauszufinden, die ihn verursacht hatte.

Auch die sorgfältige Spurensuche am Tatort ergab keine Hinweise. Der Fußabdruck stammte von einem Schuh Größe zweiundvierzig. Der Tiefe des Abdrucks nach war

davon auszugehen, dass er von einem korpulenten Mann stammte. Bei dem Schuh handelte es sich höchstwahrscheinlich um einen Arbeitsstiefel, von dem es Tausende auf dem Markt gibt.
Der Gipfel des Ärgers war, dass Inés Espinet weiter unter ärztlicher Aufsicht stand und der Richter uns die Erlaubnis zu ihrer Befragung verweigerte.
Weder die Medizin noch die kriminologische Technik noch die finanzielle Überprüfung wollten uns behilflich sein.
»Bleiben uns nur unsere Geschicklichkeit und unser berufliches Know-how«, sagte ich verstimmt.
»Dann sind wir am Arsch!«, urteilte der Subinspector ohne einen Funken von Eitelkeit für sich selbst oder für mich.
»Ich glaube noch immer an ein Verbrechen aus Leidenschaft.«
»Vergessens Sie's. Haben Sie Lust auf ein Bier?«
Ich nahm an. Wir gingen ins La Jarra de Oro hinüber, wenn auch nicht gerade in Feierstimmung. Zwei Schritte vor der Tür erklang hinter uns eine trällernde Stimme:
»Fermín, was für ein Zufall!«
Ich drehte mich so rasch wie ein Kreisel und stellte verblüfft fest, dass die Trällernde eine Frau in Begleitung einer zweiten war. Beide gut in den Fünfzigern und hübsch, Aufsehen erregend und elegant, zwei echte Damen. Sie küssten den todernsten Garzón schmatzend und vertraulich.
»Aber was machst du denn hier?«, fragte die zweite Frau kokett.
»Ihr wisst doch, dass ich in dem Kommissariat da drüben arbeite. Erinnert ihr euch nicht?«

»Nein, darauf habe ich gar nicht geachtet. Willst du uns nicht vorstellen?«
Beide betrachteten mich erwartungsvoll aus stark geschminkten Augen, als hätten sie vor, mich ebenso wie Garzón abzuküssen.
»Das ist meine Chefin, Inspectora Petra Delicado.«
Sie kreischten auf, als hätten sie einen Popstar vor sich.
»Petra Delicado, Fermín hat uns so viel von Ihnen erzählt!«
»Das sind die Schwestern Enárquez: Emilia und Concepción«, sagte Garzón mit dem Blick eines Opferlammes und fühlte sich genötigt, weitere Auskünfte zu geben. »Wir haben uns diesen Sommer auf Mallorca kennen gelernt, im Club Mediterrané.«
Ich wollte schon eine plumpe Anspielung im Stile von »Sie sind mir aber ein Geheimniskrämer« oder Schlimmeres machen, aber mein sechster Sinn sagte mir, dass Gefahr in der Luft lag. Also äußerte ich etwas Gemäßigteres.
»Ich habe gehört, Sie haben es sich richtig gut gehen lassen.«
»Gut, sagen Sie, Inspectora, gut? Das ist noch untertrieben! Das waren heißblütige, verrückte, wunderbare Tage, stimmt's Fermín?«
Garzón nickte fast flehend angesichts Concepcións direkter Art. Sie war etwas älter und kräftiger als ihre Schwester und trug das Haar rot getönt.
»Und wissen Sie, wem wir all den Spaß zu verdanken hatten? Dem unglaublichen Fermín Garzón, Subinspector der Policía Nacional! Wie finden Sie das, Petra, hätten Sie ihm das zugetraut?«

Beim Kopfschütteln sah ich, dass mein Untergebener mal rot, mal blass wurde.
»Nein, ehrlich nicht. Ich weiß, dass er ein lebhafter, weltgewandter Mann ist, aber das ...«
Ich interpretierte den Blick, den Garzón mir zuwarf, als Drohung mit Rebellion und direktem Angriff. Emilia, die fast albinoblonde Schwester in der blumengemusterten Bluse, sagte:
»Fermín ist ein außergewöhnlicher Mann. Wir drei haben das komplette Animationsprogramm absolviert und danach noch auf eigene Faust weitergemacht: tanzen, Bingo spielen, trinken ... Wir sind keine Nacht vor fünf Uhr früh schlafen gegangen.«
Das allerdings verdiente sehr wohl den gemeinen Kommentar, den ich mir bisher verkniffen hatte:
»Das haben Sie mir ganz verschwiegen, Fermín!«
Er murmelte etwas Unverständliches, aber ich konnte es an seinem Gesicht ablesen: Verarschen Sie mich nicht, Inspectora!
»Ich finde, auf die Erinnerung an eine so schöne Zeit sollten wir mit einem Bier anstoßen. Begleiten Sie uns?«
Sie nahmen die Einladung entzückt an, und ich bestellte für alle. Die Schwestern Enárquez zwitscherten fröhlich um Garzón herum und bewiesen eindrucksvoll, dass sie sich keineswegs zu alt zum Flirten fühlten. So wie ich meinen Kollegen oder die Männer im Allgemeinen kannte, musste er sich von so viel Aufmerksamkeit geschmeichelt fühlen. Aber der Subinspector reagierte ausweichend und distanziert. Das übergingen die beiden einfach und schäkerten kühn weiter. Ich beobachtete sie genau und versuchte her-

auszufinden, was Garzón so störte. Sie waren hübsch, gut angezogen, gebildet, und sie hatten Humor. Was war der Haken, dass sie mir ihre Geheimnisse verrieten?
Irgendwas musste ihn stören, denn kaum hatte er sein Bier ausgetrunken, sprang er vom Barhocker und sagte zu mir:
»Inspectora, wir müssen los. Die Pflicht ruft.«
»Ermitteln Sie in einem komplizierten Fall?«, fragte Emilia interessiert.
»In zweien«, antwortete Garzón zum ersten Mal animiert. »In dem Mord an dem Anwalt von Sant Cugat und in dem an einem jungen Zigeuner.«
»Oh, wie schrecklich!«, riefen die Schwestern unisono und wurden ernst.
»Ja, das ist es. Das Verbrechen ruht nie«, kommentierte der Subinspector, womit er meinen plumpen Redensarten in nichts nachstand. Dann wollte er mich eiligst hinauszerren.
Diese Entführung wurde von Concepción unterbrochen.
»Inspectora, hier ist unsere Karte. Wir sehen uns doch wieder, nicht wahr?«
»Wann immer Sie mögen«, konnte ich noch antworten, während ich weggezerrt wurde.
Wir liefen im Galopp über die Straße, und erst im Kommissariat konnte ich meinen Arm aus dieser Klaue befreien.
»Fermín, wollen Sie mich endlich loslassen und mir sagen, was in Sie gefahren ist, verdammt noch mal?«
»Nichts, Petra, bis später, ich gehe arbeiten.«
»Sie gehen nirgendwohin! Kommen Sie mit in mein Büro!«

Ich setzte mich und sah ihn an.
»Mich hat noch niemand gewaltsam aus einem Lokal gezerrt!«
Es fehlte nur noch, dass er zurückwich und über den Boden scharrte wie ein Stierkalb, das der Konfrontation ausweichen will.
»Tut mir Leid, ich habe viel zu tun. Wollen Sie noch was von mir?«
»Ja. Können Sie mir erklären, warum wir vor diesen reizenden Damen davongelaufen sind?«
Er hatte keine andere Wahl und ergab sich.
»Inspectora, ich bin das Opfer einer sexuellen Nötigung.«
Das kam so überraschend, dass ich fast in Gelächter ausgebrochen wäre, aber ich beherrschte mich.
»Können Sie das näher erklären?«
»Diese Frauen lassen mich nicht in Frieden. Haben Sie gehört, was sie auf der Straße gesagt haben?«
»Was?«
»›Was für ein Zufall!‹, haben sie gesagt, was für ein Zufall! Das war überhaupt kein Zufall. Sie wissen, wo ich arbeite, und sie lauern mir auf. Und nicht nur das, sie rufen mich ständig an, laden mich zum Abendessen ein und begegnen mir wie zufällig in der Nähe meiner Wohnung ... Das ist Nötigung, wirklich.«
»Na schön, aber wenn man bedenkt, was für ein unglaublich unterhaltsamer Mann Sie sind, ein großer Nachtschwärmer ...«
»Ich wusste ja, dass Sie sich daran aufhängen!«
»Ich wollte nur sagen, dass Sie offenbar eine angenehme Zeit mit den beiden verbracht haben. Da ist es doch nor-

mal, dass sie die Freundschaft aufrechterhalten wollen, hin und wieder ausgehen ...«
»Es ist mehr als das.«
»Haben Sie Anlass dazu gegeben, dass es über das normale Maß hinausgeht?«
»Wir waren im Urlaub, Inspectora, auf neutralem Terrain! Na ja, ich habe geflirtet, ein bisschen den Spaßvogel gespielt ...«
»Mit welcher von beiden?«
»Mit beiden, es war alles ganz harmlos.«
»Dann will wohl eine von den beiden ein kleines Abenteuer mit Ihnen. Deshalb muss man nicht so davonlaufen!«
»Aber haben Sie nicht gesehen, wie alt sie sind?«
Ich ließ ihm keine Zeit zu einer Reaktion und fiel über ihn her.
»Verzeihung, ich hatte ganz vergessen, dass Sie ein impulsiver junger Spund sind, der sich nur mit Zwanzigjährigen abgibt.«
»Hören Sie auf, Petra, darum geht's nicht. Ich meine, dass zwei Frauen in dem Alter über Liebesgeschichten nicht wie Sie denken, Sie sind moderner.«
»Und was wollen sie dann?«
»Ich glaube, sie haben Heiratsabsichten.«
»Haben Sie Beweise dafür?«
»Hinweise, Kommentare, Anspielungen ...«
»Es war nicht zufällig so, dass Sie in einem höchst angeregten Augenblick eine Heirat vorgeschlagen haben?«
Er sprang auf.
»Jetzt gehe ich wirklich!«
»Was ist los, kann ich Sie das nicht fragen?«

»Sie können mich fragen, was Sie wollen, aber Sie haben die unangenehme Eigenart, mich dauernd niederzumachen und Schuldgefühle bei mir zu provozieren, obwohl ich nichts zu verbergen habe.«

»Das ist eine berufliche Deformation.«

Auch wenn es an dem Punkt der Auseinandersetzung unwahrscheinlich scheint, brach Garzón in Gelächter aus.

»Also wirklich, das ist wirklich gut. Sehr witzig, ehrlich.«

Gelobt sei der Himmel, er fand es witzig, er hatte gelacht, wie er immer lachte, entspannt und dröhnend, wobei seine Schwimmringe wippten und seine Schultern auf und ab zuckten.

»Petra, könnten Sie mir behilflich sein? Ich will nicht grob mit den beiden umspringen, sie sind wirklich sehr sympathisch und freundlich, aber ich möchte nicht, dass sie mir weiter auf den Geist gehen, ehrlich. Ich bin davon überzeugt, dass Sie einen Ausweg wissen.«

»Na schön, Garzón, Sie kennen mich gut genug, um zu wissen, dass ich mich nicht gern in das Leben anderer einmische, und schon gar nicht, wenn es um Gefühlsdinge geht. Aber wenn meine Hilfestellung Ihnen Ihre gute Laune zurückgibt und Sie es dann schaffen, sich wie ein pflichtbewusster Polizist Ihrer Arbeit zu widmen, dann ja ...«

»Ist ja gut, Inspectora, nutzen Sie die Situation nicht aus.«

»Einverstanden, ich werde mir was einfallen lassen, um Ihnen die Damen vom Leib zu halten.«

»Fein!«

Er wirkte ruhiger, erleichtert, fast glücklich. Allein das Aussprechen seiner Ängste hatte therapeutische Wirkung.

Das hätte er früher tun sollen, es wäre den Ermittlungen zugute gekommen.

»Und jetzt an die Maloche, Petra. Wir haben viel zu tun«, rief er und löste damit meine letzten Bedenken auf.

Die Maloche bestand in etwas, das wir schon lange hatten tun wollen: Juan Luis Espinets Witwe zu befragen. Unser subtiler Druck auf die Ärzte, uns die Erlaubnis dazu zu geben, hatte unsere Aussichten noch verschlechtert. Die Zeit verging, ohne dass wir eine Zeugenaussage hatten, die uns weiterbrachte. Daher machten wir uns sofort auf den Weg, als uns mitgeteilt wurde, dass sich Inés' Zustand gebessert hatte.

Um ihr den Weg ins Kommissariat zu ersparen, fuhren Garzón und ich zu ihren Eltern. Sie hatten eine große Wohnung in der Calle Balmes in einem eleganten großbürgerlichen Altbau.

Die junge Witwe empfing uns in einem Sessel im Wohnzimmer sitzend. Sie war ungeschminkt und blass wie eine Märchenprinzessin. Ebenfalls wie eine Prinzessin hatte sie blondes Haar, das ihr offen über die Schultern fiel. Ernst, steif, zurückhaltend gab sie ein perfektes Bild des Unglücks und der Schutzlosigkeit ab. Höchstwahrscheinlich stand sie noch unter dem Einfluss von Beruhigungsmitteln oder Psychopharmaka. Ihre wenigen Bewegungen wirkten ungeschickt, verlangsamt, und ihre Pupillen waren vergrößert. Mein heftiger Wunsch, sie endlich vor mir zu haben und sie einem Feuer der Fragen auszusetzen, hatte sich plötzlich verflüchtigt. Ich wusste nicht, wo ich ansetzen sollte, und hatte die Vorahnung, dass ihre Aussage uns nichts bringen würde. Doch allein schon sie zu sehen und zu beobachten, vermittelte mir einen vagen Eindruck von der Ehe der Espinets.

»Wir wissen, dass es Ihnen schwer fällt, über Ihren Mann zu sprechen«, setzte ich zögerlich an.

Schon beim Hören dieses einen Satzes öffnete sie den Mund, als wollte sie etwas sagen, tat es aber nicht. Sie schnappte nach Luft wie ein Fisch im Wasser. Dann schlug sie die Hände vors Gesicht und fing leise an zu weinen. Garzón sah mich verlegen an. Hieß es nicht, dass es ihr besser geht?, sagte sein Blick. Bevor es noch schlimmer wurde, machte ich weiter.

»Inés, bitte, wir verstehen Sie, wir verstehen Ihren Schmerz, aber Sie müssen sich überwinden. Ihre Aussage kann uns helfen. Es ist schon etliche Zeit seit dem Tod Ihres Mannes vergangen, und jeder neue Tag entfernt uns weiter von einer Lösung.«

Sie schnäuzte sich. Mit ihrem zitternden Kinn wirkte sie wie ein verlorenes, zerbrechliches Kind.

»Das weiß ich ja«, flüsterte sie schließlich. »Ich verspreche Ihnen, dass ich es versuchen werde, ich habe mich auf Ihren Besuch vorbereitet, aber ich kann nicht, ich kann nicht, ich ...«

Sie hörte nicht auf zu weinen und ließ Tränen fließen und Zeit vergehen.

»Sollen wir Ihre Mutter rufen, damit sie dabei ist?«

»Ja bitte«, sagte sie erstickt.

Inés' Mutter war groß, hübsch und beherzter und sicherer als ihre Tochter. Vermutlich war es die Lebenserfahrung, denn ihr Blick ließ nüchterne Gelassenheit durchscheinen. Sie war bereit, ihrer Tochter zu helfen, den Weinkrampf zu überwinden, damit sie auf alles antwortete, was den Mord an Juan Luis aufklären half. Dank ihrer Anwesenheit war es leichter, Inés zu befragen, und Garzón schrieb mit.

»Wie war Ihr Mann, Inés?«

»Er war fröhlich, sehr fleißig und liebevoll mit den Kindern.«

Bewegt brach sie erneut in Tränen aus.

Ihre Mutter mischte sich zum ersten Mal ins Gespräch.

»Er war ein sehr tüchtiger Mann, Inspectora. Wäre das nicht passiert, wäre er sicher noch bedeutender geworden als sein Vater.«

»Und privat?«

»Sie waren eine glückliche Familie.«

Ich versuchte rasch einzuschätzen, bis zu welchem Grad diese stereotypen Antworten von sozialen Geboten vorgegeben waren. Es war schwierig, Inés' Vater war ein bekannter Geschäftsmann in Barcelona und bewegte sich in gehobenen Kreisen. Bestimmt verlief das Leben all dieser Menschen peinlich genau nach einem vorgeschriebenen Drehbuch.

Ich fragte ausführlich nach Juan Luis' Vorlieben und Gewohnheiten. Seine Witwe überwand langsam ihre Trauer und antwortete ruhig. Er war ein ordentlicher, methodischer Mann gewesen, der gern gelesen und Musik gehört hatte. Zweimal in der Woche war er in seinen Golfclub außerhalb der Stadt gefahren, wo er manchmal auch zum Essen blieb. Viel mehr war nicht zu sagen, sein restliches Leben spielte sich im Rahmen der Familie und seiner Arbeit ab.

Ich bat Inés' Mutter, uns wieder allein zu lassen. Die junge

Frau verspannte sich, brach aber nicht wieder in Tränen aus.
»Inés, es ist brutal, dass ich Sie das fragen muss, aber ich habe keine andere Wahl. Haben Sie und Ihr Mann sich gut verstanden?«
»Ja, sicher«, antwortete sie ganz natürlich.
»Wissen Sie, ob er ... oder haben Sie mal den Verdacht gehabt, dass er ein Verhältnis haben könnte oder Sie betrügt?«
»Wie kommen Sie darauf?«
»Das ist eine Routinefrage.«
»Nein, ich habe nie daran gedacht, dass er mich betrügen könnte. Er hat mir keinen Anlass dazu gegeben. Er hat mir sehr vertraut und ich ihm.«
»Inés, der Pathologe, der die Autopsie Ihres Mannes durchgeführt hat, hat einen etwa eine Woche alten Kratzer in der Höhe des Schulterblatts entdeckt. Erinnern Sie sich, ob er Ihnen aufgefallen ist?«
Sie war sprachlos.
»Nein, ich erinnere mich nicht, ich meine, ich habe ihn bestimmt nicht gesehen.«
»Erinnern Sie sich an eine Bemerkung über eine kleine Verletzung?«
»Nein.«
»An nichts, wobei er sie sich zufällig zugezogen haben könnte?«
»Nein, ist das wichtig?«
»Keineswegs, wir wollen nur jeder möglichen Verbindung nachgehen.«
Sie selbst wollte jedenfalls keine Verbindungen knüpfen.

»Gut, dann wollen wir Sie nicht weiter belästigen. Was werden Sie jetzt tun? Werden Sie nach *El Paradís* zurückkehren?«

»Ich weiß noch nicht. In der nächsten Zeit bleibe ich noch hier bei meinen Eltern. Ich bin im Moment nicht in der Lage, zurückzugehen. Das werde ich später entscheiden.«

»Und Ihr Hausmädchen?«

»Lali? Sie soll erst mal dort bleiben, bis ich eine Entscheidung getroffen habe. Wenn ich das Haus verkaufen sollte, muss ich sie entlassen.«

Ihr Blick verlor sich im Raum.

Der Subinspector schloss sein Notizbuch etwas zu heftig und schreckte sie damit auf. Ich dachte, dass sie sicher oft so in Gedanken versunken dasaß und sich fragte, was aus ihrem Leben werden sollte, das nie wieder sein würde wie vorher.

Wir mussten den Wagen zwei Querstraßen vom Kommissariat entfernt parken. Verkehrsprobleme. Das riesige Podium für die Papstmesse wurde aufgebaut, und andauernd fuhren Lastwagen vor, die den Verkehr behinderten. Auf dem kurzen Fußweg überstürzten sich meine Gedanken. Garzón holte mich in die Realität zurück.

»Was sagen Sie zu der hübschen Witwe, Inspectora?«

»Ich habe gerade versucht, meine Eindrücke zu ordnen, um mir ein Bild von ihr zu machen, und ich glaube, ich bin so weit.«

»Darf man erfahren, wie das Bild aussieht?«

»Wenn ich mit ihr zusammenleben müsste, würde ich ihr erst mal zwei Ohrfeigen verpassen. Sie ist schwach und unreif und viel zu kindlich für ihr Alter.«

Der Subinspector blieb stehen und erwartete anscheinend, dass ich auch stehen blieb, was ich aber nicht tat; so musste er mich mit ein paar Sätzen wie ein fröhlicher Frosch wieder einholen.

»Wie ich sehe, sind die mütterlichen Gefühle, die Sie neulich überkommen haben, verflogen.«

»Ja, das war eine vorübergehende Schwäche.«

»Nun, ich finde, Sie sind ein wenig ungerecht dieser jungen Frau gegenüber. Sie hat gerade auf brutale Weise ihren Mann verloren, für sie ist die Welt untergegangen, ihr Leben, ihre Pläne, und die Kinder haben keinen Vater mehr. Das ist eine sehr bittere Erfahrung.«

»Mein lieber Anwalt der unglücklichen Damen, eben im Wissen, wie man schwere Erfahrungen meistert, liegt Reife, und darin, es zu tun, ohne sich in Mamas und Papas Arme zu flüchten. Außerdem gebe ich kein moralisches Urteil über sie ab, diese junge Frau ist mir ziemlich wurscht. Was ich von ihr wissen wollte, habe ich erfahren.«

Die Glubschaugen meines Kollegen sahen mich von der Seite an.

»Und was wollten Sie wissen?«, fragte er wie ein dummer Junge.

»Zum Beispiel, dass es nicht ausgeschlossen ist, dass ihr Mann sie geschlagen hat. Es ist leicht, sich in ein engelsgleiches Mädchen zu verlieben – zumindest nach den konventionellen Normen bestimmter Gesellschaften –, aber ich schwöre Ihnen, dass das Zusammenleben mit einem Engel Jahr für Jahr höllisch anstrengend ist.«

»Jahrelang mit jemandem zusammenzuleben, ob engelsgleich oder nicht, ist immer anstrengend.«

»Das haben Sie gesagt, Fermín.«
Er lächelte zufrieden über seinen Einfall, und inzwischen waren wir an unserem Arbeitsplatz angelangt.
»Haben Sie den Namen des Golfclubs notiert?«
»Ja, Inspectora.«
»Dann müssen Sie da hinfahren.«
»Sie begleiten mich nicht?«
»Ich habe zum letzten Mal mit meinem ersten Mann einen Fuß in einen Golfclub gesetzt, und ich möchte nicht an unerquickliche Partien erinnert werden.«
»Einverstanden, dann fahre ich allein. Aber ich erinnere Sie daran, dass wir jetzt erst mal eine Verabredung mit dem Papst haben.«
»Scheiße, das hatte ich ganz vergessen. Ich habe überhaupt keine Lust, jeden Tag an diesen bescheuerten Sitzungen teilzunehmen. Die sind eh völlig sinnlos!«
»Warum müssen Sie immer so fluchen, wenn vom Papst die Rede ist?«
»Sagen wir, ich fürchte die Verdammnis nicht mehr.«
In der Versammlung zur Sicherheit des Papstes erwartete uns etwas Neues. Zum ersten Mal war ein Prälat als Sonderbeauftragter aus Rom anwesend, um die Vorbereitungen zu beaufsichtigen. Als wir eintraten, blickte er uns vorwurfsvoll an. Vielleicht war ihm der Schwefelgeruch unserer Gottlosigkeit in die Nase gestiegen, oder er tadelte lediglich unsere Verspätung, denn Coronas warf uns genau den gleichen Blick zu.
Wie jeden Tag waren sämtliche Kollegen, Inspectoren und Subinspectoren der unterschiedlichen Kommissariate anwesend. Coronas erklärte ihnen auf einem großen Stadt-

plan den Weg, den der päpstliche Zug nehmen würde, bis er am Ort der Massenmesse anlangte. Ich fand es unglaublich, dass wegen dieser Angelegenheit so viele Polizisten von ihrer Arbeit abgehalten wurden, aber es handelte sich um einen Befehl des obersten Polizeichefs von Cataluña. Niemand interessierte sich bei diesem Menschenauflauf hingebungsvoller Anhänger für die Sicherheit der Bürger.
Ich folgte den lästigen Ausführungen ohne das geringste Interesse. Wir mussten alle informiert sein, aber ich wusste, dass in der Stunde der Wahrheit einige von uns von der Operation ausgeschlossen würden, um Ersatzdienst zu leisten. Ich unterstellte, dass Coronas, der um meine geringe Motivation für die Sache wusste, mich befreien würde. Ziemlich zerstreut beschränkte ich mich darauf, mit dem Blick dem Vorrücken eines Magneten zu folgen, der das Papamobil darstellen sollte und den der Comisario, der anscheinend seine fünf Sinne ganz auf das Spiel konzentriert hatte, vorwärts schob.
Mein Blick schweifte zu dem abgesandten Kardinal hinüber. Er war etwa Mitte fünfzig, groß, hager und trug eine elegante Soutane, auf der in Brusthöhe ein Kreuz seinen Rang anzeigte. Was für eine andere Arbeit hätte ein solcher Mann ausüben können? Silberschläfen, harmonische Gesichtszüge, zarte Hände, die nie hart gearbeitet hatten … Zu gelassen für einen Manager. Zu distanziert für einen Freiberufler. Zu hochmütig für einen Universitätsprofessor. Künstler vielleicht? Dirigent schon eher: vorbildlich gekleidet, feierliche Gestik, würdevolle Haltung, ernst und überzeugt von seiner großen Verantwortung. Ja, Dirigent hätte vielleicht gepasst.

Offensichtlich hatte er meine aufdringliche Musterung gespürt, denn als die Sitzung zu Ende war, kam er auf mich zu. Ich sah mich um, ich stand allein da. Garzón war wie der Teufel vor der göttlichen Präsenz geflohen.

»Wenige Frauen in diesem Beruf«, sagte er in ausgezeichnetem Spanisch.

»Gibt es in Italien mehr?«, fragte ich.

»Im Vatikan nicht.«

Ich lächelte.

»Ich bin Inspectora Petra Delicado.«

»Ich heiße Pietro di Marteri.«

»Namensübereinstimmung.«

»Und beide für den Schutz des Papstes zuständig.«

»Und beide dazu verpflichtet, noch eine Übereinstimmung.«

Das hatte ihn überrascht. Dennoch löschte er diplomatisch sofort jede Spur von Irritation aus seinem Gesicht und sagte mit leicht geneigtem Kopf und gesenkter Stimme:

»Ich kann Ihnen versichern, dass es in meinem Fall auch Ergebenheit ist.«

»Na, dann sind die Übereinstimmungen hier zu Ende.«

»Polizistin muss ein undankbarer Beruf für eine Frau sein, er verlangt große Härte.«

Ich steckte den vatikanischen Querschläger gut weg und erwiderte:

»Ich stelle Ihnen meine voll und ganz zur Verfügung. Zugunsten der Sicherheit des Papstes, selbstverständlich.«

»Danke, Inspectora.«

Mit einem angedeuteten Lächeln auf seinen schmalen Lippen ging er davon.

Ich hatte den Eindruck, dass ihm das kleine Wortgefecht gefallen hatte. Garzón hatte unseren Plausch vom Kaffeeautomaten aus beobachtet, tat aber zerstreut. Kaum war der Geistliche verschwunden, kam er auf mich zu.
»Was haben Sie mit dem Pfarrer denn geredet?«
»Ich habe den Eindruck, dass wir dank seiner Anwesenheit hier ein wenig in den Genuss intelligenter Unterhaltung kommen werden.«
»Na wunderbar! Einen Tag preisen Sie die Familie, und jetzt sind Sie entzückt, mit einem Pfaffen zu reden. Ich verstehe Sie jeden Tag weniger, Inspectora.«
»Deshalb finden Sie mich so faszinierend, nicht wahr, Fermín?«
»Ja, das wird's sein«, sagte er mit höhnischem Gesicht.
Dann reichte er mir einen dieser kleinen Plastikbecher, und wir tranken schweigend unseren Kaffee.

Drei

Garzón fuhr mit genauen Anweisungen zu seiner Überprüfung in den Golfclub. In meinem Kopf hallte noch meine eigene Stimme nach: »Die Frauen, Fermín, die Frauen. Achten Sie besonders auf die Frauen, auf alle, die sich dort aufhalten, besonders auf Angestellte mit langen Fingernägeln. Fragen Sie nach Espinets Gewohnheiten, mit wem er sich im Club traf und verabredete, mit wem er spielte, ob er mit jemandem zu Mittag aß. Aber achten Sie besonders auf die Frauen.« Ich fand es notwendig, ihm das so nachdrücklich einzuschärfen, weil ich davon überzeugt war, dass Garzón nach wie vor meine Hypothese eines Mordes aus Leidenschaft gering schätzte. Er klammerte sich weiterhin an die Möglichkeit, ein schmutziges Spiel im beruflichen Umfeld des Opfers aufzudecken. Ich beließ es dabei, auch wenn aus Sangüesas Abteilung nichts Verdächtiges zu hören und die wirtschaftliche Überprüfung schon fast abgeschlossen war.

Ich machte mich mit einer Thermoskanne Kaffee ausgerüstet auf den Weg nach *El Paradís*, denn ich war nicht bereit, durch diese angeblich paradiesische Siedlung zu schlendern und mich dabei wie eine Verdurstende in der Wüste zu fühlen. Ich passierte die Sicherheitsschranke und grüßte den Wächter. Erst als ich ihm sagte, wer ich sei, erkannte er mich wieder. Sofort versicherte er, mir jederzeit zur Verfügung zu stehen. Ich betrachtete ihn kritisch. Er wirkte anständig. Dennoch hatte ich eine gründliche Überprüfung des Umfeldes beider Sicherheitsleute angeordnet, um jegliche Möglichkeit von Schuld ausklammern zu können. Unsere ersten Informationen hatten nichts Außergewöhnliches ergeben.

Drinnen im Gehege atmete ich genussvoll durch. Es war elf Uhr morgens und die schon herbstliche Sonne war angenehm. Die hübschen Häuser und gepflegten Gärten rundeten das idyllische Bild ab. Um mich herum unwiderstehliche Ruhe. Ich spazierte die breiten Wege entlang. Kindermädchen, fast alle Ausländerinnen, fuhren Kinderwagen spazieren oder saßen plaudernd zusammen, während die Kinder in Grüppchen spielten. Mein Eindruck vom Morgen des Verbrechens war falsch gewesen. Es stimmte nicht, dass dieser Ort öde oder ausgestorben war und dass man hier nur zum Schlafen herkam. Im Gegenteil, er war sehr lebendig, nur dass dies das Gegenteil des täglichen Trubels der Straßen und Geschäfte in der Stadt war. Hier lebten diejenigen, die sich von der hektischen Welt fern halten wollten, die nicht an der täglichen Schlacht in der Stadt teilnahmen. Hausfrauen, junge Mütter, Kindermädchen, Hausmädchen und Kinder, die spielten und heranwuchsen.

Ich setzte mich auf eine Bank am Straßenrand, zog meinen Mantel fest zu und reckte das Gesicht mit geschlossenen Augen der Sonne entgegen. Ah, ich hätte augenblicklich einschlafen können. Eine leichte Brise fuhr mir durchs

Haar. Ich hörte das Rascheln der Blätter und entfernt fröhliches Kindergeschrei. Mir ging durch den Kopf, dass es keinen wirklichen Grund zu übertriebener Hast gab. Jeden Morgen, wenn wir alle uns in Barcelona abhetzten, als wären uns die Furien auf den Fersen, spielten die Kinder hier, wenige Kilometer entfernt, lachend Ball und die Hausfrauen überlegten sich, was sie zu Mittag kochen würden. Ich sah ein farbiges Kindermädchen einem winzigen Rebellen hinterherlaufen, der laut lachend die Straße abwärts stolperte. Schön, dieser Moment der Entspannung musste mit ein wenig Arbeit abgegolten werden. Ich rekapitulierte, weswegen ich hierher gefahren war. Wir steckten fest, das war klar. Wo sollte ich ansetzen? Mit wem musste ich noch einmal reden? Ich spürte eine Welle der Lustlosigkeit in mir aufsteigen, schloss wieder die Augen und ließ mich treiben. Ich war müde.

Plötzlich schreckte ich hoch. Ich war eingenickt. Eine Frau berührte mich und redete mit mir.

»Petra, Inspectora Delicado! Geht's Ihnen gut?«

Malena Puig sah mich besorgt an. Ich sprang auf wie jemand, der bei einer Pflichtvergessenheit ertappt wurde.

»Tut mir Leid, Inspectora. Haben Sie sich erschrocken?«

»Nein, nein, mir geht's gut. Ich bin nur eingeschlafen. Wie lächerlich.«

»Ich nehme an, Sie leiden ständig unter Schlafmangel.«

»Zurzeit eigentlich nicht, ich glaube, ich werde alt.«

»Kann ich Sie zu einem Kaffee einladen?«

Mir fiel die Thermoskanne im Auto ein. Ich wurde tatsächlich alt. Wer schleppte schon Proviant mit zu seinen Ermittlungen!

»Gern, ich fürchte, ich werde annehmen.«
Wir gingen den Pfad zum Haus *Hibiskus* entlang. Malena schloss auf und bat mich einzutreten.
»Und Ihre kleine Tochter?«
»Ist mit dem Kindermädchen spazieren.«
»Sie ist sehr hübsch.«
Sie lächelte so verlegen, als hätte ich ihre Schönheit gepriesen. Wir gingen ins aufgeräumte, saubere Wohnzimmer. Die Sonne schien herein. Mir gefiel die freundliche und harmonische Einrichtung. In ein paar Blumenvasen standen frische Blumen.
»Sie haben ein sehr schönes Haus.«
»Na ja, das ist mein Reich. Ich gehe nicht viel weg.«
»Sie können sicher sein, dass Sie hier Ihre Ruhe haben.«
»Glauben Sie das wirklich?«
Nach dieser rätselhaften Frage verschwand sie in der Küche. Ich sah mir den Raum genau an. Auf einer Kommode standen mehrere Familienfotos unterschiedlicher Größe in Silberrahmen. Die Bilder zeigten die drei Kinder in Gruppe und einzeln. Die beiden kräftigen Jungs, das zarte kleine Mädchen zwischen ihnen. Auf einem anderen stand Malena lächelnd neben ihrem Mann. Eine Reise des Paares nach Ägypten, ein nicht erkennbares Baby in seiner Wiege, die ganze Familie vor einem Weihnachtsbaum …
»Sie schauen sich meine Trophäen an.«
Malena hielt ein Tablett in den Händen.
»Ich konnte meine Neugier nicht bezwingen.«
»Ich glaube nicht, dass Sie etwas Interessantes finden. Sie als Polizistin mit einem Leben voller Risiko und Abenteuer!«

»Bestimmt hat Ihnen schon mal jemand gesagt, dass unser Leben nicht viel mit Fernsehkrimis zu tun hat.«
»Wie auch immer, es wird weniger konventionell sein als mein Familienleben.«
»Um Ihre Familie würde Sie jeder beneiden.«
Ich machte mich über ein paar leckere Gebäckstücke her und trank einen guten Milchkaffee.
»Ist der Kaffee stark genug?«
»Er ist ausgezeichnet. Sie werden mich auslachen, wenn ich Ihnen erzähle, was ich heute Morgen getan habe. Ich habe eine Thermoskanne Kaffee mitgebracht. Sie liegt im Auto.«
Sie lachte fröhlich auf. Mit ihrem halblangen Haar, in Jeans und Turnschuhen wirkte sie wie eine Schülerin.
»Das finde ich genial. Ich werde nie vergessen, wie verzweifelt Ihre Kollegen am Mordtag waren. Ein typisches Beispiel für das Stadtsyndrom. Jemand kommt an einen ruhigen, theoretisch idyllischen Ort wie diesen, atmet frische Luft, preist die Natur und den Frieden, und fünf Minuten später flucht er, weil er nicht mal einen schlichten Kaffee kriegt.«
Ich lachte. Malena war witzig, sie konnte ironisch und humorvoll sein. Besser für uns beide, vielleicht hatte ich in ihr die ideale Informationsquelle gefunden.
»Haben Sie inzwischen mit Inés geredet?«, fragte sie, als könnte sie meine Gedanken lesen.
»Ja, gestern konnten wir endlich mit ihr sprechen.«
»Und wie geht es ihr?«
»Nicht sehr gut. Sie scheint nicht in ihr Haus zurückkehren zu wollen.«

»Das wundert mich nicht.«

»Wieso?«

»Inés ist … wie soll ich es ausdrücken, ein wenig kindlich.«

»Ich habe sie als unreif bezeichnet.«

»Das ist ein hartes Wort, trifft es aber besser, stimmt. Sie ist … sagen wir, sie ertrinkt in einem Glas Wasser. Sie konnte nie auch nur die geringste Unannehmlichkeit ertragen. Ich mag gar nicht daran denken, was sie jetzt ohne Juan Luis machen wird. Sie war völlig von ihm abhängig, selbst in den geringfügigsten Dingen, bis hin zum Einkaufen. Vermutlich wird sie nun von ihren Eltern abhängig sein. Wenn ich sie nur überreden könnte zurückzukehren … Aber ich glaube nicht, dass sie auf mich hören wird.«

»Haben Sie mit ihr gesprochen?«

»Nur telefoniert, aber sie will keine Ratschläge hören. Wenn sie so weitermacht, löst sich ihr Leben in einem Handstreich in nichts auf. Sie wird dieses dumme philippinische Mädchen entlassen und das Haus *Margariten* verkaufen. Danach wird sie immer im Schutz von Mama und Papa leben.«

»Übrigens, wo ist denn das dumme philippinische Mädchen?«

»Ach, Inés will sie hier haben, um das Haus zu hüten, aber Lali wandert von einem Haus zum anderen, um nicht allein zu sein. Sie hat Angst. Sie glaubt, der Mörder wird jeden Moment zurückkommen und ausgerechnet sie niederstechen.«

»Wissen Sie, dass sie die einzige Zeugin ist, die etwas Außergewöhnliches gehört hat?«

»Ja, natürlich weiß ich das! Sie kam rüber und hat es mir selbst erzählt. Sie denkt, die arme Señora Domènech hat den Mörder gesehen oder dass die alte Frau selbst Juan Luis umgebracht hat. ›Wo gehst du hin, Vögelchen?‹ Das ist doch lächerlich!«

»Hat sie Ihnen das auch erzählt?«

»Mir und allen, die es hören wollten. Lali war noch nie ein Ausbund an Diskretion.«

»Wissen Sie, wo ich sie finden kann?«

»Ja, sie wird mit den anderen Mädchen tratschen und ihnen einreden, dass der Mörder frei herumläuft und ihr auflauert.«

»Ich verstehe, was Sie meinen.«

Ich stand auf und bedankte mich für den Kaffee. Wir gaben uns höflich die Hand.

»Kommen Sie mal wieder vorbei?«

»Ich fürchte, sogar öfter.«

»Dann brauchen Sie keine Thermoskanne mit Kaffee mehr mitbringen. Ich lade Sie ein, wenn Sie klingeln.«

Als sie schon die Tür schließen wollte, drehte ich mich auf dem Absatz um, da mir noch etwas eingefallen war.

»Malena, ich habe vergessen, Sie etwas zu fragen. Haben sich Inés und Juan Luis gut verstanden?«

Sie zog überrascht die Augenbrauen hoch. Dann strich sie sich die Bluse glatt, was ihre kleinen, straffen Brüste betonte.

»Meinen Sie als Paar? Ja, natürlich, sie haben zwei wunderbare Kinder. Was lässt Sie daran zweifeln?«

»Nichts, reine Arbeitshypothese.«

Ich winkte ihr zum Abschied und machte mich auf die

Suche nach den Mädchen und Kindern. Wie sollte ich Malenas Antwort einordnen? Das kurze Zögern, das kaum wahrnehmbare Hochziehen der Augenbrauen, der Allgemeinplatz über die wunderbaren Kinder. Ich mochte ihr trotzdem keine präziseren Fragen stellen, sie musste mir vertrauen, sie war der ideale Schlüssel zu dieser verschlossenen Welt von *El Paradís*. Außerdem war sie mir sympathisch.

Ich schlenderte betont leichtfüßig und dachte nach. Langsam entwirrten wir den Knäuel der Personen. Inés Espinet war eine hübsche, unreife und abhängige Frau mit der Neigung, nichts mit ihrem Leben anfangen zu können. Jordi Puig war fleißig, effizient, kämpferisch und kein großer Unterhalter. Malena wirkte einigermaßen glücklich, aufgeschlossen und fröhlich. Das Paar Salvia war noch nicht richtig umrissen.

Ich entdeckte die Mädchen und Kinder. Ein Grüppchen schwatzte, das andere spielte. Als ich fast auf dem runden Platz angelangt war, kam die kleine Puig-Tochter mit dem Kindermädchen auf mich zu. Ich hätte die Kleine unter Tausenden wiedererkannt: große Augen, strubbelige Locken und drollige Trippelschritte. Ich ging auf sie zu und lächelte, wobei mir einmal mehr bewusst wurde, dass ich nicht die geringste Ahnung hatte, wie ich mit Kindern umgehen sollte.

»Hallo, du Schöne«, sagte ich so linkisch, dass ich selbst erschrak.

Das Kindermädchen wusste sofort, wer ich war, und schob das Kind in meine Richtung.

»Schau mal, erinnerst du dich an die Señora?«

Die Augen der Kleinen musterten mich misstrauisch, aber plötzlich weiteten sich die Pupillen, und sie lächelte mich offen an. Ich konnte es nicht glauben. Hatte sie mich wirklich wiedererkannt?

»Gib der Señora einen Kuss.«

Sie ließ sich nicht zweimal bitten, machte einen Satz und streckte mir die Ärmchen entgegen. Ich ging in die Hocke und ließ mich umarmen. Ihre winzige Nase war eiskalt. Ich drückte sie fest und lachte, als litte ich an einem irreparablen Anfall von Schwachsinnigkeit.

»Du bist das hübscheste Mädchen, das ich je gesehen habe!«

Ich bereute diesen leidenschaftlichen Kommentar sofort. Sie drehte sich um und zeigte mir etwas. Es war ein Hund, der mit seinem Herrchen langsam näher kam.

»Schau mal«, sagte sie begeistert.

»Ach, was für ein schöner Hund! Er geht mit seinem Herrchen spazieren. Hunde gehen gern spazieren. So wie du mit deiner Mama, stimmt's?«

Das Mädchen nickte ernst und aufmerksam, nur das Hausmädchen sah mich angesichts meines unangemessenen Wortschwalls befremdet an. Ich machte bestimmt eine ausgesprochen lächerliche Figur.

»Schön, meine Kleine, ich muss jetzt gehen, wir sehen uns ein andermal wieder.«

»Ja«, erwiderte dieses entzückende Wesen schlicht.

Sie winkte mir zum Abschied. Ah, ich befand mich in schwebendem Zustand und wusste nicht, warum. Dieses kleine Mädchen brachte eine unbekannte Saite in mir zum Klingen. Aber sie war so süß und bewegte sich so witzig … Und sie wirkte überhaupt nicht verwöhnt. Nein, Malena Puig stach nicht nur im Kaffeekochen und Kuchenbacken hervor, sie erzog auch ihre Kinder hervorragend. Sehr merkwürdig, bisher waren mir Kinder immer als Vorstadium zum eigentlichen Menschen vorgekommen und hatten mich wenig interessiert. Doch ich musste zugeben, dass einige nicht übel waren.

In Gedanken an diese Nichtigkeiten hatte ich den Platz bereits überquert. Verärgert ging ich zurück und fragte ein Mädchen nach Lali. Sie zeigte auf eine etwas entfernt stehende Bank, wo mehrere philippinische Mädchen saßen und zwischen ihnen auch Lali. Als sie mich näher kommen sahen, brach die angeregte Unterhaltung ab. Ich sah, wie Lali in sich zusammenfiel, als wollte sie sich in ihrer eigenen Haut verstecken.

»Hallo, Lali, können wir miteinander reden?«

Ihre drei Begleiterinnen verschwanden entsetzt und ohne sich zu verabschieden. Lali blieb allein auf der Bank sitzen, schutzlos wie ein gefangenes kleines Tier.

»Ich möchte nur, dass du mir noch einmal erzählst, was in der Nacht kürzlich geschehen ist. Es dauert nicht lange.«

»Ich habe es Ihnen doch schon erzählt. Ich habe es auch in dem Büro gesagt und ein Papier unterschrieben.«

»Du warst auf dem Kommissariat und hast deine Aussage gemacht. Auch vor dem Richter, war es das?«

»Ja, ein dicker Mann, der sehr nach kölnisch Wasser roch.«

García Mouriños, war der Fall Richter García Mouriños übertragen worden? Es konnte kein anderer sein, die Beschreibung der Philippinin war nicht gerade ausführlich, aber das mit dem kölnisch Wasser war signifikant. Der

Richter stank immer danach wie ein frisch gebadetes Baby.

»Hatte der Richter einen Bart?«

»Ja«, erwiderte sie misstrauisch – verständlich bei meiner Frage.

»Gut, jetzt weiß ich, wer es ist, er ist ein guter Mann und ein guter Richter. Erzähl mir, was du ihm gesagt hast.«

»Alles.«

»Alles?«

»Ihnen will ich nicht erzählen.«

»Warum?«

»Weil Sie das mit dem Vögelchen dem Mann der verrückten Señora erzählt haben, und jetzt schaut er mich böse an. Die verrückte Señora wird mich auch umbringen.«

Sie begann zu weinen wie ein Kind beim Anblick eines Monsters. Es war fast ein Kreischen. Ich wusste nicht, was ich tun sollte. Und ich verschwendete meine Zeit. Malena Puig hatte Recht, im Kopf dieses Mädchens gab es nicht einen Hauch Gehirnmasse. Aufgrund ihres Gezeters kamen ein paar Hausmädchen herbeigelaufen und musterten mich misstrauisch. Warum musste sich die Polizei an unschuldigen Mädchen wie ihnen auslassen? Sie streichelten Lali, sie trösteten sie, wobei ihre Blicke mich verfluchten. Ich beschloss, so schnell wie möglich zu verschwinden. Als ich mich umdrehte, sah ich, dass Puigs Kindermädchen Azucena die Szene von weitem beobachtete. Sie lächelte mich an, und ich dankte es ihr, endlich eine, die in mir keine Harpyie sah.

»Dieses Mädchen hat erreicht, dass ich mich schlecht fühle«, sagte ich zu ihr.

»Hat Lali zu heulen angefangen? Machen Sie sich nichts draus, Lali heult ständig.«

»Kennt ihr euch?«

»Wir kennen uns alle.«

Die Mädchen hatten offensichtlich ihre eigene Welt in *El Paradís*. Sie waren befreundet, tauschten sich aus, kämpften je nach Nationalität um ihre Vorrechte oder Befugnisse und vertrauten sich gegenseitig Angelegenheiten der Familien an, für die sie arbeiteten. Da hätte ich gern meine Nase reingesteckt.

»Was hat Ihnen Lali erzählt, Inspectora?«, fragte die Ecuadorianerin neugierig.

»Sie versteift sich darauf, dass Señora Domènech die Mörderin ist.«

»Wundert mich nicht, dass sie das behauptet, Inspectora, Señora Domènech macht ein bisschen Angst. Manchmal sitzt sie im Garten, und wenn sie jemanden vorbeigehen sieht, sagt sie merkwürdige Dinge. Sie wirkt wie verhext.«

»Blödsinn, Señora Domènech ist krank.«

»Manche Verrückte töten, auch unabsichtlich.«

Ich forschte in den schönen dunklen Augen dieser Frau. War ihre Meinung nichts als Aberglaube, oder wollte sie mir etwas mitteilen?

»Hast du in jener Nacht etwas gesehen?«

Sie erschrak.

»Nein, ich schwöre es.«

»Hast du Señora Domènech irgendwann einmal etwas sagen hören wie: ›Wie geht's dir, Vögelchen? Wo gehst du hin?‹«

Sie schüttelte den Kopf, wobei ihre kleinen folkloristischen Ohrringe klirrten. Gut möglich, dass all diese Mädchen einen Haufen Informationen horteten, aber es würde schwierig sein heranzukommen. Ich versuchte wenigstens eine Annäherung auf allgemeiner Ebene.

»Kannst du mir sagen, was für ein Mädchen Lali ist?«

»Die meisten Philippininnen sprechen schlecht Spanisch, aber Lali spricht gut, ziemlich gut. Sie übertreibt nur gern ein bisschen. Bei freudigen Ereignissen ist sie besonders fröhlich und bei traurigen weint sie viel.«

»Ist sie verheiratet?«

»Nein, aber ich schon.«

»Du bist verheiratet?«

»Ja. Mein Mann ist in Ecuador geblieben und mein Sohn auch.«

Sie holte aus der Kitteltasche ein Foto, das sie wohl immer bei sich trug, und zeigte es mir stolz. Der Junge war ein dunkler Indio mit runden neugierigen Augen, und er wirkte nicht viel älter als Puigs kleine Tochter.

»Er ist sehr hübsch!«

Merkwürdige, komplizierte Welt. Diese Frau hatte ihren eigenen Sohn Tausende von Kilometern zurückgelassen und versorgte ein fremdes Mädchen.

»Ich schicke jeden Monat Geld, und in zwei Jahren kann ich vielleicht schon zurückkehren.«

Ich gab ihr das Foto zurück und fühlte mich etwas unwohl in meiner Haut einer Erste-Welt-Bürgerin. Eine Brise zerzauste uns das Haar. Der Herbst kündigte sich an. Ich verabschiedete mich in Gedanken über die ungerechte Welt, die sich nie ändern würde.

Im Kommissariat erwartete mich eine Überraschung:

noch eine Frau. Der Schutzpolizist am Eingang sagte es mir gleich, ich ließ ihn nicht ausreden. Die Frau, die mich erwartete, ließ mich dafür erst gar nicht zu Wort kommen. Sie saß vor meinem Büro, und nach einem musternden Blick sprang sie auf und redete auf mich ein. Dolores Carmona, stellte sie sich vor. Ich erkannte in ihr die Zigeunerin, die ich mehr als einmal Garzón verfolgen gesehen hatte, und es freute mich keineswegs, dass sie mit mir sprechen wollte. Sie war groß, dunkelhaarig, sehr hübsch, die Augen mit einem Kajalstrich betont, und sie trug ein großes goldenes Kreuz im Ausschnitt. Ich unterstellte, dass in der Nähe des Kommissariats mehrere Frauen auf sie warteten. Sie waren immer in Gruppe unterwegs.

»Inspectora, ich will eine Aussage machen«, sagte sie unumwunden.

Guter Anfang, dachte ich ironisch. Ich wusste vom Subinspector, dass wir in solchen Fällen mit Aussagen jeglicher Art bombardiert wurden, deshalb nahm ich sie nicht ernst und erwiderte:

»Wunderbar! Aber ich glaube, Subinspector Garzón ist noch gar nicht da.«

»Was ich zu sagen habe, möchte ich Ihnen mitteilen.«

»Setzen Sie sich und schießen Sie los, ich höre.«

Sie machte ein Gesicht wie eine Schauspielerin beim Auftritt und wählte ein tragisches Register.

»Mein Bruder, Manuel Carmona, hat den Ältesten der Ortegas umgebracht. Es war ein Versehen, er wollte ihm keinen Schaden zufügen.«

Ich zündete mir umsichtig eine Zigarette an. Dass jemand

einen Menschen tötete, in der Absicht, ihm damit keinen Schaden zuzufügen, war zumindest eine originelle Art von Rechtfertigung.

»Dieses Geständnis ist sehr interessant, aber ich meine verstanden zu haben, dass mein Kollege schon diverse andere Geständnisse vorliegen hat.«

»Das waren Geständnisse von Leuten, die nicht zu unserer Sippe gehören. Glauben Sie, ich würde Ihnen den Namen meines Bruders nennen, wenn es nicht wahr wäre? Sie kennen uns Zigeuner aber schlecht.«

»Warum kommt er nicht selbst?«

»Er wird kommen, aber vorher wollte ich es Ihnen sagen.«

Ich war etwas genervt. Und wenn das Geständnis nun der Wahrheit entsprach und ich sie nicht ernst nahm?

»Es wird besser sein, wenn Sie auf den Subinspector warten. Ich bin in dem Fall nicht auf dem Laufenden.«

»Der Subinspector hat kein gutes Herz, und so einem Mann sage ich den Namen meines Bruders nicht.«

Jetzt wurde es kompliziert. Ich sah keine Möglichkeit mehr, sie abzuwimmeln.

»Warum sprechen Sie dann nicht mit Comisario Coronas?«

Sie wurde ungeduldig und fragte nicht unoriginell:

»Sagen Sie mal, sind Sie wirklich Polizistin, oder sind Sie nur zum Zeitvertreib hier?«

Ich improvisierte einen Notausgang: Ich würde fünf oder sechs Zeilen über ihre Aussage abfassen, und wenn ihr Bruder herkäme, würden wir das offizielle Geständnis aufnehmen. Das schien sie zu überzeugen. Ich tippte ein paar Zeilen in den Computer, druckte sie aus, und Dolores

Carmona unterschrieb. Dann sah sie mich schon freundlicher an.
»Unter Frauen findet sich immer eine Lösung. Soll ich Ihnen aus der Hand lesen, oder möchten Sie lieber, dass ich Ihnen die Karten lege? Ich habe das Tarot dabei. Außerdem hilft mir Gott. Wir Zigeuner sind sehr gläubig.«
»Nein danke, ich will nicht wissen, was mir noch bevorsteht.«
»Aber das ist ein Geschenk! Es dauert nur einen Augenblick.«
Sie holte die Karten aus der Tasche. Ich erstarrte bei dem Gedanken, dass in diesem Augenblick jemand den Raum betreten und mich beim angeregten Zukunftspoker mit dieser Frau ertappen könnte. So streckte ich ihr als kleineres Übel meine Hand hin. Sie ergriff sie und drehte sie um. Dann konzentrierte sie sich. Sie wirkte so überzeugend, als glaubte sie wirklich daran. Ich fühlte mich überrumpelt und lächerlich, aber ich wollte sie nicht beleidigen und ließ sie machen.
»Mal sehen, Sie sind eine Frau, die häufig alles schwarz sieht, und Sie sind gern allein. Liegen wir richtig?«
Ich hatte ihr nur mäßig interessiert zugehört, was ich vorsichtshalber kaschierte.
»Es wäre besser, wenn Sie sich etwas beeilen würden.«
»Sie hatten mehrere Männer, aber im Augenblick haben Sie keine Lust auf einen. Sie mögen Ihre Arbeit und Ihr Leben, aber Sie haben Dinge unterlassen, die Sie nie mehr tun können. Sie haben sie verloren.«
Das war absurd, aber mein Herz klopfte so heftig, dass ich kaum atmen konnte.

»Hören Sie bitte auf«, sagte ich ernst.
»Wollen Sie nichts wissen?«
»Sie sagen mir nicht, was mich interessiert.«
»Ich kann nur lesen, was da steht.«
»Dann lassen wir es besser.«
Sie zuckte die Schultern, als wollte sie mir für eine so wenig brauchbare Hand ihr Beileid aussprechen. Dann wiederholte sie noch einmal den Sermon ihrer Aussage, die Schuld ihres Bruders nicht zu vergessen. Als sie endlich ging, war ich erleichtert.
Ich war wütend, das war der Gipfel, dass jemand in einem nüchternen Dienstzimmer mein Leben interpretieren wollte! Sie haben Dinge unterlassen, die Sie nie mehr tun können. Tolle Vorhersage, als würde das Leben in etwas anderem bestehen, als ständig Dinge zu unterlassen! Ich war durcheinander und äußerst schlecht gelaunt. Fast wäre ich hinausgelaufen und hätte mich an dem Schutzpolizisten ausgetobt, weil er diese Frau hereingelassen hatte. Aber dann optierte ich für Ruhe. Heute Abend würde ich ins Theater gehen oder besser noch einen männlichen Bekannten anrufen, um mich zu erholen. Ich musste irgendwie diese unerwünschten Gefühlsströmungen loswerden, die meine eiserne Selbstkontrolle zu unterminieren drohten.
Also machte ich mich an die Arbeit im Fall Espinet. Ich griff zu einem Stapel Papier und begann Notizen zu machen. Per Hand lassen sich Gedanken leichter formulieren als auf dem verdammten Computer. Ich entwarf die geplanten psychologischen Porträts und fühlte mich besser. Vier Seiten psychologische Einschätzung eines Menschen

sind nicht schlecht. Wenn ich das doch auch bei mir selbst könnte. In dem Augenblick kam der Subinspector herein, frisch wie ein gerade geschnittener Kopfsalat.

»Hallo, Inspectora, Sie schon hier!«

»Wie Sie sehen. In Ihrer Abwesenheit ist was passiert.«

»Fall Espinet?«

»Fall Zigeuner. Sie haben ein Geständnis.«

»Noch eines?«

»Diesmal könnte es stimmen. Lesen Sie.«

Er warf einen flüchtigen Blick auf die nicht offizielle Aussage von Dolores Carmona.

»Jetzt haben sie die Taktik geändert.«

»Was wollen Sie damit sagen?«

»Ich muss mir die Akte noch einmal ansehen, meine mich aber zu erinnern, dass dieser Manuel Carmona minderjährig ist.«

»Sie beschuldigen einen Minderjährigen des Mordes?«

»So geben sie uns einen Köder, den man nicht des Mordes anklagen kann. Wir sollen sie in Ruhe lassen.«

»Das hätte ich mir denken können.«

»Schlecht ist nur, dass wir durch das Aufnehmen dieser Aussage jetzt den Rechtsweg einschlagen und die ganze Komödie durchspielen müssen: den Minderjährigen befragen, seine Aussage aufnehmen, überprüfen, was er aussagt ... Zeitverschwendung.«

»Tut mir Leid, Subinspector.«

»Sie hatten ja keine andere Wahl. Dieser Fall ist eine Katastrophe. Wir haben versucht, den Ortega-Clan zu überwachen, um einen Racheakt zu verhindern, aber das ist unmöglich, es wird geschehen. Wir werden nicht nur einen ungeklärten Fall haben, sondern noch einen Toten mehr, Sie werden schon sehen.«

»Verdammt, es gibt Situationen, in denen man sich wirklich machtlos fühlt! Haben Sie wenigstens im Golfclub was erreicht?«

»Ich hatte ein nettes Treffen mit Mateo Salvia und Jordi Puig. Sie spielen einmal die Woche dort. Wie Juan Luis Espinet vor seinem Tod auch.«

»Konnten Sie reden?«

»Ja, obwohl ...«

Garzón brach ab, weil mein Telefon klingelte. Es war der Kollege von der Zentrale. Er fragte, ob der Subinspector bei mir sei, eine Señora wolle ihn sprechen. Ich stellte schon mal die Frage, die Garzón gleich stellen würde.

»Wie heißt diese Señora? Concepción Enárquez«, wiederholte ich laut und sah, wie mein Kollege ablehnend den Kopf schüttelte.

»Nein, er ist nicht hier.«

Die Señora beharrte darauf, dann mich zu sprechen. Ich gewährte es ihr, mir blieb nichts anderes übrig. Während des Telefonats verdüsterte sich Garzóns Gesicht zusehends.

»Morgen Abend zum Essen? Ja, warum nicht. Keine Sorge, ich werde es ihm ausrichten. Ja, er ist sehr beschäftigt, aber am Samstag wird er sich freimachen können. Hat er die Adresse? Wunderbar, um neun sind wir bei Ihnen!«

Ich legte auf und machte Garzón ein Zeichen, das keinen Widerspruch duldete.

»Kein Wort, Fermín! Sie haben mich da reingezogen, um Sie von der angeblichen sexuellen Nötigung zu befreien, nicht wahr? Dann müssen Sie aufhören davonzulaufen, denn das haben Sie bisher ohne großen Erfolg getan. Überlassen Sie es mir?«

»Aber zu denen nach Hause zu gehen ist wie den Kopf in die Höhle des Löwen zu stecken.«

»Es ist ein Versuch, die Situation zu normalisieren. Freunde, die sich nach dem Urlaub treffen, und gut. Wenn wir erst mal dort sind, wird mir schon was einfallen, um die Dinge klarzustellen. Ich werde fallen lassen, dass Sie ein Mann sind, der ganz in seinem Beruf aufgeht …«

»Ich werde wie ein Blödmann dastehen.«

»Ich sage ihnen, der Tod Ihrer Frau habe Sie traumatisiert.«

»Noch blöder.«

»Na schön, dann sage ich eben, wir beide hätten was miteinander.«

»O nein, Inspectora, kommt nicht infrage! Ich will keine Show abziehen, das ist nicht der richtige Zeitpunkt.«

Ich wurde streng. Ich konnte nicht länger zulassen, dass mein Büro wiederholt zweckentfremdet wurde: als Kabinett einer Wahrsagerin, als Agentur für amouröse Verabredungen …

»Es reicht, Subinspector, wir sind hier zum Arbeiten! Tragen Sie mir jetzt augenblicklich Ihre Ergebnisse aus dem Golfclub vor.«

»Zu Befehl, Inspectora! Ich habe mit den beiden Freunden des Opfers gesprochen. Jordi Puig behauptet, dass Espinet kein Weiberheld war, aber Mateo Salvia bezweifelte es. Er sagte, er habe den Eindruck gehabt, das Opfer sei gelegentlich fremdgegangen.«

»Hat er diesen Eindruck näher erläutert?«

»Er sei manchmal ohne Erklärung nicht in den Club gekommen, und einmal hat er sogar darum gebeten, dass das niemand seiner Frau sagen möge.«

»Ist das alles?«

»Laut ihm, ja.«

»Das glaube ich nicht, er muss mehr wissen. Wie finden Sie diesen Salvia?«

»Ziemlich oberflächlich!«

»Wir müssen herausfinden, wie er wirklich ist. In einer Stunde treffe ich mich mit seiner Frau. Ich möchte, dass Sie inzwischen was erledigen, Fermín, setzen Sie sich mit der Ausländerbehörde in Verbindung, und fordern Sie die Unterlagen von Lali Dizón an, wann sie nach Spanien gekommen ist, ob sie gemeldet ist, woher sie kommt. Das Übliche.«

»Verdächtigen Sie das philippinische Kindermädchen?«

»Was weiß denn ich! Ich verdächtige niemanden und alle. Jeder Weg in diesem Fall scheint vor einer Wand zu enden.«

»Alles eine Frage der Ausdauer.«

»Manchmal verharrt man im Fehler.«

»Wem sagen Sie das!«, rief mein Kollege abschließend.

Schön, eine Stunde später saß ich wie geplant Rosa Salvia, dem Crack, wie Malena Puig sie genannt hatte, gegenüber. Man hat nicht jeden Tag den Prototyp der unabhängigen, erfolgreichen und selbstständigen Frau vor sich, und Rosa war so eine, das merkte man sofort, wenn man sie in ihrem Büro in der Calle Muntaner erlebte. Rosa empfing mich sofort. Dann bekam ich eine kleine Vorstellung von Macht und Aktivität geboten. Bevor wir zu reden begannen, tätigte sie einen Anruf, wurde angerufen, erschien die Sekretärin mit ein paar Unterlagen zur Unterschrift, klingelte das Fax und spuckte Papier aus, wurde sie wieder angerufen, tippte nervös eine E-Mail in den Computer. Da kam der dritte Anruf. Schließlich strich sie das Revers ihres schönen kirschfarbenen Jacketts glatt, stand auf und sagte:

»Das ist ein Wahnsinn! Verschwinden wir von hier, wenn Sie wollen, dass wir reden können?«

Ich nickte. Sie griff zu ihrer Schultertasche, und wir ließen all diese Kommunikationsgeräte zurück, die permanent bedient werden wollten.

»Eine wichtige Frau«, bemerkte ich.

»Finden Sie? Wenn ich wirklich wichtig wäre, hätte ich zwölf Sekretärinnen, die mir die Telefonate ausfiltern. Alle Welt wüsste, dass man sich nicht direkt an mich wenden kann. Das ist bei mir nicht der Fall, wie Sie sehen.«

Wir gingen den Flur entlang, und sie machte einen überraschenden Vorschlag:

»Ich lade Sie in meinen Club zum Essen ein.«

»Wo ist Ihr Club?«

»Gleich nebenan. Das Fitnesscenter Amazonics. Das Restaurant ist nicht schlecht.«

Ich nahm an, warum auch nicht? Sich mit einer Zeugin auf eine derart vertrauliche Ebene zu begeben war nicht gerade konsequent, aber sie war ja keine direkte Zeugin. Beim Betreten dieses erlesenen, ausschließlich weiblichen Clubs stellte ich fest, dass die Tatsache, eine Frau zu sein, nicht nur nachteilig und tragisch war. Es war ein moderner Club, luxuriös, aber funktionell, hauptsächlich mit Chrom und

Marmor ausgestattet. Das Restaurant war ebenfalls nüchtern eingerichtet.
»Machen Sie sich keine großen Hoffnungen«, warnte Rosa mich. »Hier kann man nur kalorienarm essen, aber zumindest haben wir unsere Ruhe.«
Ich ließ mich bei der Auswahl beraten, doch als ich nachher sah, was ich bestellt hatte, bereute ich es. Ein Putenbrustfilet so weiß wie Schnee, dessen Nacktheit durch ein paar winzige Gemüsestückchen kaschiert wurde. Ich probierte von dem Gemüse. Es war fast roh. Ich wusste augenblicklich, dass ich den Subinspector hierhin niemals einladen könnte, selbst wenn Männer zugelassen wären.
»Schmeckt's Ihnen, Inspectora, oder soll ich Ihnen einen Hamburger mit Naturreis bestellen?«
Meine Gastgeberin dachte wohl – vielleicht nicht ganz zu Unrecht –, dass ich solche Feinheiten nicht gewohnt war und meine Linsen mit Chorizo vermisste, die meiner Gesellschaftsschicht angemessen waren.
»Nein, es ist sehr gut. Sehr gesund zudem«, antwortete ich, als wäre Essen nur eine Pflichtübung.
»Das ist ein angenehmer Ort und für mich unverzichtbar. Wenn ich stattdessen zu allen Geschäftsessen gehen würde, wäre ich eine Tonne. Ich komme hierher, stemme Gewichte und schwimme, esse etwas Leichtes, und dann geht's wieder bis acht oder neun an die Arbeit.«
»Und Ihr Mann protestiert nicht?«
»Er kommt um dieselbe Zeit heim wie ich. Außerdem fehlt es an Gelegenheit, uns gegenseitig vorzuwerfen, dass wir uns zu wenig sehen, denn wir sehen uns eigentlich überhaupt nicht. Es bleibt effektiv keine Zeit.«

Sie lachte und spießte eine Stangenbohne auf, als wäre sie ein Stück Schinken. Und sie erzählte mir, dass ihr Unternehmen noch nicht sehr groß sei, aber im Eiltempo expandiere. Ihrer Meinung nach arbeitete sie so viel, weil der Moment es erforderte.

Ich glaubte ihr nicht, wenn jemand so leidenschaftlich arbeitete, war es schwierig, den geeigneten Punkt zu finden, langsamer zu fahren. Rosa war eine Frau, die sich bemühte, das zu erarbeiten, was sie mühelos schon hätte haben können. Ihr Mann war im Unternehmen seines Vaters tätig, das er eines Tages erben würde. An Geld fehlte es ihnen nicht. Trotzdem konnte ich ihren Ehrgeiz gut verstehen. Wegen ein wenig mehr Action hatte ich meinen Beruf als Anwältin aufgegeben. Nur hatte ich mich durch den Wechsel finanziell verschlechtert – typisches Zeichen für den Mangel an praktischem Sinn vieler Frauen meiner Generation.

»Ich möchte Ihnen ein paar Fragen stellen.«

»Kommen Sie in den Ermittlungen gut voran? Haben Sie schon eine Liste mit Verdächtigen?«

»Wir versuchen uns nach und nach ein Bild zu machen, zum Beispiel vom Charakter des Opfers.«

»Wollen Sie mich danach fragen?«

»Ich bin davon überzeugt, dass Sie mir sagen können, wie Juan Luis war.«

»Das ist nicht leicht, jeder hat eine andere Meinung über seine Mitmenschen. Etwas ist sicherlich unbestritten, Juan Luis war in allem die absolute Nummer eins, das wird Ihnen jeder sagen: schön, brillant, kämpferisch, erfolgreich in seinem Beruf, ausgeglichen …«

»War er ein guter Mensch?«
»Ja. Er war bekannt dafür, dass er Karriere gemacht hat, ohne jemandem zu schaden.«
»Dabei ist es von Vorteil, wenn man gleich oben anfängt.«
»Das kann man sehen, wie man will.«
»Rosa, glauben Sie, Juan Luis war Inés treu?«
Die Frage überraschte sie nicht.
»Darüber habe ich auch manchmal nachgedacht. Die arme Inés ist so langweilig ... Obwohl ich es nicht glaube, er schien allen immer überaus redlich und moralisch. Ich bin mir sicher, dass er zumindest keine feste Geliebte hatte. Er hätte sein Image oder seine Familie für so was nicht aufs Spiel gesetzt. Nicht ausschließen will ich einen gelegentlichen Seitensprung auf einer Geschäftsreise, bei einem Kongress ... ich nehme an, das tun alle Männer.«
»Glauben Sie, Ihr Mann auch?«
»Mein Mann? Ich weiß nicht, vielleicht. Es wäre mir egal, Männer sind eben eher tierischer Natur. Die Espinets verstanden sich übrigens trotzdem gut. Juan Luis war in mancher Hinsicht sehr konventionell, er mochte traditionelle Frauen, abhängig und mit Engelsgesicht.«
»Deshalb war er mit seiner Frau glücklich.«
»Sind Sie verheiratet, Inspectora?«
»Ich habe mich zweimal scheiden lassen. Ich glaube nicht, dass ich noch einmal heiraten würde.«
»Haben Sie Kinder?«
»Nein.«
»Manchmal denke ich, dass nur wir kinderlosen Frauen es schaffen, jemand zu sein.«
»Es gibt auch welche, die es trotz Kindern schaffen.«

»Auf Kosten ihrer Gesundheit! Obwohl ich keine Kinder habe, vermisse ich sie auch nicht, und Sie?«
Ich war versucht, das Gespräch an diesem Punkt abzubrechen. All das erschien mir viel zu persönlich. Dann dachte ich, dass mein Leben wahrscheinlich einfach nur zu wenig Berührung mit der weiblichen Welt hatte und mich ihre offene Art deshalb schockierte. Ich antwortete, ohne allzu vertraulich zu werden.
»Ich weiß es nicht, wie soll man etwas vermissen, das man nicht kennt?«
Sie nickte lächelnd, und wir saßen uns gegenüber, ohne zu wissen, was noch zu sagen wäre. Ich nutzte das, um mich zu verabschieden; ich hatte, was ich wollte: eine Meinung über Espinet und eine Annäherung an Rosa. Trotzdem stieg in mir ein Gefühl der Frustration auf, genau wie nach den Befragungen der anderen Zeugen. Waren sie alle verdächtig? Hatte jemand von den Freunden, etwa seine eigene Frau, einen Killer bezahlt, um Juan Luis zu beseitigen? Dieser vage, fast irrationale Verdacht hatte sich nach den Befragungen der Gruppe aus *El Paradís* in meinem Kopf festgesetzt. Es war alles so perfekt, so normal, als verberge sich dahinter eine weniger friedliche Realität. Der Einzige, den ich noch nicht befragt hatte, war Mateo Salvia, aber ich bezweifelte, dass er mir irgendeine Tür öffnen konnte. Seine Aussage würde sich ohne neue Erkenntnisse zu den anderen gesellen, davon war ich überzeugt. Mein Gott, wie sollte man Verdächtige befragen, die nicht mal auf der Basis einer Hypothese solche waren? Was kam bei solch unklarer Strategie heraus? Wie ließen sich Ermittlungen anhand von Spuren wie einem Kratzer und einem Fußab-

druck vorantreiben? Und wenn wir nur Schleifen drehten und der Mörder ein schlichter Dieb war, den Espinet überrascht hatte? Es waren zu viele Fragen ohne Antwort für den Zeitraum, in dem wir ermittelten. Wir waren in einem Kreis gefangen, so wie die Bewohner in der Wohnanlage *El Paradís*.

Die Ermittlungstheorie sagte, stehende Gewässer müsse man bewegen, damit etwas an die Oberfläche gelangte. Das war relativ simpel im kriminellen Umfeld der Ausgegrenzten, aber konnte mir mal jemand erzählen, wie man die ruhigen, sauberen Gewässer dieser in Wohlstand und Diskretion lebenden Gesellschaftsschicht bewegt? In eine stinkende Pfütze zu treten war leicht, aber den Fuß in einen See mit Schwänen zu setzen war etwas ganz anderes.

Ich notierte das Profil: Rosa Salvia. Praktische und synthetische Mentalität. Hart, wenig sentimental, auch wenn sie mit Tränen auf den Mord reagiert hatte. Freundlich. Ehrgeizig im Geschäft. Ich hatte langsam echte Zweifel, dass diese freudianische Galerie zu irgendetwas nütze war.

Um Punkt sieben steckte ich den Kopf in die tägliche Sitzung zur päpstlichen Sicherheit. Diesmal war ich die Erste. Das heißt, nicht ganz, denn Kardinal Di Marteri war auch schon da. Er saß allein an einem Tisch und sah Papiere durch. Als er mich erblickte, stand er auf und kam auf mich zu. Schnelles Verschwinden war unmöglich.

»Wie geht es Ihnen, Inspectora? Wie ich sehe, sind Sie heute sehr pünktlich.«

»Ich habe mir vorgenommen, nicht mehr zu sündigen, zumindest im Kleinen.«

»Sie mögen Wortgefechte, nicht wahr?«

»Ich spiele generell gern.«
»Ja, mit Worten, mit Situationen ... ein wenig gegen die Tradition rebellieren. Das ist ein eher jugendlicher Zug, verweist auf einen Hang zum Widerspruch, was an und für sich nichts Negatives ist.«
Ich lachte albern auf, was mein Interesse an seinen Worten aber nicht verhehlte. Er fuhr gelassen fort.
»Das Schlechte ist, dass dieser rebellische Zug ab einem bestimmten Alter chronisch werden kann, und dann verliert das Spiel seinen Reiz und wird langweilig.«
Ich durchbohrte ihn mit meinem Blick. Dieser Luxuspfarrer hatte mich doch tatsächlich verwirrt. Ich spürte, dass ich errötete.
»Aber hallo, ich dachte immer, Pfarrer kümmern sich nur um die Seelen! Sie sollten den Psychoanalytikern auch noch etwas übrig lassen.«
»Seele und Geist sind eng verwandt, Inspectora.«
»Das müssen sie sein, beide belasten uns mit ihren sinnlosen Ängsten.«
»Denen man unmöglich entkommen kann.«
»So unmöglich auch wieder nicht, Monsignore.«
In dem Moment kam Comisario Coronas herein und erstarrte, als er uns plaudernd zusammenstehen sah. Er dachte bestimmt, ich hätte dem illustren Gesandten des Pontifex etwas Unangemessenes erzählt. Mit zwei großen Sätzen war er bei uns und machte eine beschämende Andeutung, die Hand des Prälaten zu küssen.
»Guten Abend. Ich sehe, Sie haben mit der Sitzung schon begonnen. Ist der Inspectora eine interessante Sicherheitsstrategie eingefallen?«

»Die Fluchtstrategie«, antwortete Di Marteri.
»Seine Heiligkeit flieht im Papamobil?«, fragte Coronas mit falschem Lachen, was seine zunehmende Unruhe verriet.
In der Gewissheit, nicht bis zum Kern der Unterhaltung vorzudringen, drehte sich der Comisario nervös zur Tür um. In dem Moment traf der Großteil der Inspectoren ein. Coronas stieß einen zufriedenen Schrei aus, als wären sie die zu einer Hochzeit geladenen Gäste.
»Mensch, da sind ja alle! Los, wir fangen gleich an.«
Meine Kollegen verstanden diese enthusiastische Begrüßung natürlich nicht. Sie setzten sich, und ich tat es ihnen unter dem frommen Blick dieses streitbaren Kardinals gleich. Ich war noch immer empört. Wie konnte dieser Mann, dem ich keinerlei Befugnis über mein Leben erteilt hatte, es wagen, mir mit Moral zu kommen? Das war, wie an der Bushaltestelle einen Arzt zu treffen, der dir nachläuft und unbedingt eine Diagnose über deinen Gesundheitszustand stellen will. Schön. Sollte Coronas jetzt erst mal die Messe lesen, aber das nächste Mal würde ich diesem Typen einen erinnerungswürdigen Seitenhieb verpassen. Gott war mein Zeuge! Die theologische Schlacht war eröffnet.
Wie es langsam zur Gewohnheit wurde, gelang es mir nicht, dieser absurden Sitzung auch nur die geringste Aufmerksamkeit zu widmen. Es interessierte mich einen Feuchten, ob das Papamobil durch diese oder jene Straße fuhr und wie viele Scharfschützen es zu postieren galt. Ich zog ein missmutiges Gesicht und versuchte, nicht zu denken.

Kurz darauf traf Garzón ein, der sich mit lächerlichen vorsichtigen Schritten wie ein Zwergtrappe für die Verspätung zu entschuldigen versuchte. Er setzte sich neben mich und sah mich an. Da er mich gut kannte, merkte er sofort, dass mich irgendein Teufel geritten hatte. Er zog fragend seine buschigen Augenbrauen hoch. Ich schüttelte den Kopf. Er nickte. Dann flüsterte er mir ins Ohr.

»Lali ist nicht illegal in Spanien, mit der Einwanderung ist alles okay. Wir kriegen einen detaillierten Bericht.«

Coronas' heftiges Räuspern bedeutete uns, besser still zu sein. Ich ließ eine halbe Stunde verstreichen und stand dann in unübersehbarem Protest gegen die Zeitverschwendung auf und verschwand. Garzón flüsterte ich vorher noch ins Ohr:

»Vergessen Sie nicht, dass wir heute Abend bei den Enárquez zum Essen eingeladen sind.«

»Verdammt!«, entschlüpfte es ihm etwas lauter als angemessen.

Ich unterstellte und hoffte, dass der Kardinal es gehört hatte.

Punkt neun klingelten wir am Samstagabend bei den Schwestern Enárquez in der Calle Muntaner. Ihre Wohnung befand sich in einem eleganten modernistischen Gebäude. Wie in einer Kalesche fuhren wir in dem alten historischen Fahrstuhl nach oben. Garzóns Gesicht sprach Bände. Er schmollte und war verspannt wie ein Kind, das man zu einem Besuch zwang. Er trug einen seiner Bestattungsunternehmer-Anzüge mit einer Krawatte, auf der kleine Freiheitsstatuen abgebildet waren und die ihm bestimmt sein Sohn aus New York geschickt hatte. Außerdem roch er nach einem Parfüm so süß wie Likör.

»Sie sind sehr schick, ich prophezeie Ihnen großen Erfolg«, wagte ich zu kommentieren.

Ich erwartete eine witzige Antwort, aber er fuchtelte mit dem Zeigefinger vor meiner Nase herum.

»Erinnern Sie sich daran, wessen Idee es war, hierher zu kommen? Und erinnern Sie sich vor allem daran, weshalb wir hier sind?«

Ich klopfte ihm beruhigend auf die Schulter.

»Ganz ruhig, Fermín. Ich habe nur gesagt, dass Sie schick sind, deswegen müssen Sie nicht so wütend werden.«

Wir klingelten an der rustikalen, mit Spiralen und Blumen geschmückten Tür. Ein junges Hausmädchen öffnete uns und führte uns in einen hübschen klassischen Salon voller alter Gemälde, Mahagonimöbel und Kunstobjekte.

»Ihre Freundinnen haben eine Menge Kohle, lieber Garzón.«

»Die können sie behalten. Haben Sie sich schon überlegt, was Sie sagen werden?«

In dem Augenblick tauchte Concepción Enárquez in einem malvenfarbenen Seidenkleid auf. Um den Hals trug sie ein Perlencollier so lang wie die Kette eines Sträflings.

»Liebe Freunde, wie geht es Ihnen?«

Wir küssten uns lautstark.

»Emilia ist gleich da. Sie macht sich noch schön. Sie ist so eitel und perfektionistisch, dass sie immer ein wenig länger braucht als ich!«

Sie warf dem Subinspector einen verschwörerischen Blick zu. Ich ahnte, dass mein Kollege vielleicht Recht hatte. Hier wurde ein Kupplerspiel ausgeheckt, das möglicherweise in der Eheschließung münden sollte. Es schien, als wolle Concepción als Witwe ihrer Schwester den Vortritt lassen, weil diese noch nie am Honig der Ehe genippt hatte. Und alles wies darauf hin, dass der auserwählte Bienenzüchter Fermín Garzón war.

»Sehen Sie, da ist sie schon!«, sagte Concepción wie eine Moderatorin, die den Auftritt eines Stars ankündigt.

Emilia Enárquez betrat in einem luftigen blumigen Gazekleid den Raum. Es war möglicherweise etwas unangemessen für ihr Alter, obwohl ihr unschuldiges Lächeln sie wie eine Zwanzigjährige wirken ließ, die zum Flirten aufgelegt war. Sie richtete ihre Augen mit Wimpern wie Schmetterlingsflügel auf den Subinspector, und ich hätte schwören können, dass sie errötete. Was hatte dieser Mistkerl im Club Mediterrané angestellt? So viel Beschämung und Erwartung konnten nicht nur von einem freundschaftlichen Verhältnis herrühren. Concepción kam jeglichem Gespräch zuvor und setzte uns sofort in Bewegung.

»Kommen Sie, lassen Sie uns von hier weggehen. Wir nutzen den Salon kaum. Alle diese Dinge sind geerbt, aber in Wahrheit sind sie ziemlich *démodé*.«

Wir gingen durch einen dunklen Flur und landeten in einem modernen Wohnzimmer. Dort war die Einrichtung höchst *à jour*: zeitgenössische Möbel, abstrakte Bilder und eine moderne Musikanlage, die heiße Jazzrhythmen ausspuckte.

»Hier ist es schon besser. Sie haben sich erschrocken, stimmt's? Sie haben gedacht, dass wir so richtig förmlich mit Silberbesteck zu Abend essen und über Ahnen reden.«

»Ja, über Großväter, die nach Kuba ausgewandert sind«, lachte Emilia.

»Aber keineswegs. Wir haben den amüsantesten Mann von ganz Barcelona nicht zu einer Trauerfeier eingeladen.«

Garzón konnte nicht anders, als ein geschmeicheltes Gackern von sich zu geben, wenn auch mit dem typischen Argwohn der bedrängten Beute. Wir setzten uns zum Plaudern, und nach zwei Martinis wurde das Essen aufgetragen, köstliche Gerichte, zu denen wir einen wundervollen Rioja schlürften. Bereits zum Ende der Vorspeise kamen die Erinnerungen an Mallorca aufs Tapet.

»Erinnert ihr euch an den Tag, als Fermín mit Strümpfen und Schuhen vom Sprungbrett in den Swimming-Pool sprang?«

»Und als wir so betrunken waren, dass wir unsere Hotelzimmer nicht mehr wiederfanden?«

Ich sah Barcelonas amüsantesten Mann mit hochgezogener Augenbraue fragend an. War es in jener Nacht passiert? War Garzón versehentlich in Emilias Zimmer gelandet? Er wich dem Blick aus und ergriff eine diplomatische Vorsichtsmaßnahme.

»Freundinnen, wir langweilen meine Chefin, wenn wir von Dingen reden, bei denen sie nicht anwesend war.«

»Stimmt«, erwiderte Concepción, worauf sie zu ihrer Aufgabe als Gastgeberin zurückkehrte und das Mädchen bat, das Fleisch aufzutragen.

Als wir das appetitliche Tablett mit Roastbeef vor uns hatten, hielt ich den Augenblick für gekommen.

»Was machen Sie beide eigentlich, Ihr Freund Fermín weiß das gar nicht.«
»Meine Schwester und ich sind Aktionärinnen einer Privatklinik. Sie heißt Organon. Unser Vater hat sie gegründet, und wir haben sie, als wir sie erbten, an eine amerikanische Lobby verkauft. Wir haben ein Aktienpaket behalten, das uns erlaubt, bequem zu leben.«
Organon war eine angesehene gynäkologische Klinik im oberen Teil der Stadt, die alle Welt kannte.
»Ich bin gelernte Krankenschwester, aber mein Vater ließ mich nicht arbeiten. Das waren noch andere Zeiten. Ich heiratete einen Arzt und wurde dann Witwe«, erzählte Concepción melancholisch.
»Das heißt, Sie sind stark verwurzelt in dieser Stadt.«
»Ja, hier wurden wir geboren, und hier werden wir sterben, obwohl, je später, desto besser.«
»Ihr Fall ist so ganz anders, nicht wahr, Subinspector?«, sagte ich und warf ihm einen philosophischen Blick zu. »Sie denken nur daran, endlich in Pension zu gehen und in New York leben zu können.«
Die Gesichter der beiden Frauen drückten Überraschung aus, Garzóns ebenfalls.
»In New York?«, riefen beide unisono.
»Der Subinspector hat einen Sohn in New York, er ist Arzt, hat er Ihnen das nicht erzählt?«
»Schon, aber nicht, dass er sich dort niederlassen will.«
»Garzón ist in diese Stadt verliebt. Aber was rede ich eigentlich, erzählen Sie selbst, Fermín!«
Er sah mich verblüfft an.
Ich gab ihm unter dem Tisch einen Tritt und traf auf etwas

Hartes. Es musste sein Schienbein gewesen sein. Schließlich reagierte er.

»Ach ja, New York, eine fantastische Stadt, die Fifth Avenue, Central Park, die Freiheitsstatue! Ja, ich werde hinziehen, sobald ich kann.«

Mir ging durch den Kopf, dass mein Untergebener wahrscheinlich nicht gerade zum Schauspieler geboren war. Hätte er seinen Kommentar nicht etwas wahrscheinlicher klingen lassen können? Aber war auch egal, die beiden Schwestern waren bereits vom Pfeil getroffen. Ich verachtete mich selbst, als die arme Emilia mit Alltagsgesicht sagte:

»Stimmt, eine Traumstadt. Nur leider ist sie etwas weit weg, nicht wahr?«

»Nichts, was man in wenigen Flugstunden nicht überbrücken könnte«, erwiderte Concepción, die sturer und kämpferischer war.

Aber der Luftballon war angestochen. Es entstand ein Moment des Schweigens, in dem die Enttäuschung offensichtlich wurde, auch wenn das *savoir-faire* der Schwestern Enárquez siegte.

»Was halten Sie davon, wenn wir den Nachtisch mit einem Fläschchen Champagner begießen?«, schlug Concepción mit gequältem Lächeln vor.

Das Begießen war üppig und reichlich, sodass wegen unseres Durstes eine zweite Flasche geköpft werden musste. Ich hatte den Eindruck, dass unsere Gastgeberinnen mithilfe des Champagners ihren Schock zu überwinden suchten. Meine Kriegslist war erfolgreich gewesen, ein Mann, der beabsichtigt, seinen Lebensabend in New York zu verbringen, denkt nicht ans Heiraten. Und selbst wenn es so wäre, würden die unterschiedlichen Zukunftspläne jede dauerhafte Verbindung unmöglich machen. Schluss, aus. Ich hasste mich. Ich hasste mich dafür, mich auf das Spiel eingelassen zu haben und Helfershelferin eines alternden drittklassigen Don Juans zu spielen, der sich im Urlaub gehen ließ, ohne an die Konsequenzen zu denken.

Wir verließen die Wohnung der Enárquez' um ein Uhr nachts. Und zwar sehr betrunken. Ich glaube, bei diesem verflixten Abendessen hatten wir alle aus unterschiedlichen Gründen zu viel getrunken: anfangs aus Nervosität, dann aus Anspannung und am Ende aus Beschämung. Ich war nicht stolz auf mich selbst, als ich neben dem Subinspector hertaumelte. Plötzlich stieg Aggressivität in mir auf.

»Diese Gemeinheit habe ich Ihretwegen begangen, das werde ich Ihnen nicht verzeihen.«

»Inspectora, Sie sind ungerecht mit mir, ungerecht!«

»Sagen Sie mir die Wahrheit, Sie haben dieser Frau doch die Heirat versprochen!«

»Habe ich nicht!«

»Lügen Sie mich nicht an!«

»Ich schwöre Ihnen ...«

Plötzlich legte mir jemand eine Hand auf die Schulter. Ich drehte mich wie der Blitz um und stand vor Richter García Mouriños, der mit frommem Gesicht lächelte.

»Da geht die Heilige Geleitschaft!«

»Richter, was machen Sie denn hier, verdammt?«

»Wie aggressiv Sie sind! Ich komme gerade aus dem Kino. Doppelvorstellung. Und Sie?«

»Wir waren zum Essen eingeladen«, sagte Garzón.
»Wie kommen Sie im Fall Espinet weiter? Sie wissen bestimmt, dass man mir den Fall übertragen hat.«
»Habe ich mir schon gedacht. Und weiter kommen wir gar nicht, Richter, gar nicht.«
»Es wird schon vorangehen, meine liebe Petra. Heute Abend sind Sie nicht im Dienst, stimmt's?«
»Nein, warum?«
»Weil Sie nach Alkohol stinken«, sagte er lächelnd.
»Trinken Sie einen Schlummertrunk mit uns? Wir gehen in die Bar dort«, rief ich und zeigte unvermittelt auf ein Lokal, das um diese Zeit noch offen war.
»Danke, die Herrschaften, aber ich gehe lieber schlafen, Sie haben mir zu viele Gläser Vorsprung. Ich empfehle Ihnen Mäßigung. Und ich empfehle Ihnen den neuen Film der Brüder Cohen, er ist einfach genial! Gute Nacht.«
Er verschwand mit dröhnendem Lachen. Wir standen schweigend auf der Straße. Die Hitzigkeit unseres Streits hatte sich verflüchtigt, aber ich fühlte mich unbehaglich und war noch immer nervös.
»Finden Sie, dass wir betrunken sind, Fermín?«
»Ich glaube schon.«
»Schließen wir den Abend mit einem letzten Drink ab. Kommen Sie, gehen wir in diese verdammte Bar.«
Wir betraten das Lokal und stützten uns auf den Tresen. Auf die Frage »Was darf's sein?«, antworteten wir beide: »Whisky.« Neben uns trank ein Grüppchen Jugendlicher Bier. Glatzen, Punkstil, vulgäre Ausdrucksweise und überlaut. Ich verachtete sie, aber ich war zu betrunken, um einen Lokalwechsel vorzuschlagen.

»Wissen Sie was, Fermín?«
»Nein, was denn?«
»Ich bin nicht besonders stolz auf mich.«
»Vergessen Sie's, Inspectora, ich habe nie die Absicht gehabt, wieder eine Familie zu gründen, weder mit Emilia Enárquez noch mit sonst wem. Mein Bedarf an Familienleben ist gedeckt.«
»Vielleicht entgeht Ihnen was. Wissen Sie, was Ihre Freundin Dolores Carmona kürzlich gemacht hat?«
»Die Zigeunerin? Ich weiß nicht, ob ich es wissen will.«
»Sie hat mir die Zukunft geweissagt. Sie nahm meine Hand, betrachtete sie und sagte, dass ich in meinem Leben für immer etwas verpasst hätte.«
»Na toll, für eine solche Voraussage muss man nicht hellsehen können!«
»Ja, aber sie hat Recht. Und am schlimmsten ist, dass ich es bis vor kurzem nicht bemerkt habe. Man lebt, arbeitet, verliebt sich, isst, schläft und hat immer den Eindruck, noch Zeit genug zu haben, um was auch immer zu tun, aber das stimmt nicht. Eines schönen Tages wird dir klar, dass der eingeschlagene Weg bestimmte Möglichkeiten für immer ausschließt.«
»Welche denn, Ballet tanzen zu lernen, als Missionarin nach Mozambique zu gehen, oder beziehen Sie sich auf das, was Ihnen gerade durch den Kopf geistert, ein Kind?«
Er sah mich mit einem Alkoholikergrinsen an. Einer der Kahlköpfe, mit denen wir uns den Tresen teilten, schubste mich von hinten. Garzón blickte unerschütterlich. Offenbar las er aus meinem Gesicht etwas wie Trauer oder Wut, denn obwohl betrunken, milderte er seine Worte ab:

»Entschuldigen Sie, Inspectora, ich wollte nicht so brutal sein. Sagen Sie mir, wie ich Ihnen helfen kann, und ich werde es tun.«

Ich hatte einen so dicken Kloß im Hals, dass ich nicht sprechen konnte, und war kurz davor, in dicke Krokodilstränen auszubrechen. Garzón, der die delikate Stimmung spürte, war unsicher. Ich versuchte mich zu fangen und trank einen Schluck Whisky, während die jugendlichen Barbaren lachten und sich wie wilde Affen aufführten. Ich schluckte meine Tränen hinunter.

»Ja …«, sagte ich schließlich. »Sie können etwas für mich tun.«

»Sagen Sie es mir augenblicklich.«

»Wissen Sie, was ich immer gern getan hätte und mich nie getraut habe, und vielleicht sterbe ich, ohne es je getan zu haben?«

»Nein, sagen Sie schon. Wenn ich Ihnen helfen kann, werde ich keinen Moment zögern«, sagte er entschlossen.

»Bei einer ordentlichen Schlägerei mitmachen, Fermín, eine Massenschlägerei, in einer Bar, mit Fausthieben, eine richtige Prügelei. Ich war noch nie in so was verwickelt, vermutlich, weil ich eine Frau bin.«

Sein Blick wirkte einen Augenblick lang nüchtern.

»Sind Sie sicher?«

»Ja.«

Er machte ein Zeichen des komplizenhaften Einverständnisses.

»Nichts einfacher als das: Diese aufdringlichen Typen hinter Ihnen, Petra, stören die Sie möglicherweise?«

»Sie stören mich sehr.«

Er betrachtete die jungen Burschen, presste die Kiefer zusammen und ging zu ihnen.

»Jungs, ihr stört die Señora.«

Sie waren völlig perplex. Einer von ihnen, der Frechste, legte sich mit dem Subinspector an.

»Ach ja? Und warum?«

Diese vernünftige und völlig logische Frage wurde von Garzón mit einem direkten Schlag in die Magengrube beantwortet. Der Junge knickte ein und sank zu Boden. Geschrei und Rufe erklangen. Ich spürte, wie mein Blut schäumte, wie große Aufregung in mir hochstieg. Ich ging näher, ergriff einen der schreienden Jungs am Aufschlag seiner Lederjacke und schlug ihm so heftig ins Gesicht, wie ich nur konnte. Ah, was für ein wunderbares Gefühl! Ein unglaublicher Schmerz kroch von meinen Fingern bis zum Ellbogen, aber das war egal, ich fühlte mich halbwegs narkotisiert und bereit, jeden Schlag zurückzugeben. Ich schlug wieder zu, diesmal einen anderen Jungen. Im Augenwinkel sah ich neben mir Garzón mit einem dritten kämpfen. Das Geschrei nahm zu. In einem Moment der Unaufmerksamkeit verpasste mir ein kräftiger, sehr viel größerer Junge einen kräftigen Hieb in die Rippen. Meine Atmung setzte aus, aber es schmerzte nicht. Ich wollte den Schlag schon zurückgeben, als mich jemand von hinten packte.

»Ruhig, alle ganz ruhig!«

Plötzlich herrschte Stille. Ich drehte mich um und stand zu meiner größten Überraschung vor Richter García Mouriños, der mich an den Armen festhielt.

»Was zum Teufel ist hier los?«, dröhnte er.

Ein Haufen durcheinander geschriener Erklärungen folgte seiner Frage wie ein Echo. Er beendete den Radau im Tonfall eines Jupiters:

»Es reicht, ich bin Polizist!«

Der Barbesitzer zeigte übereifrig auf Garzón und mich und sagte zu ihm:

»Die beiden haben angefangen. Es war ganz ruhig und ...«

García Mouriños unterbrach ihn mit imposanter Autorität. Er sah uns drohend und grimmig an.

»Die waren es also. Begleiten Sie mich. Los, kommen Sie schon! Sie können mir dann auf dem Kommissariat alles erzählen.«

Dann schubste er uns zum Ausgang. Wir gehorchten schweigend und ließen hinter uns eine erstaunte Versammlung zurück. Auf der Straße drängte uns der Richter zur Eile.

»Verschwinden wir von hier, bevor diese Typen reagieren und wirklich die Polizei rufen. Sagen Sie mal, was zum Teufel ... Sie können dankbar sein, dass die Leute ihre Rechte nicht kennen, denn ... Mein Gott, ich kann es nicht glauben! Ich habe so was geahnt, deshalb bin ich Sie suchen gegangen, ich dachte, in Ihrem Zustand könnten Sie Schwierigkeiten kriegen, aber das, meine Herrschaften ... überschreitet alle Vorstellungen! Ist Ihnen klar, was das für Konsequenzen haben kann?«

Garzón und ich schwiegen, wie Schüler, die von ihrem Lehrer getadelt werden und wissen, dass sie es verdient haben.

»Wird besser sein, wenn Sie mit zu mir kommen. Ich wohne ganz in der Nähe.«

Er hatte eine schöne Altbauwohnung in der Calle Valencia, das Wohnzimmer beherrscht von einem riesigen Bildschirm. Die Wände waren voller Regale, die wiederum mit Videos gefüllt waren.

»Ich werde Ihnen einen Kaffee machen«, sagte er freundlich. »Wenn Sie sich etwas frisch machen wollen, das Bad ist am Ende des Flurs.«

Ich nutzte das Angebot, wusch mir das Gesicht und kämmte mich. Dann betrachtete ich mich im Spiegel. Auf meinem leicht angeschwollenen Wangenknochen zeichnete sich ein Schatten ab. Ich hatte die Zähne so fest zusammengebissen, dass mir der Kiefer wehtat, aber das war nichts verglichen mit dem stechenden, anhaltenden Schmerz in den Rippen. Ich bedauerte, nichts zum Schminken dabeizuhaben, dann hätte ich mich etwas herrichten können.

Als ich zurückkam, schenkte García Mouriños gerade Kaffee ein. Ich setzte mich. Bisher hatte ich noch kein einziges Wort gesagt.

»Schön, und jetzt erzählen Sie mal. Wie können zwei erwachsene und erfahrene Polizisten wie Sie sich in einer Bar derart provozieren lassen?«

Garzón rührte in seiner Tasse. Er wollte mich nicht verpfeifen. Also antwortete ich.

»Die haben uns nicht provoziert. Ich hatte Lust auf eine Schlägerei.«

Der Richter sah mich verständnislos an. Mein Kollege ergänzte:

»Es war eine Laune der Inspectora.«

Der geordnete Kopf eines Mannes des Gesetzes begriff

die Situation verständlicherweise nicht. Ich setzte ebenso hitzig zu einer Erklärung an, wie ich mich in der Bar auf meine Opfer gestürzt hatte.
»Das war keine Laune, meine Herren. Ich habe mich schlecht gefühlt und wollte mich auf männliche Weise abreagieren. Ihr Männer trinkt, schlagt euch und spuckt alles ohne Angst aus. Und wissen Sie, was wir Frauen tun, wenn uns etwas quält? Wissen Sie das?«
Sie sahen sich ernst an.
»Schweigen und schlucken, das tun wir, alles staut sich in uns an. Manchmal vertrauen wir uns einer Freundin an, oder wir gehen zum Psychiater, oder wir nehmen Beruhigungsmittel oder heulen uns die Augen aus dem Kopf. Und diesmal hatte ich Lust auf eine ordentliche Prügelei, und die war gar nicht so schlecht. Das ist alles. Das ist die ganze Erklärung. Ich hatte Lust auf eine Schlägerei in einer Bar.«
Beide Männer spürten, dass wir uns auf sumpfigem Gelände bewegten, und schwiegen. Sie respektierten meinen Redeschwall, so absurd er ihnen auch erscheinen mochte. Dann stand der galicische Richter auf und suchte etwas in seinen Kinoschätzen. Er zog eine Videokassette heraus.
»Möchten Sie eine ordentliche Schlägerei in einer Bar sehen? Die besten finden Sie in Western. Diese hier wird Ihnen gefallen.«
Zum Abschluss unseres seltsamen Treffens genossen wir ein paar Szenen aus berühmten Hollywoodfilmen, in denen mit viel Geschrei ein Haufen geschickter Faustschläge verteilt wurden. Das war gut. Mir wurde klar, dass ich noch viel zu lernen hatte, vor allem, wie die Schauspie-

ler es schafften, dass die Schläge kräftig und trocken klangen. Das war mir nicht gelungen. Außerdem spürte ich, dass meine rechte Hand taub war und inzwischen mein ganzer Körper schmerzte. War das eine gute Methode gewesen, die inneren Gespenster auszutreiben? Ich weigerte mich, in diesem Augenblick darüber nachzudenken. Besser an einem anderen Tag. Ich bat den Richter um ein Aspirin, und der gute Mann brachte es mir zusammen mit einem Glas Milch.

Vier

Ich lag den ganzen Sonntag auf dem Sofa und stand nur auf, um dem Pizzalieferanten zu öffnen. Ich hatte Kopfschmerzen, und sämtliche Muskeln meines Körpers, vermutlich auch der eine oder andere Knochen, taten mir weh. Kneipenschlägereien haben ihren Preis, dachte ich. Es war aber gar nicht schlecht gewesen, vielleicht etwas enttäuschend, ich hatte mir mehr Genugtuung davon versprochen. Der Kater war heftig, aber langsam spürte ich die Wirkung der Schmerztabletten zusammen mit dem Kaffee. Am nächsten Tag würde ich mich sicher wie neu fühlen.

Irrtum. Nachdem ich am Montag die Papiere auf meinem Schreibtisch geordnet hatte, musste ich mich auf den Boden setzen und ein paar Übungen machen. Meine Seite schmerzte derart, dass ich nur mit Mühe atmen konnte. Dabei konnte ich mich nicht mal beklagen, denn ich war ja nicht im Dienst verprügelt worden.

Ein Schutzpolizist war verdattert, als er mich im Lotussitz vorfand. Im Versuch, seine Verblüffung zu überspielen, sagte er:

»Inspectora, ein gewisser Mateo Salvia sagt, er hätte einen Termin bei Ihnen.«

»Stimmt, lassen Sie ihn herein.«

»Soll ich einen Moment warten? Ich meine, vielleicht wollen Sie vorher aufstehen.«

»Ich bin schon fertig, lassen Sie ihn herein.«

Dieser arme Schutzmann wachte über das Image seiner Brötchengeberin, der Polizei. Hätte er das von meiner Schlägerei gewusst, hätte er mir gegenüber allen Respekt verloren. Ich setzte mich anständig an meinen Schreibtisch, und so fand mich Mateo Salvia vor.

»Hallo, Inspectora Delicado, wie geht es Ihnen?«

Salvia war ein Mann von Welt, den das Kommissariat kein bisschen einschüchterte. Er begrüßte mich, als hätten wir uns in einem Modegeschäft oder im Zug getroffen.

»Bin ich nicht pünktlich?«

»Sehr pünktlich. Tut mir Leid, dass ich Ihre kostbare Zeit in Anspruch nehme. Ich weiß, dass Sie Ihre Aussage bereits unterschrieben haben.«

»Dann sagen Sie mir, was ich für Sie tun kann.«

»Es ist nur eine Frage der Nuancen. Wir haben Zeugen für die Geschehnisse in der Mordnacht, aber wir sind noch dabei, Juan Luis Espinets Persönlichkeitsbild zu rekonstruieren.«

»Dabei weiß ich wahrscheinlich am wenigsten über ihn. Inés war seine Frau, Jordi sein Partner. Meine Frau und ich pflegten keinen so engen Kontakt mit ihm. Außerdem haben die beiden anderen Paare Kinder und wir nicht, das führte oft zu unterschiedlichen Plänen.«

»Dennoch würde ich gern Ihre Version hören.«

»Meine Version? Eine ganz gewöhnliche Version. Juan Luis war freundlich, pflichtbewusst, ein anständiger Kerl. Der

Sohn, den sich alle Eltern wünschen. Ein Junge aus gutem Hause.«

Diese Beschreibung überraschte mich, denn soweit ich wusste, war auch Mateo ein Papasöhnchen. Er musste meine Irritation gespürt haben, weil er sogleich hinzufügte:

»Na ja, ich bin auch nicht gerade ein Rebell. Sie wissen ja, dass ich in unserem Familienbetrieb arbeite, aber das ist etwas anderes, ich bin nicht so perfekt.«

»Was wollen Sie damit sagen?«

»Ich spiele gern Polo und Golf, bummle gern herum, trinke gern mal ein Glas in einem angenehmen Lokal, schippere auf meinem Boot herum ..., sagen wir mal, ich bin nicht den ganzen Tag mit meinem Beruf beschäftigt.«

»Aber er schon?«

»Ja, er war in allem perfekt: fleißig, verantwortungsbewusst, ein guter Vater, ein guter Ehemann ...«

»War er das, war er ein guter Ehemann?«

»Ja natürlich, Sie haben doch gesehen, wie Inés reagiert hat, sie ist völlig am Boden zerstört.«

»Selbstverständlich, Mateo, das weiß ich schon, aber war Juan Luis seiner Frau treu?«

Er lächelte kaum merklich.

»Er war kein Frauenheld, dessen können Sie sicher sein. Obwohl ich einen gelegentlichen Seitensprung für gut möglich halte.«

»Sagen Sie das aus einem bestimmten Grund?«

Jetzt lächelte er offen. Bisher war mir sein Gesichtsausdruck immer irgendwie spöttisch, herablassend und misstrauisch erschienen.

»Ist es wichtig, das zu beantworten?«

»Wichtig und vertraulich.«

»Gut, es ist wahrscheinlich Blödsinn, aber ich sollte es Ihnen wohl erzählen. Vor fast einem Jahr geschah etwas, das mich ein wenig überraschte. Sie wissen wahrscheinlich, dass Jordi und ich mit Juan Luis zusammen Golf spielten.«

»Das weiß ich.«

»Na ja, eines der Mädchen an der Clubrezeption, Susana, ist sehr hübsch und so Mitte zwanzig. Sie begrüßte uns eines Morgens, als Juan Luis und ich zusammen hereinkamen; wir hatten uns auf dem Parkplatz getroffen. Er sprach sie an, redete mit ihr über Abrechnungen und Kontoauszüge, also ging ich schon in die Umkleidekabine. Kurz darauf merkte ich, dass ich die Tasche mit der frischen Wäsche im Auto vergessen hatte, und ging wieder hinaus. Dabei sah ich, wie sich Juan Luis und das Mädchen küssten.«

»Haben die beiden Sie gesehen?«

»Nein, ich bin einen Schritt zurückgewichen und habe gewartet, bis sie voneinander ließen.«

»Das war ziemlich riskant, sich an der Rezeption zu küssen.«

»Das dachte ich auch, besonders im Fall von Juan Luis.«

»Hat er Ihnen was darüber erzählt?«

»Natürlich nicht.«

»Haben Sie mit jemandem darüber gesprochen?«

»Erst recht nicht.«

»Nicht mal mit Ihrer Frau Rosa?«

»Ich habe daran gedacht, habe es aber gelassen. Sie müssen schon entschuldigen, aber ich misstraue der weiblichen

Diskretion. Frauen neigen dazu, sich gegenseitig Dinge anzuvertrauen. Ich wollte keine Probleme mit Inés provozieren, wenn es vielleicht keinen Grund dafür gab.«

»Männliche Solidarität?«

»Nennen wir es gesunden Menschenverstand. Hätten Sie es erzählt?«

»Ich glaube nicht, ich wollte Ihnen nur den Ball zurückwerfen.«

Er lachte spöttisch auf. Er hatte schöne, spitzbübische Augen und war zweifelsohne ein sehr stilvoller Bonvivant.

»Erinnern Sie sich noch an etwas, das man als Liebesabenteuer von Espinet interpretieren könnte?«

»O nein! Ich hoffe, Sie denken jetzt nicht doch, dass Juan Luis ein Don Juan war. Das war er wirklich nicht. Ich bezweifle, dass er bei der vielen Arbeit, die er hatte, ein Doppelleben führen konnte. Wenn ich es wäre, der umgebracht wurde … ich versichere Ihnen, dass ich mir mehr erlaube, als er je getan hätte. Und das Geschehene bestätigt meine Einstellung: Wozu so viel Arbeit und Pflichtbewusstsein, wenn der Tod an jeder Ecke auf dich lauert? Man muss intensiv leben! Ich nehme an, dass eine Polizeiinspectorin sowieso immer unter Volldampf lebt, oder?«

»Mit einem Fuß im Grab.«

Wir lachten beide.

»Sie sollten mich vielleicht mal einladen, Sie bei Ihren Ermittlungen zu begleiten.«

»Ich werde darüber nachdenken.«

Als er sich die schöne italienische Seidenkrawatte zurechtgezogen hatte, stand er auf. Flirtete er mit mir? Wahrscheinlich verhielt er sich automatisch so, wenn er einer

Frau gegenübersaß. Er war davon überzeugt, ein Verführer zu sein. Zu seiner Entlastung durfte man nicht vergessen, dass es bestimmt schwer für ihn war, mit einem Crack wie Rosa zusammenzuleben. So schwer wie das Leben mit einem perfekten Mann wie Espinet. Oder begann das tadellose Profil zu bröckeln? Wir waren auf dem richtigen Weg.

Nach Erhalt dieser neuen Information rief ich Garzón an.

»Subinspector, hatten Sie mir nicht gesagt, dass Sie in dem Golfclub intensiv nachgeforscht haben?«

»Das hab ich.«

»Aber nicht gut genug. Es gibt eine junge Frau an der Rezeption namens Susana, die mit Espinet geknutscht hat.«

»Wer hat Ihnen das erzählt?«

»Mateo Salvia hat sie in flagranti erwischt, ohne dass sie es merkten.«

»Komisch, dass ein guter Freund des Toten so was erzählt.«

»Ich erinnere Sie daran, dass wir einen Mörder suchen.«

»Trotzdem sollten wir diesen Mateo Salvia kritisch im Auge behalten, vielleicht will er uns ablenken.«

»Weil er ein männliches Prinzip verletzt hat?«

»Verarschen Sie mich nicht, Inspectora. Sagen Sie mir, was ich tun soll.«

»In den Golfclub fahren, mit dieser Susana reden und alles aus ihr herauskitzeln.«

»Wäre es nicht besser, Sie täten das? Sie sind doch auch eine Frau …«

»Lassen Sie den Scheiß, Fermín. Wenn sie sich ziert, über Erotisches zu reden, rufen Sie mich an. Sollte es nicht so sein, vertraue ich ganz auf Ihre Fähigkeiten, mit Frauen umzugehen. Wo Sie doch der amüsanteste Mann ganz Barcelonas sind …«

»Das sehe ich Ihnen ausnahmsweise nach, weil es scheint, dass Ihre Idee bei den Schwestern Enárquez Erfolg hatte. Sie haben mich nicht mehr angerufen.«

»Für Siegesgeheul ist es noch zu früh. Außerdem denke ich noch immer, dass Sie den Fehler Ihres Lebens begehen. Sie sollten Emilia heiraten. Haben Sie überhaupt eine Vorstellung, was für ein Leben Sie führen könnten? Sie wären stinkreich. Sie könnten wie ein Maharadscha leben. Und Sie hätten zudem zwei zum Preis für eine. Sie würden für Sie sorgen, Sie verhätscheln … Sie würden Ihnen sogar Giorgio-Armani-Krawatten kaufen!«

»Giorgio Armani ist mir scheißegal. Was sagen Sie mir zur Liebe?«

»Die Liebe! Wer sagt, dass die Liebe erhabeneren Dingen geweiht ist! Was tun Menschen zum Ausdruck ihrer Liebe? Sie leben zusammen, ich meine, sie teilen Dinge materieller Art: einen Klempner rufen, das Abendessen zubereiten … Ich bitte Sie nur, mal umgekehrt zu denken: erst ein angenehmes Zusammenleben, und dann kommt die Liebe von selbst.«

»Verdammt, Inspectora, ich finde es schrecklich, dass Sie das so nüchtern sehen.«

»Denken Sie darüber nach, Fermín, denken Sie darüber nach. Noch ist Zeit, ein Abendessen bei Ihnen zu organisieren. Sie könnten sagen, Sie hätten sich das mit New York überlegt.«

»Adiós, Inspectora, wir sehen uns später.«

Er legte fluchend auf, empört wie ein Dämchen. Im Grunde bemitleidete er mich. Eine Frau mit einem Herzen aus Stein und unfähig, die menschliche Seite des Lebens zu schätzen.
Ich beschloss, einen Spaziergang zu machen. Ich brauchte ein wenig frische Luft und einen starken Kaffee, der mir die Nachwehen des samstäglichen Katers endgültig vertrieb.
Ich spazierte in der Umgebung des Kommissariats herum. Plötzlich erinnerte ich mich daran, dass auf dem Vorplatz der Kathedrale die Vorbereitungen für die große Papstmesse begonnen hatten. Ich ging neugierig näher. Es schien eine milde angenehme Sonne, die alles in herbstliches Licht tauchte. Auf dem Platz war ordentlich was los. Auf dem Asphalt stapelten sich Bretter, und Arbeiter in Blaumännern luden noch mehr Holz ab. Tischler waren mit dem Aufbau des Gerüsts beschäftigt, auf dem vermutlich der Altar stehen sollte. Alles hatte kolossale Dimensionen. Ich sah ihnen eine Weile beim Arbeiten zu, zusammen mit einer Menge anderer Schaulustiger: Rentner, die sich sonnten, überraschte Touristen, ein paar müßige Jugendliche …
Es war ausgesprochen empörend, dass die Stadtverwaltung Geld für ein Projekt dieses Umfangs verschwendete. Ich schloss die Augen und ließ die Sonne mein Gesicht streicheln, während die Schläge und das plötzliche Singen eines Arbeiters in meine Ohren drangen, der so gefühlvoll loslegte wie einst die Sklaven beim Tagewerk.
Plötzlich verdunkelte mir ein Schatten die geschlossenen Lider. Als ich die Augen öffnete, hörte ich schon die Stimme von Kardinal Pietro di Marteri.

»Guten Tag, Inspectora, beaufsichtigen Sie die Arbeiten?« Er lächelte mich philosophisch an, als befände er sich jenseits alles Guten und Bösen.

»So was in der Art.«

»Ich wollte ebenfalls einen Blick auf dieses Wunderwerk werfen. Auch wenn Sie gern das Gegenteil behaupten, sehen Sie ja, dass wir immer wieder übereinstimmen.«

»Glaube ich nicht, ich würde diese Konstruktion nie ein Wunderwerk nennen.«

»Aber sie arbeiten sehr gut.«

»Monsignore, lassen wir das. Ich finde es lächerlich, dass ein Mann wie der Papst, der Bescheidenheit predigt, zulässt, dass so etwas Monströses für ihn aufgebaut wird.«

»Liebe Inspectora, viele Menschen brauchen die Anwesenheit des Papstes, ich weiß also nicht, worauf Sie anspielen.«

»Sie wissen ganz genau, was ich meine. Diese ganze übertriebene Pracht erinnert mich an eine Militärparade. Schlimmer noch, Sie erinnert mich an Hitler!«

Solch einen brutalen Kommentar hatte er nicht erwartet, und das sah man ihm an, sein Gesicht verspannte sich.

»Inspectora Delicado, ich frage mich, was es ist, das Sie im Grunde Ihres Herzens so hart macht.«

»Zwei vordere und zwei hintere Herzkammern, Muskelgewebe, eine Mitralklappe ... Alles Materie, Monsignore, wie bei allen anderen menschlichen Herzen.«

Er sah mich mit vorgetäuschtem oder vielleicht ehrlichem Bedauern an, voller Erbarmen darüber, dass ich nicht zur Herde der Auserwählten berufen war. Verdammte Scheiße, verdammte! Konnte ich nicht mal einen Augenblick

Frieden haben, einen harmlosen kleinen Spaziergang machen, ohne dass mir jemand den Weg zur Rettung aufzeigen wollte? Nein, es war eine Sache, dass ich meine Pflicht als Polizistin erfüllen musste, die so etwas Absurdes wie die päpstliche Sicherheit beinhaltete, und eine ganz andere, dass ich mich gezwungen sah, meinen Idealen abtrünnig zu werden und billige Diplomatie mit einem Vertreter der von mir verachteten Institution Kirche zu betreiben.

»Und jetzt entschuldigen Sie mich. Ich muss ins Kommissariat zurück, dort wartet ein Mordfall auf mich.«

Sein Gesicht zeigte nur christliche Ergebenheit. Er verabschiedete sich mit einem respektvollen Kopfnicken. Ich machte mich auf den Weg ins Büro, in der eitlen Überzeugung, ganz allein eine Ketzerei und die nachfolgende Zwietracht angezettelt zu haben. Zum Teufel mit der Ruhe, die ich gesucht hatte! Ah, meine Hütte in Schweden, glücklich am See, könnte ich doch nur dorthin zurückkehren, wo mich niemand mit seiner Lust auf Polemik verfolgte. Als hätte noch etwas gefehlt, standen drei Zigeuner vor dem Kommissariat, wahrscheinlich warteten sie auf Garzón. Doch ich schien ihnen auch willkommen zu sein, denn kaum hatten sie mich erblickt, kamen sie auch schon auf mich zu. Ich nahm Anlauf und sprang mit vier Sätzen die Treppen zum Gebäude hinauf, ergriff also die Flucht. Zu dem Schutzpolizisten am Eingang sagte ich:

»Wenn jemand nach mir fragt, sagen Sie, ich sei einem Konvent beigetreten.«

Der Arme, der meine Scherze schon kannte, fragte unerschütterlich:

»In Klausur, Inspectora?«
»Ja, in eines dieser Klöster, wo man weder reden noch angesprochen werden darf.«
Er lachte leise vor sich hin. Ach, diese Inspectora Delicado mit ihren Scherzen, dachte er wahrscheinlich. Er hatte keine Ahnung, dass ich in der Stimmung war, jeden umzubringen, der mich nur nach der Uhrzeit fragte.
Ich warf meinen Mantel über den Kleiderständer. Jetzt war der Augenblick gekommen, den Stier bei den Hörnern zu packen. Wo anfangen? Zwei Dinge waren noch offen. So ungestüm wie ein Kavallerieoffizier griff ich zum Telefonhörer.
»Morales? Hatte ich dich nicht gebeten, mir alle Daten über die Philippinin Lali Dizón herauszusuchen? Hast du Garzón nicht einen detaillierten Bericht versprochen?«
Inspector Morales war zwar in seinem Büro, wirkte aber, als sei er gerade aus tiefem Schlaf erwacht und noch im Pyjama.
»Mensch, Petra, du bist mir zuvorgekommen! Ich wollte dich gerade anrufen, aber mit dem ganzen Aufstand für den Papst …«
»Von wegen Papst! Hätte ich dich nicht angerufen, wäre der Bericht auf deinem Schreibtisch verfault.«
»Nicht doch, verdammt, denk nicht so schlecht von mir. Also, mal sehen …«
Ich hörte ihn mit Blättern rascheln.
»Petra, wir haben den Bericht Garzón schon weitergeleitet, das Mädchen ist sauber. Vor fünf Jahren hat sie sich mit einem Arbeitsvertrag in die Einwanderungsliste eintragen lassen.«

»Woher stammt sie? Wie kam sie ins Land?«

»Seit es für Immigranten die Möglichkeit der Legalisierung vor Ort gibt, ist die Einreise völlig unproblematisch. Wenn sie einen Arbeitsvertrag vorweisen können, reicht das.«

»Dann kann sie also ohne Aufenthaltsgenehmigung nach Spanien gekommen sein!«

»Ja, aber sie hatte ihren Vertrag. Vor fünf Jahren in Sant Cugat ausgestellt. Sie arbeitet als Hausmädchen im Haus eines gewissen ...«

»Juan Luis Espinet.«

»Genau! Ist das nicht der Typ, der ermordet wurde?«

»Ja, Morales, entspann dich, und das nächste Mal kümmerst du dich weniger um den Papst, sondern denkst an mich!«

»Du bist unerbittlich, was Petra?«

»Ist mein Ruf. Adiós.«

Ich wählte noch eine interne Nummer.

»Ist Inspector Sangüesa in der Nähe?«

»Ich bin‘s.«

»Sangüesa, hier ist Petra, ich habe dich vor einiger Zeit um einen umfangreichen Bericht über die finanzielle Situation der beiden Sicherheitsmänner von *El Paradís* in Sant Cugat gebeten. Was meinst du, wann du mir den schicken kannst, zu Weihnachten? Soll das eine Art Geschenk oder so werden?«

»Petra Delicado, wie lange hast du eigentlich deine Mails nicht mehr abgerufen?«

»Du willst mir doch nicht sagen, dass der Bericht da drinsteht?«

»Seit Tagen.«

»Verdammt, Sangüesa, tut mir Leid! Bei dem ganzen Theater mit dem Papst bin ich ganz neben mir.«
»Petra?«
»Ja?«
»Fröhliche Weihnachten, bitte den Weihnachtsmann um einen Maulkorb.«
Scheiße, ich stand wie eine Idiotin da! Ich hätte wissen müssen, dass Sangüesa ein schlauer Fuchs und zudem äußerst effizient war. In jedem Fall war die Entschuldigung mit dem Papst fantastisch, ich musste sie öfter anbringen. Ich öffnete meine Mailbox, und, tatsächlich, der Bericht war da. Ich las ihn sofort. Verschwendete Zeit, keiner der beiden Sicherheitsleute hatte sich einen Jaguar gekauft oder sein Leben verändert oder außer der Reihe Geld eingezahlt. Natürlich konnte es sein, dass sie schlau genug waren und das Preisgeld für den Mord an Espinet in einem Strumpf versteckten.
Damit verloren zwei Ermittlungsstrategien an Gewicht. Meine Überzeugung wuchs, dass es sich hier um eine private Tragödie handelte, etwas, das im Umfeld dieser drei Ehepaare zu suchen war. Trotzdem waren die möglichen Verbindungen vielfältig. Hatte Espinet was mit der jungen Frau aus dem Golfclub gehabt und seine niedliche Kindfrau hatte ihn aus Rache umbringen lassen? Hatte er sich in Rosa oder vielleicht in Malena verliebt und einer der Ehemänner hatte seine Ehre reinwaschen wollen? Hatte ihn eine seiner potenziellen Geliebten aus dem Weg geräumt? Und gesetzt den Fall, welche? Jede dieser Hypothesen ging von der Tatsache aus, dass Espinet mit irgendjemandem was hatte; was das anging, war ich mir ziemlich

sicher. Alles andere klang wenig überzeugend. Außerdem schwebte noch die ewige Frage im Raum: Wer hatte die Tat ausgeführt? Außer dem Kratzer an der Leiche war kein verdammter Hinweis aufgetaucht. Wer weiß, vielleicht war das der erste Fall, den Garzón und ich nicht lösen würden! Trotz dieses Anfalls von Mutlosigkeit machte ich mich an die Arbeit und überprüfte nochmals das psychologische Profil, das ich von Espinet erstellt hatte. Zumindest waren auf der anfangs so glatten Oberfläche Kratzer aufgetaucht, die das Gesamtbild nicht mehr ganz so makellos aussehen ließen. Am Ende meiner Aufzeichnungen notierte ich ein Fragezeichen. Ich erwartete, dass der Subinspector mit der Antwort aus dem Golfclub zurückkehrte.

Zwei Stunden später traf er zufrieden ein, den Ranzen des Ermittlers voller Fakten, die er über mir ausleerte. Was er berichtete, bestätigte die Risse in Espinets lupenreinem Profil, mehr noch: Es wurde ernst. Susana von der Rezeption hatte ein kurzes Liebesabenteuer mit dem Opfer zugegeben. Halleluja! Glückwünsche meinerseits, lobendes Schulterklopfen, beinah Küsse.

»Nichts, was sonderlich spektakulär wäre, glauben Sie bloß nicht. Dieses Mädchen ist wirklich ganz nett anzusehen und hat einen heftigen Flirt mit Espinet zugegeben und schließlich auch, dass sie zweimal miteinander geschlafen haben, beide Male in ihrer Wohnung.«

»Wer hat angefangen?«

»Er, obwohl Susana meinte, dass ihr der Anwalt verdammt gut gefallen habe. Nicht nur ihr, witzigerweise waren alle, die in dem Club arbeiten, scharf auf ihn. Offensichtlich hat dieser Espinet alle Frauen fasziniert.«

Man musste natürlich Mann sein, um diese Charakteristik des Toten noch nicht wahrgenommen zu haben.
»Und wie ging es zu Ende?«
»Schnell und schlecht. Susana hat nachgedacht, geglaubt, sie riskiere ihren Job und die Beziehung zu ihrem Freund, denn sie hat einen Freund. Also, sie hat kalte Füße gekriegt und Schluss gemacht.«
»Und er?«
»Sie sagt, er hätte es verstanden, weil er ein Caballero war.«
»Mit anderen Worten, zweimal Vögeln und Adios.«
»Ohne große Komplikationen.«
»Hat sie es jemandem erzählt?«
»Sie schwört Nein. Höchste Diskretion.«
»Niemand, der ihre Ehre retten wollte, weder die Eltern noch der Freund noch Geschwister?«
»Niemand. Mehr noch, sie hat mich gebeten, dies wenn möglich als vertrauliche Mitteilung zu behandeln.«
»Das haben Sie ihr aber nicht versprochen?«
»Ich habe ihr erklärt, dass sie diese Aussage wiederholen und unterschreiben muss und dass sie nicht verwendet wird, wenn es nicht unbedingt nötig ist.«
»Als Täuschungsmanöver ist das nicht schlecht. Was sagen Sie mir zu der Möglichkeit einer Erpressung?«
»Ich habe nicht den Eindruck, aber bitten Sie Inspector Sangüesa doch um eine Finanzüberprüfung der jungen Frau.«
»Bitten Sie ihn besser darum, ich hatte gerade einen kleinen Zusammenstoß mit ihm.«
»In Ordnung, werde ich tun. Wir sollten auch einen prüfenden Blick auf den Freund werfen.«

»Gute Arbeit, Fermín.«

Ihm entschlüpfte ein stolzes Lächeln. Mein Kommentar über seine nicht gerade zufrieden stellende erste Ermittlung im Golfclub hatte ihn in seiner Eitelkeit getroffen. Möglicherweise hatte er der Rezeptionistin gedroht, um ihr diese delikate Information zu entlocken. Es war besser, nicht nach den angewandten Methoden zu fragen.

»Gehen wir was essen, Subinspector?«

»Dafür bin ich immer zu haben.«

Wir gingen ins La Jarra de Oro hinüber und bestellten Tapas, Salate und Toasts. Mein Kollege machte sich sofort über ein paar scharfe kleine Chorizos her, die ihn zu Lob und Preis des menschlichen Seins inspirierten.

»Wie gut diese Würstchen schmecken, Inspectora! Sie haben noch gar nicht probiert!«

Meiner gelegentlichen Neigung zur Zusammenhanglosigkeit folgend, sagte ich:

»Heute Morgen habe ich mich mit dem Kardinal angelegt.«

»Ist nicht wahr! Was ist passiert?«

»Nichts Besonderes, er hat mich auf dem falschen Fuß erwischt, und ich habe ihn zum Teufel geschickt.«

»Einfach so?«

»Nicht ganz. Ich habe ihm gesagt, der Papst komme mir wie Hitler vor.«

»Verdammt! Deutlicher ging's wohl nicht, was Inspectora?«

»Er besteht hartnäckig darauf, mit mir zu plaudern, als wolle er mich bekehren. Es war nötig, ihm klar zu machen, dass ich nichts von ihm und der Ware, die er verkauft, brauche.«

»Das beruhigt mich, Petra, das passt besser zu Ihnen. Ich fand Ihr Verhalten in letzter Zeit wirklich Besorgnis erregend. Mit Ihrer Sehnsucht nach Familie und Mutterschaft und der Wärme eines Heims schienen Sie mir nicht ganz bei Verstand zu sein.«

»Offensichtlich besteht mein Verstand darin, die Leute vor den Kopf zu stoßen und Unschickliches zu sagen.«

»Merken Sie es endlich?«

»Hören Sie auf, Fermín! Wollen Sie mir schmeicheln oder mir vermitteln, dass ich ein unsensibles Stück Fleisch bin?«

Er machte eine geringschätzige Handbewegung und aß genussvoll ein Stück Schinken. Dann sah er auf die Straße hinaus, und sein Gesicht verdüsterte sich.

»Da kommt Chavez, der Polizist vom Eingang. Die werden uns wohl nicht in Ruhe essen lassen.«

Tatsächlich betrat er das Lokal und kam auf uns zu.

»Inspectora, da ist ein Anruf für Sie. Subinspector Bonilla hat ihn entgegengenommen, er meint, es könnte was Wichtiges sein.«

Ich trank mein Bier in einem Zug leer.

»Essen Sie in Ruhe auf, Garzón, wenn es wichtig ist, gebe ich Ihnen Bescheid.«

»Vielleicht hat sich der Kardinal wegen Ihres Scherzes über Hitler bei seinen Vorgesetzten beschwert.«

»Wenn es das ist, werden die was zu hören bekommen.«

Zum Glück ging es nicht um den Kardinal. Bonilla hatte mir die Telefonnummer einer gewissen Ana Vidal notiert und in Anführungszeichen »Bewohnerin *El Paradís*«. Überraschung, Herzklopfen. Einen Monat nach dem Mord tauchte eine Zeugin auf? Ich rief sie gleich an.

»Ja, Inspectora, ich bin Ana Vidal aus dem Haus *Lilien*. Mir ist etwas eingefallen, das im Zusammenhang mit dem Mord an Juan Luis Espinet wichtig sein könnte. Ich habe mich vorher nicht erinnert ...«

»Sind Sie zu Hause? Ich bin gleich bei Ihnen.«

»Ich erwarte Sie.«

Ich ging ins La Jarra zurück und redete kurz mit Garzón, denn ich wollte nicht, dass er mich begleitete. Ich zog vor, dass er die Fäden der Geschichte Susana-Espinet festzurrte.

»Zeugen, die nach langer Zeit des Schweigens reden, sagen immer Substanzielles«, erinnerte er mich.

»Ich hoffe, dass es so ist.«

Auf dem Weg nach *El Paradís* fragte ich mich, warum ich immer allein dorthin fuhr. Vermutlich gefiel mir die kontrollierte und glückliche Atmosphäre, wo alles in harmonischer, geschlossener Ordnung stattfand. Dieser Besuch verursachte trotzdem Blitze in meinem Kopf. Ich versuchte, nicht allzu viel Hoffnung in das zu setzen, was ich zu hören bekommen würde. Es war nicht das erste Mal, dass so etwas vorkam, Zeugen, die etwas mitbekommen hatten und sich gleich nach dem Verbrechen nicht trauten auszusagen, entweder weil sie meinten, das Beobachtete sei nicht wichtig genug, oder aus Angst, sich in etwas so Unangenehmes wie einen Mordfall verwickelt zu sehen. Dieses Verhalten bedeutete prinzipiell nicht, dass sie versucht hatten, etwas zu verheimlichen. Mehr noch, auch wenn

Garzón darauf bestand, ein später Zeuge steuerte nach meiner Erfahrung selten wesentliche Fakten zu einem Fall bei.

Als mich der Sicherheitsmann sah, begrüßte er mich gleich enthusiastisch. Er fühlte scheinbar eine Art Kollegialität, denn er fragte mich komplizenhaft:

»Wie schaut's aus, Inspectora, kommen wir voran?«

Ich wollte seinen kollegialen Eifer nicht enttäuschen.

»Wir kommen voran. Schwerfällig, aber wir kommen voran.«

Mit dieser Antwort gab er sich zufrieden und machte sogar die Andeutung eines militärischen Grußes, was mich flüchtig beschämte. Wie hatte ich diesen Typen auch nur einen Augenblick verdächtigen können. Um einen Mord zu planen und auch noch auszuführen, brauchte es ein Minimum an Intelligenz, die diesem Pseudozerberus völlig fehlte.

Ana Vidal, eine weitere Familienmutter in diesem Paradies der Dreißigjährigen. Zurückhaltend, gut angezogen, heiter und mit neugierigem Blick bat sie mich ins Haus *Lilien*, und wir setzten uns ins Wohnzimmer. Die Häuser in der Siedlung waren sich alle auffällig ähnlich: die Einrichtung nach der aktuellen Mode, die sorgfältig aufeinander abgestimmten Details ... Auch wenn sie natürlich die persönlichen Vorlieben der jeweiligen Bewohner widerspiegelten. Ana Vidal und ihr Mann, Architekt, wie sie mir sagte, waren ein gutes Beispiel für einen minimalistischen Geschmack: klare Linien, wenig Möbel und eingeschränkte Farbwahl. Wäre ich jedoch in den Garten hinausgegangen, hätte ich das typische Kinderspielzeug auf dem Rasen vorgefunden. Darin glichen sich alle Familien mit kleinen Kindern.

Ana Vidal war nicht ängstlich, aber besorgt. Ich ließ sie ohne jeglichen Druck reden.

»Ich muss Ihnen gestehen, dass ich in diesem Fall, einem Mordfall, wirklich nicht einschätzen kann, ob etwas wichtig ist oder nicht. Ich habe noch nie so etwas Schreckliches von Nahem erlebt.«

»Ich verstehe, was Sie meinen.«

»Vielleicht ist das, was ich zu sagen habe, völlig unwichtig; zudem ist es schon öfter vorgekommen …«

Wenn sie so drum herumredete, dann handelte es sich um eine konkrete Person. Die Angst vor Denunziation war weit verbreitet. Ich irrte mich nicht. Schließlich beendete sie ihren Satz.

»In etwa zu der Zeit, als Juan Luis Espinet ermordet wurde, habe ich Señora Domènech im Nachthemd durch die Gärten huschen sehen.«

»Um drei Uhr in der Nacht?«

»So um drei. Ich war aufgestanden, weil mein kleiner Sohn um ein Glas Wasser gebeten hatte. Er war leicht erkältet und hatte ständig Durst. Bevor ich wieder ins Bett gegangen bin, habe ich das Glas in die Küche zurückgebracht; ich sah zerstreut aus dem Fenster, und da habe ich sie gesehen.«

»Sie sagten, das sei schon öfter vorgekommen.«

»Ja. Einmal musste sogar Señor Domènech benachrichtigt werden, um sie zurückzubringen. Das war mitten im Winter, und sie saß nur im Nachthemd auf einer Bank. Vermutlich fällt es dem Mann mit zunehmendem Alter auch immer schwerer, sie zu bewachen.«

»Können Sie mir beschreiben, welchen Weg Señora Domènech genommen hat?«

»Ich habe Sie die Hauptstraße hinuntergehen sehen, und dann ist sie nach rechts abgebogen.«
»In die Richtung des Swimming-Pools.«
Sie senkte den Kopf und presste nervös die Hände zusammen.
»Hören Sie, Inspectora, ich will nicht sagen, dass Señora Domènech jemanden ermordet hat. Das verstehen Sie doch, nicht wahr?«
»Natürlich verstehe ich das.«
»Ich sage Ihnen nur, dass ich sie gesehen habe, vielleicht hätte ich ihren Mann informieren sollen, aber ich zögerte, das kann ich nicht leugnen. Dieser Mann schreit jeden sofort an, ohne irgendwen zu Wort kommen zu lassen. Das wissen hier alle.«
»Ich auch. Könnten Sie mir genauer sagen, um welche Zeit Sie sie haben vorbeigehen sehen?«
»Es muss kurz vor drei gewesen sein. Ich habe auf die Küchenuhr gesehen, aber ich kann mich nicht genau erinnern. Irgendwann zwischen halb drei und drei.«
»Warum haben Sie uns das nicht früher erzählt?«
»Ich habe es ehrlich gesagt nicht für wichtig gehalten, Inspectora. Ich habe es nicht mal mit dem Mord an Espinet in Verbindung gebracht, aber gestern … Also gestern bin ich mit meinem kleinen Sohn spazieren gegangen und habe die Hausmädchen reden hören. Das Mädchen der Espinets, diese Philippinin, behauptete, dass Señora Domènech seltsame Dinge in jener Nacht gesagt habe. Ich wurde nachdenklich … Na ja, ich weiß nicht, das ist alles absurd.«
»Es war richtig, dass Sie mich angerufen haben.«
»Warum, könnte es gefährlich sein?«

»Gefährlich?«

»Na ja, wenn Señora Domènech tatsächlich zu so etwas fähig sein könnte ... müssen dann nicht Sicherheitsvorkehrungen getroffen werden? Es gibt so viele kleine Kinder in *El Paradís* ...«

Natürlich, das war der Grund, warum sie mich angerufen hatte, die besorgte Mutter! Die Kleinfamilie darf unter keinen Umständen einer Gefahr ausgesetzt sein. Mir ging durch den Kopf, dass wir unbedingt eine Hexenjagd gegen die Domènechs, diese nicht der Norm entsprechenden Nachbarn, verhindern mussten.

»Ana, Sie selbst haben es mir doch eben gesagt: Auch wenn Sie Señora Domènech gesehen haben, muss das noch nicht bedeuten, dass sie mit der Tat zu tun hat. In jedem Fall werden wir der Sache nachgehen und mit ihrem Mann reden, dass er sie besser bewachen soll. Ein kranker Mensch sollte nicht mitten in der Nacht herumirren. Zu Ihrer Beruhigung kann ich Ihnen sagen, dass unsere Ermittlungen in eine andere, viel versprechende Richtung gehen, über die ich aber nicht reden kann.«

Ich hoffte, die arme Alte vor dem Scheiterhaufen gerettet zu haben, auch wenn ich unverschämt gelogen hatte. Ermittlungen in eine andere Richtung! Wohl eher ins Blaue! Konnte eine Alzheimerkranke ein Verbrechen begehen? Und wenn ja, wusste ihr Mann davon? Konnte in diesem Fall von Komplizenschaft und Verschleierung die Rede sein?

Nun war der Moment gekommen, ernsthaft mit Domènech zu sprechen und – was auch immer dabei herauskam – mich unbedingt über diese Krankheit zu informieren.

Ich klingelte an der Tür des Hauses *Oleander*, bis nach einer Weile das finstere Gesicht der Hausangestellten auftauchte.
»Die Herrschaften sind nicht da. Sie sind nach Barcelona gefahren und kommen frühestens in zwei Stunden zurück.«
Ich überlegte, was ich tun sollte. Zwei Stunden waren zu lang, um ziellos durch diese Gärten zu spazieren, aber zu kurz, um ins Kommissariat zu fahren und zurückzukehren. Verschwendete Zeit. Da fiel mir Malena Puig ein. Wenn ich bei ihr klingelte, würde sie mir bestimmt eine Tasse ihres hervorragenden Kaffees anbieten und wir könnten plaudern. Im Grunde waren wir schon fast Freundinnen.
Auch im Haus *Hibiskus* dauerte es einen Augenblick, bis die Tür aufging. Ich dachte schon, es wäre niemand da, und wollte wieder gehen, als Malena lächelnd im Türrahmen auftauchte.
»Inspectora, was für eine Überraschung!«
So war ich noch nie in Ausübung meines Berufes begrüßt worden.
»Würden Sie es unverschämt finden, wenn ich mich zu einer Tasse Kaffee einlade? Ich versichere Ihnen, dass ich nicht in Dienstangelegenheiten hier bin, sondern nur zu einem Besuch, Sie können jederzeit ablehnen.«
»Ich werde es mir überlegen. Kommen Sie doch erst mal rein. Ich habe so lange gebraucht, weil ich oben in meinem Atelier war.«
Sie breitete die Arme aus und zeigte mir ihre Aufmachung: ein Arbeitsanzug voller bunter Flecken.
»Malereien.«

»Aber hallo! Sie betätigen sich auch handwerklich?«
Sie lachte auf.
»Wie eine Handwerkerin fühle ich mich dabei eigentlich nicht. Ich male Bilder.«
Ich entschuldigte mich. Es war mir nicht in den Sinn gekommen, dass diese ihrer Familie ergebene Anwältin eine künstlerische Ader haben könnte. Sie erzählte mir, dass sie aus reinem Vergnügen male, obwohl der eine oder andere ihrer Freunde ihr auch schon ein Bild abgekauft und sie sogar ein paar Mal an Gemeinschaftsausstellungen teilgenommen hatte. Als ich sie fragte, in welchem Stil sie male, erbot sie sich, mir ihre Bilder zu zeigen.
Wir gingen in das Atelier hinauf. Sie beteuerte mehrfach, dass ihr Werk absolut amateurhaft sei, und ich war im Stillen davon überzeugt, dass eine derartige Betonung sicher nicht nötig war. Doch ich hatte mich geirrt. Ich habe keine profunden Kunstkenntnisse, aber ich erfasse, ob Werke Qualität haben. Und ich fand Malena Puigs Bilder gar nicht schlecht. Meine Überraschung verwandelte sich in Verblüffung, als ich mir ein Bild nach dem anderen ansah. Diese sympathische, extrovertierte, häusliche und mütterliche Frau malte Bilder von ungeahnter Düsterkeit, beunruhigende Motive von starker innerer Kraft. Es waren ausschließlich Landschaften, aber nichts war entfernter von jeglicher Idylle als diese finsteren Weiden, die wie von einem Feuer oder vom Frost heimgesucht wirkten, oder die fast schwarzen Flüsse, die zwischen steilen Böschungen herabstürzten, oder die verschwommenen und verfallenen Häuser, die sich vereinzelt von der trostlosen Landschaft abhoben.

»Mensch, Malena, Sie haben Talent!«
»Danke, aber ich kenne meine Grenzen.«
»Nein, soweit ich es beurteilen kann, haben Sie großes Talent – und ein düsteres Innenleben.«
Sie lachte belustigt auf.
»Meinen Sie? Es gefällt mir, dass Sie das denken.«
»Ja, Ihre Bilder stimmen überhaupt nicht mit dem Eindruck überein, den Sie selbst auf andere machen.«
»Vielleicht lasse ich beim Malen meine Gespenster frei. Hat das nicht auch Freud gesagt?«
»Ich bin keine große Anhängerin von Freud; nur die katholische Kirche hat die Frauen noch mehr gequält als die Psychoanalyse.«
Sie lachte fröhlich.
»Sie haben etwas Geniales, Inspectora. Kann sein, dass mein Inneres und mein Äußeres in Ihren Augen nicht übereinstimmen, aber mit Ihnen geht es mir genauso.«
»Vermutlich hat das damit zu tun, dass wir eine feste Vorstellung voneinander haben.«
»Das wird's sein. Ich werde Ihnen sagen, was ich glaube, wie Sie mich sehen, und Sie bestätigen es mir oder nicht. Gut, ich könnte schwören, dass Sie in mir die brave Hausfrau sehen, freundlich, stark bei auftretenden Schwierigkeiten, peinlich genau in der Erfüllung ihrer Aufgaben und sich des Glücks bewusst, ein bequemes und glückliches Leben zu führen.«
»Sie haben Recht, so in etwa sehe ich Sie. Und ich unterstelle, Sie denken, ich sei eine harte, selbstsichere Polizistin, die mit eiserner Faust ihre Autorität ausübt und sich gern schlecht gelaunt zeigt.«

»Das ist tatsächlich nicht sehr weit entfernt von dem Bild, das ich habe. Offensichtlich haben wir uns beide geirrt. Ich habe auch meine schlechten Tage.«

»Und ich meine guten.«

Wir lachten beide und sahen uns voller Sympathie an.

»Petra, was halten Sie davon, wenn wir in die Küche hinuntergehen und ich Ihnen einen dieser Kaffees mache, ohne die die Polizei nicht leben kann?«

»Eine wunderbare Idee.«

In der weiten, hellen Küche mit den hellen Holzmöbeln und blumengemusterten Gardinen war keine Spur mehr zu sehen von der Malena ihrer Bilder. Die Küchenutensilien hatten fröhliche Farben: Tassen, Teller und Servietten gaben dem Raum eine ausgesprochen anheimelnde Note, die vom Kaffeeduft abgerundet wurde. Während ich Malena zuschaute, überlegte ich, wie es sein musste, sich an einem Sonntagmorgen an diesen Tisch zu setzen und zuzusehen, wie die Kinder im Licht der Sonnenstrahlen frühstückten, und dass dies die Vorstellung war, die viele Menschen vom Glück haben.

»Wie kommen Sie in dem Fall voran, Petra?«, fragte sie plötzlich.

»Viel zu langsam.«

»Ich dachte, Ermittlungen gingen immer langsam voran.«

»Es gibt auch schnellere. Malena, kann ich Sie um Ihre Meinung zu etwas bitten?«

»Natürlich.«

»Laut Mateo Salvia ist es nicht undenkbar, dass Juan Luis seiner Frau untreu gewesen ist.«

»Hat Mateo das gesagt?«

»Er sprach von seinem Eindruck, nichts Konkretes.«
Sie setzte sich mir gegenüber und schenkte schweigend Kaffee ein. Dann schnitt sie einen Bizcocho in Stücke. Sie dachte nach, vielleicht darüber, ob sie reden oder schweigen sollte.
»Diesen Eindruck hatte ich hin und wieder auch.«
»Was hat Sie darauf gebracht?«
»Ich weiß nicht, wir sind untereinander nie allzu vertraulich geworden. Vermutlich ist das das Geheimnis unserer Freundschaft über so viele Jahre. Aber manchmal dachte ich … Inés ist lieb, sehr hübsch, wenn auch etwas unreif … Ich frage mich nur, wie lange eine solche Frau die Aufmerksamkeit eines so brillanten, attraktiven und intelligenten Mannes wie Juan Luis bannen kann … Inés hat sich einmal darüber beschwert, dass er immer so spät nach Hause kommt, dass er immer länger arbeite … da kam ich auf den Gedanken, dass er sie möglicherweise betrügt. Aber das sind nur Vermutungen, Petra. Er hat wirklich sehr viel gearbeitet. Mein Mann kann Ihnen das bestätigen.«
»Vielleicht könnte er mir noch etwas mehr bestätigen?«
»Was wollen Sie damit sagen?«
»Juan Luis und Jordi hatten eine sehr enge Beziehung zueinander, sie waren nicht nur Freunde, sondern auch Partner. Vielleicht will Ihr Mann nicht posthum Espinets Bild zerstören, indem er uns von seinen Liebesabenteuern erzählt, aber wenn Sie mit ihm reden würden, wenn Sie ihn überzeugen könnten, dass es wichtig ist, alles über das Opfer zu wissen … Sie müssen doch Einfluss auf Jordi haben.«
»So wichtig ist es?«

»Ich fürchte ja. Wir haben es nicht bekannt gemacht, aber an Juan Luis' Leiche wurde ein Kratzer auf dem Rücken festgestellt, höchstwahrscheinlich von weiblichen Fingernägeln, vielleicht von einem leidenschaftlichen Zusammensein. Inés weiß nichts von diesem Kratzer.«

Ihr fuhr unübersehbar ein Schauer über den Rücken, und sie biss sich auf die Fingerknöchel.

»Entschuldigen Sie, aber das zu hören katapultiert mich in die Wirklichkeit zurück, na ja, es ist etwas Schreckliches, das ich zu vergessen versuche.«

»Verstehe.«

Nach ein paar Schlucken Kaffee hatte sie ihre Fassung wiedergewonnen.

»Ich werde es tun. Ich werde gleich heute Abend mit Jordi sprechen und ihn davon überzeugen, Sie sofort anzurufen, wenn er was weiß.«

»Ich danke Ihnen.«

Sie war noch immer aufgewühlt und hatte den Blick auf den Tisch geheftet. In diesem Arbeitsanzug mit zerzaustem Haar und den Händen voller Farbspritzer wirkte sie wie eine Fünfzehnjährige. Plötzlich brach es aus ihr heraus:

»Verdammte Scheiße! Wir waren so glücklich! Warum musste das passieren, warum?«

»Beruhigen Sie sich. Im Leben geschehen ständig schreckliche Dinge. Manchmal denke ich, dass das Leben darin besteht, einem Haufen Unglück auszuweichen, der auf uns niedergeht. Sie haben Glück, dass Ihr Leben noch so friedlich ist.«

»Sagen Sie das nicht, seit dem Mord an Juan Luis fühle ich

mich schuldig für meinen Familienfrieden. Das Gefühl ist mir nicht neu, aber jetzt empfinde ich es noch viel stärker. Ich hatte schon immer den Eindruck, mehr Glück als andere gehabt zu haben.«

»Warum?«

»Ich weiß nicht, Petra, es ist blödsinnig. Ich dachte, Juan Luis und Inés hätten ein Problem mit ihrer Unreife, und Rosa und Mateo schleppen das Problem mit der Kinderlosigkeit herum, während Jordi und ich alles haben. Wir beide sind ziemlich vernünftige Menschen, es geht uns gut, wir haben drei prächtige Kinder und außerdem ...«

Ich versuchte sie so vorsichtig wie möglich zu unterbrechen.

»Verzeihung, habe ich richtig verstanden? Rosa und Mateo haben Probleme mit ihrer Kinderlosigkeit?«

»Ja, sie können keine haben.«

»Als ich mit Rosa sprach, erzählte sie mir von dem Vorteil für ihre Karriere, keine Kinder zu haben. Ich habe das als freiwillige Entscheidung interpretiert.«

»Nein, das ist falsch. Es stimmt, dass sie es so darstellt, um es herunterzuspielen und irgendwie positiv zu sehen, aber in Wahrheit hat sie sich mehreren Behandlungen unterzogen, um schwanger zu werden. Wie sich dann herausstellte, ist Mateo aus medizinischer Sicht unfruchtbar und nicht sie; aber sie wollen beide keine künstliche Befruchtung und noch viel weniger ein Kind adoptieren.«

Das Telefon klingelte. Ich stand auf. Zwar wusste ich nicht, wie spät es war, aber ich war mir bewusst, dass es höchste Zeit war zu gehen. Als Malena das kurze Telefongespräch beendet hatte, verabschiedete ich mich. Ich sah auf die Uhr.

Die zwei Stunden waren sehr schnell vergangen. Dabei hatte ich nicht nur die angenehme Gesellschaft dieser Frau genossen, sondern auch keine Zeit verloren. Malenas fast zufällige Enthüllungen steuerten interessante Informationen über die drei Familien bei. Vielleicht fehlte es ihnen an Offenheit untereinander, aber nun bildeten sich Risse, durch die man von außen einen Blick in dieses von der Diskretion verschlossene Gehege werfen konnte.

Die positive Atmosphäre im Haus *Hibiskus* kontrastierte scharf mit der Ablehnung in gewissen anderen Blumenhäusern. Tatsächlich war der Empfang im Haus *Oleander* eher einer Distel würdig. Bei meinem Anblick knallte mir Señor Domènech an den Kopf:

»Haben Sie einen Durchsuchungsbescheid?«

»Ich will Ihnen nur ein paar Fragen stellen.«

»Ohne richterlichen Bescheid nicht.«

»Machen Sie sich nicht lächerlich, Señor Domènech! Wenn ich mit einem richterlichen Bescheid komme, muss Ihre Frau aufs Kommissariat zur Aussage.«

Die Luft war raus. Er dachte nach und durchbohrte mich mit seinem ernsten Blick.

»Was wollen Sie wissen?«

»Ich will, dass Sie mich reinlassen, damit ich mich zivilisiert mit Ihnen unterhalten kann.«

Wir hatten augenscheinlich nicht dieselbe Vorstellung von Zivilisiertheit, denn er gab mir mit einer brüsken Bewegung den Weg frei und zeigte auf einen Stuhl im Eingang.

»Setzen Sie sich, wenn Sie wollen.«

Ich setzte mich und mobilisierte meinen letzten Rest an

Geduld. Unter solchen Bedingungen war es nötig, direkt zur Sache zu kommen.

»Ein Zeuge hat erklärt, dass er Ihre Frau in der Siedlung herumirren gesehen hat, als Espinet umgebracht wurde.«

»Diese Trottel, Idioten, Menschen ohne Herz oder Gefühle! Ich habe mich geirrt, als ich glaubte, dass wir hier unsere Ruhe hätten. Was hat diese arme Frau denen denn getan? Nichts, sie ist nur krank!«

»Wollen Sie sich bitte beruhigen? Sie verlieren die Nerven!«

»Glauben Sie, ich weiß nicht, dass die sie die Verrückte nennen, dass ich nicht sehe, wie die sie anschauen, wenn wir spazieren gehen?«

»Niemand beschuldigt Ihre Frau wegen irgendwas. Ich erinnere Sie daran, dass wir in einem Mordfall ermitteln. Hören Sie auf zu schreien und beantworten Sie meine Fragen, Señor Domènech, sonst lasse ich Sie offiziell vorladen.«

Ich hatte den gereizten Ton der Unterhaltung mit meiner ruhigen sachlichen Art neutralisiert. Der alte Mann verstummte plötzlich und fiel in sich zusammen. Es war ziemlich dunkel in dem Flur, aber ich glaubte, ihn weinen zu sehen. Ich legte ihm die Hand auf die Schulter, auch auf die Gefahr hin, dass er hineinbeißen würde.

»Señor Domènech, was ist mit Ihnen, geht's Ihnen nicht gut?«

Er weinte tatsächlich, er weinte stumm und versuchte nicht, es zu verbergen. Ich wartete und wusste nicht, was ich tun sollte. Endlich erklang aus dem Halbdunkel seine bittere Stimme.

»Inspectora, Sie sprechen mit einem gebrochenen, geschlagenen Mann. Haben Sie eine entfernte Vorstellung davon, was es bedeutet, mit einer Alzheimerkranken zusammenzuleben, die Sie ein Leben lang geliebt haben?«

»Ich weiß, dass das sehr hart für Sie ist, aber Sie müssen auch mich verstehen, ein Mann wurde ermordet, und wir müssen ausschließen können, dass es Ihre Frau war.«

»Ich weiß, dass ich sie besser beaufsichtigen müsste, mehr Personal anstellen, das sie auch nachts bewacht, mich stärker mit der Krankenkasse auseinander setzen, aber ich weigere mich, dieses Haus in ein Gefängnis voller Schlösser, Aufpasser und Alarmanlagen zu verwandeln ... Meine Frau hat kein Verbrechen begangen, glauben Sie mir.«

»Haben Sie etwas gehört in jener Nacht oder später einen Fleck oder Riss an ihrem Nachthemd entdeckt?«

»Nein, nichts. Ich habe sogar unsere Hausangestellte gefragt, weil diese Frage auch mich gepeinigt hat, aber die Antwort lautete Nein. Wollen Sie sie noch einmal sehen und sich selbst davon überzeugen, dass undenkbar ist, was Sie sagen?«

Ich nickte ernst. Dieser Mann wirkte aufrichtig, auch wenn Verzweiflung allen Worten immer einen Hauch Glaubwürdigkeit verleiht. Ich ahnte, dass es nichts bringen würde, diese Frau noch einmal zu erleben, aber ich musste mir ganz sicher sein.

Wir gingen ins Wohnzimmer, wo die Dame gut gekleidet, sorgfältig frisiert, ruhig und elegant auf einem Sofa saß. Sie sah uns flüchtig an. Im Grunde ihrer Augen lag der Schlüssel der Andersartigkeit. Ihr Blick war nicht verwirrt oder verloren, sondern unschuldig, neu, rein, ohne die Erfahrung oder Skepsis einer Frau ihres Alters. Domènech küsste sie auf die Stirn.

»Schau mal, meine Liebe, Inspectora Delicado kommt dich wieder besuchen, um zu erfahren, wie es dir geht.«

Sie lächelte mich abwesend an und fragte ihren Mann:

»Fahren wir jetzt nach Barcelona?«

»Nein, wir sind doch gerade aus Barcelona zurückgekommen. Wir haben uns gut amüsiert, nicht wahr? Erzähl der Inspectora, was wir gemacht haben.«

»Tanzen.«

Domènech lächelte traurig und küsste ihre Hand.

»Nein, tanzen nicht. Wir waren beim Arzt und haben in der Calle Petrixol eine Schokolade getrunken und Honigpfannkuchen gegessen. Stimmt's?«

»Ja.«

Sie sah mich begeistert an. Sie war noch ganz jung, und so behandelte ihr Mann sie auch, wie eine herzensgute, schutzlose Tochter.

»Wollen Sie sie etwas fragen, Inspectora?«

Ich war mir der Sinnlosigkeit dieses Unterfangens bewusst, konnte aber der Versuchung nicht widerstehen, es ein letztes Mal zu versuchen. Ich beugte mich zu ihr hinab und suchte ihren Blick.

»Señora Domènech, erinnern Sie sich an die Nacht, in der Sie durch die Gärten spaziert sind?«

Sie antwortete nicht, wandte aber den Blick ab und sah zum Fenster.

»Erinnern Sie sich daran, Señora Domènech? Es ist noch nicht lange her. Erinnern Sie sich, ob Sie in dieser Nacht Ihren Nachbarn Juan Luis Espinet gesehen haben, ob Sie zum Swimming-Pool gegangen sind, ob Sie da irgendwann in dieser Nacht waren?«

Meine Fragen blieben wie Rauchschwaden in der Luft hängen. Ihr Mann schwieg respektvoll. Meine eigene Dummheit wurde mir langsam peinlich. Trotzdem verzog sich das Gesicht der Frau plötzlich traurig. Sie stand auf und ging zum Fenster, abwesend und mechanisch. Ich sah ihr mit beklommenem Herzen zu. Sie schaute einen Augenblick in den Garten hinaus und sagte dann mit klarer Kinderstimme:

»Wo gehst du hin, Vögelchen? Wer bist du?«

Wir waren verblüfft und stumm vor Überraschung. Ich stürzte auf sie zu und ergriff sie am Arm, wobei ich heftig insistierte:

»Was bedeutet dieser Satz? Wen haben Sie in dieser Nacht gesehen, wen?«

Zutiefst erschrocken drehte sie sich hektisch um und suchte in den Armen ihres Mannes Zuflucht. Domènech umschlang sie und küsste sie auf die Wange.

»Ruhig, ganz ruhig, ich bin ja da. Jetzt hören wir ein bisschen Musik, komm, setz dich.«

Er ging zu der Musikanlage in einer Ecke und legte eine CD ein. Es erklang Countrymusik, Banjo und Gitarre im raschen Rhythmus. Sie schien sich sofort zu entspannen. Ihr Mann rief die Hausangestellte und führte mich hinaus.

»Sie dürfen sie nicht so bedrängen, Inspectora.«

»Aber haben Sie denn nichts gemerkt? Sie hat sich erinnert, sie hat etwas gesehen in jener Nacht! Und die Erinnerung daran hat sie erschreckt. Wir müssen herausfinden, was dieser Satz bedeutet, den sie ständig wiederholt.«

»Es ist sinnlos, Inspectora, sinnlos, ihr Verstand funktioniert nicht wie unserer. Was wollen Sie tun, ihren Kopf aufmachen, um nachzuschauen, was drin ist?«

»Ich will nur wissen, was sie gesehen hat, denn ich bin mir sicher, dass es wichtig ist. Genauso wie ich mir sicher bin, dass nur Sie sie dazu bringen, es zu sagen.«

»Inspectora Delicado, ich bitte Sie …«

»Nein, ich bitte *Sie*! Versuchen Sie es herauszufinden, Sie wissen, wann es günstig ist und wie Sie sie zum Sprechen bringen können. Sie können mit ihr plaudern, wenn sie ruhig ist oder klar oder sich für einen Moment erinnern kann. Ich flehe Sie an, Señor Domènech, versuchen Sie es. Es handelt sich darum, einen frei herumlaufenden Mörder zu finden.«

»Ich werde es versuchen, ich werde es versuchen.«

»Geben Sie mir Ihr Wort?«

»Einverstanden, ja.«

Er war nervös geworden und wollte, dass ich endlich verschwinde. Er schob mich praktisch zur Tür. Sein Versprechen war keineswegs vertrauenswürdig. Aber wie sollte ich ihn zwingen, etwas einzuhalten, das letztlich allein von seiner Bereitschaft abhing?

Ich ging durch die sonnenbeschienenen Gärten mit einem furchtbaren Gefühl der Frustration und kickte einen Kieselstein weg. Scheiße! Gut möglich, dass ich die Gefühllosigkeit in Person war, weil ich mich dieses pathetischen Ehedramas nicht erbarmte, aber verdammt noch mal, ich war weder Sozialarbeiterin, noch gehörte ich zu einer Entwicklungshilfeorganisation, sondern ich war Polizistin und auf einer wichtigen Spur. Diesmal hatte ich ganz deutlich den Eindruck, die Auflösung des Verbrechens beinah zu streifen, ohne sie fassen zu können. Eine grausame Folter.

Ich stieg ins Auto und schlug heftig die Tür zu. Da merkte ich, dass das übliche Grüppchen von Kindermädchen mich neugierig beobachtete. Unter ihnen war auch die einfältige Lali, die meinen Besuch im Haus *Oleander* nutzte, um ihr absurdes Getratsche über die »verrückte Señora« fortzuführen. Nein, ich glaubte wirklich nicht, dass diese arme Frau jemanden umgebracht hatte. Das einzig Unbezweifelbare war, dass sie Zeugin von etwas Seltsamem gewesen war, vielleicht gar des Mordes selbst. Eine stumme, unerreichbare Zeugin.

Ich fuhr mit überhöhter Geschwindigkeit ins Kommissariat, während dieser lächerliche, kindische Satz hinter meinen Schläfen pochte: »Wo gehst du hin, Vögelchen? Wer bist du?«

Ich saß noch nicht ganz an meinem Schreibtisch, da hatte ich schon den Telefonhörer in der Hand. Ich wählte die Nummer von Pura, unserer Dokumentarin, was früher mal mein Job gewesen war.

»Alzheimer, Petra? Das ist schwierig. Ich bezweifle, dass in unseren Archiven etwas darüber zu finden ist. Aber wenn du mich ein paar Anrufe tätigen lässt, kann ich dir Informationen besorgen.«

Ich musste einräumen, dass Pura wesentlich geduldiger war als ich damals. Wenn jemand auf die verrückte Idee gekommen wäre, mich nach einem von der Polizeipraxis so entlegenen Thema zu fragen, hätte ich denjenigen mit größter Wahrscheinlichkeit zum Teufel gejagt.

Ich atmete tief durch und sah mich um. Briefe, halb fertige Berichte, die unvermeidliche Sitzung zur päpstlichen Sicherheit und die Notiz über einen Anruf. Ich las sie und verzweifelte. Concepción Enárquez hatte mir ihre Handynummer hinterlassen und bat darum, sie so bald wie möglich anzurufen. Verdammt! Ich hatte geglaubt, mich dieser Verpflichtung entledigt zu haben, aber ich hatte lediglich erreicht, dass die Angelegenheit nun vollends auf meinen Schultern lastete. Ich war nun wirklich nicht in der Stimmung für Männergeschichten!

In dem Moment – günstig für mich, ungünstig für ihn – tauchte Garzón in meinem Büro auf.

»Mensch, Fermín, Sie wollte ich sprechen!«

Er trug einen grässlichen senfbraunen Mantel über dem Arm. Statt einer Antwort warf er ihn über den Kleiderständer und riss ihn damit um.

»Was tun Sie denn, verdammt?«

Er fiel wie ein Sack auf einen Stuhl.

»Sprechen Sie mich nicht an, Inspectora, ich bitte Sie inständig!«

Er war außer sich, blass, ernst und wütend.

»Wenn ich Sie nicht ansprechen soll, warum sind Sie dann hier?«

»Weiß ich nicht, haben Sie mich verstanden, ich weiß es nicht!«

Jetzt war ich besorgt. Wie kam es zu diesem Ausbruch? Ein geschickter Überfall der Enárquez-Schwestern?

»Können Sie mir sagen, was passiert ist, Garzón?«

»Es ist das passiert, was ich prophezeit habe und was nicht hätte passieren dürfen.«

Ich konnte an diesem Tag kein weiteres Rätsel ertragen. Erschlagen und mit gesenktem, in die Hände gestütztem Kopf erklärte er schleppend:
»Sie haben den Jungen aus dem Clan der Carmonas umgebracht. Bestimmt war das der Racheakt der Ortegas.«
»Verdammt!«
»Ich hab's Ihnen gesagt, stimmt's? Ich habe Ihnen gesagt, dass sich diese Fälle immer komplizieren und dann unlösbar werden.«
»Stimmt, das haben Sie mir gesagt. Und was werden Sie jetzt tun?«
»Sie allesamt erst einmal ins Kittchen stecken.«
»Das wird die Presse an die große Glocke hängen. Sie wissen ganz genau, dass Sie das nicht so einfach können.«
»Na schön, dann soll sie der Richter am nächsten Tag wieder freilassen, aber für den Augenblick werden sie eingebuchtet, damit sie wenigstens einmal in ihrem Leben das Gesetz respektieren.«
Ohne ein weiteres Wort stand er auf und ging. Sein Mantel lag neben dem umgekippten Kleiderständer auf dem Boden. Ich hob beides auf. Mir fiel nicht ein, ihm zu folgen und ihn zur Vernunft zu bringen. Wenn er so drauf war, war er ein wilder Büffel, der bei seinem Lauf durch die Prärie alles niedertrampelte. Außerdem verstand ich seine Wut und Ohnmacht. Wenn die Chronik eines angekündigten Todes vor den eigenen Augen wahr wird, fühlt man sich schlecht.
Ich bearbeitete den ganzen Nachmittag Papiere, ging zu der Sitzung für den Papstbesuch, zu der Garzón natürlich nicht erschien, und beschloss, heimzufahren. Ich fand es

im Haus eiskalt und drehte die Heizung an. Es waren die ersten kalten Tage. Ich schlüpfte in einen riesigen Pullover, den ich mir vor zwanzig Jahren in London gekauft hatte und noch immer aufbewahre für die schlimmsten Augenblicke von Kälte und Depression. Seine Wärme hüllte mich ein und tat mir gut wie eine Mutter. Wenn er seinen Zweck erfüllt hatte, verschwand er wieder im Schrank und ich vergaß ihn, was man allerdings mit Müttern besser nicht tun sollte. Ich schenkte mir einen Whisky auf Eis ein und legte eine CD von Bach auf, die mich immer entspannte. Dank dieses so typischen Rituals der westlichen Zivilisation fühlte ich mich vor allen Eventualitäten sicher und war bereit, einen ruhigen Abend zu verbringen. Aber ich hatte mein Gewissen und mein Schuldgefühl vergessen. Da war noch der Anruf von Concepción Enárquez, der lästig durch meinen Kopf geisterte. Sollte ich sie zurückrufen? Ich war nicht dazu verpflichtet, obwohl … wenn eine der Schwestern mit Garzón telefoniert hatte, als er auf dem Höhepunkt seines Ärgers war, und er ihr eine entsprechende Bemerkung an den Kopf geknallt hatte? Ich verspürte eine gewisse Neigung, die Fehler des Subinspectors auszubügeln, ein Krankheitssymptom, von dem ich mich kurieren sollte, also rief ich an.

Sie wollte mit mir reden, und wir verabredeten uns für den nächsten Morgen in einem eleganten Café in der Avenida Diagonal, wo sie sich täglich zum Frühstück einfand.

Ah, dachte ich, Garzón ließ sich in der Tat die Gelegenheit entgehen, einen bequemen und ruhigen Lebensabend zu genießen. Verheiratet mit einer Enárquez, würde er jeden Morgen in der Avenida Diagonal frühstücken, er hätte ein echtes Heim und würde verwöhnt werden wie ein König. Aber er verteidigte sein Junggesellenleben wie ein Löwe. Was hatte er zu verlieren? Eine bescheidene Pension und tagelange Einsamkeit. Aber es war nicht meine Sache, meinem Kollegen den Weg in die goldene Zukunft zu weisen. Sollte er machen, was er wollte. Ich würde mir anhören, was diese Frau zu sagen hatte, und sie mir dann aufs Höflichste vom Hals schaffen.

Ich konzentrierte mich auf Bachs Musik, und die therapeutische Wirkung war derart, dass ich sogar ein Buch lesen konnte, ohne von einem weltlichen oder metaphysischen Geräusch gestört zu werden.

Fünf

Am Morgen entdeckte ich, dass es tatsächlich Menschen gab, die einfach nur glücklich waren, während normale Sterbliche ihr Leben damit zubrachten, im menschlichen Elend zu wühlen. Wie sonst sollte man dieses Bild des Cafés in der Avenida Diagonal interpretieren? Beim Eintreten schlug mir ein wunderbares Aroma aus Kaffeeduft, frischem Gebäck, gutem Tabak und einem feinen Gemisch aus teuren Parfüms entgegen. Es war, wie in ein weiches Bett mit Seidenbettwäsche zu sinken. Selbst die Geräuschkulisse war angenehm: Gemurmel, das eine oder andere leise Auflachen und diskrete Hintergrundmusik. Das hatte nichts zu tun mit den Kaschemmen, die Garzón und ich gewöhnlich aufsuchten, die immer verraucht waren, nach Frittierfett stanken und wo die Spielautomaten, das Geschirrklappern und der voll aufgedrehte Fernseher einen Höllenlärm veranstalteten.

Torten, Gebäckstücke und Süßspeisen reihten sich wie Schmuckstücke aneinander, und in der Vitrine mit den herzhaften Leckereien lagen appetitliche Salate und zartes Roastbeef. Doch die Quintessenz des Glücks bestand in der Kundschaft. Frauen. Fast alle waren ältere Damen in Grüppchen, die angeregt miteinander plauderten. Es war erst neun Uhr morgens, und diese Frauen saßen schon elegant gekleidet, sorgfältig frisiert und geschminkt mit ihren Freundinnen beim Frühstück. Wenn das nicht der Gipfel der Exklusivität war.

Concepción winkte mir vom Tisch aus zu, auch sie war an diesem Morgen sehr elegant. Wir begrüßten uns wie alte Freundinnen, und sofort bestellte sie für mich eine Reihe süßer Delikatessen und einen starken Kaffee. Wenn sich Garzón gegen eine Heirat mit einer der beiden Schwestern verwehrte, könnten sie dann nicht wenigstens mich adoptieren? Ich entspannte mich, diese Situation würde leichter zu bewältigen sein, als ich befürchtet hatte. Ich würde ihr höflich zuhören, zwei oder drei verbindliche Ratschläge geben und genussvoll umsonst frühstücken. Zum Teufel mit meinen verdammten Schuldgefühlen!

Concepción wartete, bis alles auf dem Tisch stand. Während ich mich über die Köstlichkeiten hermachte, kam sie direkt zum Kern der Sache.

»Inspectora, ich bin Witwe und habe bereits die Annehmlichkeiten und Widrigkeiten des Zusammenlebens mit einem Mann genossen.«

Ich muss gestehen, dass mich diese gut vorbereitete und formulierte Einleitung ernstlich beunruhigte. Wie weit gedachte sie wohl zurückzugehen? Wollte sie sich nur Frustrationen von der Seele reden, sollte sie denn welche haben, oder wollte sie mir ihre ganze Lebensgeschichte erzählen?

»Aber bei meiner Schwester ist das anders, sie war nie verheiratet, wie Sie wissen. Sie ist unerfahren und sentimental.«

Ich beschloss, noch bevor sein Name fiel, Garzóns Anwältin zu spielen.

»Fermín hat mir gesagt, dass ihn eine aufrichtige Freundschaft mit ihr verbindet.«

»Es war etwas mehr«, sagte die schöne Witwe trocken.

Das war der Augenblick meines gut vorbereiteten Vortrags.

»Sehen Sie, Concepción, in einem bestimmten Alter und mit einem so harten Beruf wie dem unseren wird das Privatleben von vielen Unannehmlichkeiten belastet, die man nicht so leicht verhindern kann. Die natürliche Sympathie meines Kollegen, sein herzlicher Umgang mit Menschen ...«

Sie unterbrach mich mit einer entschiedenen Handbewegung.

»Ich rede vom Sex.«

Ich hätte mich fast an einem Stück Magdalena verschluckt. Sex? Beim nächsten Treffen würde ich diesem falschen Fünfziger von Garzón genussvoll den Hals umdrehen.

»Vielleicht finden Sie lächerlich, was ich Ihnen jetzt sagen werde, Petra, vor allem in Anbetracht der Tatsache, dass meine Schwester über fünfzig ist. Aber Sie wissen sicher, wie Frauen unserer Generation erzogen wurden. Kurz und gut, Emilia war noch Jungfrau.«

Ich versuchte verzweifelt zu verhindern, dass man mir meine Verblüffung ansah. Ich kaute, ohne etwas zu schmecken. Sie redete unerbittlich weiter.

»Seit unserem Urlaub und dem Zusammentreffen mit Fermín Garzón auf Mallorca ist sie es nicht mehr. Muss ich deutlicher werden?«

»Nein«, flüsterte ich fast flehend.
»Und Sie werden verstehen, dass das jetzige Verhalten Ihres Kollegen meine Schwester sehr verletzt.«
»Welches Verhalten?«, fragte ich völlig entgeistert.
»Er flieht uns, als wären wir Aussätzige! Seit wir aus Mallorca zurück sind, läuft er beim geringsten Kontaktversuch davon.«
»Concepción, haben Sie daran gedacht, dass Fermín, der an Einsamkeit gewöhnt ist, die Vorstellung einer Eheschließung erschrecken könnte?«
»Ehe, wer redet denn von Ehe?«
»Er fürchtet, dass sich Emilia Hoffnungen auf eine Heirat macht.«
»Also wirklich, dieser Mann ist ja noch altmodischer als wir! Ich glaube nicht, dass meine Schwester je daran gedacht hat.«
»Na dann?«
»Sie überraschen mich, Petra, stammen Sie denn beide aus der Vorzeit? Emilia war sehr glücklich darüber, freien, freundschaftlichen Sex praktizieren zu können. Das hatte sie sich immer gewünscht, natürlich ohne ein solch abruptes Ende, und da mit Fermín die Sache so leicht schien … Jedenfalls ist es absurd und verletzend, dass er sie jetzt meidet, als schätze er sie nicht im Geringsten.«
»Sie haben Recht.«
»Ich habe Sie hergebeten, um Sie zu bitten, mit ihm zu reden, damit er begreift, dass er sich falsche Vorstellungen macht. Bitten Sie ihn darum, dass er Emilia anruft und ganz freundschaftlich mal mit ihr ausgeht.«
»Ich werde mit ihm reden.«

»Wenn er weiterhin wie ein verängstigter Hase davonlaufen will, bitten Sie ihn, dass er wenigstens mit meiner Schwester spricht, dass er sich anständig von ihr verabschiedet, aber mit einer Erklärung, er soll ihr sagen, dass es wunderbar war, sie kennen gelernt zu haben, oder so etwas Ähnliches. Ich bin überzeugt davon, dass sie das beruhigen würde.«

»Nein, wenn er weiter den Idioten spielt, werde ich ihm den Schädel einschlagen.«

»Aber hallo, Inspectora!«

»Verzeihen Sie, aber ich kann Feigheit und moralische Engstirnigkeit nicht ertragen.«

»Treiben wir die Sache nicht zu weit.«

»Warum nicht? Mein Gott, ich werde dem Subinspector nie verzeihen, dass er mich in diese lächerliche Situation gebracht hat. Dieser Heuchler, Strandcharmeur, Freizeitdonjuan! Ich werde ihn erbarmungslos niedermachen!«

Ich versprach der freundlichen Witwe, sie über meine diplomatischen Versuche auf dem Laufenden zu halten, und kehrte in meine schäbige Alltagswelt zurück.

Auf meinem Schreibtisch lag ein umfangreiches Dossier von Pura über die Alzheimerkrankheit. Ein populäres Buch von einem amerikanischen Arzt, mehrere Seiten statistische Informationen und die Adressen einiger Spezialisten. Ich nahm das Buch zur Hand und las aufs Geratewohl: »Der Alzheimerkranke geht in alle Richtungen, stößt gegen Möbel, stellt die Sessel um. Nachts verirrt er sich auf dem Weg vom Schlafzimmer ins Badezimmer. Wenn man ihn allein lässt, kann es passieren, dass er den Kühlschrank plündert und unaufhörlich isst.«

Weiter unten gab es ein paar Darstellungen von Objekten, die man nie in Reichweite des Kranken lassen sollte: Steckdosen, Messer, Medikamente und, ziemlich logisch für amerikanische Verhältnisse, Pistolen.

Gut, all das erklärte wunderbar Señor Domènechs notorische Griesgrämigkeit, trug aber nichts zu unseren Ermittlungen bei. Ich suchte etwas Überzeugenderes. Im Inhaltsverzeichnis gab es ein Kapitel »Gedächtnis«. Ich schlug es auf. »Im mittleren Stadium der Krankheit wird das Kurzzeitgedächtnis angegriffen. Der Kranke erinnert sich nicht mehr daran, was er gerade gegessen hat. Trotzdem hat er noch eine emotionale Erinnerung an das, was ihn beeindruckt hat.«

Danach las ich im Kapitel »Kommunikation«: »Die Kommunikation wird schleppend, das Vokabular schränkt sich immer mehr ein. Er wiederholt ständig dieselben Sätze.«

All diese Symptome hatte ich schon an Señora Domènech beobachten können. Plötzlich erregte das Wort »Aggressionen« meine Aufmerksamkeit: »Der Alzheimerkranke kann gewalttätig reagieren. Er verliert oft die Realitätswahrnehmung und sieht sich plötzlich bedroht oder eine nicht existente Gefahr. Wenn er auf einen Fremden trifft, kann er glauben, dass dieser ihn schlagen will. Beim Angriff durch einen Kranken ist es am besten, aus seinem Blickfeld zu verschwinden. Dann beruhigt er sich langsam wieder und vergisst den Grund seines Angriffs.«

Mein Gott! Hatte ich die Möglichkeit, dass diese arme Frau die Mörderin war, heruntergespielt? Vielleicht war genau das passiert? Señora Domènech war mitten in der Nacht aufgestanden und durch die Gärten spaziert. Dort traf sie zufällig auf Espinet, unterstellte ihm, er wollte ihr etwas tun, und griff ihn an. Aber, in diesem Fall, was hatte Espinet am Rand des Swimming-Pools zu suchen, das Wasser betrachten? Wo war der stumpfe Gegenstand, mit dem er ermordet wurde? Hatte die Frau einfach einen Stein genommen? Was hatte sie dann damit gemacht? Und der durchgeschnittene Zaun und der Fußabdruck? Ein Zufall? Fragen über Fragen, die auftauchten, sobald ich einen konkreten Schritt machen wollte.

Auch wenn die Teile nicht alle zusammenpassten, hatte das Gelesene doch genügend Verdacht in mir geweckt, um eine Hausdurchsuchung bei den Domènechs anzuordnen. Wer wusste schon, ob das Mordwerkzeug nicht irgendwo dort versteckt war? Ich rief Richter García Mouriños an.

»Petra, Sie schicken mir seit Tagen keine Berichte mehr!«

»Heute Nachmittag kriegen Sie einen. Schicken Sie mir den Durchsuchungsbefehl?«

»Sofort. Schauen wir uns einen Film zusammen an? Es gibt einen Actionfilm, scheint nicht schlecht zu sein.«

»Richtig explosiv?«

»Ich weiß nicht, ob er einer so streitbaren Frau wie Ihnen explosiv genug ist.«

»Wegen einem einzigen Ausfall!«

»Dann passen Sie auf, dass sich das nicht wiederholt, ich bin nicht immer zur Stelle, um Sie zu retten.«

»Na toll! Wie heißt denn der Film, *Der Frauenretter*?«

»Petra, eine Polizistin sollte mit einem Richter keine Scherze machen.«

»Bis dann, Richter, merken Sie sich ein paar Judogriffe, die Sie mir dann beibringen können.«

Beim Auflegen hörte ich sein schallendes Gelächter. Ich hatte noch ein spöttisches Lächeln auf den Lippen, als Garzón eintraf. Im ersten Moment wusste ich nicht, wie ich mich verhalten sollte: eine Erklärung von ihm verlangen oder mich wie eine Wildkatze auf ihn stürzen. Ich entschied mich für die erste Möglichkeit, behielt aber die zweite in der Hinterhand. Ein wenig mit der Beute zu spielen, bevor ich ihr die Halsschlagader durchbiss, würde mein Vergnügen steigern.

Er sah aus wie das Leiden Christi, blass, ungekämmt, eingefallen, unrasiert, und ließ sich wie ein Futtersack auf einen Stuhl fallen. Dann sah er mich mit Opferblick an und schnaufte. Offensichtlich wollte er eine kleine Vorstellung des erschöpften, überarbeiteten Mannes geben.

»Wissen Sie, wo ich herkomme, Inspectora?«

»Nein, keine Ahnung.«

»Ich habe die ganze Nacht lang die Carmonas und die Ortegas verhört, bevor der Richter sie wieder freilässt.«

»Mit welchem Resultat?«

»Das sehen Sie ja: Ich habe nicht geschlafen, ich habe nichts gegessen, mir tun die Beine und die Nieren weh, und mein Kopf platzt gleich. Und wozu? Für nichts. Kein Wort. Niemand hat etwas gesehen oder gehört ... noch ein totes Gespenst, das war's.«

»Wie ärgerlich! Wenn Sie so erledigt sind, dann müssen Sie wohl noch mal Urlaub nehmen.«

Mein angespannter, ironischer Tonfall ließ ihn seine einstudierte Nummer vergessen. Er wurde sofort hellhörig. Und ich fuhr erbarmungslos fort.

»Würde Ihnen Mallorca als Erholungsstätte gefallen, oder wollen Sie vielleicht nicht allein reisen?«
»Inspectora, können Sie mir sagen, worauf Sie hinauswollen?«
»Von wegen nur eine aufrichtige Freundschaft mit den Schwestern Enárquez, he?«
»Inspectora!«
»Und was haben Sie zur Verführung von Emilia zu sagen, warum haben Sie mir das verschwiegen?«
»Inspectora!«
»Hören Sie auf, ständig ›Inspectora‹ zu sagen, ich weiß, welchen Rang ich habe! Sie haben mich in eine lächerliche Situation gebracht! Mein Gott, Garzón, was haben Sie eigentlich im Kopf? Wem fällt schon ein, eine über fünfzigjährige Jungfrau zu verführen!«
Er begann sich die Schläfen zu massieren, ein Zeichen von totaler Erschöpfung.
»Verdammt!«, rief er eher sanft denn zornig. »Da gestattet man sich mal eine vergnügliche Nacht, und das geht dann bis ins Innenministerium!«
»Sie übertreiben unverschämt.«
»Haben Sie mit den beiden geredet?«
»Concepción hat mich angerufen.«
»Und was wollte sie?«
»Natürlich nicht, dass Sie ihre Schwester heiraten, auch nicht, dass Sie ihre Ehre wiederherstellen oder sonst eine dieser Blödsinnigkeiten, die durch Ihren schuldbewussten Kopf schwirren mögen. Sie will nur, dass Sie sich wie ein normaler Mensch benehmen, dass Sie gelegentlich mit ihr ausgehen, wenn Sie mögen und wenn nicht, dass Sie ver-

nünftig mit ihr reden und ihr eine Erklärung geben. Eben das, was zivilisierte Menschen mit Einfühlungsvermögen so tun.«

»Sie haben ja Recht, ich gebe es zu, Sie haben Recht. Ich habe mich erschrocken. Können Sie sich vorstellen, was das bedeutet, auf eine Jungfrau in diesem Alter zu treffen? Es war wie ...«

»Ersparen Sie mir die Einzelheiten, ich flehe Sie an. Ich habe schon einen weitaus tieferen Einblick in Ihr Liebesleben, als mir lieb ist. Versprechen Sie mir nur, dass Sie sie anrufen, ich werde keine Minute länger die Lebensberaterin von zwei älteren Damen spielen.«

»Ich werde es tun, versprochen.«

»In Ordnung.«

»Kann ich schlafen gehen?«

»Kommt nicht infrage. Schreiben Sie mir einen Bericht mit allen Neuigkeiten vor allem im Fall Espinet. Ich tue dasselbe und gebe Ihnen meinen dann rüber. Das nennt man doch Zusammenarbeit, oder?«

Er nickte erschlagen und zerknirscht. Als ich ihn so aus dem Raum schleichen sah, hatte ich Mitleid mit ihm. Es gibt nichts Besseres, als jemanden ins Elend zu stürzen und ihn dann aufrichtig zu bedauern.

Ein paar Stunden nach diesem Gespräch traf der Durchsuchungsbefehl von García Mouriños ein. Wir konnten im Haus der Domènechs nach der Mordwaffe suchen. Ich rief Garzón, damit er mir bei den Vorbereitungen half. Wir brauchten Experten für eine gründliche Durchsuchung und auch einen unserer Polizeipsychologen, der mit der »verrückten Frau« sprechen konnte.

Als alles bereit war, nicht ohne Protest vom Comisario, der angesichts unserer fehlenden Resultate langsam ungeduldig wurde, fuhren wir in mehreren Autos nach *El Paradís*. Ich fühlte mich so schlecht, dass ich beschloss, während der Durchsuchung draußen zu bleiben. Ich hätte Señor Domènechs Blick nicht ertragen. Garzón, der sich grenzenlos erschöpft neben mir herschleppte, sprach sich für eine neuerliche Befragung aus. Es war sinnlos, ihn davon abzuhalten, er wollte noch ein wenig nachhaken und die Verwirrung nutzen, die die Hausdurchsuchung hervorrief. Sein logischer und nüchterner Verstand brachte ein wenig Ordnung in den meinen, der von Schuldgefühlen und anderen Gespenstern heimgesucht wurde. Der Subinspector meinte, sollte Señora Domènech tatsächlich Espinet ermordet haben, müsse ihr Mann davon wissen. Es war nicht wahrscheinlich, dass die Kranke mitten in der Nacht hinausgegangen war, den Anwalt überfallen hatte und ohne Blutflecken oder sonst eine Spur ganz brav wieder zu Bett gegangen war. Wenn Gewalt im Spiel gewesen war, musste Domènech Hinweise darauf gefunden haben.

»Warum hat er es dann verheimlicht?«, fragte ich Garzón, als hätte er die Antwort auf alle Fragen.

»Vermutlich will er sie vor der Einweisung in eine psychiatrische Anstalt bewahren oder so was Ähnliches, und wenn es nicht aus altruistischen Motiven war, hat er guten Grund zu schweigen. Oder glauben Sie etwa, dass Ihr Freund, der Richter, ihn nicht wegen Fahrlässigkeit, Gefahr in Verzug oder sonst einer juristischen Gemeinheit anklagt?«

Er hatte Recht. Wie gewöhnlich beförderte mich der Subinspector in die Wirklichkeit zurück. Der Gedanke, dass der pensionierte Unternehmer und leidende Gatte Komplize sein könnte, gefiel mir. Trotzdem empfahl ich Garzón:

»Fassen Sie ihn aber nicht zu hart an.«

»Lassen Sie mich nur machen, keine Sorge. Bei meiner Erschöpfung laufe ich bestimmt nicht zu Höchstform auf.«

»Kopf hoch, anderen geht es schlechter.«

»Ja, den nächtlichen Brigaden in der Bronx.«

In *El Paradís* setzte ich ihn vor dem Haus *Oleander* ab und machte einen Spaziergang. Zur Beruhigung meines aufgewühlten Gewissens redete ich mir ein, dass meinen Kollegen die Angelegenheit leichter fiele, weil sie nichts über die Alzheimerkrankheit gelesen hatten. Trotzdem konnte mich nichts wirklich beruhigen, sodass ich an der Tür des Hauses *Hibiskus* klingelte, als wollte ich um Schutz und Unterschlupf bitten. Wie es schon zur Gewohnheit wurde, gewährte mir Malena Puig genau das.

Zu meiner Überraschung war sie nicht allein. Espinets Witwe saß erschlagen auf dem Sofa, und beide tranken Malenas magischen Aufputschkaffee.

»Hallo, Inés, wie geht es Ihnen?«

»Ich bin zu Besuch hier.«

Dann fing sie bitterlich an zu weinen. Malena lief zu ihr, legte ihr den Arm um die Schultern und erklärte mir:

»Es geht ihr besser, Petra, keine Sorge, aber Lali ist gerade hier gewesen und … Na ja, dieses Mädchen hat die ganze Zeit geheult wie ein Schlosshund. Wie sollte die arme Inés denn sonst reagieren? Es war für sie schon schwer genug, überhaupt hierher zu kommen.«

Die arme Inés versuchte sich zusammenzureißen.

»Ist schon in Ordnung. Immerhin war das Mädchen drei Jahre bei uns. Da ist es doch normal, dass sie trauert.«
Ich fragte kurz nach.
»Nur drei Jahre?«
Ich hätte den Mund halten sollen. Inés verbarg das Gesicht in den Händen und rief:
»Mein Gott! Mein kleiner Sohn ist drei Jahre alt, sie hat kurz vorher angefangen und ihn auf die Welt kommen sehen!«
Sie schluchzte verzweifelt. Malena streichelte sie zärtlich. Sie war so stark und vernünftig wie immer.
»Komm schon, Inés, beruhige dich. Trink deinen Kaffee.«
»Entschuldigen Sie, Inspectora, seit Sie mich kennen, haben Sie mich nur heulen sehen. Sie müssen denken, ich bin ein Dummkopf.«
Ich hüllte mich weiter in respektvolles Schweigen, während Malena geschickt ihre Rolle spielte.
»Die Inspectora denkt so etwas nicht. Du machst das wirklich gut, schließlich bist du zum ersten Mal wieder hier. Außerdem hast du sehr gute Neuigkeiten. Wissen Sie, Inspectora, dass Inés darüber nachdenkt, wieder im Laden zu arbeiten?«
»Meine Eltern meinen, es würde mich ablenken.«
»Ich denke, das ist richtig. Keine Sorge, Inés, wir werden den Täter finden. Die Ermittlungen gehen voran.«
»Aus welchem Grund sind Sie hier?«, fragte Malena.
»Meine Kollegen sind im Haus der Domènechs. Zu Ihnen bin ich nur zum Kaffeetrinken gekommen.«
Malena lächelte bezaubernd und wandte sich erklärend an ihre Freundin.

»Hast du gehört, Inés? Mein Kaffee ist bei der Polizei von Barcelona richtig berühmt geworden. Inspectora Delicado und ich sind gute Freundinnen. Soll ich Ihren Kollegen auch Kaffee kochen?«

»Nein, nein, ich glaube nicht, dass sie Zeit für einen Kaffee haben. Sagen wir, ich bin stellvertretend hier.«

Malena holte mir eine Tasse, und die junge Witwe putzte sich die Nase. Dann plauderten wir drei, als wäre das ein schlichtes Hausfrauentreffen. Malena war sehr geschickt dabei, die Unterhaltung auf harmlose Themen zu lenken, damit ihre Freundin ein wenig ihre tragische Situation vergaß. Nach einer Weile lachte sogar ich und erzählte Alltagsbegebenheiten. Im Grunde war ich nicht an so ungezwungene Unterhaltungen gewöhnt, aber der therapeutische Effekt wirkte selbst bei mir.

Als ich schon ganz selig Malenas Geschichten über ihre Tochter lauschte, klingelte mein Handy. Garzón informierte mich, dass die Durchsuchung beendet war. Ich sagte ihm, wo ich war, und bat ihn, mich abzuholen. Dann fügte ich hinzu:

»Irgendein Resultat?«

»Nichts, Inspectora, diese Frau hat niemanden ermordet.«

»Das dachte ich mir schon, aber wir durften es nicht ausschließen.«

Einen Augenblick später hielt ein Auto vor der Tür. Malena bestand darauf, dass der Subinspector einen Kaffee mit uns trank. In Anbetracht seiner Erschöpfung meinte ich, dass ihm das gut tue, und war einverstanden.

Garzón gesellte sich zu unserer heiteren Runde und blickte mich an, als sähe er mich zum ersten Mal. Seine Augen sag-

ten deutlich: Was zum Teufel machen Sie hier? Inés nutzte die Gelegenheit zum Aufbruch, und Malena begleitete sie in den Garten. In diesem Augenblick fragte mich Garzón, was sein Blick schon vorausgeschickt hatte:
»Was tun Sie hier, verdammt noch mal? Haben Sie die beiden befragt?«
»Ich habe nur geplaudert.«
»Ein Gespräch unter Frauen?«
»Ja, was dagegen einzuwenden?«
Malena kehrte zurück, schenkte dem Subinspector den versprochenen Kaffee ein und erzählte uns, dass sich Inés' Zustand sehr verbessert habe.
»Sie weiß noch nicht, ob sie das Haus verkauft oder wieder hier leben wird, aber es geht ihr besser.«
Mein Kollege trank seinen Kaffee aus und ich spürte seine Eile. Also gab ich das Zeichen zum Aufbruch. Aber da sagte Malena mit Blick auf die Uhr:
»Wenn Sie noch fünf Minuten warten, kommen meine beiden Söhne aus der Schule und die Kleine vom Spaziergang.«
»Tut mir Leid, wir müssen wirklich gehen.«
»Wie schade! Ich habe den Jungs versprochen, wenn Sie eines Tages wiederkommen, könnten sie mit zwei echten Polizisten sprechen.«
»Ich glaube nicht, dass wir mit denen aus dem Fernsehen mithalten können.«
»Zumindest würden sie sehen, dass Sie ganz normale Menschen sind. Sie hören nämlich in der Siedlung jede Menge Unsinn.«
Ich dachte kurz nach und sah auf meine Uhr.

»Vielleicht … da unsere Mission hier schon gescheitert ist. Na schön, die Polizei hat auch erzieherische Pflichten der Gesellschaft gegenüber. Wir warten.«

Mein Assistent sah mich verblüfft an. Er verstand mein Verhalten nicht. Aus dem Funkeln seiner Augen konnte ich herauslesen, dass er mir unterstellte, ihm Informationen über die Ermittlung vorzuenthalten. Aber ich hatte schlicht keine Lust zu gehen. Ich wollte Malenas Kinder sehen, besonders dieses engelhafte Mädchen, das mich immer anlächelte.

Wir mussten nicht lange warten. Wie ihre Mutter angekündigt hatte, kamen die Puig-Jungen ein paar Minuten später aus der Schule. Sie waren drollig und ähnelten sehr ihrem Vater. Auch waren sie ziemlich schmutzig und rochen unverwechselbar nach Schule.

Sie stellten ihre riesigen Ranzen in einer Ecke ab und setzten sich zu uns. Als ihre Mutter uns vorstellte, zeichnete sich auf ihren Gesichtern große Faszination ab. Sie sagten kein Wort, aber sie durchbohrten uns mit ihren Blicken. Kurz darauf traf das Kindermädchen mit der reizenden kleinen Tochter ein. Ich konnte nicht widerstehen, stand auf und nahm sie in die Arme. Das Kind lächelte mich wie immer gelassen und kokett an. Ich küsste sie ab und war schon im Begriff, eine Salve dieser unverständlichen Laute von mir zu geben, die man Babys und Haustieren zukommen lässt. Doch als ich Garzóns missbilligenden Blick spürte, ließ ich es lieber.

Die Mutter und das Kindermädchen brachten das Mädchen ins Badezimmer. Wir blieben allein mit den beiden Jungen, die uns noch immer mit Eulenaugen anstarrten.

Weder mein Kollege noch ich hatten eine Ahnung, was wir sagen sollten. Plötzlich machte der Kleinere zum ersten Mal den Mund auf.
»Habt ihr Pistolen?«
»Ja, dazu sind Polizisten verpflichtet«, antwortete Garzón.
»Sie auch?«, fragte der andere ganz Macho.
»Natürlich, sie ist meine Chefin«, erläuterte ihm Fermín. Die beiden Augenpaare hefteten sich neugierig auf mich.
»Können wir sie sehen?«
Das stand nicht im Drehbuch. Wäre es psychologisch kontraproduktiv, sie ihnen zu zeigen? Würde es die Jugendkriminalität fördern? Der resolutere Subinspector zog seine Star 30 PK heraus und zeigte sie den Jungen.
»Man sollte nie Waffen benutzen. Obwohl ich Polizist bin, habe ich sie schon lange nicht mehr benutzt.«
Der Ältere fragte mit einer deduktiven Intelligenz, die typisch für die junge Generation war:
»Aber du hast sie schon mal benutzt.«
Garzón wurde bleich.
»Ja, aber hauptsächlich zum Einschüchtern.«
Die nächste logische Frage ließ nicht auf sich warten, diesmal von dem Kleinen.
»Was heißt einschüchtern?«
Ich war gespannt, wie sich der Subinspector da herauslavieren würde, aber er antwortete unerschütterlich.
»Um zu erschrecken.«
»Aha.« Der Junge gab sich damit zufrieden und wandte sich jetzt an mich: »Und deine?«
Keineswegs überzeugt von dem, was wir taten, zog ich meine Glock 19 aus der Tasche und zeigte sie ihnen.

Darauf reagierten sie.
»Wow, die ist ja Klasse!«
Selbst ich fand sie hübsch und strich über den festen Kunststoffgriff.
»Sie kann erweitert werden«, sagte ich. »Mit einem Laserfernrohr und einer Lampe, aber die habe ich heute nicht dabei.«
Ich hörte Malena zurückkommen und steckte die Pistole schuldbewusst schnell wieder ein. Diese schlauen Jungen hatten das bestimmt gemerkt, es wirkte wie eine Verschwörung, und sie spielten bereitwillig mit. Ich war mir sicher, dass sie ihrer Mutter die Waffenschau verheimlichen würden.
Auch die kleine Ana war wieder da, mit frisch gewaschenem Gesicht und nach kölnisch Wasser duftend war sie zum Anbeißen. Da schlug Malena etwas vor, wofür ich ihr sehr dankbar war: ob ich nicht ein wenig mit Ana in den Garten gehen wolle?
Ich genoss dieses Glück in vollen Zügen. Ich blieb mit Ana bei allen Dingen stehen, auf die sie aufmerksam wurde: bei einem besonderen Stein, einer Schnecke, einem Stückchen weggeworfenem Papier. Ihre Welt war viel klarer und konzentrierter auf Kleinigkeiten als die der Erwachsenen. Während wir in schwindelerregendem Tempo herumhetzten und entweder die Vergangenheit oder die Zukunft im Kopf hatten, beobachteten und genossen kleine Kinder ausgiebig die Gegenwart. Vielleicht wäre es gar nicht so verrückt, bei Ermittlungen einmal Kinder um ihre Hilfe zu bitten.
Wenig später klopfte der Subinspector ans Fenster und

machte mir unmissverständliche Zeichen, dass wir jetzt gehen müssten. Ich fand mich resigniert damit ab.
Auf der Rückfahrt nach Barcelona wurde der Subinspector persönlich.
»Sie mögen dieses Mädchen, stimmt's, Inspectora?«
»Sie ist niedlich«, sagte ich scheinbar beiläufig.
»Warum heiraten Sie nicht wieder und bekommen ein Kind? Oder Sie bleiben allein und adoptieren eine kleine Chinesin. Das wird jetzt viel gemacht.«
Ich sah ihn schräg an.
»Sie mögen doch auch Fußball und holen sich deswegen keinen Spieler nach Hause, oder?«
»Das ist nicht dasselbe, obwohl die Idee vielleicht gar nicht schlecht ist. Aber im Ernst, ich will nur, dass Sie glücklich sind.«
»Und wer hat behauptet, dass ich glücklich sein will, verdammt? Unglücklich, frustriert und verarscht fühle ich mich bestens. Ist Ihnen das noch nicht aufgefallen?«
»Im Grunde schon«, erwiderte er ernst.
»Na also.«
Wir wechselten den restlichen Weg über kein weiteres Wort. Eine Auseinandersetzung mehr auf der langen Liste unserer Berufsehe.
Im Kommissariat erwartete mich eine Überraschung. Jordi Puig hatte angerufen und nach mir gefragt. Malena hatte offenbar schnell reagiert. Er erwartete mich in der Kanzlei Espinet-Puig.
Um schneller zu sein, nahm ich ein Taxi. Großer Irrtum. Zwei Straßen weiter steckten wir im Verkehr fest. Der Taxifahrer meinte:

»Diese ganzen Staus gibt's nur wegen dem Papstbesuch. Das passiert jedes Mal, wenn sie abladen.«

Ich war klug genug, keinen Kommentar abzugeben, damit ich nicht mögliche religiöse Empfindlichkeiten verletzte. Aber der gute Mann hatte seine eigene Meinung über den Papstbesuch und ließ sie mich auch wissen.

»Ich hätte den Altar auf dem Berg Tibidabo aufgebaut. War es nicht dort, wo der Teufel Jesus versucht hat? ›Das alles wirst du haben, wenn du mir folgst.‹ So war es doch, oder? Und jetzt sollte man genau dort eine Messe halten und feiern, dass der Teufel nicht gewonnen hat. So wären alle zufrieden, die Autofahrer und Gott.«

Ich bewunderte die praktische Ader vieler Spanier in Sachen Religion, sie überraschte mich immer wieder. Ich sollte Kardinal Di Marteri empfehlen, sich von der Volksweisheit beraten zu lassen.

Die Sekretärin in der Kanzlei führte mich in einen Warteraum, wo ich dann genau das tat: warten. Nach zwanzig unendlichen Minuten empfing mich Puig schließlich. Er entschuldigte sich für die Verzögerung, was mir ehrlich gemeint schien.

»Tut mir Leid, Sie extra herkommen und dann auch noch warten zu lassen, Inspectora, aber ich war in einer Sitzung.«

»Macht nichts. Haben Sie mit Ihrer Frau gesprochen?«

»Ja, deshalb habe ich Sie angerufen. Ich war wirklich überrascht, als ich das hörte, und ich bin mir nicht mal sicher, ob das, was ich Ihnen sagen kann, wichtig ist ... aber vielleicht bringt es Sie irgendwie weiter ... Vor ein paar Monaten erschien mir Juan Luis ziemlich merkwürdig und zerstreut bei der Arbeit. Ich war besorgt, weil das sonst nie vorkam. Ich fragte ihn, ob etwas nicht in Ordnung sei, und erstarrte, als er mir antwortete, er habe ein Problem mit einer Frau, aber nicht mit Inés.«

»Welche Art von Problem?«

»Das hat er mir nicht erzählt, auch nicht, um welche Frau es ging, bestimmt, weil ich sie auch nicht kannte.«

»Wann war das?«

»Vor etwa drei Monaten.«

»Und das ist alles?«

»Ja.«

»Er hat Ihnen nichts weiter erzählt, keine Einzelheiten?«

»Nein«, antwortete er verständnislos angesichts meiner Verblüffung.

»Und was haben Sie ihm geantwortet?«

»Ich? Daran erinnere ich mich nicht mehr genau. Ich fragte ihn, ob Inés davon wisse, und er verneinte, das war's. Ich habe ihm nur geraten, vorsichtig zu sein und keinen Fehler zu machen.«

»Und was hat er darauf gesagt?«

»Er hat mir versichert, dass er alles unter Kontrolle habe.«

»Verzeihen Sie, Jordi, aber Ihre Freundschaft mit Espinet war schon seltsam.«

»Ich wüsste nicht, warum.«

»Sie arbeiten mit Ihrem Freund zusammen, Sie treffen sich am Wochenende, Sie sind Nachbarn, verbringen Ihre Freizeit miteinander, gestatten sich aber nicht die geringste Vertraulichkeit?«

»War das, was ich Ihnen erzählt habe, keine Vertraulichkeit?«

»Sagen wir, eine halbe Vertraulichkeit.«

Er blickte mich an wie ein Streber, der ausgeschimpft worden ist.

»Ich sage Ihnen die Wahrheit, so wie es war.«

Er wirkte zerknirscht, als bereue er, mich angerufen zu haben. War das ein erfolgreicher Anwalt, der sich mit schwierigen Fällen auseinander setzte und sie zufrieden stellend löste? Irgendwie musste er meine Gedanken erraten haben, denn er senkte den Blick und erklärte:

»Ich bin kein überschwänglicher Mensch, Inspectora. Ich rede nicht viel und pflege auch keine Vertraulichkeiten über mein Privatleben auszutauschen.«

»Haben Sie jemandem davon erzählt?«

»Nein.«

»Nicht mal Ihrer Frau?«

»Nein.

»Verstehe.«

Das war gelogen. Er hatte es Malena erzählt, denn sie hatte sich im Gespräch mit mir daran erinnert, doch hatte sie ihm die Gelegenheit geben wollen, es mir selbst zu erzählen. Aber das war nicht weiter wichtig. Ansonsten hatte er sicher die Wahrheit gesagt. Viele Männer verhielten sich so. Für sie bedeutete Freundschaft, zusammen Sport zu treiben, über die Arbeit zu reden, ein Bier trinken zu gehen und sich dann bis zum nächsten Tag zu verabschieden. So konnten Jahre ins Land gehen, und keiner von ihnen bezweifelte, dass eine enge Freundschaft sie verband.

Ich stellte ihm eine letzte, eher sinnlose Frage.

»Waren Sie nicht neugierig?«

»Ich bin kein neugieriger Mensch.«

»Glückwunsch. Sie sollten als Spion arbeiten, so fremd wie Ihnen alles Menschliche ist.«

Er lächelte und wirkte wie ein dickes, höfliches Kind. Ich verabschiedete mich ebenfalls lächelnd.

Na schön, wenn das so weiterging, sollte ich in Erwägung ziehen, Malena Puig fest anzustellen. Es war deutlich, dass sie die Schlüssel in der Hand hielt, die uns zu gewissen Räumen Zugang verschafften. Jordi Puigs Enthüllung war wirklich interessant. Wenn es stimmte, dass Espinets Affäre mit der Frau aus dem Golfclub seit über einem Jahr vorbei war, bezog sich die Vertraulichkeit seinem Freund gegenüber auf eine andere. Verdammter Espinet! Weder ich noch Garzón hatten mit seiner Neigung zu Seitensprüngen gerechnet, die er so gut hinter seinem perfekten Image versteckt hatte. Schlussfolgerung: Espinet hatte drei Monate vor seinem Tod eine schwierige Geliebte, was nicht ausschloss, dass sie zum Zeitpunkt seines Todes auch noch eine Rolle in seinem Leben spielte. Nur, wenn er nicht einmal seinem engsten Freund ihren Namen genannt hatte, wie sollten wir diese Frau je finden? Ich war verzweifelt. Mein Gott, die geheimnisvolle Geliebte eines verschlossenen Mannes, verschlossen und tot! War sie die Mörderin?

Zurück im Kommissariat, suchte ich Garzón, fand ihn aber nicht. Er sollte wenigstens meinen Frust mit mir teilen. Vor seinem Büro saß Dolores Carmona. Ich befürchtete, sie würde sofort über mich herfallen, aber das tat sie nicht. Sie sah mich völlig gleichgültig an. Sie war erschöpft. Ihre Augen waren gerötet und die Gesichtszüge vom vielen Weinen entstellt. Sie zeigte mit dem Kopf auf die Tür und sagte:

»Señor Garzón ist nicht da.«
»Und was tun Sie hier?«
»Mir wurde gesagt, ich soll warten.«
»Sind Sie festgenommen?«
Sie zuckte die Schultern und sah zu Boden. Ihre kupferfarbene Haut war wunderschön, und ihr Haar glänzte im Licht.
»Mein Cousin ist ermordet worden«, fügte sie noch hinzu und begann verhalten zu weinen. Die Tränen tropften ihr in den Schoß. Ich hatte Mitleid mit ihr. Wo war ihre kämpferische Leidenschaft geblieben? Vielleicht war ihr klar geworden, dass dieser Teufelskreis der Gewalt völlig irrsinnig war. Und sollte sie so denken, warum nicht ihr moralisches Tief ausnutzen? Vielleicht konnte ich dem Subinspector helfen? Ich setzte mich neben sie und bot ihr eine Zigarette an. Sie lehnte ab. Ich sprach überzeugend und ruhig.
»Die Zeiten ändern sich, Dolores, und Blutrache ist ein Wahnsinn.«
»Für uns Zigeuner sind die Zeiten immer gleich.«
Das klang gut, zumindest war sie bereit, mit mir zu reden, ohne ihre Show abzuziehen.
»Aber das sollte nicht so sein, Sie leben in dieser Welt und in dieser Gesellschaft, deshalb müssen Sie sich nach denselben Regeln richten wie alle anderen.«
»In dieser Welt gibt es viel Schlechtes, das wir nicht haben.«
»Zum Beispiel?«
»Wir lassen uns nicht scheiden, wir verlassen unsere Kinder nicht und wir schieben auch unsere Alten nicht ab.«

Das animierte mich, ihre Antwort zeigte mir, dass sie intelligent war und deshalb auch zur Einsicht kommen konnte.
»Einverstanden, in unserer Welt ist nicht alles in Ordnung. Ihre Sitten sind in vielerlei Hinsicht besser, aber töten … Es gibt keine Kultur auf der Welt, die das rechtfertigt.«
»Wir üben Gerechtigkeit.«
»Recht wird von Richtern gesprochen.«
»Das ist es ja gerade, sagen Sie mir, was die Richter machen, wenn sie einen Zigeuner sehen!«
»Was machen Sie?«
»Sie behandeln uns nie gut, Zigeunern wird von vornherein misstraut.«
Sie hatte sich auf ein Gespräch mit mir eingelassen. Jetzt wirkte sie nicht mehr so erloschen wie vorher. Ich hielt es für den geeigneten Augenblick, zum Kern vorzudringen.
»Dolores, ich kann Sie einem Richter vorstellen, der Sie nicht schlecht behandeln wird. Sie sind eine erwachsene und intelligente Frau, reden Sie mit ihm, und er macht dieser Verkettung von Verbrechen ein Ende.«
Sie starrte auf ihre Füße, mit denen sie hin und her baumelte, und schien über meinen Vorschlag nachzudenken. Ich wagte mich ein wenig weiter vor.
»Sie können mit dem Richter eine Einigung finden, die diesem Wahnsinn ein Ende macht. Reden Sie erst mit ihm, und geben Sie dann Ihren Eindruck an Ihre Leute weiter.«
»Ich habe nicht gesagt, dass ich mit ihm reden werde!«
Ich zog schnell die Notbremse.
»Dieser Richter wird Ihnen gefallen. Er ist ein gerechter und besonnener Mann. Er heißt García Mouriños, er ist Galicier.«

Abrupt hob sie den Kopf.
»Galicier? Oh nein, ein Galicier kommt nicht infrage, den Galiciern kann man nicht trauen!«
»Aber Dolores, Sie haben sich doch gerade über die Vorurteile gegenüber Zigeunern beklagt, und jetzt kommen Sie mir damit …?«
Es war vorbei, ich hatte die Chance vertan. Dolores Carmona sprang auf, griff zu dem Kreuz in ihrem Ausschnitt und schrie:
»Vor Gott, nur vor Gott werde ich reden! Bei allen meinen Toten, ich rede nur vor Gott!«
Die Schutzpolizisten wurden aufmerksam und kamen mir zur Hilfe. Sie führten sie hinaus und gaben ihr ein Glas Wasser, um sie zu beruhigen. Mich sahen sie grinsend an. Schöne Blamage! Ich hatte lediglich erreicht, sie aufzubringen. Jedes Mal, wenn ich mich in Garzóns Fall mischte, ging etwas schief. Ich ärgerte mich über mich selbst, wie konnte mir nur einfallen, die Vermittlerin zu spielen?
Fluchend ging ich in mein Büro zurück. Beim Anblick des Schreibtischs voller Papiere und des datengeilen Computers stieg pure Verzweiflung in mir auf. Verdammt, Petra, konzentrier dich ein bisschen, du bist unfähig, den Fall Espinet zu lösen, und betrittst auch noch fremdes Terrain!
Ich zog meinen Mantel über und ging ziellos durch die Straßen. Mal sehen, wie die Vorbereitungen für den Papst vorankamen, so konnte ich meinen Ärger wenigstens kanalisieren.
Die Tribüne war praktisch fertig. Die Tischler arbeiteten an den letzten Feinheiten dieser schwachsinnigen Konstruk-

tion. Vermutlich würden ihr später Teppiche, Blumen und andere Dekorationen die erwünschte Pracht verleihen. Kunsthandwerk für ein göttliches Ereignis. Plötzlich ging in meinen Kopf ein Licht auf. Und wenn ich meinen Fehler nutzte? Dolores Carmona hatte Gott beschworen, na schön, warum sollte er sich dann nicht als Vermittler zwischen Spaniern und Zigeunern nützlich machen? Die Religion respektierten sie offensichtlich, auch wenn sie die Gebote frei interpretierten. Und hatten wir nicht gerade eines der göttlichen Schwerter zur Hand! Würde Di Marteri einwilligen, würde die Kirche in Konflikten, die nicht direkt mit ihr zu tun hatten, vermitteln? Vielleicht würde sich der Prälat als Sieger fühlen, wenn ich ihn um einen geistlichen Gefallen bat.

Das musste ich aber mit Garzón absprechen, es war sein Fall. Ich hoffte, dass er nichts dagegen einzuwenden hatte und ich nicht zwei Stunden mit ihm darüber diskutieren musste. Wenn er sich widerspenstig zeigte, würde ich mir etwas einfallen lassen. Ich könnte die Theorie des »integralen menschlichen Nutzens« anführen, über die ich schon eine ganze Weile nachdachte. Sie enthielt eine schlichte Aussage: Wenn einem das Leben Situationen mit völlig unterschiedlichen Komponenten bescherte, warum sollte man sie dann nicht zusammenfügen? Sie mussten vermischt werden, sich gegenseitig befruchten und Wege aufzeigen, die zunächst entlegen und sogar abweichend schienen. Na ja, das klang vielleicht zu absurd, um wie eine echte Theorie zu wirken. Trotzdem hätte Garzón bestimmt nichts dagegen.

Munterer und zufriedener machte ich mich auf den Rückweg. Nach zwei Schritten klingelte mein Handy. Es war der Subinspector.

»Petra, Sie müssen sofort ins Kommissariat kommen.«

»Ich bin ganz in der Nähe und sofort da. Ist was passiert?«

»Ja, ich erzähl es Ihnen gleich.«

»Verdammt, geben Sie mir doch schon mal einen Tipp.«

»Lali Dizón ist verschwunden.«

Ich blieb stehen und erhob die Stimme, sodass die Passanten mich ansahen.

»Was? Und wie ist das passiert?«

»Verdammt, Inspectora, Sie haben doch jetzt Ihren Tipp!«

Sechs

Der Tipp war vor allem ein Hinweis auf unsere darauf folgende Verwirrung. Lali Dizón war verschwunden. Warum?

Auf dem Weg nach *El Paradís* erzählte mir Garzón, was er wusste. Malena Puig hatte mich auf dem Kommissariat nicht erreicht und deshalb darum gebeten, mit dem Subinspector verbunden zu werden. Azucena, ihr ecuadorianisches Kindermädchen, hatte ihr geflüstert, dass Lali Dizón nicht mehr im Haus *Margariten* wohne, dass sie auch nicht mehr an ihren Treffpunkten aufgetaucht sei und dass niemand sie gesehen habe außer einem zwölfjährigen Jungen, als sie morgens mit einem Koffer das Haus verließ. Die Kindermädchen waren völlig aus dem Häuschen. Lali hatte keiner von ihnen erzählt, dass sie weggehen wolle.

Der Nachtwächter versicherte, morgens weder einen Privatwagen noch ein Taxi in die Siedlung gelassen zu haben. Also unterstellten wir, dass Lali zu Fuß zum Tor gegangen war. Es gab nur zwei Ziele: den Bahnhof oder das Zentrum von Sant Cugat, von wo aus sie ein Taxi nach Barcelona hätte nehmen können. Die erste Möglichkeit schien wahrscheinlicher, der Bahnhof lag nahe, und mit Gepäck war das wichtig. Sollte sie mit dem Zug gefahren sein, wäre es

sicher einfach, einen Zeugen zu finden. So früh am Morgen waren nicht viele Philippininnen mit einem Koffer unterwegs.
Tatsächlich. Der Bahnhofsvorsteher erinnerte sich genau an sie. Sie hatte den ersten Zug nach Barcelona genommen und war ihm weder nervös noch verdächtig erschienen. Sie hatte eine Fahrkarte gekauft, auf dem Bahnsteig gewartet und war in den Zug gestiegen. Für ihn nichts Außergewöhnliches, wie seinem abschließenden Kommentar zu entnehmen war: »Ich habe schon seltsamere Dinge gesehen.«
Ich nicht. Dass Lali im Morgengrauen mit einem Koffer aufbrach, fand ich allerdings merkwürdig. Das passte nicht, warf aber auch keinen Lichtstrahl auf den Fall, nicht mal den kleinsten Schatten. Diese Flucht ließ sich nur mit der eigenwilligen Persönlichkeit des Mädchens erklären. War sie vielleicht auf dem Weg zu Inés?
Malena Puig fungierte einmal mehr als unsere Vermittlerin und sagte überzeugt:
»Das war auch mein erster Gedanke, als Azucena es mir erzählte. Ich habe Inés angerufen, aber sie wusste von nichts. Lali hat sich weder bei ihr gemeldet, noch ist sie dort aufgetaucht.«
»Verdammt!«, schimpfte Garzón, der langsam nervös wurde. »Sollen wir sie suchen lassen?«
Ich bat um Besonnenheit. Ohne konkreten Grund konnten wir keine Polizeieinheit auf sie ansetzen.
»Sie könnte das Land verlassen«, gab Garzón zu bedenken.
»Ist ja gut, geben Sie auf dem Flughafen Bescheid, das reicht für den Augenblick.«

Ich mochte keine Entscheidungen treffen, bevor ich gründlich nachgedacht hatte, aber ich wusste nicht einmal, wo ich mit dem Nachdenken anfangen sollte. Schön, Lali war verschwunden, die Frage lautete: Warum? Malena sah mich neugierig an. Ich selbst hatte sie so weit einbezogen, weil ich sie mehrfach um Hilfe gebeten hatte. Jetzt konnte ich sie nicht mehr so ohne weiteres ausschließen, zumal ich ahnte, dass ich sie noch brauchen würde. Ich sah sie fest an.

»Sagen Sie mir, Malena, was glauben Sie, wo dieses Mädchen hingegangen sein könnte?«

Sie genoss es, als Expertin befragt zu werden, und sagte fast hypnotisiert:

»Sie hat sich mit jemandem getroffen.«

»Und mit wem?«

»Mit dem Mörder von Juan Luis.«

Unsere Blicke vertieften sich ineinander, bis es schon fast wehtat. Der Subinspector unterbrach uns.

»Einen Moment, einen Moment! Wollen Sie damit andeuten, dass Lali den Mord geplant hat?«

»Vielleicht wurde sie von jemandem benutzt, der ihn umbringen wollte ...«, meinte Malena, ganz Detektivin.

Garzón, der Amateurdetektive nicht leiden konnte, sagte sichtlich verstimmt:

»Wozu sollte er umgebracht werden, wenn er nicht mal bestohlen wurde?«

»Diebstahl könnte die eigentliche Absicht gewesen sein, wurde aber durch Espinets Auftauchen vereitelt«, antwortete ich.

»Inspectora, Lali wusste, dass ihre Herrschaften an dem

Abend Gäste hatten. Glauben Sie, sie hätte den Tag als den besten Zeitpunkt für einen Diebstahl ausgewählt?«
»Nicht bei den Espinets, aber in den Häusern der Gäste.«
Garzón schwieg und dachte nach, er wog verschiedene dagegen sprechende Möglichkeiten gegeneinander ab, um einen logischen Einwand zu finden.
»Bei Ihnen war das Kindermädchen im Haus, Malena. War im Haus der Salvias jemand?«
»Nein, aber sie haben eine Alarmanlage.«
»Schalten sie die immer ein, wenn sie das Haus verlassen?«
»Das weiß ich nicht, aber ich kann sie fragen.«
»Das mache ich selbst«, entgegnete der Subinspector bestimmt und nicht bereit, Malena noch mehr Spielraum zu gewähren.
»Um diese Zeit ist ihre Putzfrau da.«
»Ich gehe rüber.«
»Und ich sehe mich in Lalis Zimmer um, vielleicht finde ich irgendeinen Hinweis«, sagte ich.
Malena wollte mir schon folgen, ließ es dann aber. Ich zögerte, ob ich sie mitnehmen sollte. Nein, das ginge zu weit. Als ich mich verabschiedete, spürte ich ihre Enttäuschung. Wahrscheinlich langweilte sie sich in dieser Siedlung. Als ich sie zurückließ, spürte ich wie gewöhnlich eine Welle der Sympathie in mir aufsteigen. Ich hätte sie gern als Subinspectora oder zur Freundin gehabt, aber das war schlicht unmöglich.
Die Tür zum Haus *Margariten* war nicht verschlossen. Noch ein Hinweis darauf, dass die Philippinin endgültig gegangen war. Ihr Bett war ungemacht, und im offe-

nen Schrank hingen noch ein paar Röcke und Jacken. Sie hatte in der Eile nur das Nötigste eingepackt. Ihr kleiner Schreibtisch war voller Briefe, Zeitschriften, Papiere. Ich setzte mich und sah alles sorgfältig durch. Ihr Ausweis war nicht dabei.

Ausgeschnittene Modeartikel, Bilder von Sängern, Reinigungsquittungen, Einkaufslisten. Die Briefe waren von den Philippinen und entweder auf Tagalog oder auf Englisch geschrieben. Wahrscheinlich von ihrer Familie und Freunden. Ich fragte mich, ob ich sie übersetzen lassen sollte, verwarf den Gedanken aber. Plötzlich entdeckte ich einen Umschlag ohne Adresse. Der Absender bestand aus einem ungelenk gemalten Herzen. Mir schoss alles Mögliche durch den Kopf. Hatte Espinet mit Lali geschlafen? Nein, das hier war nicht das Nachkriegsspanien, in dem sich der junge Hausherr am Hausmädchen schadlos hielt, sondern das moderne demokratische Spanien. Als ich den Brief las, wurde mir klar, dass er nicht von Juan Luis Espinet stammen konnte, er hätte nie so schwülstig geschrieben. Schon die Schrift war schwerfällig und ungelenk, und es wimmelte von orthographischen und syntaktischen Fehlern.

Lali, mein Liebling,
ich zähle die Stunden bis ich dich widersehe und halte es kaum aus, weil mein Herz voller Liebe ist. Es ist wie Pfeile, die sich mir in die Sehle bohren. Ich sehe dich und kann nicht mit dir sprechen, das Leben scheint mir wie eine Strahfe. Ich warte auf den Tag, an dem ich dich in meine Arme schliesen und dir Liebesworte

ins Ohr raunen kann. Ich trage dich in mir wie ein Dorn, den ich mir nicht herausreisen kann. Du und ich, wir sind zwei, aber in Wirklichkeit sind wir eins und niemand wird uns je trennen. Ich liebe dich von ganzen Herzen.
Dein dich liebender Schatz.

Jemand anderen hätte diese verzweifelte Liebeserklärung eines aufrichtigen schlichten Liebhabers, der sich nicht besser ausdrücken konnte, bestimmt gerührt. Ich fand diesen Aufguss aus Boleros und Kitschpostkarten nur schwülstig. Immerhin ergaben sich ein paar Hinweise auf den Absender: Er konnte die Geliebte zwar sehen, aber nicht mit ihr reden. Daraus ließ sich ableiten, dass es jemand aus ihrem Umfeld war, der aus Gründen der Vorsicht nicht mit ihr sprach. Sollte es jemand aus der Anlage *El Paradís* sein, wäre er sicher nicht schwer zu finden. Lali hatte sich in einem ausgesprochen femininen Kreis bewegt, blieb eine überschaubare Zahl von Männern: Gärtner, Wartungspersonal, Sicherheitsleute ... Dazu noch Supermarktlieferanten oder Verkäufer in Läden, die Lali frequentierte. Vielleicht war es jemand, den Lali nur an Feiertagen gesehen hatte. Das würde das Auffinden allerdings sehr erschweren.
Zudem musste der Briefschreiber schon älter sein, die Fragmente aus diesen Liebesliedern waren ziemlich aus der Mode, Boleros von Machín, Balladen von Nat King Cole. Die Schöpfer dieser Zeilen waren schon lange unter der Erde. Ein Mann, jünger als vierzig, hätte so was nicht geschrieben.

Plötzlich erschien mir der Fund dieses Briefes entscheidend. Wie hatte die intuitive Malena gesagt, es sei gut möglich, dass Lali gegangen sei, um sich mit jemandem zu treffen. Dass dieser Jemand Espinets Mörder sein könnte, war eine kühne Behauptung, aber auch nicht auszuschließen. Waren wir endlich etwas Greifbarem auf der Spur? War diese gepeinigte Seele mit dem Dorn im Herzen einfach ein verliebter Blödmann, der sich zum Poeten berufen fühlte? Wenn dieser gespenstische Freund auch der Komplize des Verbrechens war, konnte Erpressung im Spiel sein. Die süße Heulsuse Lali hatte sich einen Ehemann geangelt und mit ihm geschlafen, und das hatte sie ihrem verliebten Bolerofreund erzählt. Der, so geschickt im Zusammenstellen von Collagen aus Balladen, hatte auch einen Riecher für das schnelle Geld und sofort die Gelegenheit beim Schopf ergriffen.

Ja, dieser Ansatz klang vernünftig und logisch. Wir waren zwei Verliebten in zwei verschiedenen amourösen Abenteuern auf der Spur: Espinets heimlicher Geliebten und Lalis namenlosem Verehrer, einem möglichen Anstifter, vielleicht Ausführenden, vielleicht Mörder.

Als der Subinspector den Brief gelesen hatte, schien er nicht abgeneigt, mir zuzustimmen. Espinet hatte sich mit einer erpressten Zahlung verspätet oder sich gar geweigert, weiterzuzahlen. Es kam zum Streit mit dem Erpresser, und der brachte ihn um.

»Und warum hat er ihn zum Swimming-Pool geschleppt?«, fragte Garzón noch etwas misstrauisch.

»Weil er keine Pistole hatte, und wir haben es auch nicht mit einem kaltblütigen Mörder zu tun. Der hat ihn dahingelockt, ihm einen Schlag versetzt und ins Wasser geschubst, damit er ertrinkt. Ohne sich die Hände schmutzig zu machen.«

Das Rotieren unserer Gehirnzellen bewirkte ein Feuerwerk von Irrlichtern. Ich kannte diesen Zustand, wenn der Wunsch, vorwärtszukommen, den Geist ungeduldig vorantrieb.

»Ruhe und Fingerspitzengefühl, Garzón, wir schaffen es.«

»Ich weiß. Ich kann es fast greifen.«

»Erst verstehen, dann zugreifen.«

»Wo fangen wir an?«

»Befragungen aller Hausmädchen der Anlage, besonders der Philippininnen. Irgendeiner wird Lali schon erzählt haben, dass sie verliebt ist, und vielleicht auch, in wen. Ich frage Malena, ob sie weiß, wo Lali immer einkaufte. So sparen wir Zeit.«

»Sie haben sich sehr mit Malena angefreundet, stimmt's?«

»Finden Sie, dass ich sie zu stark in die Ermittlungen einbeziehe?«

»Möglich.«

»Tatsächlich ist sie die Einzige, die in diesem Paradies der Stummen redet.«

Einige der jungen Philippininnen verstanden kaum Spanisch. Ich fragte mich, wie sie hier zurechtkamen. Auch wenn sie im Grunde nichts taten außer ihrer Arbeit und sich ausschließlich mit Landsleuten trafen. Schließlich fanden wir eine, die sich ganz gut auf Spanisch verständlich machen konnte. Sie übersetzte für uns. So erfuhren wir, dass die Mädchen nur sonntags, an ihrem freien Tag, nach Barcelona fuhren. Viel mehr kam nicht dabei heraus.

Wir stießen auf eine hermetisch verschlossene Welt. Laut ihren Freundinnen hatte Lali kein Privatleben gehabt, und wenn doch, hatte sie es verschwiegen. Möglich, nur sprach aus den unergründlichen Blicken all dieser Augen deutlich: Wir werden nichts sagen.
Unser Sinn für Gerechtigkeit und das Pflichtgefühl gegenüber Polizei und Gesellschaft schienen ihnen unbekannt zu sein. Sie fanden in der Gruppenzugehörigkeit ihren Schutz. Wir würden nichts aus ihnen herausbekommen, das wusste ich, aber wir brachten es tapfer zu Ende.
Am zweiten Tag befragten wir die lateinamerikanischen Kindermädchen. Mit ihnen war es genau umgekehrt: Sie redeten und redeten, aber sie wussten nichts. Nach sechs Stunden versanken wir in einem Meer der Gerüchte, der Vermutungen und Verdachtsmomente. Alle zielten auf dasselbe ab: Lali hatte einen Freund in Barcelona, den sie immer sonntags getroffen hatte. Mehr nicht. Und in den Läden, die uns Malena genannt hatte, fanden wir auch keinen möglichen Liebhaber von Lali.
Wir kehrten ins Kommissariat zurück mit dem Gefühl, Zeit verschwendet zu haben. Die Flughafenkontrolle hatte ebenso wenig erbracht.
Das Mädchen und ihr geheimnisvoller Geliebter konnten sich in Barcelona oder jeder anderen spanischen Stadt versteckt haben.
Ich saß erschöpft in meinem Büro und hatte das Gefühl, dass wir nie aus dieser Sackgasse herauskämen. Ich schrieb die Berichte über die Befragungen und hoffte, damit meine Frustration zu überwinden.
Mein Gott, wir hatten Lali ohne auch nur den geringsten

Verdacht die ganze Zeit vor der Nase gehabt. Warum war sie erst jetzt verschwunden, was hatte sie bedroht?

Der Computer hungerte immer weiter nach den dämlichen Fakten meiner Berichte. Ich versuchte mich zu konzentrieren, aber kurz darauf tauchte Comisario Coronas in meinem Büro auf. So merkwürdig es auch scheinen mag, aber der Grund der folgenden Standpauke war nicht unser Auf-der-Stelle-Treten oder die Tatsache, dass wir eine Verdächtige hatten entwischen lassen, sondern unsere zweitägige Abwesenheit bei den Konferenzen zur Sicherheit des Papstes. Ich protestierte und erklärte ihm unsere Schwierigkeiten bei den Ermittlungen, aber der Comisario blieb ungerührt und wurde deutlich:

»Petra, die Polizei von Barcelona setzt bei diesem Papstbesuch ihr Image aufs Spiel. Alle Medien haben uns im Visier, denen entgeht kein einziger Fehler. Wie viele Journalisten verfolgen den Fall Espinet?«

»Seit der Richter die Berichterstattung untersagt hat, keiner, Señor.«

»Dann schätzen Sie doch die Priorität selbst ein. Ich sage es Ihnen zum letzten Mal: Wenn Sie noch einmal fehlen, werde ich Maßnahmen gegen Sie einleiten.«

Dann schob er in einer Wolke von Autorität ab.

Geknickt verließ ich das Büro. Ich hatte einen Rüffel verdient, aber das war der falsche gewesen. Die Welt wurde immer absurder und die Polizei war da keine Ausnahme.

Ich machte mich auf die Suche nach Monsignore Di Marteri. Zur Krönung meiner Erniedrigung fehlte nämlich nur noch, mich der katholischen Kirche zu Füßen zu werfen.

Ich fand ihn in dem Raum neben Coronas' Büro (immer nahe bei der Macht), den man ihm während seines Aufenthaltes zur Verfügung gestellt hatte.

»Sie erlauben?«

Er war wirklich überrascht, mich so friedlich auftauchen zu sehen. Als ich ihm erklärte, was ich von ihm wollte, zeigte er keine Spur von Triumph. Nicht mal ein Lächeln der Genugtuung huschte über seine Lippen, als ich mit einem »Ich bitte Sie sehr darum« endete.

Er schwieg einen Augenblick und dachte nach, wobei er seine Brille abnahm und sich ernst die Augen rieb. Dann sagte er:

»Es ist nur gerecht, wenn die Kirche der Polizei hilft, die uns so unterstützt.«

»Es darf nicht noch mehr Tote geben.«

»Ich kümmere mich darum. Eines will ich Ihnen aber gleich sagen: Wenn ich als Vermittler fungieren soll, brauchen wir einen neutralen Ort. Das Kommissariat könnte diese Familien negativ beeinflussen.«

»Ich werde einen geeigneten Ort finden. Vielen Dank, Monsignore, ehrlich.«

»Ein Mann Gottes darf keinen Dank annehmen, er handelt immer nach seiner moralischen Pflicht.«

Immer nach seiner moralischen Pflicht zu handeln musste schrecklich sein, das ließ der Freundschaft keinen Spielraum. Besser für mich.

Ich ging zum Subinspector. Sollte er den geeigneten Ort finden. Schließlich war es sein Fall. Er war erfreut darüber, dass der Prälat uns seine himmlische Hand reichte. Von Coronas' Ausbruch erzählte ich ihm nichts.

»Gönnen wir uns ein Päuschen, Inspectora? Ich habe die Arbeit so satt.«
»Was wollen Sie tun?«
»Ein gewöhnliches Bier im La Jarra de Oro trinken.«
»Bier ist nie gewöhnlich, mein Freund. Gehen wir. Begießen wir, dass Sie vielleicht bald in einem Fall den Schlusspunkt setzen können.«
Nicht einmal diese klägliche Freude war uns gegönnt. Schon am Ausgang hielt uns ein Polizist auf.
»Inspectora Delicado, ein Mann will Sie sprechen.«
»Hat er seinen Namen genannt?«
»Nein. Schauen Sie, er sitzt da hinten.«
Am Ende des Flures saß ein mir unbekannter Mann. Wir gingen zu ihm.
»Inspectora Petra Delicado? Ich bin der Geschäftsführer von Master Security.«
Ich erinnerte mich, dass dieses Unternehmen für die Sicherheit in Sant Cugat zuständig war.
»Ich höre.«
»Es handelt sich um Pepe Olivera, den Sicherheitsmann von *El Paradís*.«
Ich verspannte mich und wagte kaum zu atmen.
»Ja und?«
»Er ist seit zwei Tagen weder zur Arbeit noch im Unternehmen erschienen. Er hat sich auch nicht krankgemeldet.«
Der Subinspector und ich sahen uns alarmiert an. Der Mann fuhr fort:
»Ich habe mehrmals bei ihm angerufen, aber es nimmt keiner ab. Dann sind unsere Männer zu unterschiedlichen

Uhrzeiten bei ihm zu Hause vorbeigefahren, er scheint definitiv nicht da zu sein.«
»Wissen Sie, ob er Familie hat?«
»Nur eine Schwester. Wir haben mit ihr telefoniert, und sie weiß nicht, wo er ist. Ich dachte, ich sollte Sie darüber informieren, es könnte ja etwas mit dem Mord an Espinet zu tun haben.«
»Sie hätten früher zu uns kommen sollen.«
»Ein Sicherheitsunternehmen ist etwas sehr Delikates. Ich wollte mich vergewissern, dass …«
»Ein Sicherheitsunternehmen hat dieselben Pflichten wie alle anderen. Geben Sie mir Oliveras Adresse und die seiner Schwester.«
Er tat es, und wir machten uns in unsere Gedanken vertieft sofort auf den Weg. Plötzlich schlug Garzón mit beiden Händen aufs Lenkrad.
»Der Sicherheitsmann, der verdammte Sicherheitsmann. Ein alter Mann kurz vor der Pensionierung? Ich begreife das nicht, Inspectora!«
»Ich möchte zwar nicht vorgreifen, aber offensichtlich haben wir Lalis Verehrer gefunden.«
»Verdammt! Ein zwanzigjähriges Mädchen und ein Typ in den Sechzigern?«
»Noch eins der vielen unmöglichen Paare, die sich heimlich lieben.«
Der Subinspector tadelte meine etwas verunglückte poetische Anwandlung mit einem schrägen Blick.
»Lassen Sie's besser, Petra, mir ist es lieber, wenn Sie sich des menschlichen Elends nicht erbarmen.«
Obwohl wir noch keinen Durchsuchungsbefehl hatten

(wir vertrauten auf García Mouriños Unterstützung), drangen wir gewaltsam in Oliveras Wohnung ein. Ein bescheidenes, ganz normales Heim, das ordentlich wirkte. Nur im Schlafzimmer gab es Hinweise auf eine überstürzte Abreise. Die Schränke standen offen, und überall lagen Kleidungsstücke herum. Offensichtlich hatte auch Pepe Olivera ziemlich hektisch die Wohnung verlassen. Wir suchten, fanden aber nichts Wichtiges.

Dann gingen wir wieder ins Wohnzimmer. Dort stand ein schrecklicher Schubladenschrank, den wir gründlich durchsuchten. Ich klappte ein kleines Büchlein auf, in dem der Wachmann Adressen und anderes notiert hatte, und zeigte es Garzón.

»Sehen Sie die Schrift?«

»Charakteristisch.«

»Es besteht kein Zweifel, das ist unser verliebter Amateurdichter.«

»Damit wäre ein Liebespaar schon mal komplett, Inspectora.«

»Nehmen Sie das als Beweisstück mit. Das soll sich ein Graphologe ansehen. Ich möchte mich nicht lächerlich machen.«

Leider fanden wir keine Liebesbriefe von der Philippinin. Ich hätte gern gelesen, wie jemand mit eher rudimentären Sprachkenntnissen eine schriftliche Botschaft verfasste. Tatsächlich war das Ergebnis der Durchsuchung frustrierend. Vier Küchengeräte, eine veraltete Nummer der Sportzeitung *Marca* und ein Kreuzworträtselheft. Beim Anblick der kulturellen Einöde dieses Mannes erschien sein zusammengestückelter Brief wie ein Sonett von Shakespeare.

Wir riefen die Kollegen zum Versiegeln der Tür. Die beiden Geliebten waren offensichtlich Komplizen in dem Mordfall und aus unbekannten Gründen geflohen.
»Na schön, aber mit welcher Beute?«, fragte Garzón.
»Mit keiner. Espinets Tod zeigt eher, dass das Ganze schief gelaufen ist.«
»Dann können sie noch nicht weit sein. Wenn Sie erlauben, fordere ich einen Such- und Haftbefehl an.«
»Nur zu«, murmelte ich, ohne wirklich zugehört zu haben.
In meinem Kopf wirbelten die Puzzleteile durcheinander und suchten ihren Platz. War das alles, war dies das Ende des Falles, weil wir die Schuldigen nicht geschnappt hatten? Das durfte einfach nicht sein. Und wenn es sich wirklich nur um einen vereitelten Diebstahl handelte? Alle gewaltsamen Tode waren ungerecht und widersinnig, aber wenn sie ihn umgebracht hatten, nur weil er sie überraschte, dann war das das Widersinnigste überhaupt.
Garzón beschäftigte sich offensichtlich gerade mit ähnlichen Gedanken, denn plötzlich sagte er:
»Unterstellen wir mal, sie haben noch Geld, das sie von Espinet erpresst haben. Sie wollten mehr, aber er weigerte sich, mehr noch, er hatte es satt und drohte ihnen, sie anzuzeigen. Sie brachten ihn um. So weit, so gut, aber warum haben sie sich dann zuerst so verhalten, als hätten sie nichts damit zu tun, um dann zu verschwinden? Und was hat sie in die Flucht getrieben?«
»Überlegen Sie mal, Fermín, was wir als törichte Geschichte eines unterbelichteten Mädchens hingenommen haben, kann in Wirklichkeit ein gut überlegtes Täuschungsma-

növer gewesen sein. Lali hat alles versucht, um Señora Domènech den Mord unterzuschieben, ›Wo gehst du hin, Vögelchen?‹ und all das. Solange wir lammfromm dieser Spur nachgingen, waren sie sicher. Als wir sie verwarfen, fühlten sie sich in Gefahr und ...«

Es war, wie hungrig zu sein und etwas zu kauen, was man nicht schlucken konnte, wie eine bekannte Filmmusik zu hören und sich nicht an den Filmtitel erinnern zu können. Wir hatten viele Bestandteile, aber wir wussten nicht, wie sie sich zusammensetzten. All unsere Hypothesen liefen irgendwann ins Leere.

»Das ist ein verdammter Scheißfall!«, heulte Garzón in einem Anfall von Verzweiflung.

»Ganz ruhig, Fermín. Jetzt, da Sie sich mit der Kirche verbrüdern, sollten Sie nicht so viel fluchen.«

Dolores Olivera, die Schwester des Wachmannes, war das, was man sich im schlimmsten Fall unter einer Matrone vorstellte: dick, zerzaustes Haar, eine schmutzige Kittelschürze um den runden Leib und mit dem Wortschatz eines Waschweibes. Sie war mit einem Maurergehilfen verheiratet, putzte morgens Treppenhäuser und hatte vier Kinder. Sie alle lebten zusammengepfercht in einer schäbigen Achtzig-Quadratmeter-Wohnung. Als ich sie mit den Kindern schimpfen hörte, hielt ich das daher für den normalen Umgangston.

»Mein Bruder? Der Trottel! Was hat er denn getan, dass ihn die Polizei sucht? Als die aus seiner Firma anriefen und nach ihm fragten, hab ich mich schon gewundert. Das konnte ja nichts Gutes heißen!«

»Wissen Sie, wo er ist?«

»Ich? Wie soll ich denn das wissen! Vor drei Tagen war er hier und hat gesagt, er will sich verabschieden. Ist ihm ziemlich spät eingefallen, sein Interesse für die Familie.«
»Hat er Ihnen gesagt, wo er hinwill?«
»Nein, ich hab ihn auch nicht gefragt. Er hat gesagt, er zieht um. Leute, die ihm Geld schuldeten, hätten bezahlt, und jetzt bräuchte er nicht mehr zu arbeiten. Das hab ich denen von der Firma nicht erzählt, damit die mich nicht weiter belästigen.«
»Hat er das mit den Schulden genauer erklärt?«
»Nein, und ich hab ihn auch nicht gleich zum Teufel gejagt, was schon ein Wunder war. Denn als mein Mann und ich mal in Schwierigkeiten waren, hab ich ihn gebeten, uns was zu leihen, aber er hat mir nicht eine Pesete gegeben.«
»Hat er was erwähnt, ob ihn jemand begleitet?«
»Nein, hat er nicht.«
»Ist er in eine andere Stadt gezogen?«
»Nichts, er hat mir nichts gesagt. Hat er was gestohlen?«
»Vielleicht.«
»Na, dann ist's zu spät.«
»Was wollen Sie damit sagen?«
»Er hat mir fünfundzwanzigtausend Peseten gegeben. Ich sag Ihnen das, weil ich keine Schwierigkeiten will. Ich hab sie schon ausgegeben, also kann ich sie nicht zurückgeben. Ich hab gleich gedacht, dass da was nicht stimmt, als er sie mir gab, zumal er gesagt hat, ich würde ihn nie wiedersehen.«
Sie machte mit ihren verformten, geschwollenen Händen eine Abschiedsgeste und fuhr fort:
»Ich bin für alle Fälle gleich ins Corte Inglés gefahren und

hab mir was Schönes gekauft, wie er mir geraten hat. Einmal muss auch ich mir was gönnen … Kommen Sie, ich zeig es Ihnen.«

Garzón und ich sahen uns überrascht an, aber die Frau war schon auf dem Weg ins Schlafzimmer, also folgten wir ihr. Dort zeigte sie uns ihre Neuerwerbung. Ein großer goldener Käfig, der einen Gorilla beherbergt hätte, füllte den größten Teil des Raums aus. Darin, inmitten eines Plastikdschungels, saßen zwei grellbunte künstliche Papageien. Oliveras Schwester ging darauf zu und führte uns mit fast mütterlichem Stolz diese Scheußlichkeit vor.

»Sehen Sie? Die Papageien sind aus gefärbten Hühnerfedern gemacht und die Augen aus brasilianischen Halbedelsteinen. Schön, nicht wahr?«

Ich war stumm vor Entsetzen. Garzón war geistesgegenwärtiger und murmelte:

»Ja, wunderbar.«

»Natürlich«, sagte sie und lächelte zum ersten Mal. »Ich muss sie doch nicht zurückgeben, oder?«

»Nein«, flüsterte ich noch immer schockiert. »Sie müssen sie nicht zurückgeben.«

Wir verließen die Wohnung mit diesem unauslöschlichen ästhetischen Eindruck. Nein, Pepe Olivera würde seine Schwester bestimmt nicht wiedersehen. Denn entweder war er im Ausland, oder er würde im Gefängnis landen, wenn er sich erwischen ließ. Dieses Geld in seinen Händen machte ihn verdächtig. Mit einem bitteren Geschmack im Mund stiegen wir ins Auto. Mein Kollege dachte laut:

»Zumindest können wir jetzt Señora Domènech definitiv als Mörderin ausschließen.«

»Das Vögelchen, das sie gesehen hat, war sicher Lali selbst. Sie hat sich ertappt gefühlt, als die arme Frau sie im Garten entdeckte. Mit ihrer Aussage hat sie nicht nur vorgebeugt, falls die Alte diesen Satz wiederholen sollte, sondern hat zudem noch den Verdacht auf Señora Domènech gelenkt.«

»Glauben Sie wirklich, dass diese Philippinin so schlau ist? Auf mich wirkte sie nicht gerade so.«

»Verzeihen Sie, wenn ich Ihnen mit einem Satz von Konfuzius antworte, aber es ist doch so, dass der Mensch nie das ist, was er scheint. Wir beide wirken wie zwei intelligente Polizisten, und was tun wir? Wir lassen zu, dass sich zwei mutmaßliche Verbrecher vor unserer Nase in Luft auflösen.«

Er schwieg und zog die Augenbrauen hoch. Dann lachte er auf.

»Was ist so witzig?«

»Mir ist das gute Stück wieder eingefallen, das Oliveras Schwester sich gegönnt hat.«

»Seien Sie still, mein Gott, der Käfig war erschreckender als Goyas Bilder!«

»Aber mich hat er auf eine Idee gebracht. Jetzt weiß ich endlich, was ich Ihnen zum Geburtstag schenke, Petra.«

Er lachte weiter, als störte ihn der schleppende Verlauf unserer Ermittlungen nicht die Bohne. Ich weiß nicht, was Konfuzius dazu sagen würde, aber der Mensch war schon ein sehr merkwürdiges Wesen. Eine nicht gerade vom Glück verwöhnte Frau verliebte sich in ein unbeschreibliches Objekt, als hätte sie es sich ihr Leben lang gewünscht, und ein Mann, dessen Lebensmittelpunkt die

Arbeit war, lachte sich mitten im beruflichen Fiasko kaputt. Entweder war die Welt an sich unbegreiflich, oder ich ging mit den falschen Voraussetzungen an sie heran. War auch egal, die Dinge würden weiter geschehen, auch wenn ich sie nicht begriff.
Der Fußabdruck in *El Paradís* stimmte in Größe und Form mit den Schuhen überein, die wir aus Oliveras Wohnung mitgenommen hatten. Die bisher sinnlosen Bestandteile bekamen langsam eine Bedeutung. Als Garzón gegangen war, um die kirchliche Vermittlungsaktion vorzubereiten, schloss ich mich mit allen Fakten in mein Büro ein. Ich ging noch einmal die Berichte aus der Wirtschaftsabteilung durch. Alles normal. Niemand hatte auffällige Summen abgehoben oder eingezahlt, es gab auch sonst keine verdächtigen Transaktionen. Wie immer angesichts so wenig aufschlussreichen Materials wurde ich nervös. Ich sprang auf, schnappte meinen Mantel und fuhr nach *El Paradís.*
Diese unerschütterliche, immer gleiche Landschaft war mir langsam so vertraut wie unsympathisch. Ich suchte einmal mehr den Tatort auf, spazierte einmal mehr die von Häusern gesäumte Straße entlang. In meinem Kopf hämmerten die Fragen. Liebe, Mord, Geld und Flucht. Alles wies darauf hin, dass dieses unglückselige Paar die Mörder waren. Ihr Motiv hing noch in der Luft. Erpressung Espinets wegen eines Verhältnisses? Vielleicht hatte der Anwalt sie mit Schwarzgeld bezahlt, und deshalb fehlte nichts auf seinen Konten? Falls … falls Lali und Olivera nicht schlicht ein Mittel zum Zweck waren. Wir hatten die Möglichkeit, dass beide als Täter beauftragt worden waren, bisher nicht ernsthaft in Betracht gezogen. Jemand,

ein Feind von Juan Luis Espinet, könnte sie bezahlt haben, um ihn aus dem Weg zu räumen. Sollte es so sein, musste dieser Feind in der Anlage wohnen und die Gewohnheiten der Freunde kennen. Wie hätte er sonst mit dem Wachmann und der Philippinin Kontakt aufnehmen können? Jemand musste genug über sie und auch über ihre Liebe gewusst haben, um sicher zu sein, dass sie das Geld annehmen und von hier verschwinden würden, um irgendwo zusammenzuleben.

Ich kam am Haus *Oleander* vorbei, klingelte und sagte der Hausangestellten, dass ich mit Señor Domènech reden wollte.

»Señor Domènech, ich wollte mich bei Ihnen entschuldigen.«

Er schloss resigniert die Augen und zuckte die Achseln.

»Vergessen Sie's. Haben Sie den Täter?«

»Noch nicht.«

»Ich denke darüber nach, hier wegzuziehen.«

»Ist das unsere Schuld?«

»Eigentlich nicht. Man darf sich nicht unterscheiden in einer Welt, in der alle vom selben Zuschnitt sind. Ich habe geglaubt, dass wir hier in Ruhe leben könnten, aber ich habe mich geirrt. Die Nachbarn haben Angst vor meiner Frau.«

Ich bedauerte ihn aufrichtig. Unter der Polizeiarbeit litt nicht immer nur der Täter. Manchmal wurden Menschen ernsthaft geschädigt, wenn sie verdächtigt wurden. Ich fühlte mich schlecht. Wir hatten eine arme Kranke verfolgt, während die wahren Täter sich unbehelligt davonmachen konnten. Falsche Hinweise, falsche Spuren …

Wenn wir dieses Pärchen nicht fanden, blieb das Knäuel unaufgelöst.
Ich suchte noch einmal den Nachtwächter auf. Ein Vertreter sagte mir, er habe seinen freien Tag. Wunderbar! Konnte noch etwas schief gehen? Hoffentlich hatte wenigstens die Vermittlung des Kardinals Erfolg. Obwohl es mich bei unserem Pech auch nicht wundern würde, wenn das Treffen damit endete, dass Dolores Carmona dem Geistlichen die Karten legte.
Auf dem Rückweg kam ich am Haus *Hibiskus* vorbei. Malena Puig wässerte gerade die Pflanzen. Sie winkte grüßend. Ich winkte zurück. Dann drehte sie das Wasser ab und kam lächelnd auf mich zu.
»Inspectora, was tun Sie hier?
»Eigentlich nichts, ehrlich.«
»Ich kann es nicht glauben!«
»Dass ich eigentlich nichts mache?«
»Nein, dass diese beiden die Mörder sind.«
»Haben Sie schon davon gehört?«
»Seit Juan Luis ermordet wurde, schwirren hier mehr Gerüchte herum als Vögel.«
»Ich dachte, hier könnte nichts die Ruhe stören.«
»Das ist wirklich ernst! Ich habe mich immer noch nicht von dem Schock erholt, Lali und dieser Gorilla!«
»Behaupten die Gerüchte, dass diese beiden Espinet ermordet haben?«
»Um ihn zu berauben natürlich.«
»Das muss erst bewiesen werden.«
Sie sah mich neugierig an. Vielleicht schürte Malena auch ein wenig die Gerüchteküche. Ich lächelte unverbindlich.

»Möchten Sie eine Tasse meines berühmten Kaffees?«

»Es ist schon sehr spät. Ich muss ins Kommissariat zurück, zu einer Sitzung.«

»Kommen Sie doch wenigstens einen Augenblick herein, um Anita zu sehen. Azucena badet sie gerade.«

»Und die Jungs?«

»Machen in ihrem Zimmer Hausaufgaben. Sie wollen aufbleiben, bis ihr Vater kommt, aber bei Jordi wird's spät. Er arbeitet viel. Ich weiß wirklich nicht, wie er das durchsteht.«

»Hat er durch Espinets Tod mehr Arbeit?«

»Ich fürchte ja, aber er hat schon immer bis an die Grenzen der Erschöpfung geschuftet.«

»Was geschieht jetzt mit Espinets Anteil an der Kanzlei?«

»Inés wird ihn verkaufen, in Absprache mit Jordi. Er wird einen neuen Partner finden.«

»Wollen Sie den Anteil nicht kaufen?«

»Wir haben leider nicht so viel Geld, aber Jordi sagt, dass er einen guten Partner finden wird, er ist nicht sonderlich besorgt. Kommen Sie, Petra, nur einen Augenblick.«

Ich dachte, dass der Anblick Anitas in der Wanne meine Niedergeschlagenheit vielleicht auflöse. Also willigte ich ein, eine Ablehnung wäre nach den vielen Belästigungen nicht höflich gewesen.

Wir gingen in ein großes Badezimmer, das mit Kindermotiven dekoriert war. Azucena beugte sich gerade über die Wanne, in der das Mädchen saß. Mit nassem Haar und glänzender Haut wirkte Anita noch entzückender. Sie plätscherte im Wasser, sang etwas, versenkte kleine Plastikspielzeuge. Wenn mich dieser Anblick des Glücks

nicht aufmunterte, könnte ich wirklich zum Psychiater gehen.
Malena schickte das Kindermädchen hinaus und hob die Kleine aus der Wanne. Ich dachte, wäre dieses Mädchen meins, würde ich sie jeden Tag selbst baden. Als hätte ihre Mutter meine Gedanken gelesen, fragte sie mich:
»Möchten Sie sie festhalten? Setzten Sie sich auf den Hocker da, und ich trockne sie ab.«
Das tat ich und war glücklich mit dem strahlenden Bündel in Händen, das eine duftige Wärme verströmte. Währenddessen trocknete Malena die Kleine geschickt ab.
»Petra, werden Sie es Inés sagen?«
»Was sagen?«
»Na ja, irgendwer wird ihr sagen müssen, dass Lali, ihr eigenes Hausmädchen, ihren Mann ermordet hat.«
»Malena, der Fall ist noch nicht abgeschlossen. Ein Mordfall mit einem möglichen Täter, aber ohne Motiv ist nicht aufgeklärt. Dieses Pärchen kann auch nur benutzt worden sein, wie Sie selbst sagten. Warum wollen Sie Inés das antun, nach allem, was sie schon erlitten hat? Es ist zu früh.«
»Aber wenn sie es hintenherum erfährt, ist es noch schlimmer.«
»Von wem wissen Sie es?«
»Der Wachmann hat es den Mädchen erzählt, und dann wusste es natürlich alle Welt. Der Verwalter der Siedlung hat den Vertrag mit dem Sicherheitsunternehmen gekündigt und ein anderes beauftragt. Das war ein ziemlicher Skandal!«
»Na gut, tun Sie, was Sie für richtig halten. Jedenfalls glau-

be ich nicht, dass es noch lange dauert, bis diese Nachricht in den Zeitungen steht, sosehr der Richter auch um Diskretion bittet.«

Anita hatte jetzt einen Schlafanzug mit winzigen Monden an. Ich küsste sie auf die Wange und reichte sie ihrer Mutter zurück.

»Wollen Sie jetzt einen Kaffee?«

»Nein, tut mir Leid, ich muss gehen.«

»Vielleicht würden Sie lieber mit uns zu Abend essen?«

»Nein danke, ich kann nicht. Ich muss mich um die Sicherheit des Papstes kümmern.«

»Das ist gut.«

Ihre Augen leuchteten, und sie lächelte ironisch. Wir verabschiedeten uns wie immer herzlich, und ich raste zu der päpstlichen Sitzung. Ich fürchtete, dass mich Coronas mit dem Gesicht zur Wand stellte, käme ich zu spät.

Ich traf ein, als die Sitzung gerade begann, und merkte sofort, dass Di Marteri und Garzón fehlten. Gutes Zeichen, dachte ich, ihr Dreiergespräch dauerte noch, und nichts, was dauert, ist sinnlos.

Ich ertrug anderthalb Stunden lang eine kilometerlange Abhandlung über Ablösungen, Mannschaftsstärken und andere Einzelheiten, denen ich keine Aufmerksamkeit schenkte, und ging als eine der Ersten.

Endlich zu Hause, duschte ich und machte es mir gemütlich. Wäre ich doch so gelassen wie Anita nach dem Bad. Wäre ich in einen Pyjama mit Monden gehüllt, würde ich Frieden finden. Aber nein, ich war deprimiert und schlecht gelaunt. Als ich mir ein Glas einschenken wollte, rief auch noch Garzón an. Ich hörte die Euphorie aus seiner Stimme.

»Inspectora, Sie sind einfach genial. Sie sind intelligent, einfallsreich, haben außergewöhnliche Ideen, Sie sind originell, praktisch, also, meinen aufrichtigsten Glückwunsch!«
Ich wartete schweigend das Ende dieser schmeichelhaften Litanei ab.
»Petra, sind Sie noch da?«
»Ja, Fermín.«
»Fragen Sie mich gar nicht nach dem Grund dieser Komplimente?«
»Ich dachte, Sie wollten mir endlich mal sagen, was Sie wirklich von mir halten.«
Er lachte auf.
»Wenn Sie das glauben, auch in Ordnung, aber Sie müssen wissen, dass ich Sie beglückwünsche, weil der Zigeunerfall gelöst ist, die beiden Fälle, besser gesagt.«
»Wirklich?«
»Sag ich doch. Die Verantwortlichen für beide Morde, zwei Männer mittleren Alters, haben sich gestellt und gestanden. Es gab keine weiteren Übergriffe. Die weise Vermittlung von Kardinal Di Marteri hat funktioniert. Ich habe während der Verhandlungen draußen gewartet, aber als sie herauskamen, war alles klar. Comisario Coronas hat mir seinen Glückwunsch ausgesprochen.«
»In diesem Fall sollte er besser Di Marteri anrufen und beglückwünschen.«
»Nein, es war Ihre Idee, und das habe ich Coronas auch gesagt.«
»Erinnern Sie mich bitte nicht daran. Ich fühle mich schrecklich. Wer weiß, was Di Marteri ihnen für dieses

Geständnis zugesagt hat. Die ewige Erlösung, das immer währende Paradies, göttlichen Ablass, irgendeinen geistlichen Schwindel eben.«

»Ich verstehe Sie wirklich nicht, Inspectora! Sie verwandeln mit Ihren Einwänden etwas Erfreuliches in eine Tragödie.«

»Jetzt haben Sie mir wirklich ein Kompliment gemacht, Garzón.«

»Warum?«

»Weil das ein Zeichen von Bildung und die Basis der Zivilisation ist, mein Freund.«

»Gehen Sie einen trinken, Chefin, Sie haben es nötig.«

»Ich trinke auf Ihr Wohl.«

Aber ich trank nichts. Nicht einmal ein Whisky hätte meine Stimmung gebessert, also ging ich ins Bett. Ich zog die Dunkelheit des Geistes jedem vergeblichen Versuch, mich glücklich zu fühlen, vor.

Sieben

Die Tage nach der Flucht der beiden Verdächtigen waren furchtbar lähmend. Aus keinem der anderen Kommissariate Barcelonas trafen Hinweise über den Verbleib des Pärchens ein. Coronas ließ den Suchbefehl auf ganz Spanien ausdehnen, aber ich bezweifelte ernsthaft, dass das etwas brachte.

Sollten die beiden das Land verlassen haben – was gar nicht so unwahrscheinlich war –, steckte der Fall Espinet in der Sackgasse. Der bloße Gedanke daran erschreckte und empörte mich. Vor langer Zeit hatte ich mir einmal geschworen, dass mir das nie passieren würde, und ich hatte inzwischen tatsächlich geglaubt, dass ich diese immense Frustration des Polizistenberufs damit gebannt hatte. Lediglich die Tatsache, dass der Comisario so intensiv mit dem Papstbesuch beschäftigt war, hatte uns davor bewahrt, nicht mit anderen Fällen betraut zu werden und den Fall Espinet unter »ferner liefen« einsortieren zu müssen.

Wie immer, wenn man einen Fall nicht im vernünftigen Zeitrahmen aufklärte, hatte ich das Gefühl, schon zwanzigmal ganz nah an der Lösung gewesen zu sein. Aber wir durften nicht aufgeben. Bis der Papst in Barcelona eintraf, würde uns Coronas in Ruhe lassen.

Die Sitzungen zur päpstlichen Sicherheit waren ebenfalls in der Phase der Rekapitulation angekommen. Wir wiederholten die Organisation Schritt für Schritt, als handelte es sich um einen geplanten Überfall. Seit Di Marteris Vermittlung in Garzóns Zigeunerfall Erfolg gehabt hatte, meinte ich um seinen Mund ein leicht ironisch-selbstgenügsames Lächeln spielen zu sehen, wenn wir uns trafen. So was wie »eins zu null, Püppchen« – ein nicht sehr geistliches Verhalten, aber vielleicht bildete ich mir das auch nur ein. Trotzdem dankte ich ihm von Herzen. Die Lösung zweier verketteter Mordfälle mit der Gefahr, dass es noch mehr Tote geben könnte, war kein Pappenstiel. Ich hatte keine Ahnung, was er gesagt oder ihnen versprochen hatte, doch das Ergebnis war, dass zwei Männer die Morde gestanden hatten. Ich sah Dolores Carmona ein letztes Mal in Begleitung ihrer beiden Brüder. Sie weinte, lächelte mich aber unter Tränen an. Trotz unserer unterschiedlichen Welten erkannten wir ineinander kämpferische Frauen, und das knüpft immer ein Band der Solidarität.
So kämpferisch ich auch sein mochte, war ich trotzdem mehrmals versucht, im Fall Espinet aufzugeben. Es wäre bequem. Die Verdächtigen galten als flüchtig, und der Fall würde geschlossen. Doch wie lange würden mich noch die vielen Fragen bedrängen? Was hatte der Mord an Espinet den Mördern tatsächlich gebracht? Hatten sie ihn wirklich erpresst?
Mit Entsetzen sah ich dem nahenden Wochenende entgegen. Ich würde es nicht aushalten, zwei Tage mit verschränkten Armen herumzusitzen. Als ich Garzón eine private Sitzung vorschlug, antwortete er, er habe schon

was vor. Es sei sicher besser, den Fall mal ruhen zu lassen. Auch wenn wir nicht weit gekommen waren, hatten wir doch ziemlich geackert.
Also ging ich am Samstag einkaufen. Schließlich taten das die meisten Frauen, um Stress abzubauen. Ich ließ mich von einem Taxi zur L'Illa Diagonal bringen, dem so genannten horizontalen Wolkenkratzer von Barcelona, einer luxuriösen Einkaufsmeile mit Geschäften für jeden Bedarf. Boutiquen, Cafés, Juwelierläden, Sportgeschäften und einer Markthalle voller exotischer Früchte und ausländischen Käsesorten.
Ich kaufte mir ein Paar schicke, teure Schuhe in dem Wissen, dass ich sie höchstens ein paar Mal tragen würde, aber es ging schließlich darum, Stress abzubauen. Dann blieb ich vor dem Schaufenster einer Kinderboutique stehen: winzige Pullis, gemusterte Jäckchen, bunte Höschen. Ein kariertes Kleidchen mit weißem Kragen und einer großen Tasche fesselte meine Aufmerksamkeit. Ich ertappte mich bei der Vorstellung, wie reizend Ana Puig darin aussähe. Warum nicht hineingehen und es ihr kaufen? Ich hatte wirklich Lust dazu, also dachte ich nicht weiter darüber nach und erwarb das Kleid, was mir seltsamerweise großes Vergnügen bereitete.
Die Zweifel kamen erst zu Hause. Wie hatte ich nur so unbesonnen sein können? Mit welcher Begründung sollte ich Malena Puig das Geschenk geben? Wir waren schließlich keine Freundinnen. Die junge Mutter würde mich für eine dieser kinderlosen Frauen halten, die verrückt nach den Kindern anderer sind. Dann wiederum dachte ich, es sei ganz normal. Malena war während der Ermittlungen

außergewöhnlich kooperativ und freundlich gewesen. Wir hatten ihre Höflichkeit und ihren Kaffee weidlich ausgenutzt. Ich würde ihr das Kleid im Namen der Polizei schenken. Es wäre eine gute Gelegenheit zu zeigen, dass sich die Bullen von Barcelona benehmen konnten.

Ich legte mich zum Lesen aufs Sofa. Unter normalen Umständen war das eine entspannende Beschäftigung, aber mir tanzten die Buchstaben wie verrückt vor den Augen, und zwischen den Zeilen tauchten Lalis Mandelaugen auf. Ich versuchte mich an Oliveras Gesichtszüge zu erinnern. Waren die beiden wirklich verliebt? Ja, Einsamkeit war eine gute Basis für die Liebe. Ich stellte mir vor, wie Olivera Lali irgendwo im Garten erwartete oder wie er sie von weitem beim Spaziergang mit den Espinet-Kindern beobachtete. Ja, gut möglich, dass es eine große Liebe war, aber zum Scheitern verurteilt. Die Philippinin hätte nicht so leicht eine andere Arbeit gefunden, und von Oliveras Gehalt hätten sie nicht leben können. Wenn sie zusammenleben wollten, brauchten sie Geld. Aber zu morden …

Das Klingeln des Telefons schreckte mich auf, und das Buch fiel zu Boden. Es war Concepción Enárquez. Ich fürchtete sofort ein neuerliches Missgeschick des Subinspectors, aber sie rief an, um nach meinem Befinden zu fragen.

»Ist bei Ihnen so weit alles in Ordnung?«, fragte ich noch vorsichtig.

»Ja, Petra, alles ist in bester Ordnung. Ich bin allein zu Hause, und da ist mir der Gedanke gekommen, ob wir nicht einen Kaffee zusammen trinken könnten.«

Mein Misstrauen wuchs, aber was sollte ich tun? Vielleicht

lenkte mich ein Treffen mit ihr von meiner wahnwitzigen Grübelei ab. Wir verabredeten uns zum Nachtmittagskaffee.

Irgendwie erschien mir die Witwe schlanker. In ihrem dunklen Kleid mit dunkelblauem Blazer erinnerte sie mich an diese selbstsicheren und würdevollen Damen aus alten Filmen. Wir bestellten eine Auswahl an Törtchen, über die ich mich genussvoll hermachte. Nachdem sie ein paar Schlucke Tee getrunken hatte, sagte sie wie nebenbei:

»Es läuft sehr gut mit meiner Schwester und Ihrem Kollegen, alles ganz freundschaftlich, meine ich. Sie gehen am Wochenende zusammen ins Kino oder essen ...«

Sie hatte ein »aber« im Ärmel, irgendwas, das ich lösen sollte. Ich wurde wachsam.

»Garzón erzählt mir nicht viel.«

»Ich weiß, Emilia erzählt mir auch nichts. Sie kommt und geht, sie treffen sich samstags, sonntags ... Anfangs habe ich sie noch begleitet, aber dann habe ich es gelassen. Man muss ihre Freundschaft respektieren.«

Das war's, diese Folgen hatte sie nicht bedacht: Concepción Enárquez war allein. Ich hoffte, ihr war klar, dass ich diesbezüglich nichts tun konnte.

»Männer sind schon merkwürdig, nicht wahr?«, sagte sie plötzlich.

»Finden Sie?«

»Sie übertreiben immer so mit der Verteidigung ihrer Freiheit.«

»Wir alle verteidigen unsere Freiheit.«

»Aber Männern ist es sehr wichtig, dass man es sieht, sie müssen ständig betonen, wie frei sie sind, obwohl sie hinterher ziemlich abhängig sein können. Werden Sie wieder heiraten, Petra?«

»Ich sage nicht Nein. Die Ehe ist gar nicht so schlecht. Es gibt Schlimmeres.«

»Zum Beispiel die Einsamkeit?«

»O nein, nur das nicht. Die Armen, die aus Einsamkeit heiraten! Alleinsein ist sehr gut.«

Sie nickte wenig überzeugt und aß ein Törtchen.

»Ich sollte mich mehr um die Angelegenheiten der Klinik kümmern.«

»Das würde Ihnen sicher gut tun, man muss kämpfen!«

»Ich habe nie gekämpft, Petra, um nichts und niemanden. Es war einfach nie nötig. Finden Sie das schlimm?«

»Nein, keineswegs.«

»Ich schon. Ich beneide die Frauen, die allein etwas geschafft haben, die sich angestrengt haben, die gegen den Wind angelaufen sind.«

Ihr Blick verriet Kummer und Frustration. Wie kam ich dazu, mir die Klagen dieser alternden Frau anzuhören? Ich musste weg, sofort von hier verschwinden, mich auflösen. Ich, die ich keine Vertraulichkeiten von anderen ertrug, sollte als Seelsorgerin herhalten. Abrupt stand ich auf. Concepción erstarrte.

»Was ist los, Inspectora?«

»Mir ist gerade eine wichtige Dienstangelegenheit eingefallen. Ich muss gehen.«

»Oh!«, rief sie mit aufrichtigem Bedauern. »Ich habe Sie mit meinen Banalitäten aufgehalten, obwohl Sie Wichtigeres zu tun haben.«

»Keine Sorge. Erlauben Sie mir, Sie einzuladen.«

Ich zahlte und verschwand so überstürzt, dass sie ganz verdattert zurückblieb. Auf der Straße rechtfertigte ich mich vor mir selbst. Genug der Schwächen, Petra!, sagte ich mir, was strebte ich an, meine Heiligsprechung? Ich litt an fortschreitender Aufweichung meines Gehirns und Verdampfung meiner Intelligenz. Wie kam ich dazu, mir die Klagen eines in die Jahre gekommenen Mädchens anzuhören, ich war Polizistin und nicht solidarisch mit meinen Geschlechtsgenossinnen.
Am Abend gönnte ich mir Käse mit Rioja. Zum Nachtisch trank ich ein Glas Portwein und hörte eine Auswahl meiner Lieblingsstücke. Trotzdem fühlte ich mich schlecht. Ich hatte mich gegenüber der armen Concepción derart unsensibel verhalten. Was hätte es mich gekostet, dieser Frau zuzuhören, ihr ein wenig Aufmerksamkeit zu schenken und mich dann normal zu verabschieden? Aber nein, ich musste davonlaufen, als wäre mir der Teufel auf den Fersen. Verdammt, wenn ich schon keine Fälle lösen konnte, hätte ich wenigstens auf anderem Gebiet ein bisschen nützlich sein können! Schrecklich, ein Haufen von Widersprüchen, das war ich.
Um sieben klingelte das Telefon. Es war Richter García Mouriños.
»Petra, ich ordne gerade die Berichte im Fall Espinet, und es stimmen ein paar Daten bei den Hausdurchsuchungsbefehlen nicht überein. Können wir das kurz abgleichen?«
»Warten Sie, ich stelle den Computer an.«
Wir hatten die Unklarheiten in zehn Minuten beseitigt.
»Arbeiten Sie auch samstags, Richter?«
»Ach, ich verbringe ein paar Stunden im Gericht, um mir

den Papierkram vom Hals zu schaffen, ich gehe gleich. Heute gibt's ein Splattermovie, ein Independent-Film, den ich sehen will. Ist nicht unbedingt mein Genre, aber … Warum gehen Sie nicht mit?«

»Ich wollte mich eigentlich ausruhen.«

»Kommen Sie schon, dann fühle ich mich nicht so allein. Überlegen Sie es sich, ich rufe Sie wieder an, wenn ich fertig bin, einverstanden?«

Die Einsamkeit. Die Einsamkeit lastete auf älteren Menschen stärker. Würde es mir in ein paar Jahren auch so gehen? Ich griff zum Telefon und rief den Richter auf seinem Handy an.

»Richter, hier ist Petra Delicado. Ich habe es mir überlegt, ich gehe gern mit Ihnen ins Kino. Kann ich eine Freundin mitbringen?«

»Wunderbar, ist mir ein Vergnügen! Ich erwarte Sie um neun vor dem Verdi-Kino und besorge die Eintrittskarten.«

Als ich Concepción Enárquez und Richter García Mouriños einander vorstellte, fühlte ich mich fantastisch. Das war das beste Beispiel meiner Theorie von der »nützlichen menschlichen Integration«, die ich mir ausgedacht hatte, um Garzón zu beeindrucken. Zwei Menschen, beide verwitwet und etwa im gleichen Alter, die von der Einsamkeit aufgefressen wurden. Wenn sie sich nicht mochten und nicht wiedersehen wollten, wäre das nicht mehr meine Sache.

Nach dem Film hätte es mich allerdings nicht gewundert, wenn Concepción ihn verachtet hätte. Aber dem war nicht so, es war ihr erstes Splattermovie gewesen, und sie hatte sich köstlich amüsiert. Die Handlung war simpel: Ein frisch verheiratetes Paar beschließt, Mitglied in einem Club auf dem Land nahe bei New York zu werden. Der Clubleiter ist ein Serienmörder, der in seiner Freizeit die Clubmitglieder umbringt. Der Witz lag natürlich in den Orgien aus Eingeweiden und Blut, die der Clubleiter veranstaltete, wenn er sich ein weiteres Opfer vornahm. Ich verließ das Kino mit Magenschmerzen. García Mouriños entschuldigte sich gerade, als Concepción Enárquez auflachte.

»Das war vielleicht lustig! Was sagen Sie zu dem Mädchen mit dem aufgeschlitzten Hals? Das sprudelnde Blut wirkte wie ein Springbrunnen, es fehlten nur das Licht und der Ton.«

Der Richter sah sie überrascht und wohlwollend an.

»Ja, und auch der Erzählrhythmus war nicht schlecht.«

Ich weiß nicht, warum Concepción Enárquez so reagierte, aber ihr Lachen brach das Eis. In einer brasilianischen Bar tranken wir Caipirinhas. Ein unmögliches Trio, so was Ähnliches wie die Heilige Dreifaltigkeit. Der Richter erzählte uns Anekdoten aus seinem Berufsleben, natürlich ohne Namen zu nennen, und Concepción amüsierte sich prächtig.

Um zwei Uhr morgens machten sie noch immer keine Anstalten, die Zelte abzubrechen. Ich verabschiedete mich und ließ sie plaudernd zurück. Hervorragend, ich hatte zwei einsame Menschen zusammengeführt. Ich glaubte nicht, dass sich daraus eine leidenschaftliche Beziehung entwickelte, aber wenn sie schlau waren, nutzten sie die Chance. Ich hatte mein Gewissen beruhigt, machte mir aber keine Illusionen über meine Fähigkeiten zur Nächstenliebe.

Am folgenden Montag beim Aufstehen war das Gefühl des Scheiterns einer großen Unruhe gewichen. Was würde ich auf meinem Schreibtisch vorfinden? Nichts, das war das Problem, einen Haufen konfuser Möglichkeiten.

Meine düsteren Vorahnungen erfüllten sich kurz nach meinem Eintreffen im Kommissariat. Ich schaltete den Computer an und öffnete den Ordner Espinet. Coronas hatte sich die Berichte angesehen und mehrere Fragezeichen eingefügt. Ein Hinweis für Seefahrer: »Streicht die Segel, und kommt sofort in den Hafen zurück. Ihr habt nicht alle Zeit der Welt, Kinder.«

Ich ging zum zigsten Mal den Fall durch. Da rief Malena Puig an. Es war das erste Mal. Sie wollte mich treffen, sie könne am Telefon nicht reden. Mein Herzschlag beschleunigte sich. Hatte sie sich an etwas erinnert? Ihre Stimme klang anders. Außerdem fügte sie am Schluss hinzu:

»Es wäre besser, wir treffen uns zu zweit, ohne Subinspector Garzón.«

»Ist es was Wichtiges?«, fragte ich und konnte meine Neugier kaum bezwingen.

»Ich weiß es nicht, vielleicht auch nicht. Es wäre wohl besser, ich käme ins Kommissariat, aber das reizt mich nicht gerade.«

»Ich habe eine Idee, Malena, warum kommen Sie nicht zu mir nach Hause? Ich koche nicht so gut Kaffee wie Sie, aber ich kann es versuchen.«

»Ist zwölf Uhr in Ordnung?«

»Bestens.«

»Geben Sie mir Ihre Adresse.«
Ich hoffte, meine Putzfrau würde zu dem Zeitpunkt schon fertig sein. Auch würde ich an einer Bäckerei vorbeifahren und Kuchen kaufen. Ich wollte Malena gut bewirten, so gut, wie sie mich. Leider konnte ich in meinem Haus in Poblenou kein so heimisches Ambiente improvisieren. Ich ging im Kopf meine Einrichtung durch. Plötzlich fiel mir auf, mit welchen Gedanken ich mich angesichts von Malenas Besuch beschäftigte. War ich auf dem direkten Weg in den Wahnsinn? Anders ausgedrückt, wurde ich langsam schwachsinnig? Malena war etwas eingefallen, das zumindest wichtig genug war, um sich mit mir zu treffen, und wie reagierte ich darauf? Mit einem Kaffeekränzchen. Es war zum Verzweifeln. Das Ambiente in *El Paradís* und all diese gut situierten jungen Paare hatten in mir den seltsamen Wunsch nach einem normalen Leben wachgerufen, genau die Art Normalität, die ich mein Leben lang verachtet hatte, vor der ich immer geflohen war.
Ich rekapitulierte. Malena Puig war nicht meine Freundin. Wir gehörten weder zum selben Kreis, noch waren wir im selben Alter. Unsere einzige Verbindung war ausschließlich beruflich, und so würde es bleiben, so sympathisch wir uns auch sein mochten.
Trotzdem kaufte ich Croissants und machte Kaffee. Meine Putzfrau hatte das Haus wie gehofft sauber und ordentlich hinterlassen.
Mutmaßungen darüber anzustellen, was Malena mir erzählen wollte, war sinnlos. Es war bestimmt nur eine Kleinigkeit.
Pünktlich um zwölf parkte ein gelber Volkswagen vor mei-

ner Haustür. Ich sah Malena aussteigen. Sie trug ein beigefarbenes Kostüm und lächelte mich an.
»Ich hätte nicht gedacht, dass Sie in einem eigenen Haus mitten in der Stadt wohnen.«
»Na ja, es ist nicht *El Paradís*, aber auch nicht schlecht.«
»Darf ich mich ein bisschen umschauen?«
Ich zeigte ihr Zimmer für Zimmer. Als wir zu dem kleinen Hinterhof kamen, war ihre Überraschung noch größer.
»Sie haben ja sogar einen Garten!«
»Das scheint mir etwas übertrieben. Eigentlich sind Blumen nicht meine Leidenschaft. Meine Putzfrau pflanzt und reißt heraus, wie es ihr gefällt. Ich muss mich um nichts kümmern. Außerdem habe ich eine automatische Bewässerung. Aber es stimmt schon, dass dieser Hof ganz schön geworden ist, ich sehe gern ein wenig Grün, bevor ich zu Bett gehe.«
»Sie haben ein wunderschönes Haus, Petra, ehrlich.«
»Haben Sie geglaubt, dass alle Polizisten in schäbigen Wohnungen inmitten von Stapeln alter Zeitungen hausen?«
»Nein, aber ...«, sie lachte. »Na ja, so was in der Art. Daran sind das Fernsehen und die Kriminalromane schuld. Und da Sie außerdem immer einen ziemlich zerknitterten Mantel tragen ...«
»Das ist mein Fetisch. Ich mag ihn sehr.«
Wir lachten beide.
»Wenn Sie enttäuscht sind, kann ich in der Küche ein paar Kippen auf dem Boden austreten.«
»Es ist, glaube ich, einfacher, wenn ich meine falsche Vorstellung korrigiere. Jedenfalls finde ich es spannend, das Haus einer allein lebenden Frau zu sehen.«

»Allein zu leben ist nicht spannend.«
»Ich finde schon. Die Zeit selbst einteilen zu können und zu tun, was man will. Ich habe nie alleine gelebt, nicht mal als Studentin. Ich bin aus meinem Elternhaus nahtlos in die Routine einer Ehefrau gerutscht.«
»Viele Menschen leben allein, ohne es zu wollen.«
»Sie auch?«
»Nein, ich nicht. Ich bin gern allein.«
»Ich auch.«
»Bei Ihnen ist das was anderes. Mit diesen reizenden Kindern … übrigens …«
Ich erinnerte mich an das Kinderkleid, das ich gekauft hatte, und verscheuchte meine letzten Zweifel, ob ich es ihr geben sollte. Ich holte es aus dem Schrank. Malenas Gesicht drückte zuerst Überraschung und dann Dankbarkeit aus.
»Aber Petra, das ist entzückend! Wie sind Sie darauf gekommen?«
Sie hielt das winzige Kleidchen in die Höhe.
»Anita wird sehr hübsch darin aussehen. Wissen Sie, dass sie Sie mag?«
»Mich? Aber sie hat mich doch so selten gesehen.«
»Kinder erinnern sich genau an Menschen.«
Ich fand diese Situation langsam lächerlich. Auch auf die Gefahr hin, unhöflich zu wirken, erlaubte ich mir, das Thema zu wechseln.
»Malena, Sie sind hergekommen, weil Sie mir etwas sagen wollten, erinnern Sie sich?«
Ihr Gesicht verdüsterte sich plötzlich.
»Ja, stimmt. Aber ich weiß gar nicht, wie ich anfangen soll.«

»Haben Sie sich an etwas im Fall Espinet erinnert?«
»Es fällt mir schwer, es zu erzählen.«
»Belastet es einen Ihrer Freunde?«
»Belasten ist zu viel gesagt. Ich weiß nicht mal, ob es überhaupt wichtig ist. Vielleicht sollte ich es Ihnen lieber nicht erzählen.«
»Ich habe Sie selbst darum gebeten, mir noch die kleinste Kleinigkeit mitzuteilen.«
»Ich habe das Gefühl, jemanden zu verpfeifen, und dazu noch den Eindruck, dass es Blödsinn sein könnte.«
»Ich kann mir schon vorstellen, wie Sie sich fühlen, das ist normal. Vielleicht ist es nicht weiter wichtig, aber Sie sollten es mir besser sagen, es könnte uns weiterhelfen.«
Sie war bedrückt und nervös. Als sie zu reden begann, zitterte ihre Stimme.
»Also, es geht um Rosa. Ich weiß nicht, es ist absurd, aber eine Woche vor Juan Luis' Tod bat sie mich um Rückendeckung.«
»Ich verstehe nicht.«
»Sie bat mich, für sechs Stunden das Haus zu verlassen, und wenn mich jemand fragen sollte, zu sagen, wir wären zusammen in Barcelona gewesen, einkaufen oder im Kino. Ich habe es getan. Ich bin sechs Stunden durch die Stadt gebummelt, von zwei bis acht Uhr.«
»Hat sie Ihnen gesagt, was sie in dieser Zeit gemacht hat?«
»Nein. Ich mochte sie nicht fragen. Ich dachte, sie hätte einen Geliebten und dass Mateo was ahnt.«
»Hat sie Sie vorher schon mal um einen solchen Gefallen gebeten?«
»Nie. Sie hat viel Freiraum, ohne Erklärungen abgeben

zu müssen, nur, sechs Stunden sind eine lange Zeit, und wenn Mateo etwas geargwöhnt hat ...«

»Hat Mateo Sie gefragt, ob Sie in dieser Zeit mit Rosa zusammen waren?«

»Nein, niemand hat mich danach gefragt.«

»Ich schreibe mir das Datum auf und werde nachforschen.«

»Nein, Petra, bitte ...«

Ich sah ihr in die Augen. Sie war beunruhigt.

»Tun Sie gar nichts, ich bitte Sie. Höchstwahrscheinlich hat das gar nichts mit dem Tod des armen Juan Luis zu tun. Wenn Sie nachforschen und Fragen stellen, wird Rosa sofort wissen, dass ich es Ihnen erzählt habe, es würde mich ihre Freundschaft kosten.«

»Haben Sie es mir deshalb nicht früher erzählt?«

Sie begann zu weinen und ergriff meinen Arm.

»Petra, ich flehe Sie an, zerstören Sie nicht, was von unserer Freundschaft noch übrig ist. Wir kennen uns seit so vielen Jahren, und jetzt bricht alles auseinander. Finden Sie einen Weg für Ihre Nachforschungen, der nicht auf mich verweist. Oder besser, ermitteln Sie erst gar nicht. Wozu? Wenn Rosa einen Geliebten hat, was hat das mit dem Mord zu tun? Ich habe nur ständig gegrübelt und konnte nicht mehr schweigen, ich konnte es nicht ...«

Sie hatte mit sich gekämpft, und jetzt bereute sie ihren Verrat. Das war typisch. Wenn sie sich nicht beruhigte, bestand die Gefahr, dass sie zu Rosa ging und ihr gestand, dass sie mit mir geredet hatte. Ich versuchte, ihr Gewissen zu beruhigen.

»Also, Malena, ich verspreche Ihnen, absolut diskret vorzugehen. Ich werde Sie nicht verraten. Wir werden alle noch einmal befragen, dann fällt das Gespräch mit Rosa nicht weiter auf.«

»Sie wird es merken und mich hassen. Und das alles für nichts.«

Ich wurde zum ersten Mal ruppig mit ihr.

»Malena, das hier ist kein Spiel, sondern ein Mordfall. Sie haben mein Wort, dass ich versuche, so diskret wie möglich zu sein. In Ordnung?«

Sie hatte mein Wort für den Versuch, aber nicht für das Ergebnis, und das wusste sie ganz genau. In den Handbüchern der Polizeipsychologie war es nachzulesen: Jemand, der etwas Verdächtiges über einen Freund erzählt, bereut es sofort und wünscht nichts mehr, als es rückgängig zu machen. Aber eines war sicher: Von jetzt an würde mich Malena mit anderen Augen sehen. In gewissem Sinne war ich eine Bedrohung für sie.

Als ich Garzón davon berichtete, wurde er nachdenklich. Dann rief er: »Ich weiß nicht, worauf wir noch warten; fragen wir Rosa. Vielleicht besteht eine Verbindung.«

»Einverstanden, aber wenn nicht, machen wir viel unnötigen Wirbel. Wir müssen vorsichtig vorgehen.«

»Seit wann sind Sie so umsichtig, Inspectora?«

»Finden Sie es übertrieben?«

»Wollen Sie eine ehrliche Antwort?«

»Ich bitte darum.«

»Ich hoffe, Sie verstehen das nicht als Mangel an Respekt, aber mir ist von Anfang an aufgefallen, dass Sie sich von dieser gehobenen Schicht in *El Paradís* beeinflussen lassen.«

»Das stimmt nicht.«

»Ich denke schon. Sie selbst haben eingeräumt, dass der Täter möglicherweise unter Espinets Freunden zu finden ist, sogar seine Witwe könnte irgendwie mit seinem Tod zu tun haben. Und was haben wir diesbezüglich unternommen? Mit Bleifüßen sind wir vorgegangen und haben sie alle vorsichtig wie rohe Eier behandelt, um sie nur nicht zu belästigen!«

»Jeder wurde befragt, wir waren zwanzigmal in *El Paradís*.«

»Viele dieser Befragungen waren für Sie eine Art Sozialkontakt! Sie haben sich darauf beschränkt, mit dieser Malena zu plaudern und mit ihrer Tochter zu schmusen.«

»Ich habe eine Menge von ihr erfahren! Und dank Mateo Salvia und Jordi Puig wissen wir, dass Espinet mehrere Geliebte hatte. Dass uns das nichts gebracht hat, ist was anderes.«

»Wir haben sie alle mit Samthandschuhen angefasst, Petra. Das denke und sage ich Ihnen ganz aufrichtig.«

»Sie sind ungerecht, Fermín, sehr ungerecht! Wie hätten wir denn Ihrer Meinung nach vorgehen sollen? Die Witwe zwingen, selbst mit einem Nervenzusammenbruch hierher zu kommen? Puig ein paar reinhauen, weil er den Namen der Geliebten nicht wusste? Das wäre vermutlich Ihre Art gewesen.«

Er senkte den Blick und beherrschte sich. Es gelang ihm, eine würdevolle Figur zu machen.

»Inspectora Delicado, Sie wissen, dass ich unter Ihrer Führung stehe und immer ohne Widerspruch tue, was Sie anordnen. Sagen Sie mir, wie wir Rosa Salvia befragen sollen, und so wird es gemacht. Kann ich gehen?«

»Ja, gehen Sie.«

»Ich bin in meinem Büro.«

Er fühlte sich prima, der gemeine Kerl! Wenn er den Märtyrer und Beleidigten spielen konnte, ging's ihm bestens. Ah, Garzón kannte mich viel zu gut! Er wusste genau, wo sich meine Achillesferse befand, und hatte seinen Pfeil unerschütterlich hineingebohrt. Ich sollte mich von der gehobenen Gesellschaftsschicht haben beeinflussen lassen! Was für eine ungerechte Beschuldigung! Aber genug, ich würde genau das tun, was ich mir vorgenommen hatte. Wir würden uns von allen Espinet-Freunden den Terminkalender zeigen lassen. So fiel unser plötzliches Interesse für Rosa nicht weiter auf. Und Garzón mochte denken, was er wollte.

Ich ging in sein Kabuff und befahl ihm, sofort alle der Freunde in *El Paradís* nach ihren Terminen an jenem Tag zu befragen.

»Zu Befehl, Inspectora!«, heulte er und sprang auf.

»Sie müssen mich nicht anbellen wie ein verdammter Berufssoldat! Während Sie Ihre Arbeit machen, gehe ich zu Rosa Salvia, verstanden?«

»Zu Befehl, Inspectora!«, wiederholte er etwas leiser.

Wenn er sich so aufführte, hasste ich ihn. Zudem tappte ich auch noch immer wieder in seine lächerlichen Fallen.

Ich hielt es für besser, unangemeldet bei Rosa im Büro aufzutauchen. Kurz nach zehn war ich dort. Ich konnte nicht feststellen, ob mein Besuch sie überraschte, denn eine Sekretärin bat mich zu warten.

Ich setzte mich in den kleinen Warteraum und blätterte in ein paar Wirtschaftszeitschriften. Dienstag, 20. August, das war der interessante Tag. War sie die geheimnisvolle Geliebte, die Anstifterin, die Olivera und Lali bezahlt hatte? Ich versuchte, den Wasserfall an Mutmaßungen in meinem Kopf zu stoppen. Das war das Letzte, was ich tun durfte, mich auf haltlose Vermutungen stützen. Ich war müde, auch wenn ich es mir nicht eingestand, und döste ein. Das Eintreten der Sekretärin ließ mich aufschrecken. Es war fast eine halbe Stunde vergangen.

Rosa bat mich um Verzeihung, dass sie mich hatte warten lassen. Sie war freundlich und natürlich.

»Hallo, Inspectora! Gibt es etwas Neues über den Mord an Juan Luis?«

»Nichts Konkretes.«

»Haben Sie Lali und den Wachmann gefunden?«

»Noch nicht. Wir rekapitulieren gerade. Deshalb befragen wir Sie alle nach Ihren Aktivitäten in der Woche vor dem Mord.«

»Sind wir denn jetzt noch verdächtig?«

»Wir sortieren gerade aus. Ich sagte ja schon, wir rekapitulieren. Sie haben doch einen Terminkalender, nicht wahr?«

»Selbstverständlich. Er ist die Grundlage meines Lebens.«

»Notieren Sie alles?«

»Alles Berufliche.«

»Und das Persönliche?«

»Manchmal auch.«

Bei einer Geschäftsfrau wie Rosa, die gewohnt war, unter Druck zu arbeiten, bedeutete es gar nichts, dass sie so cool reagierte. Dennoch hatte ich, als ich ihr Privatleben erwähnte, den Eindruck, ein winziges Zeichen der Unruhe an ihr wahrzunehmen, vielleicht, weil sie etwas schneller sprach.

»Können wir bitte zusammen Ihren Terminkalender durchgehen?«

»Jetzt sofort?«

»Ich weiß, Sie haben viel zu tun, aber ich denke, es ist der richtige Moment.«

Mein leichtes Anziehen der Schraube, sanft, aber bestimmt, erwischte sie ziemlich unvorbereitet.

»Aber hallo, Inspectora, ich wusste nicht, dass es so ernst ist!«

Sie war angespannt. Ich hatte zum ersten Mal das sichere Gefühl, auf etwas Wichtiges gestoßen zu sein.

»Könnten Sie Ihrer Sekretärin Bescheid sagen, dass sie während meines Besuches keine Anrufe durchstellt?«

»Natürlich.«

Sie holte ihren Terminkalender aus der Schublade, öffnete ihn und blätterte zu der Woche, nach der ich gefragt hatte.

»Sie erlauben?«

Ich nahm ihn ihr aus der Hand und suchte selbst das Datum, das mich interessierte. Tatsächlich, der Dienstagnachmittag war im Gegensatz zu den vielen Verabredungen und Notizen anderer Tage geheimnisvollerweise leer. Ebenso der Mittwochmorgen.

»Haben Sie an diesen beiden Tage nicht gearbeitet, Rosa?«

»Lassen Sie mal sehen ...«

Sie reckte den Hals und sah auf die leeren Seiten, was mir wie eine schlechte Theatervorstellung vorkam.

»Nein, stimmt, da habe ich nicht gearbeitet.«

»Können Sie mir den Grund nennen?«
»Am Dienstagnachmittag war ich beim Gynäkologen, und am Mittwochmorgen fühlte ich mich nicht wohl und bin bis mittags zu Hause geblieben.«
»Verstehe. Warum waren Sie beim Gynäkologen, Rosa, waren Sie krank?«
Sie verlor zum ersten Mal die Fassung, denn sie hob die Stimme.
»Ich glaube nicht, dass die gesundheitlichen Probleme der Bürger die Polizei etwas angehen.«
»Tut mir Leid, Rosa, aber in diesem Fall schon. Wie lange waren Sie in der Praxis?«
»Weiß ich nicht, ich erinnere mich nicht. Worauf wollen Sie hinaus?«
Es tat mir wirklich Leid. Ich war so diskret vorgegangen, wie es die Umstände erlaubten, aber wenn sie nicht mit der Wahrheit rausrückte, musste ich deutlich werden.
»Rosa, Sie haben Malena gebeten, Ihre Abwesenheit vom Büro über sechs Stunden zu decken, und ich möchte wissen, warum. Man geht nicht heimlich zum Arzt und hält sich normalerweise auch nicht so lange dort auf.«
»Das hat Malena behauptet?«
»Ihr blieb nichts weiter übrig. Sie müssen mir die Wahrheit sagen. Unter normalen Umständen würde es mich kaum interessieren, wo Sie waren, aber eine Woche vor einem Mordfall ist alles verdächtig.«
Sie sah mich schweigend an, als sähe sie mich zum ersten Mal. Keine Reaktion. Dann sagte sie ganz natürlich.
»Ich war beim Gynäkologen, das habe ich Ihnen doch schon gesagt.«

Ich wurde ärgerlich.
»Zum Teufel noch mal, niemand hockt bei einer Routineuntersuchung sechs Stunden lang in einer Arztpraxis. Und die Bitte um ein Alibi von einer Freundin macht die Sache auch nicht wahrscheinlicher!«
»Meine Gynäkologin arbeitet in der Klinik Salute. Fragen Sie dort nach, man wird Ihnen bestätigen, dass ich so lange dort war.«
»Ja, aber Malena hat gesagt, dass Sie während dieser Zeit heimlich verschwinden wollten! Warum?«
Sie senkte den Kopf, um die Beunruhigung in ihren Augen zu verbergen, und sprach ganz leise:
»Mein Mann und ich können keine Kinder bekommen.«
»Das weiß ich schon.«
»Wir haben uns ein paar Behandlungen unterzogen, damit ich schwanger werde, aber ohne Ergebnis. Mateo weigert sich, noch mehr zu tun. Aber ich möchte noch ein paar Untersuchungen vornehmen lassen. Er sollte es nicht erfahren.«
»Und warum haben Sie das nicht so Malena erzählt?«
»Niemand sollte es wissen. Ich habe allen weisgemacht, dass mich die Mutterschaft nicht interessiert.«
Alibi bestätigt, Verdacht ausgeräumt. Auf Wiedersehen. Ich hatte ohne jede Notwendigkeit Malena verraten. Aber das war ihr Problem, oder wie Garzón sagen würde: »Das war eine kleinbürgerliche Angelegenheit, auf die wir keine Rücksicht nehmen konnten.«
Als ich Rosas Büro verließ, schmerzte mir der Nacken. Die Befragung hatte mir nicht gut getan. Was sie gesagt hatte, war glaubhaft. Hinter dem starken Auftreten der toughen

Geschäftsfrau pochte der Mutterinstinkt. Der eitle und zufriedene Mann wollte nichts mehr von Hormonbehandlungen wissen. Also ging sie allein ins Krankenhaus, wollte aber nicht, dass jemand von ihrer Schwäche erfuhr, nicht mal Malena. Ja, das passte alles zusammen. Doch als ich es dem Subinspector erzählte, fand er das nicht so überzeugend. Diese Geschichte mit der Mutterschaft gegen alle Widrigkeiten erschien ihm eher zweifelhaft. Er bestand darauf, dass wir uns dieses Alibi in der Klinik Salute bestätigen ließen. Er seinerseits hatte das überflüssige Beschäftigungsspielchen absolviert, das ich ihm aufgezwungen hatte, und natürlich hatte sich nichts Neues ergeben in den Terminkalendern der anderen. Ich sah ihm auf der Suche nach Versöhnung in die Augen.

»Was meinen Sie, Fermín, sind wir auf dem richtigen Weg?«

»Zumindest haben wir etwas zu tun. Das ist ein besseres Gefühl, festzustecken ist schrecklich.«

»Trotzdem können wir uns zu diesem Zeitpunkt nicht mit Gefühlen begnügen. Wir brauchen handfeste Fakten.«

»Verzweifeln Sie nicht, Inspectora, die Fakten werden wie leckere Pilze auf ungeahnten Wegen vor unserer Nase sprießen.«

«Sehr poetisch.«

»Trotzdem sage ich noch mal: Das mit den Hormonbehandlungen finde ich merkwürdig. Der ganze Schmus mit den Frauen, die in der Mutterschaft ihre Erfüllung sehen. Das klingt für mich nach Bauernfängerei.«

»Denken Sie an die Katzen, die Schimpansen, die Wüstenkojoten – alle versorgen ihre Brut bis zum Tod.«

»Ja, verdammt, aber ich habe noch nie von einem Kojoten gehört, der sich künstlich befruchten lässt.«

»Wir Menschen sind eben so hoch entwickelt. Und das wirkt sich auch auf die natürlichen Dinge aus.«

»Na, wenn wir so hoch entwickelt sind, dann sollten die Instinkte keine Rolle mehr spielen.«

»In der Regel vermehren wir uns immer noch durch körperliche Liebe.«

»Aber ein Kind zu haben ist was anderes. Sagen Sie mir doch mal, wozu eine Frau wie Rosa ein Kind will, mit all den Schwierigkeiten, die ein Baby mit sich bringt. Sie hat doch alles, Geld, Macht, Schönheit … sie hat Ihnen doch selbst gesagt, dass sie mit Kindern nicht da wäre, wo sie ist.«

»Da ist einer der Widersprüche, die in uns allen stecken.«

»Von Widersprüchen verstehen Sie mehr als ich.«

»Finden Sie?«

»Das haben Sie mehr als einmal bewiesen. Sie verachten die Pfaffen und schließen einen Pakt mit einem Kardinal. Sie sind eine unabhängige Frau und verdrehen die Augen, wenn Sie das Mädchen von Malena Puig sehen. Ganz zu schweigen von …«

»Von was?«

»Sie sind gegen die Ehe und die Liebe, spielen aber die Heiratsvermittlerin.«

»Was wollen Sie damit sagen?«

»Tolle Idee, Concepción und den Richter einander vorzustellen! Jetzt gehen wir jeden Samstagabend zu viert aus, und ich muss jeden Kinofilm über mich ergehen lassen … Vorher sind Emilia und ich immer gemütlich essen gegangen, aber seit García Mouriños aufgetaucht ist, essen wir ein Häppchen und ab ins Kino! Danach wird ausführlich über den Film gesprochen. Und ich hab den Richter schon immer so anstrengend gefunden!«

Ich konnte mich nicht beherrschen und brach in schallendes Gelächter aus. Garzón sah mich vorwurfsvoll an.

»Ja, ja, lachen Sie nur. Wenn Sie so weitermachen, können Sie eine Heiratsvermittlung aufmachen.«

»Seien Sie nicht böse, Fermín, das ist nur ein weiteres Beispiel für meine Theorie von der nützlichen menschlichen Integration. Mit diesem Schachzug bin ich Concepción losgeworden, und der Richter geht mir nicht mehr damit auf den Wecker, dass ich ihn ins Kino begleiten soll.«

»Wunderbar, und jetzt hab ich die zwei am Hals!«

Ich konnte nicht aufhören zu lachen, und Garzón war zufrieden. Es gefiel ihm, wenn ich ihn witzig fand. Wir waren wieder gute Freunde.

»Also gut, Subinspector, lassen wir die Privatangelegenheiten beiseite. Sagen Sie, was wir als Nächstes machen sollen. Ich mag heute keine Entscheidungen mehr treffen.«

»Wir müssen jetzt Rosas Alibi überprüfen. Ich hoffe, diese Klinik ist uns wohl gesonnen.«

Wir waren guter Laune. Vielleicht würden wir bald ein kleines Licht am Ende des Tunnels erblicken. Garzón summte beim Fahren. So schlecht, wie er behauptete, ging es ihm nicht. Irgendwann würde auch er zum Kinofan und hätte einen Lieblingsregisseur. Meine Strategie war aufgegangen, und ich war über meine Fähigkeit, derartige Situationen zu meistern, überrascht. Ganz unerwartet hatte ich zur Bildung dieser kleinen Gruppe beigetragen, die gut zu funktionieren schien. War das nicht eine Aufgabe mit Zukunft für eine Polizistin? Vielleicht würde sich die so geschmähte Polizei eines Tages der Sozialarbeit widmen. Ich stellte mir Coronas vor, wie er uns Fälle von vereinsamten Alten oder chronisch Kranken übertrug, die Versorgung und Gesellschaft brauchten.

Die Klinik Salute wirkte auf den ersten Blick gar nicht wie ein Krankenhaus. Modern, kühl und minimalistisch eingerichtet, aus Marmor und Holz gebaut, hätte sie ebenso gut ein luxuriöses Fitnesscenter oder eine Kongresshalle sein können. Die beiden Frauen an der Rezeption trugen eine Art Weltraumanzug und ein ständiges Lächeln auf den Lippen. Es gab nichts, das eine Assoziation mit Krankheit weckte: Keine Ärzte in weißen Kitteln und Schuhen liefen durch die Flure, auch keine kräftigen Krankenpfleger, die über Fußball redeten. Absolute Asepsis. Man hätte meinen können, dass hier nur kerngesunde Patienten aufgenommen wurden.

Die Rezeptionistin dachte, wir hätten uns geirrt, als wir sagten, wir seien Polizisten. Sie sagte ganz arglos:

»Das hier ist eine Klinik.«

»Ja, und sie hat bestimmt einen Direktor, nicht wahr?«, erwiderte Garzón missgestimmt. »Wir wollen den Direktor sprechen.«

Das Mädchen erschrak.

»Ich werde unsere PR-Referentin rufen.«

Wir traten ein wenig vom Tresen zurück. Der Subinspector schnaubte verhalten. Ich versuchte die Situation zu retten.

»Fermín, ich bitte Sie, seien Sie einfach höflich. Ich will keine unnötigen Schwierigkeiten.«

»Unsere Arbeit kostet die Steuerzahler Geld.«
»Daran werde ich Sie erinnern, wenn wir das nächste Mal während der Arbeitszeit ein Bier trinken gehen.«
Zum Glück erschien die PR-Referentin gleich. Sie empfing uns mit demselben professionellen Lächeln wie die anderen Frauen. Sie war um die vierzig, elegant gekleidet und stark geschminkt. Wir sagten ihr, dass wir Informationen über eine ihrer Patientinnen brauchten.
»Aber, meine Herrschaften, das ist unmöglich! Das ist eine Privatklinik. Wir haben eine ärztliche Schweigepflicht.«
Ich kam meinem Kollegen zuvor.
»Das wissen wir, die ganze Welt ist privat. Jeder Bürger in diesem Land ist absolut privat. Aber die Gesetze betreffen alle gleichermaßen. Wären Sie so freundlich, uns den Direktor zu rufen?«
Das eingefrorene Lächeln änderte sich keinen Augenblick.
»Ich wollte damit sagen, dass unsere Patienten nichts mit der Justiz zu tun haben. Hier wird niemand mit einer Verletzung von einer Messerstecherei eingeliefert.«
Garzón konnte nicht mehr.
»Hör mal, Schätzchen, wenn du nicht augenblicklich den Direktor rufst, komme ich mit einer Spezialeinheit wieder und veranstalte vor eurer Tür einen Riesenzirkus.«
Endlich hörte sie zu lächeln auf und verschwand wortlos und mit angespanntem Ausdruck. Ich sah meinen Kollegen ironisch an.
»Ihre Vorstellung von höflichem Benehmen ist ja sehr weitreichend.«
»Sie ging mir langsam auf die Nerven mit ihrem Lächeln.«
Nach kaum fünf Minuten führte uns eine Art Hostess zum

Büro des Direktors, der eine Direktorin war. Nüchtern, kurz angebunden, gut in den Sechzigern behandelte sie uns kühl und sachlich.

»Sie möchten also nur ein Alibi bestätigt haben. Na gut. Wir haben so etwas noch nie gemacht, aber ich vermute, wir sind dazu verpflichtet. Sehen wir im Computer nach, welche Ärztin diese Señora behandelt.«

Garzón und ich wechselten einen schnellen erleichterten Blick der Komplizenschaft.

»Ja, hier ist sie, Rosa Massens, verheiratete Salvia. Sie ist bei Frau Doktor Climent in Behandlung. Wir können uns ihren Terminkalender des betreffenden Tages im Computer ansehen, wenn Sie möchten.«

»Nein, wir wollen persönlich mit ihr sprechen.«

»Einverstanden, ich werde sehen, was ich tun kann.«

Sie verließ den Raum mit kleinen festen Schritten wie eine Chinesin. Garzón stand sofort auf und schnüffelte in dem Büro herum.

»Haben Sie das gesehen? Diese Dame ist keine Ärztin. Hier hängt ihr Diplom als Betriebswirtin.«

»Normal. Sie verwaltet die Klinik.«

»Ich weiß nicht, ob das so normal ist. Diese Klinik wirkt überhaupt nicht wie eine Klinik.«

»Sie haben sie so eingerichtet, damit die Patienten nicht deprimiert werden.«

»Mich würde viel mehr deprimieren, wenn ich das Gefühl hätte, ich befände mich in einer Bankfiliale.«

»Aber Sie sind anders, Fermín, ich denke darüber nach, ob ich eine Studie über Ihre Persönlichkeit machen soll, vielleicht auch eine Diplomarbeit.«

Die zurückkehrende Direktorin unterbrach unseren verbalen Schlagabtausch. Sie war in Begleitung der jungen Ärztin, die weder überrascht noch nervös wirkte und monoton und langsam redete.
»Ja, an dem Tag war Señora Salvia bei mir in Behandlung.«
Sie reichte uns ein Papier.
»Frau Doktor, diese Behandlung dauerte sechs Stunden?«
»Ja, in etwa.«
»Wieso so lange?«
»Sie war noch eine Weile unter Beobachtung.«
»Können Sie mir sagen, was für eine Behandlung das war?«
»Nein, tut mir Leid, das darf ich Ihnen nicht sagen.«
»War es eine Hormonbehandlung?«
In den Augen der Ärztin blitzte Überraschung auf. Sie sah die Direktorin an, die sofort das Wort ergriff.
»Nein, meine Herrschaften, Frau Doktor Climent darf Ihnen darüber keine Auskunft geben. Das ist absolut vertraulich.«
»Aber Rosa Massens hat uns das selbst gesagt, es handelt sich nur um eine Bestätigung.«
»Tut mir Leid, wir dürfen uns dazu nicht äußern.«
»Nicht einmal auf richterliche Aufforderung?«
»Ich bedaure, dass ich Sie über die Sachlage in Kenntnis setzen muss, Inspectora. Hier schützt uns das Gesetz, kein Richter oder Gericht kann uns zwingen, die ärztliche Schweigepflicht zu brechen. Sie ist unantastbar. Wenn Sie das bezweifeln, rufe ich gern unseren Anwalt an, der kann Ihnen mehr darüber sagen.«
»Wissen Sie, dass wir in einem Mordfall ermitteln?«

»Und wenn es sich um ein Massaker handelte, Inspectora, es würde nichts ändern. Außerdem glaube ich kaum, dass unsere Patienten Mörder sind.«

Jetzt war ihre Verachtung für uns deutlich zu spüren. Ich dankte ihr kalt, und wir gingen. Garzón kochte vor Wut.

»Haben Sie das gehört?, ›... dass unsere Patienten Mörder sind!‹ Sie hat nicht gemeint, dass Rosa anständig ist, sondern dass es in dieser sozialen Schicht keine Verbrechen gibt. Das ist die Höhe!«

»Sie sind vielleicht nervig in ihrem Arbeiterkampf, Fermín!«

»Es ist doch zum Aus-der-Haut-Fahren!«

»Es sollte Sie eher aus der Haut fahren lassen, dass wir nicht die Wahrheit erfahren haben.«

»Wir wissen jetzt, dass Rosa tatsächlich sechs Stunden lang dort war.«

»Ja, aber warum haben die diese Behandlung nicht bestätigt? Und wozu brauchte sie Malenas Rückendeckung? Ich wäre beruhigter, wenn ich wüsste, was wirklich gemacht wurde.«

»Sieht schlecht aus, wenn das Gesetz sie schützt ...«

»Wir fragen García Mouriños, vielleicht fällt ihm ein juristischer Trick ein.«

»Das bezweifle ich.«

»Verdammt, Garzón! Ich verstehe ja, dass Sie ihn nicht mögen, aber er ist ein ausgezeichneter, sehr erfahrener Richter.«

»Es ist gar nicht so, dass ich ihn nicht mag«, sagte er wenig überzeugend und schaute in die andere Richtung.

Garzón verteidigte sein Territorium gegenüber anderen

Männern – ein sehr animalisches Verhalten. Obwohl man es eigentlich nicht kritisieren konnte. In Wahrheit verteidigten alle ihre kleine Parzelle, so wie die Klinik ihre Patienten.

Ich fragte mich, was meine kleine Parzelle beinhaltete, der heilige Kern, um den ich in gegebenem Fall kämpfen müsste. Meine Unabhängigkeit. Mehr fiel mir nicht ein, das machte mich traurig.

Acht

García Mouriños bestätigte uns, dass es äußerst schwierig war, legal an medizinische Informationen zu kommen, besonders, wenn unser Verdacht nicht als definitiver Beweis für die Täterschaft in einem Verbrechen diente.

»Vor kurzem«, fügte er hinzu, »hat der Oberste Gerichtshof ein Urteil aufgehoben, das auf klinische Daten begründet war, die der Arzt einer Freundin des Beklagten weitergegeben hatte.«

Meine einzige Antwort darauf war ein Fluch.

Am anderen Ende der Leitung wurde der Richter ungeduldig.

»Sind Sie noch da, Petra?«

»Gewehr bei Fuß, Richter.«

»Sie sehen ja, dass dieses Gewehr gut schießt. Rechtlich ist da wenig zu machen. Ist es so wichtig?«

»Das weiß ich nicht so genau. Aber keine Sorge, wir werden uns schon was einfallen lassen.«

»Übrigens, Petra, wissen Sie eigentlich, dass Concepción und ich uns gut verstehen?«

»Freut mich.«

»Ihre Schwester ist mit Subinspector Garzón liiert. Wie klein doch die Welt ist, nicht wahr? Obwohl Ihr Kollege darüber nicht sehr glücklich wirkt, ich glaube, er geht nicht gern ins Kino.«

»Aber nein! Ganz im Gegenteil. Schleppen Sie ihn so oft wie möglich ins Kino, Richter, und besonders in Autorenfilme, das bildet.«

Verdammter Garzón! Wegen ihm mussten wir uns alle an eine neue Situation gewöhnen, und er boykottierte das Ganze. Er hätte einen kompletten Zyklus französischer Filme der Sechzigerjahre verdient! Na wenigstens konnte ich mich jetzt mit unserem Fall beschäftigen und musste mich nicht weiter um seine Eroberungen und deren Konsequenzen kümmern. Von so lästigen Fliegen wie dem Papstbesuch und dem Zigeunerfall gar nicht zu reden. Nein, ich musste mich konzentrieren und Fäden verknüpfen, den Haufen ungereimter Tatsachen noch einmal durchgehen und Schlüsse ziehen, die diese vielen unhaltbaren Verdächtigungen erklärten.

Ich sah auf die Uhr. Ich hätte dem Subinspector eigentlich mitteilen müssen, dass ich in Sachen Klinik Salute nicht weitergekommen war. Aber ich hatte keine Lust zu reden. So spazierte ich über den Platz vor der Kathedrale. Die riesige Bühne für den Papst war fast fertig, es wirkte, als sollte hier ein mittelalterliches Turnier oder ein Renaissancemarkt veranstaltet werden.

Die Anzahl der Schaulustigen hatte zugenommen. Sogar Schulklassen mit ihren Lehrern waren da. Wahrscheinlich sollten die Kinder den Vorbereitungen eines historischen Ereignisses beiwohnen. Mein Handy klingelte. Es war Garzón.

»Inspectora, wo sind Sie denn, verdammt noch mal, wollten wir uns nicht treffen? Was hat der Richter gesagt?«

»Kommen Sie auf den Platz vor der Kathedrale, wir reden hier bei einem Kaffee.«

»Sie sind doch nicht mit dem Pfaffen zusammen …?«

»Nein, ich bin allein, kommen Sie schon her.«

Ich war müde, deprimiert, frustriert. Als ich Garzón mit seinem Aussehen eines italienischen Kochs näher kommen sah, fühlte ich mich noch schlechter.

»Der Richter kann uns auch nicht helfen.«

»Verdammt, wir haben vielleicht ein Pech! Alle Spuren lösen sich in nichts auf, bevor wir überhaupt ermitteln können.«

»Garzón, einen Kaffee. Wenn ich keinen Kaffee kriege, falle ich auf der Stelle um.«

»So schlimm wird's schon nicht sein.«

»Warum nehmen Sie mich nie ernst?«

»Ganz im Gegenteil!«, sagte er beim Betreten einer Bar. »Ich grüble unablässig über das nach, was Sie sagen. Erinnern Sie sich an Ihre Theorie von der nützlichen menschlichen Integration?«

Ich sah ihn von der Seite an.

»Ja.«

»Inspectora, im Zigeunerfall hat sie funktioniert. Warum versuchen wir es nicht noch einmal?«

»Wollen Sie den Kardinal in die Klinik Salute schicken?«

»Nein! Ich will, dass uns die Schwestern Enárquez helfen. Sie sind doch Aktionärinnen einer Luxusklinik. Die kennen die Direktorin der Salute bestimmt und könnten sie davon überzeugen, die Katze aus dem Sack zu lassen.«

Die Theorie von der nützlichen menschlichen Integration – eine tolle Erfindung! Garzóns Idee war gar nicht so schlecht. Ich dachte darüber nach.

»Sollten wir was herausfinden, können wir es aber nicht als Beweis nutzen.«

»Aber wir könnten versuchen, sie zum Sprechen zu bringen … um die Wahrheit zu erfahren!«

»Sie haben Recht.«

»Wie schön das aus Ihrem Mund klingt, Inspectora: ›Sie haben Recht.‹ Das werde ich nie vergessen!«

»Machen Sie sich an die Arbeit und lassen Sie den Unfug. Vielleicht wollen die Schwestern ja gar nichts davon wissen.«

»Überlassen Sie das ruhig mir.«

Er setzte sein lächerliches Verführergesicht auf. Ich hasste ihn. Dann marschierte er grußlos davon. Um Zeit zu gewinnen, bestellte ich noch einen Kaffee. Meine Gedanken wanderten wieder dorthin, wo sie sein sollten. War es möglich, dass die in der Klinik gelogen hatten, was die Zeitspanne von Rosas Aufenthalt dort anging? Oder diese Frau Doktor Climent, sie konnte eine Freundin von Rosa sein und sie decken, wie Malena es getan hatte. Was war in den sechs Stunden geschehen? Hatte Rosa Lali und Olivera angeheuert, um Juan Luis umzubringen? Warum?

Um sieben ging ich zur letzten Sitzung für die Sicherheit des Papstes. Danach folgte nur noch die Generalprobe. Der Kardinal grüßte mich mit leichtem Wimpernschlag nach geistlicher Art. Es war unübersehbar, dass Wiederholungen und Langeweile auch bei ihm ihre Spuren hinterlassen hatten. Bestimmt wünschte er sich, zu den Intrigen im Vatikan zurückkehren zu können. Den Kulminationspunkt seines Auftritts hatte ihm die Polizei Barcelonas geschenkt, als sie ihn bat, bei ihren Ermittlungen zu helfen. Träumte ein Kardinal manchmal davon, Detektiv zu spielen? Keine Ahnung, die Schwestern Enárquez hingegen sicher. Sie gehörten zu dem Teil der Bevölkerung, der gern einmal Beweise suchen, Hypothesen aufstellen und die Kluft eines Ermittlers tragen wollte. Das bewies dann auch ihre Reaktion, als der Subinspector erzählte, was wir von ihnen wollten.

Weit davon entfernt, an die Vorsicht, das Geschäft oder die unternehmerische Ethik zu appellieren, waren diese beiden reizenden Verrückten fasziniert von dem Projekt. Sie fanden es riskant und aufregend. Ich unterstellte, dass der Subinspector das Ganze ordentlich ausgeschmückt hatte. Da ich ihm nicht traute, erzählte ich ihnen die nackte Wahrheit. Aber das enttäuschte sie keineswegs. Bei einem Whisky planten sie die Aktion in allen Einzelheiten.

»Ich frage mich, wie wir vorgehen sollen«, rief Concepción sichtlich aufgeregt.

»Kennen Sie niemanden in der Geschäftsleitung der Klinik Salute?«

»Doch, natürlich! Wir haben uns oft mit dem Geschäftsführer und der Direktorin bei Sitzungen getroffen. Es ist nur so … ich weiß nicht, ob das der richtige Weg ist. Sie wissen ja, man soll freundschaftliche Interessen nicht mit beruflichen vermischen, sie könnten sich weigern und Ausflüchte wie ihr Gewissen vorschieben.«

Emilia sagte plötzlich lebhaft:

»Wir könnten mit dem Geschäftsführer reden, ohne ihm die ganze Wahrheit zu sagen!«

»Und wie erklären wir, warum wir so vertrauliche Informationen wollen?«, erwiderte ihre Schwester. Plötzlich

heiterte sich ihr Gesicht auf. »Arbeitet Ramona eigentlich noch dort?«
»Sie müsste bald in Rente gehen, wenn sie es nicht schon ist.«
Beide sahen sich mit einem boshaften, erfreuten Blick an.

Ramona war eine Oberschwester wie aus dem Lehrbuch. Wir suchten sie auf. Sie war groß, dick, allein stehend, entschlossen und dienstbeflissen. Sie hatte ganz jung für den Vater der Schwestern Enárquez zu arbeiten begonnen und verehrte die Familie grenzenlos. Wir waren mit Concepción und Emilia übereingekommen, dass sie die ideale Person für diese so heikle Mission war. Nach so vielen Jahren gehörte sie in der Klinik Salute sozusagen zum Inventar und kam problemlos an die Patientendateien heran. Sie lauschte uns mit großen Augen, als wir ihr erklärten, was genau wir von ihr wollten.
»Es ist ganz einfach, Ramona: Schauen Sie nach, ob Rosa Massens wirklich sechs Stunden lang in der Klinik war und was für einer Behandlung sie sich unterzogen hat. Das ist alles.«
Sie nickte so ernsthaft, als wäre das ein Selbstmordkommando.
»Nach den Bürozeiten gehe ich ins Sekretariat und schaue in den Computer.«
»Sollte Sie jemand erwischen …«
»Keine Sorge, ich weiß mir schon zu helfen.«
Die Schwestern lächelten stolz. Sie hatten die ideale Guerillera ausgewählt.
Wir vereinbarten, dass sie es am nächsten Abend versu-

chen sollte. Ich war fest davon überzeugt, dass es gut gehen würde. Ob es etwas brachte, war eine andere Sache. Wenn Rosa die Wahrheit gesagt hatte, gab es keinen Grund, sie zu verdächtigen. War ihr Aufenthalt in der Klinik jedoch ein weiteres falsches Alibi, mussten wir sie gründlicher überprüfen.

Wieder im Kommissariat, fand ich die erfreuliche Nachricht vor, dass Comisario Coronas mich sehen wollte. Überraschenderweise war er jedoch nicht böse auf mich.

»Petra, ich habe Sie in der Sicherheitsmannschaft für den Papst als persönliche Leibwächterin von Kardinal Di Marteri eingeteilt.«

»Darf man erfahren, warum Sie diese Entscheidung getroffen haben?«

»Ganz einfach, der Kardinal hat mich persönlich darum gebeten.«

»Ich dachte, ich sei an dem Tag freigestellt. Wir sind in einer schwierigen Phase im Fall Espinet. Ich muss mich konzentrieren.«

»Eine Polizistin muss mehrere Dinge gleichzeitig tun können. Dafür sind Sie ausgebildet worden.«

»Ich weiß, Señor, aber dieser Fall verlangt besonderen Spürsinn.«

»Petra, verbeißen Sie sich nicht so in den Fall Espinet. Wenn das so weitergeht, müssen Sie ihn eh ad acta legen oder zumindest zurückstellen.«

»Das wäre schade, denn wir kommen gut voran.«

»Den Eindruck habe ich nicht gerade. Wie auch immer, Sie wissen, ihr Objekt am Tag X ist der Kardinal und nur er.«

»In Ordnung, Señor.«

Ich habe nie begriffen, warum der Kardinal ausgerechnet mich zu seiner Leibwächterin gewählt hatte. Entweder hing er nicht sonderlich an seinem Leben, oder er wollte mich für ihn arbeiten sehen. War auch egal, ich würde die Messe und den ganzen Zirkus in der ersten Reihe ertragen müssen. Denn dass Di Marteri mit mir einen trinken ging, während der Papst sein Bad in der Menge nahm, bezweifelte ich. Ich rief Garzón an.

»Gehen Sie mit mir essen?«

»Mit dem größten Vergnügen.«

Wir gingen ins La Jarra de Oro und bestellten das Menü. Garzón meinte nach meiner kurzen Ausführung, dass der Kardinal mit mir anbändeln wollte. Ich lachte weder über den Scherz, noch spornte ich ihn an, weiterzuspötteln. Coronas Worte hatten mich sehr beunruhigt. Er hatte Recht, die Ermittlungen liefen schlecht. Wir hatten es völlig an Initiative mangeln lassen. Die Ereignisse hatten an uns gezerrt, als wären wir widerstrebende Hunde an der Leine.

Der Subinspector widmete sich seinem Schnitzel, als könne ihm nichts den Genuss am Essen verderben. Ich beobachtete ihn neiderfüllt. Wäre ich doch wie er, mit dem Hang, sich selbst von jeder Schuld freizusprechen, und glücklich mit den kleinen Dingen.

»Wir schaffen es nicht, Fermín. Der Fall wird ad acta gelegt werden.«

»Ach, lassen Sie sich keine grauen Haare wachsen! Wir haben getan, was wir konnten. Niemand kann uns zu mehr zwingen. Außerdem wird Ramona uns die Information besorgen, Sie werden schon sehen.«

»Und was dann? Das ist doch nur die Bestätigung des Alibis einer Frau, die nicht mal verdächtig ist.«
»Na schön, aber dann sind die Fakten auf dem Tisch.«
»Der Tisch ist voll von sinnlosen Fakten.«
»Quälen Sie sich nicht so, meine Liebe, es wird schon alles gut gehen.«
Das war genau der Satz, den ich erwartet hatte. Dieses »meine Liebe« in biblischem Ton und die falsche Allwissenheit über eine viel versprechende Zukunft beruhigten mich immer sehr.
Ich verabschiedete mich noch vor dem Nachtisch. Garzóns Beschwichtigungsversuche brachten mich auch nicht in Schwung.
»Ich werde mich ein wenig ausruhen. Decken Sie mich, wenn man nach mir fragt.«
»Keine Sorge, ich werde sagen, Sie sind beim Zahnarzt.«
»Sagen Sie besser beim Psychiater, das ist näher an der Wahrheit.«
Ich beschloss, zu Fuß zu gehen. Ein Spaziergang würde mir gut tun. In einem halb hypnotischen Zustand kam ich zu Hause an. Ich sah weder die Post durch, die meine Putzfrau sorgfältig auf dem Tisch gestapelt hatte, noch hörte ich die Nachrichten auf dem Anrufbeantworter ab. Ich wollte nur schlafen. Ich ließ mich aufs Sofa fallen und schüttelte meine Schuhe ab. Dann sank ich in tiefen Schlaf.
Bei Einbruch der Nacht wachte ich auf. Und sofort überfiel mich große Unruhe. Ich war zu lange weg gewesen, während die anderen weiterlebten. Ich hasste dieses Gefühl der Zeitverschwendung. Mechanisch griff ich zum Telefon und rief Garzón an.

»Inspectora, Sie waren so müde, dass ich Sie nicht wecken wollte. Obwohl es was Interessantes gibt.«
Ich schüttelte meinen Kopf, um wach zu werden.
»Was meinen Sie?«
»Das ist ein dickes Ding, Inspectora. Wir haben die Informationen von der Oberschwester.«
»Und?«
»Rosas Alibi stimmt. Sie war sechs Stunden in der Klinik. Wissen Sie, zu welcher Behandlung?«
»Künstliche Befruchtung.«
»Ach was, genau das Gegenteil.«
»Und was ist genau das Gegenteil, Garzón?«
»Freiwilliger Abbruch einer Schwangerschaft, auch Abtreibung genannt.«
»Seit wann wissen Sie das?«
»Emilia Enárquez hat mich kurz nach Ihrem Weggang angerufen.«
»Und Sie sind so unverfroren, mich so lange schlafen zu lassen?«
»Petra, ich hatte nicht den Eindruck, dass Sie in der Verfassung sind ...«
»Das nächste Mal entscheide ich, ob ich in der Verfassung bin oder nicht. Ich bin gleich da. Lassen Sie die Oberschwester kommen und reden Sie mit niemandem darüber, verstanden?«
Niemand wachte über uns, wenn wir von der Welt verschwanden. Man musste ständig auf der Lauer sein und die Augen offen halten. Das war ermüdend, aber es war leider so.
Ich hätte mich frisch machen müssen, aber ich raste sofort

los. Selbst das Atmen schien mir zu zeitaufwändig, solange ich Fermín Garzón noch nicht vor mir hatte.

»Freiwilliger Abbruch einer Schwangerschaft in der dritten Woche. So steht es in der Patientinnenkartei.«

Die Oberschwester schien von der Bombe keineswegs beeindruckt.

»Ich dachte, das sei in unserem Land illegal.«

»In einer Privatklinik ist alles legal, Inspectora Delicado.«

»Wenn man genug Geld hat.«

»Richtig. Wir nehmen bei Frauen aller Altersgruppen Abtreibungen vor, vor allem bei Jugendlichen. Natürlich mit Einwilligung der Eltern. Das ist besser, als nach London fliegen zu müssen, finden Sie nicht auch?«

»Ja. Wir sind nur bisher davon ausgegangen, dass Rosa Massens ihre Fruchtbarkeit hat untersuchen lassen.«

»Das hat sie auch getan. Vorher. Bis festgestellt wurde, dass ihr Ehemann zeugungsunfähig ist. Auf eine Samenbank zurückzugreifen kam für sie nicht infrage. Das steht auch in ihrer Kartei.«

»Und diese Schwangerschaft ...«

»In diesem Fall war die Patientin von einem anderen Mann schwanger. Durchaus ein Grund für eine Abtreibung, finden Sie nicht auch, Inspectora?«

»Natürlich. Kann man herausfinden, wer der Vater war? Heben Sie Gewebe von Föten auf oder so was?«

»Ich fürchte, nein. Ein Fötus ist nur ein Fötus, seine Blutgruppe oder genetische Information festzuhalten hat im Normalfall keinen Sinn.«

»Verstehe.«

»Sie müssen noch etwas verstehen. Ich habe Ihnen meine

uneingeschränkte Treue zur Familie Enárquez bewiesen; solange der Vater der Schwestern die Klinik leitete, habe ich für ihn gearbeitet. Dennoch können Sie sich sicher vorstellen, dass ich jederzeit leugnen würde, Ihnen irgendeine vertrauliche Information weitergegeben zu haben.«

»Das verstehe ich sehr gut. So wie wir zu dieser Information gekommen sind, können wir sie sowieso nicht als Beweismittel verwenden. Seien Sie beruhigt, sie dient uns nur intern.«

»Falls nicht, verspreche ich Ihnen, dass ich behaupten werde, Sie nie gesehen zu haben, Inspectora.«

Als sie gegangen war, ging mir durch den Kopf, dass Oberschwestern ein gewisser Hang zur Unbarmherzigkeit nachgesagt wurde. Das schien mir gar nicht mehr so abwegig. Garzón sah mich beunruhigt an.

»Und was wollen Sie jetzt machen?«

»Ich werde mit Rosa unter vier Augen reden.«

»Worüber?«

»Ich denke, ich werde sie des Mordes an Juan Luis Espinet beschuldigen; ich wette, er war der Vater dieses Kindes.«

»Das ist riskant.«

»Wir haben keine andere Wahl. Wir können die Information nicht als Beweis nutzen, also müssen wir sie als Flaschenöffner einsetzen. Wenn der Korken erst mal gezogen ist, läuft die Flüssigkeit von selbst raus.«

Ich wusste, dass Metaphern Garzón nervös machten, also führte ich es nicht weiter aus.

»Vielleicht ist es besser, wenn ich bei diesem Thema nicht an dem Gespräch teilnehme.«

»Daran habe ich auch schon gedacht, aber sie muss merken, dass sie in einer sehr heiklen Situation ist, und wenn Sie dabei sind, setzt sie das stärker unter Druck.«

»Petra, glauben Sie wirklich, dass sie ihn hat umbringen lassen?«

»Machen Sie die Augen auf, Fermín! Sie waren Geliebte, sie wurde schwanger, aber Espinet wollte auf keinen Fall seine Familie verlassen. Sie hatte keine andere Wahl als abzutreiben, dazu kommt der Schmerz einer Frau, die keine Kinder hat und sich offenbar welche wünschte. Ihr Groll war schrecklich und wuchs, bis sie beschloss, ihn ermorden zu lassen.«

»Mithilfe der anderen beiden. Was hat sie denen wohl dafür geboten?«

»Geld natürlich, damit sie abhauen und zusammenleben können. Rosa tätigt viele Geldgeschäfte. Auch wenn Inspector Sangüesa keine Unregelmäßigkeiten auf ihren Konten entdeckt hat, kann es gut sein, dass sie irgendwo einen schwarzen Aktenkoffer aufbewahrte.«

»Und wie konnte sie wissen, dass Lali auf so einen Handel eingehen würde? Wie hat sie zu Espinets Angestellten einen so engen Kontakt hergestellt?«

»Weiß ich nicht, Garzón, weiß ich nicht. Hoffen wir, dass sie es uns erzählt.«

Garzón schüttelte bedächtig wie ein Elefant den Kopf.

»Und wenn das Kind von einem Kollegen war, oder vom Briefträger?«

»Jetzt hören Sie schon auf, Subinspector. Selbst wenn es so wäre, was sollten wir Ihrer Meinung nach dann tun? Sie höflich fragen: Von wem war übrigens das Kind, das

Sie abgetrieben haben? Man muss die Maschine anheizen, dann sehen wir ja, wo der Dampf herauskommt.«

»Ihr Mann wird davon erfahren.«

»Vermutlich.«

»Ganz schön heftig, nicht?«

»Ja.«

Wir bestellten Rosa für sieben Uhr abends aufs Kommissariat. Sie trug ein elegantes graues Kostüm mit einer weißen Bluse und sah blendend aus. Ich war erstaunt, dass mir ihre Attraktivität bis jetzt nicht aufgefallen war. Espinets heimliche Geliebte? Warum nicht? Eine Frau mit vielen Qualitäten, die ihren leichtfertigen Mann satt hatte, dieses Papasöhnchen, der sie ohne Skrupel betrog. Espinet hingegen ... ein leichtfertiger Verführer mit einer unreifen, abhängigen Frau. Rosa bot ihm etwas mehr als seine flüchtigen Liebschaften. Sie verliebte sich, er nicht, er hätte nie alles für sie aufgegeben. Eine abgewiesene Geliebte, eine Abtreibung ... das Drama war perfekt. Wie in den besten Hollywoodfilmen, die Richter García Mouriños so mochte.

Sie präsentierte sich ganz gelassen, als hätte sie nichts zu verbergen.

»Was ist los, Herrschaften, muss ich noch einmal das Gleiche erzählen?«

»Ich hoffe, nicht noch einmal das Gleiche von Ihnen zu hören, Rosa. Denn die Umstände haben sich geändert.«

Ich machte eine Pause, um den theatralischen Effekt meiner Worte zu verstärken. Sie sah mich verständnislos an und lächelte zögerlich.

»Was meinen Sie?«

»Rosa, in den sechs Stunden Ihres Klinikaufenthaltes haben Sie eine Abtreibung vornehmen lassen. Wir glauben, dass der Vater dieses Kindes Juan Luis Espinet war.«
Ihre schönen, sorgfältig geschminkten Augen verzogen sich schmerzlich. Dann quollen dicke Tränen aus ihnen hervor.
»Könnten Sie uns bitte die ganz Wahrheit erzählen?«, fragte Garzón, um seine Anwesenheit zu rechtfertigen.
Ohne den Blick zu heben, flüsterte sie:
»Malena. Mein Gott, gestern noch hat sie mir geschworen, dass sie nicht alles erzählt hat!«
»Das hat sie auch nicht, wir haben es aus einer anderen Quelle erfahren. Ich vermute, Sie sind sich im Klaren darüber, wie sehr Sie das belastet?«
Sie nickte traurig.
»Ich weiß, mein Mann wird es erfahren, Inés auch …«
»Vielleicht rufen Sie besser Ihren Anwalt an, bevor Sie unsere Fragen beantworten.«
Sie hob überrascht den Kopf.
»Wozu?«
»Wir werden Sie wegen des Mordes an Juan Luis Espinet festnehmen.«
Ihr Schmerz wich der Panik. Sie richtete sich auf und packte mich ungestüm am Arm.
»Nein, Inspectora, bitte, Sie irren sich, ich habe ihn nicht umgebracht!«
»Wer war es dann?«
»Ich weiß es nicht! Ich war in der Mordnacht wie gelähmt; ich habe es wie die anderen erfahren und konnte nicht begreifen, was geschehen war. Ich schwöre es!«

Die Selbstsicherheit, mit der sie eben noch vor mir gestanden hatte, war verschwunden. Mit fast wahnsinnigem Gesichtsausdruck klammerte sie sich an meinen Arm.
»Rufen Sie Ihren Anwalt an, Rosa, es ist zu Ihrem Besten.«
»Ich will keinen Anwalt, ich brauche ihn nicht! Ich habe Juan Luis nicht ermordet. Das hätte ich niemals tun können. Außerdem wissen Sie doch, dass ich mit den anderen zusammen im Haus war.«
»Sie haben Lali und deren Freund beauftragt, ihn umzubringen.«
»Aber das ist absurd, Inspectora!«
»Sie haben den beiden viel Geld bezahlt.«
»Nein!«
Sie war entsetzt und begann heftig zu weinen.
»Wie können Sie so was unterstellen? Das ist grausam!«
»Sie haben ihn geliebt. Sie dachten, die Schwangerschaft sei eine gute Gelegenheit, ihn dazu zu bringen, Inés zu verlassen, aber er weigerte sich. Er schlug Ihnen als einzige Lösung die Abtreibung vor.«
»Nein, Inspectora, ich werde Ihnen alles erzählen. Zum Teil haben Sie Recht. Ich habe mich in Juan Luis verliebt. Wir trafen uns seit Monaten heimlich. Ich wurde schwanger, aber das war nicht gewollt. Vielleicht habe ich nicht wirklich etwas getan, um es zu verhindern. Jedenfalls war es nicht eiskalt geplant, um ihn unter Druck zu setzen. Ich wusste, dass er seine Familie nie verlassen würde, aber zur Abtreibung habe ich mich allein entschieden, er hat mich nie dazu aufgefordert.«
»Er hat Sie im Stich gelassen, und Sie hassten ihn dafür.«
»Nein. Ich habe mir das selbst eingebrockt. Er hat mir nie

etwas versprochen. Seine Kanzlei war ihm sehr wichtig, einen Skandal hätte er niemals zugelassen. Die Schwangerschaft führte schneller zu unserem Bruch, aber wir hätten uns so oder so getrennt. Ich ...«
Ihre Stimme brach. Sie schluchzte laut und trostlos. Dann fragte sie mich verzweifelt:
»Sie glauben mir doch, Inspectora, nicht wahr?«
»Tut mir Leid, aber alles spricht gegen Sie. Rufen Sie Ihren Anwalt an, Sie werden in Haft genommen, bis wir mit dem Richter gesprochen haben.«
Wir standen auf und wollten gehen. Da hörten wir sie schon ruhiger sagen:
»Inspectora Delicado, tun Sie mir einen Gefallen. Lassen Sie es mich Mateo selbst sagen.«
»In Ordnung.«
Auf dem Flur merkte ich, dass Garzón bewegt war. Weibliche Tränen hielt er schlecht aus.
»Die junge Frau sitzt ganz schön in der Tinte, nicht wahr, Petra?«
»Ich möchte nicht in ihrer Haut stecken, aber auch nicht in der Espinets.«
»Sie wirkte aufrichtig.«
»Es ist sehr schwer, einen Mord zu gestehen, aber sie wird es schon tun, Sie werden sehen.«
Ich bat den Subinspector, den Bericht für den Richter zu schreiben. Ich würde inzwischen einen anderen losen Faden verknüpfen.
Wie es schien, hatte Malena Puig von Rosas Schwangerschaft gewusst, auch wenn sie es nicht gesagt hatte; ihre Aussage konnte als Beweismittel bei der Anklage von Nut-

zen sein. Dann mussten wir uns keine Gedanken mehr über die wenig orthodoxe Methode machen, mit der wir an die Information gelangt waren.

Am nächsten Morgen fuhr ich wieder nach *El Paradís*. Alles war unverändert. Das Paradies recycelte sich offenbar selbst, es war eigenständig regenerationsfähig. Ich parkte den Wagen und ging zu Fuß zum Haus *Hibiskus*. Es wirkte ungewöhnlich still. Die Fenster waren geschlossen, die Gardinen zugezogen. Ich klingelte, und es dauerte eine Weile, bis geöffnet wurde. Endlich tauchte Malena auf, in ihrem Maleraufzug voller frischer Flecken. Diesmal lächelte sie nicht bei meinem Anblick, sondern ihr Gesicht verdüsterte sich völlig.

»Inspectora, wie geht's Ihnen?«

»Kann ich reinkommen?«

Sie machte einen Schritt zur Seite, und ich trat ein.

»Kommen Sie mit ins Wohnzimmer.«

Wir setzten uns einander gegenüber und sie sah mich mit neutralem, undurchdringlichem Blick an. Sie bot mir auch keinen Kaffee an.

»Haben Sie gemalt?«

»Ja.«

»Kann ich es sehen?«

Sie zuckte die Achseln und stand auf.

»Wenn Sie wollen, aber ich glaube nicht, dass es das wert ist. Ich bin heute nicht inspiriert.«

Ich folgte ihr schweigend nach oben. Offensichtlich war die Zeit der freundlichen Scherze vorüber.

In ihrem Atelier herrschte die mir schon bekannte Unordnung. Das Bild, an dem Malena arbeitete, war eine ihre typischen düsteren Landschaften. Schatten über Schatten, ein gewundener Weg verlor sich in tief hängenden Wolken an einem stürmischen Himmel. Ich betrachtete es lange.

»Also, Malena, wenn ich das Bild aus einem konventionellen Blickwinkel interpretieren möchte, würde ich behaupten, dass Sie die Welt nicht gerade optimistisch sehen.«

»Ja, das stimmt.«

Sie seufzte tief und rieb sich müde die Augen.

»Sie haben es herausgefunden, nicht wahr?«

»Woher wissen Sie?«

»Rosa hat mich angerufen und mir mitgeteilt, dass Sie sie aufs Kommissariat bestellt haben.« Sie drehte sich abrupt zu mir um und sah mich forschend an.

»Haben Sie sie gehen lassen?«

»Nein. Sie wird des Mordes an Espinet angeklagt.«

»Warum?«

Ich zog unmutig meine Zigaretten hervor und zündete mir eine an.

»Malena, was soll ich Ihnen darauf antworten? Sie haben mir den entscheidenden Wink gegeben. Warum haben Sie mir nicht erzählt, dass sie von Espinet schwanger war? Hat das Ihr Gewissen beruhigt? Vielleicht wussten Sie auch, dass sie ihn ermordet hat, und hatten beschlossen, es zu verschweigen?«

Sie wurde wütend.

»Nein, das stimmt nicht! Sie hat ihn nicht ermordet! Das waren Lali und ihr Freund; die sind Ihnen aber entwischt, und jetzt brauchen Sie einen Täter.«

»Sie müssen sich nicht so aufführen. Niemand wird Sie der Begünstigung beschuldigen.«

Sie senkte die Stimme bis zu einem Flüstern.
»Als wäre das mein Problem. Wenn Sie Rosa gehört hätten, als sie anrief, diese Verachtung und diesen Groll gegen mich ...«
Sie begann lautlos zu weinen. Ich verstand ihren inneren Kampf. War es richtig gewesen, die Freundin zu verraten? Und wenn Rosa jetzt eines Mordes angeklagt wurde, den sie nicht begangen hatte? Der Schatten der falschen Beschuldigung würde immer über ihr schweben. Der Mythos der verratenen Freundschaft, der Komplizenschaft mit der Polizei, all diese widerlichen Klischees gingen jetzt über ihr nieder. Ihre Art, das Problem zu lösen, nämlich nur die halbe Wahrheit zu sagen, war kindisch gewesen. Ich dachte, dass genau so ein Mensch reagierte, dem harte Schicksalsschläge bisher erspart geblieben waren, und ich fragte mich, wie viele Frauen einer bestimmten sozialen Schicht Jahr um Jahr so lebten, weit entfernt vom täglichen Überlebenskampf und nur mit Blick auf den angenehmen Teil des Daseins. Konnte man das kritisieren? Vermutlich nicht. Ich legte ihr die Hand auf die Schulter.
»Beruhigen Sie sich, Malena.«
Sie entzog sich mir sanft.
»Lass mich in Ruhe, Petra.«
Zum ersten Mal duzte sie mich. Ich tat es ihr nach.
»Du wirst zur Aussage bestellt. Sei diesmal absolut aufrichtig. Sonst wird alles noch viel komplizierter, glaub mir.«
»Sie kann nicht die Mörderin sein«, flüsterte sie.
»Das werden wir sehen. Glaub nicht, dass wir ihr ein Verbrechen anhängen, das sie nicht begangen hat. Aufgrund

des Beweismaterials werden wir alles genau rekonstruieren. Darüber solltest du dir keine Sorgen machen.«
Sie schwieg und trocknete sich die Tränen. Ich verabschiedete mich. Als ich schon fast an der Treppe war, hörte ich sie mit matter Stimme sagen:
»Anita steht das Kleidchen sehr gut.«
Ich drehte mich um. Sie lächelte traurig. Ich erwiderte das Lächeln und ließ sie inmitten ihrer bedrückenden Landschaften zurück.
Auf dem Weg durch die makellosen Gärten mit Vogelgezwitscher im Hintergrund hatte ich einen bitteren Geschmack im Mund. Ein Mord verspritzte in alle Richtungen Blut. Er beschmutzte alles. Wieso hatte ich diesen Beruf gewählt? Welche seltsame Tendenz zum Masochismus hatte mich an die Grenze gebracht, von der aus man in die Abgründe der menschlichen Seele blicken kann? Ich sollte mich an einem sicheren Ort befinden, wo nur das Lachen meiner eigenen acht bis zehn Kinder erklang.

Neun

Richter García Mouriños fand die letzten Enthüllungen ausreichend, um Rosa Massens anzuklagen. Er setzte eine Kaution von zehn Millionen Peseten aus, denn Fluchtgefahr der mutmaßlichen Täterin bestand seiner Meinung nach nicht. Mateo Salvia zahlte diese Summe problemlos. Garzón war dabei gewesen, als er seine Frau abholte.

»War er verärgert?«, fragte ich.

»Nein, und das hat mich gewundert. Er war eher zynisch, als stehe er über den Dingen. Inspectora, was ist, wenn wir einen Fehler gemacht haben? Vielleicht ist er der Mörder.«

»Glauben Sie?«

»Er kann es aus den gleichen Gründen getan haben, die wir ihr unterstellen. Er hat von der Affäre seiner Frau erfahren und ...«

»Sie hat ausdrücklich darum gebeten, es ihm selbst sagen zu dürfen.«

»Vielleicht versucht sie, ihn zu schützen.«

»Machen wir nicht alles noch komplizierter. Die richterliche Entscheidung ist eindeutig.«

»Was hat er angeordnet?«

»Eine neuerliche genaue Überprüfung von Rosas Finanzen und dass wir sie weiter als Hauptverdächtige vernehmen.«

»Bis sie gesteht?«
»Bis sie gesteht und, vor allem, bis sie uns sagt, wo sich Lali und Olivera versteckt halten, wenn sie es denn weiß.«
»Mit anderen Worten, der Fall ist immer noch offen.«
»Offen nun auch wieder nicht, er ist noch nicht abgeschlossen, nennen wir es so, unsere Ermittlungsergebnisse haben nicht zu einer sofortigen Lösung geführt.«
»Und übermorgen kommt der Papst.«
»Das ist mir schnuppe! Was soll der Papst mit unserem Fall zu tun haben?«
»Petra, das wissen Sie genau. Wenn wir den Fall nicht in zwei Tagen gelöst haben, wird Coronas uns davon entbinden und die Sache den Rechtsweg gehen lassen.«
»Das ist auch keine Tragödie.«
»Nicht, wenn Rosa wirklich die Mörderin ist, aber wenn wir uns geirrt haben …«
»Sie sind ganz schön hartnäckig mit Ihren Zweifeln.«
»Ich würde ihren Mann noch mal befragen.«
Eigentlich müsste ich mich an die Skepsis meines Kollegen inzwischen gewöhnt haben, an seine natürliche Neigung zum Widerspruch. Dabei verstand ich Garzóns Einwände sogar. Irgendwie schien dieser Fall so nicht richtig abgeschlossen zu werden, nicht schlüssig und gründlich. Er hatte sich in einen dieser frustrierenden Fälle verwandelt, in denen die Tatverdächtigen nicht mehr waren als eben verdächtig – über Monate oder gar Jahre bis zum Prozess. Und niemals, nicht mal nach dem Urteil, hatte man die Gewissheit, die ganze Wahrheit erfahren zu haben.
Ich willigte ein, Mateo Salvia noch einmal zu befragen, und bestellte ihn in mein Büro. Da Garzón Vorbehalte

gegen ihn zu haben schien, sollte er nicht anwesend sein, um mich nicht zu beeinflussen. Er akzeptierte die Anordnung ohne Widerspruch.
Ich erwartete einen ruinierten Mann, erschlagen von den Ereignissen. Doch als ich ihn erblickte, begriff ich, dass dem keineswegs so war. Salvia war elegant gekleidet, wie immer locker und sein bitter-ironisches Lächeln grenzte an Unverschämtheit. Wenn man bei genauerem Hinsehen auch Schatten unter seinen Augen ausmachen konnte, waren sein Auftreten und seine Stimme wie immer. Er war bedächtig, nur sein Zynismus hatte sich verschärft.
Ich wusste nicht genau, wie ich anfangen sollte, also ging ich gleich in die Vollen, in der Hoffnung, ihm im Laufe des Gesprächs interessante Informationen entlocken zu können.
»Also Mateo, was sagen Sie zu diesem Schlamassel?«
»Er gefällt mir überhaupt nicht, aber da muss ich wohl durch.«
Für einen Moment glaubte ich hinter seinem ironischen Lächeln große Trauer und Müdigkeit ausmachen zu können. Dann fügte er ernst hinzu:
»Rosa hat ihn nicht umgebracht, davon bin ich überzeugt. Sie hätte nie diese beiden komischen Gestalten mit so etwas beauftragt, das ist nicht ihr Stil. Sie kannte sie kaum. Ihre Beschuldigung ist absurd.«
Ich kritzelte etwas auf ein Blatt Papier, um Zeit zum Nachdenken zu gewinnen.
»Und Sie, kannten Sie die beiden?«
»Nein. Das Kindermädchen der Espinets habe ich natürlich gelegentlich gesehen, ich wusste aber nicht mal ihren

Namen. Dem Wachmann bin ich noch nie begegnet. Glauben Sie etwa, ich sei der Mörder oder Komplize oder so was? Ich wüsste nicht, warum ich mich auf etwas Derartiges hätte einlassen sollen.«

»Aus den klassischen Gründen: Eifersucht, Wut, verletzte Ehre …«

Er lachte auf.

»Verletzte Ehre! Gibt's das überhaupt noch?«

»Schön, vielleicht nennt man es heute verletztes Selbstbewusstsein oder ähnlich psychologisch, es meint aber das Gleiche.«

Er trommelte auf den Tisch und sah mir in die Augen.

»Soll ich Ihnen was gestehen, Inspectora Delicado?«

»Deshalb sind wir hier.«

»Mit meiner Moral ist es nicht mal so weit her, dass ich mich in meiner Ehre verletzt gefühlt hätte, hätte Rosa mir erzählt, dass sie von Espinet schwanger ist, was sie aber nicht getan hat.«

»Darf man erfahren, warum?«

»Ich weiß nicht, was für ein Bild Sie sich von den Bewohnern in *El Paradís* gemacht haben, aber ich versichere Ihnen, dass nichts ist, wie es scheint. Inés und ich hatten auch mal ein Verhältnis.«

Touché. Noch ein Einsatz? Das Spiel war noch längst nicht zu Ende, dachte ich. Soweit ich überhaupt noch denken konnte.

»Ist das Ihr Ernst?«

»Ja. Sie hatte ihren Mann satt, er kümmerte sich zu wenig um sie, und ich war da.«

»Weiß jemand davon?«

»Nein. Wir haben aus der Diskretion eine Tugend gemacht und keine Fehler begangen.«
»Gut, ich bin sprachlos.«
»Ich hoffe, Sie verstehen jetzt, dass ich nicht der geeignete Kandidat bin, der aus Gründen der Untreue Rache übt.«
»Warum ging das mit Inés zu Ende?«
»Alles hat einen Anfang und ein Ende. Wir haben es genossen und sind hinterher wieder Freunde gewesen. So was nennt man Stil, keine Schwangerschaften und Abtreibungen wie in einem schlechten Roman.«
»Was werden Sie jetzt tun?«
»Ich werde mich von Rosa trennen, was sonst? Der Skandal ist perfekt und hat das allgemeine Gleichgewicht zerstört. Es gibt keine Alternative.«
»Sie scheinen sich keine Illusionen zu machen, Mateo.«
»Das habe ich nie getan. Enttäuschung zu zeigen fand ich schon immer lächerlich, eine Art öffentliches Eingeständnis einer Schwäche.«
Er lächelte wieder müde. Er schien eher verbraucht denn geschlagen. Ich entließ ihn und bat darum, mir keine Anrufe durchzustellen. Ich musste nachdenken und das eben Erfahrene verdauen. Die untröstliche Inés! Die abhängige Kindfrau, die den Verlust ihres Mannes nicht überwinden konnte. Ich sollte ernsthaft in Betracht ziehen, einen Psychologiekurs zu belegen. Gut, jetzt hieß es, das neue Teil ins Puzzle einzufügen und zu sehen, wie es das Gesamtbild veränderte. Es gab mehrere Möglichkeiten. Zum Beispiel: Inés und Mateo haben ein Verhältnis, Espinet erfährt davon und fängt aus Rache was mit Rosa an. Davon erfährt wiederum Inés und lässt ihn ermorden. Niemand kennt

Lali und deren Umgang besser als Inés. Natürlich war da noch Rosas Abtreibung als einzig greifbare und reale Konsequenz all dieser Betrügereien und vertauschten Betten. Mein Gott, ich sah mich einem Berg von Puzzlestücken gegenüber, die alle gleich an mehreren Stellen zu passen schienen.

Als ich Garzón von den Liebschaften und meinen diversen Kombinationen berichtete, konnte ich seinen zunehmenden Unmut beobachten. Er fluchte ausgiebig in Sprachen, die er ansonsten gar nicht beherrschte.

»Schauen Sie, Inspectora, hier lassen sich keine vernünftigen Schlüsse ziehen oder eindeutige Beweggründe finden. Alle Welt vögelt mit dem Nachbarn! Demzufolge hatten zumindest drei Personen einen Grund, Espinet umzubringen.«

»Ja, aber nur eine von ihnen musste deshalb abtreiben.«

»Ja, abzutreiben geht einen Schritt weiter.«

»Den einzig kalkulierbaren.«

»Gehen wir anhand der Fakten vor, Petra.«

»Das tun wir doch.«

»Wenn wir bloß endlich die beiden Flüchtigen fänden! Die spanische Polizei scheint mir nicht sehr effizient.«

»Hören Sie auf, Garzón, Sie wissen so gut wie ich, dass die sonstwo sein können. Das ist, wie die Stecknadel im Heuhaufen zu suchen. *Wir* haben was falsch gemacht!«

»Wir gehören auch zur spanischen Polizei!« Er lächelte wie ein kleiner Lausbub.

»Scherzen Sie nur, aber so, wie die Dinge stehen, wird der Richter Rosa aus Mangel an Beweisen freisprechen. Und wissen Sie, was das bedeutet? Dass die Ermittler sich nicht gerade mit Ruhm bekleckert haben. Das und sonst gar nichts.«

»Gerade gestern habe ich den Richter gesehen. Wir waren in einem Film von Kurosawa.«

»Subinspector, dieser Name aus Ihrem Munde!«

»Ich bin Experte: Buñuel, Godard, Jarmusch und die neuesten Filme der Dogma-Gruppe.«

»Wahnsinn!«

»Ich schau mir jeden Müll an! Eines Tages werde ich im Kommissariat eine Kino AG gründen.«

»Hat der Richter was über den Fall Espinet gesagt?«

»Er hofft noch immer sehr, dass Sangüesas Finanzüberprüfung etwas ergibt.«

»Sangüesa hat schon mal alles überprüft, ohne Ergebnis.«

»Aber jetzt kehrt er Rosas Konten von unten nach oben. Wie oft haben wir sie eigentlich schon verhört?«

»Mehrmals, aber sie scheint nicht zum Geständnis bereit zu sein.«

»Ich muss gehen, Inspectora. Der Comisario will mich sprechen.«

»Und mich nicht?«

»Ich glaube, Sie haben ihn geschafft.«

»Keineswegs, er wartet darauf, dass die Papst-Geschichte vorüber ist, um mir den Todesstoß zu verpassen.«

»Sie werden nicht leiden, ich werde für Sie beten, wenn Sie sterben.«

»Das könnte eigentlich auch der Papst machen, wenn er schon mal hier ist …«

Wenigstens Garzón war noch zu Scherzen aufgelegt. Seit er mit Emilia Enárquez diese stabile Beziehung pflegte, war er ausgeglichener. Ja, was wir auf Basis der nützlichen menschlichen Integration erreicht hatten, war wunderbar, nur leider ließ sich die Theorie nicht auf den Fall Espinet anwenden. Eine fest verkorkte Flasche, das war er. Die Möglichkeit, dass ein überraschender klärender Fakt auftauchte, rückte in immer weitere Ferne. Wir waren gezwungen, Rosa so lange unter Druck zu setzen, bis sie gestand. Diese alte Polizeimethode, eine Tatverdächtige in die Ecke zu drängen, gefiel mir überhaupt nicht. Den Widerstand eines Menschen zu brechen hatte etwas Erbärmliches. Aber es blieb uns nicht anderes übrig.

Ich beschloss, zu ihr nach Hause zu fahren. Ein kleiner Strategiewechsel, aber vielleicht wirksam. Beim Betreten der Anlage fühlte ich mich ausgesprochen schlecht. Waren mir vorher die Blumen, Vögel und Kinder wie ein Stückchen Freiheit erschienen, riefen sie jetzt eine Art Klaustrophobie in mir hervor. Die Atmosphäre hatte sich verändert. Hier lebten diese jungen Patrizier in ihrem Kataloglück und dachten sich tausendundeine Art aus, unglücklich zu sein. Im grünen Blattwerk der Bäume gab es zu viele verlassene Nester.

Der unangenehme Eindruck verstärkte sich, als ich mich dem Haus der Salvias näherte. Rosa öffnete mir. Sie war schlagartig gealtert, trug einen leichten Morgenmantel und darunter einen Pyjama. Und sie war ungekämmt. Sie sah mich an, als erkenne sie mich nicht.

»Kann ich mit Ihnen sprechen?«

Sie trat abwesend einen Schritt zurück. Im Flur standen mehrere Koffer und Golfschläger.

»Mateo zieht aus«, sagte sie statt eines Grußes. Dann ging

sie mir mit hängenden Schultern ins Wohnzimmer voraus und ließ sich aufs Sofa fallen. Ich setzte mich ihr gegenüber. »Er meint, es sei besser für ihn, sich ein Appartement zu mieten, denn er wolle und könne nicht länger hier bleiben. Verstehen Sie das, Inspectora? Wir sind seit so vielen Jahren zusammen. Wir haben alles ertragen, die Gleichgültigkeit, die miesen Stimmungen, die jeweiligen Seitensprünge …, aber jetzt kann er nicht einen Moment länger in diesem Haus bleiben.«

Ich zuckte die Schultern und ließ sie reden.

»Und darüber hinaus haben wir uns sogar gut verstanden, wir haben ein freundschaftliches Verhältnis zueinander entwickelt, herzlich und verständnisvoll. Wir haben uns gegenseitig aufgebaut, wenn etwas schief ging, wir haben uns Gesellschaft geleistet, wir sind zusammen zu Einladungen gegangen, haben gelacht. Aber heute Morgen hat er nicht mal mit mir reden wollen.«

»Es sind schlimme Dinge passiert, Rosa.«

Sie reagierte überraschend heftig.

»Was ist denn passiert, was? Dass ich ihn mit Juan Luis betrogen habe? Gestern erst hat er mir erzählt, dass er was mit Inés hatte. Dass ich schwanger war? Abgetrieben habe? Er hat von meinen Liebhabern gewusst, und es hat ihn nie gestört.«

»Sie vergessen, dass ein Mord begangen wurde.«

»Machen Sie sich nicht lächerlich, Inspectora, ich habe Juan Luis nicht umgebracht! Ich kann ja verstehen, dass Sie Zweifel hatten, immerhin habe ich nicht die Wahrheit gesagt. Aber es ist absurd, mich für die Mörderin zu halten, absurd! Glauben Sie das wirklich?«

Sie hatte wieder zu der für sie typischen Energie und Entschlossenheit zurückgefunden.
»Es ist nicht meine Aufgabe zu glauben.«
»Was dann?«
»Die Wahrheit herauszufinden. Erzählen Sie mir Ihre Version?«
»Wie oft soll ich denn noch immer das Gleiche wiederholen?«
»So oft wie nötig.«
»Sie wissen doch schon alles! Ich war Juan Luis' Geliebte. Ich bin schwanger geworden und habe abgetrieben. Das beschleunigte unseren Bruch. Das ist alles.«
»Hofften Sie darauf, dass er seine Frau verlässt?«
»Nein.«
»Wer hat die Beziehung begonnen?«
»Ich, aber er hat sich nicht lange bitten lassen.«
»War er wütend, als Sie ihm sagten, dass Sie schwanger seien?«
»Nein, er war überrascht.«
»Was hat er gesagt?«
»Ich kann mich nicht genau erinnern. So was wie ein unerwartetes Missgeschick.«
»Hat er Sie gebeten abzutreiben?«
Sie schwieg einen Augenblick. Ich konnte ihren Herzschlag unter der dünnen Kleidung förmlich spüren.
»Sagen wir, er hat es mir nahe gelegt.«
Ich machte einen Satz in meinem Sessel, ich war entnervt.
»Mein Gott, Rosa! Sie haben gesagt, dass er nie von Abtreibung gesprochen hat, und jetzt hat er sie Ihnen nahe gelegt? Wie ist das abgelaufen, wie in einer Verwaltungs-

ratssitzung? Ich empfehle Ihnen freundlich, dass Sie zum Wohl unserer Gesellschaft abtreiben? Bleiben wir doch realistisch: Sie haben ihn gebeten, Inés zu verlassen, und er hat sich geweigert. Sie sind beide wütend geworden. Sie haben ihm gesagt, dass Sie das Kind bekommen wollten, aber er hat die Abtreibung verlangt. Er wollte keinen Skandal.«

»Er hat es nicht verlangt! Er bat mich, es zu meinem eigenen Wohle zu tun.«

»Wunderbar! Und Sie haben ganz höflich geantwortet: Keine Sorge, mein Lieber, ich tue, was du willst.«

»Nein, so war es nicht.«

»Natürlich nicht! Sie haben sich geweigert, er hat Ihnen gedroht. Sie wurden heftig. Juan Luis versuchte mit allen Mitteln, Sie zu einer Abtreibung zu überreden, bis Sie seinem Druck nicht mehr standhielten und es tatsächlich taten.«

Sie schaute mich wütend an.

»Ja, und was beweist das?«

»Das beweist, dass Sie eine schreckliche Wut auf ihn hatten. Zum einen hatte Ihr Geliebter gezeigt, dass er Sie nicht liebte, und darüber hinaus zwang er Sie, das Kind abzutreiben, das Sie sich schon so lange wünschten.«

Ihr Gesicht drückte entsetzlichen Schmerz aus, der mehr sagte als jedes Wort. Ich fuhr fort, vielleicht würde sie endlich gestehen.

»Ihr Groll verwandelte sich in Hass. Erst wollten Sie die Geschichte allen erzählen und einen Skandal auslösen. Dann sagten Sie sich, dass so auch Sie selbst Schaden nehmen könnten in dieser Angelegenheit. Es gab eine drastischere, endgültigere Methode, die Ihnen in dem Augenblick gerecht erschien: ihn umzubringen.«

»Ich war mit den anderen zusammen, als Juan Luis umgebracht wurde!«

»Bitte, Rosa, kommen Sie mir nicht wieder damit! Sie wussten, dass Lali und Olivera was miteinander hatten, dass die beiden nicht sehr helle sind und Geld brauchten, also haben Sie ihnen einen Deal vorgeschlagen.«

»Nein, ich hatte keine Ahnung von dem Verhältnis der beiden! Ich muss mich um andere Dinge kümmern. Ich rede nicht wie Malena mit heiliger Geduld mit den Hausangestellten. Wie sollte mir einfallen, mich an eine so beschränkte Person wie Lali zu wenden?«

»Ich glaube Ihnen nicht, Rosa, tut mir wirklich Leid.«

»Und wenn mir niemand glaubt, warum soll ich dann reden und reden? Sie denken bestimmt, wenn eine Frau zu einer Abtreibung fähig ist, dann auch zu einem Mord.«

Sie stand auf.

»Gehen Sie, Inspectora. Ich lasse nicht mit mir spielen.«

»Ich versichere Ihnen, dass dies kein Spiel ist. Ihre Situation ist sehr heikel.«

»Verlassen Sie mein Haus. Ich habe Juan Luis nicht umgebracht. Es ist nicht meine Art, herumzulaufen und Menschen zu töten.«

Ich stand auch auf und ging zur Tür.

»Sie wären überrascht, wenn Sie so manchen Mörder sehen könnten, Rosa. Sie haben keine Verbrechergesichter und tragen auch kein Messer unterm Arm. Wenn Sie reden wollen, rufen Sie mich an.«

Ich ging davon aus, dass sie nach meinem Besuch zusammenbrechen würde, doch offensichtlich hatte dieses Gespräch sie in ihrer Würde bestätigt. Krieger brauchten Schlachten.
Ich fragte mich, warum diese Kriegerin sich in eine solche Situation gebracht hatte. Wir Frauen waren unverbesserlich, am Ende tappten wir immer wieder in die dämlichsten Fallen: Die Unglückliche verliebt sich in einen verheirateten Mann, den sie nie kriegen wird. Verdammt! Möglich, dass wir Frauen uns in vielen Bereichen emanzipiert hatten, aber in unserem Gefühlsleben waren wir keinen Schritt weitergekommen. Rosa hatte eine Firma gegründet, war damit an der Börse erfolgreich, hätte sie ihre kaputte Ehe nicht einfach mit einem unkomplizierten Abenteuer ausgleichen können? Nein, sie verwickelte sich in eine Liebestragödie wie zu Zeiten unserer Urgroßeltern. Verdammt noch mal! Ich hoffte, im nächsten Leben ein Mann zu sein oder noch lieber eine Schlange oder ein Affe, irgendein Tier, nur keine schlechte Kopie von Anna Karenina oder Madame Bovary.
Ich hatte kein Geständnis und mich geärgert. Mir blieb nichts anderes übrig, als Rosa mit ihrem Gewissen und dem angezapften Telefon zurückzulassen. Ein Besuch bei Malena kam nicht infrage. Sie bereute inzwischen bestimmt voll und ganz, mir geholfen zu haben, und mein Auftauchen würde sie nur erneut an ihren Verrat erinnern.
Ich ging derart tief in Gedanken versunken die Hauptstraße entlang, dass ich die Frau, die aus einem Auto meinen Namen rief, nicht gleich bemerkte.
»Inspectora, Inspectora Delicado!«

Ich ging zu ihr, erkannte sie aber nicht gleich. Es war Ana Vidal, die in der Mordnacht Señora Domènech im Garten gesehen hatte.

»Wie geht es Ihnen? Ich bin auf dem Weg in den Supermarkt. Stimmt das, was hier getuschelt wird?«

»Was wird denn getuschelt?«

»Dass man Salvias Frau des Mordes an Espinet beschuldigt?«

»Gerüchte haben Flügel.«

»Sie wissen doch, wie das an abgeschlossenen Orten ist. Das mit Rosa ist schrecklich, nicht wahr?«

»Seien Sie vorsichtig, Rosa ist nicht schuldig, bis sie vor Gericht stand und verurteilt wurde.«

»Ich denke wie Sie. Erinnern Sie sich an die arme Señora Domènech. Ich wäre gestorben, wenn man sie wegen meiner Aussage grundlos beschuldigt hätte. Ich habe Sie nur angerufen, weil Malena Puig so insistiert hat.«

»Wie?«

»Ach, das war rein zufällig. Ich habe Malena auf dem Spielplatz getroffen und ihr erzählt, dass ich in jener Nacht Señora Domènech gesehen hatte. Ich wollte das nicht offiziell aussagen, denn ich war der Ansicht, es habe nichts mit dem Verbrechen zu tun, aber Malena bestand darauf, dass ich es Ihnen mitteile. Also habe ich es getan.«

»Warum haben Sie mir das bisher nicht gesagt?«

»Weiß nicht, ich dachte nicht, dass es wichtig sei. Ist es das?«

»Nein, eigentlich nicht.«

»Na gut, Inspectora, ich fahre jetzt einkaufen. Hoffentlich hat das alles bald ein Ende.«

»Ja, hoffentlich.«

Sie fuhr davon. Ich blieb nachdenklich stehen. Malena. Bei unseren Ermittlungen tauchte ständig ihr Name auf. Sie hatte ihre Mitarbeit sehr ernst genommen. Anfangs hatte sie uns Informationen über Lali, Espinet und seine Witwe gegeben. Jetzt erfuhr ich, dass ihr Drängen zu Anas Aussage geführt hatte, in der Mordnacht Señora Domènech im Garten gesehen zu haben. Malena überredete ihren Mann, uns zu erzählen, was ihm Espinet anvertraut hatte. Und schließlich war ihre Aussage entscheidend gewesen, um Rosa Salvia als Hauptverdächtige ins Visier zu nehmen. Zu viele Zufälle? Hatte sie von Anfang an mehr über den Mord gewusst? Ich hatte nicht den Eindruck gehabt. Trotzdem schlug mein Gewissen an, und da ich Garzóns Vorwurf hinsichtlich meiner Schwäche für sie nicht vergessen hatte, listete ich ihm im Kommissariat Malenas wiederholtes Eingreifen in den Fall auf, um zu hören, was er meinte.

»Das ist komisch, stimmt. Aber Ihrer Ansicht nach waren es erst Ihre Gespräche und Fragen, die sie zum Reden bewegt haben.«

»Das dachte ich, ja.«

»Trotzdem müssen wir sie genauer unter die Lupe nehmen.«

»Was für ein Motiv sollte sie haben, den Mörder von Juan Luis zu decken?«

»Vielleicht war es ihr eigener Mann.«

»O nein, Garzón.«

»Wieso denn nicht? In einem Kreis, wo alle mit allen vögeln, ist alles möglich. Wenn wir der Spur eines jeden heimlichen Seitensprungs folgen, haben wir am Ende mehr Verdächtige als Tote.«

»Das ist ein wenig drastisch ausgedrückt.«

»Jedenfalls müssen wir eine kleine technische Pause machen. Übermorgen kommt der Papst, und heute Abend haben wir Generalprobe. Erinnern Sie sich?«

Ich hatte es irgendwie verdrängt. Dabei schärfte die Polizei von Barcelona seit einem Monat ihre Säbel, um einen perfekten Abschlusstanz hinzulegen. Der pontifikale Superstar aus Rom würde am selben Abend auf dem Flughafen El Prat landen und anschließend im Palacio Pedralbes würdig untergebracht werden. Zu meinem Trost beschränkte sich meine Beteiligung an der Massenveranstaltung auf die heilige Messe.

Mit diesem aufbauenden Gedanken kam ich zur Generalprobe auf dem Platz vor der Kathedrale an. Kardinal Di Marteri spielte eine festgelegte Rolle in der ganzen Choreographie, und ich musste immer an seiner Seite bleiben. Ich suchte ihn. Wir grüßten uns freundlich. Seit seiner hilfreichen Vermittlung hatten wir kein Wort mehr gewechselt. Während der Veranstaltung schwiegen wir auch. Als ich diese lächerliche Probe für beendet hielt, machte ich mich auf die Suche nach dem Subinspector.

»Was haben Sie heute Abend vor, Fermín, eine Verabredung mit dem Kinoclub?«

»Nein.«

»Dann hätte ich einen Vorschlag.«

»Was Erotisches?«

»Ja, die geballte Erotik, die polizeiliche Ermittlungen mit sich bringen. Ich lade Sie zu mir nach Hause zum Essen ein, und damit die Orgie richtig Spaß macht, schlage ich vor, dass Sie alle Unterlagen zum Fall Espinet einpacken, die Sie finden können.«

»So was habe ich mir schon gedacht. Was werden wir tun?«

»Unser Gewissen überprüfen, unsere Sünden bereuen und den Vorsatz zur Besserung fassen.«

»Das ist was aus der Bibel, oder?«

»Aus der Bibel in Versform.«

»Wann soll ich da sein?«

»Um zehn.«

»Schön, obwohl ich Sie daran erinnere, dass der Papst uns morgen in aller Frühe aus dem Bett holt.«

»Wenn wir ein wenig verschlafen sind, wird er das verstehen, Gott versteht die Menschen immer.«

»Sie haben gerade Ihre heilige Phase, wie?«

»Das steht doch gerade an.«

Garzón hatte gewiss seine Schwächen, und vielleicht war unsere Beziehung schon ein bisschen verdorben vom Alltag, aber er konnte mir nichts abschlagen, und er nahm meine außergewöhnlichen Vorschläge wichtiger als den Heiligen Vater.

Ich fuhr zu einem Supermarkt, der als einziger noch geöffnet hatte, und kaufte fertige Salate und Spaghetti. Als ich nach Hause kam, hatte ich gerade noch Zeit zum Kochen. Man konnte sagen, dass eine Rekapitulation zu diesem Zeitpunkt, da der Fall praktisch abgeschlossen schien, völliger Wahnsinn war. Aber wir mussten es versuchen. Also kein Whisky nach dem Essen.

Der Subinspector traf mit mehreren Disketten und dicken Aktenordern Punkt zehn ein. Er packte alles auf den Wohnzimmertisch und folgte seiner Nase in die Küche. Dort aßen wir dann auch und plauderten über Nichtigkeiten. Die Fehler in einer Ermittlung aufzuspüren ist viel schwerer, als bei null anzufangen; wir waren uns daher beide bewusst, dass wir unsere intensive Arbeitssitzung entspannt in Angriff nehmen mussten.

Beim Nachtisch sagte mein Kollege zur Beruhigung:

»Keine Sorge, Inspectora, im Fall Espinet haben wir getan, was wir konnten.«

»Trotzdem müssen wir das Ganze von hinten aufrollen, Garzón. Irgendetwas haben wir falsch gemacht. Wir sind an einer Tür vorbeigegangen, ohne sie zu öffnen, und haben deshalb immer noch so viele Zweifel. Wir müssen alles noch einmal ganz gründlich durchgehen, verstehen Sie?«

Er nickte und sah mir in die Augen, dann fragte er:

»Haben Sie Kaffee gekocht?«

»Literweise.«

Wir ließen das Geschirr stehen, gingen ins Wohnzimmer und setzten uns an den Computer.

Ich stellte die Fragen, und Garzón suchte die Antworten in den Berichten.

»Spurenanalyse?«

»Korrekt ausgeführt.«

»Autopsie?«

»Alle Resultate vorhanden. Nur der Kratzer als zusätzlicher Beweis.«

»Erste Verdächtige: Señora Domènech, ›Wo gehst du hin, Vögelchen? Wer bist du?‹«

»Die Hypothese lautet, dass dieses Vögelchen Lali war, die sich Sorgen um ihren Geliebten gemacht hat. Die Philippinin hat uns den Satz geflüstert, falls Señora Domènech sie verraten würde. Nebenbei hat sie den Verdacht so auf die alte Frau gelenkt. Richtig?«

»Sieht so aus.«

»Durchgeführte Ermittlungen und Befragungen im Umfeld der Domènechs?«

»Ja, sogar eine Hausdurchsuchung. Schuld ausgeschlossen.«

»Und die Sicherheitsmänner?«

»Olivera auf der Flucht scheint der ausführende Mörder gewesen zu sein. Der andere hat nichts damit zu tun.«

»Ganz sicher?«

»Ja.«

»Und die Firma, für die beide arbeiten? Haben wir ermittelt, haben wir die Konten überprüft?«

»Also Inspectora, dafür gab es keinen Grund.«

»Ist egal, denken Sie daran, dass wir lose Fäden verknüpfen. Wir werden die Büros in Augenschein nehmen und den Direktor noch einmal befragen. Wir können auch eine Überprüfung seiner Konten veranlassen.«

Garzón begann nicht sehr überzeugt, eine Liste anzulegen. Nur zu, dachte ich, wir würden einen richtigen Aufstand machen, und Coronas würde uns suspendieren.

Beweis für Beweis, Stunde um Stunde wuchs Garzóns Liste. Um drei Uhr morgens hatten wir Folgendes zusammengetragen: neuerliche Überprüfung von Mateo Salvias Steuererklärungen; nochmalige Überprüfung von Lali Dizóns Einwanderungspapieren; neuerliche Befragung von

Espinets Witwe, wobei diesmal Details ihrer Beziehung zu Mateo angesprochen werden sollten.
Garzón fielen die Augen zu, und er stand auf. Wir waren fertig. Er fuhr sich übers Gesicht, drehte eine Runde durchs Wohnzimmer und sagte dann:
»Und Malena Puig? Sie haben diesen Rekapitulations-Marathon doch vorgeschlagen, weil ihre vielen zufälligen Hinweise Sie stutzig gemacht haben.«
»Das habe ich absichtlich bis zum Ende aufgehoben. Ich möchte, dass Sie alles über Malena herausfinden, hören Sie? Alles, ihre Vergangenheit, wer ihre Eltern sind ... so weit Sie eben kommen.«
»Freut mich, das zu hören.«
»Ich weiß nicht, ob ich mich freuen soll.«
Wir sahen die Liste noch einmal durch. Nichts schien wirklich viel versprechend, aber nun brauchten wir unser Gewissen nicht mehr mit dem Gedanken zu plagen, etwas übersehen zu haben.
»Gehen Sie schlafen, Subinspector. Möchten Sie hier übernachten?«
»Nein danke, ein Bär schläft lieber in der eigenen Höhle.«
»Versuchen Sie sich zu erholen, ich sähe es nicht gern, wenn Sie morgen jemand anderen für den Papst halten.«
Er lachte auf.
»Bestimmt nicht, darauf können Sie wetten.«
Ich schloss die Wohnzimmertür hinter mir. Zurück blieben die Essensreste, die Verdachtsmomente und der Zigarettenqualm. Ich ging sofort ins Bett und schlief so ruhig wie ein Baumstamm, der auf dem Wasser treibt.

Ich hätte nicht gedacht, dass es in Barcelona so viele Nonnen gab. Dabei hatten die unterschiedlich farbigen Ordenskleider nichts mehr mit den früheren Schwesterntrachten und Hauben zu tun, die ihnen ein gleichzeitig kindliches und göttliches Aussehen verliehen hatten. Die modernen Kleider waren schrecklich. Graue, braune oder beigefarbene Kutten bis zum Knie, ein unförmiges Stück Stoff auf dem Kopf und billige Herrenschuhe an den Füßen. Jeder Anflug von Mystik war dahin. Sie hatten nicht mal mehr diesen besonnenen, strengen Ausdruck, an dem man sie als Gottesanhängerinnen erkennen konnte. Sie waren nichts Besonderes.

Und zur Papstmesse kamen sie zu Tausenden. Sie formten lärmende Grüppchen und waren glücklich, ihr Idol persönlich sehen zu können.

Die übrigen Anhänger fand ich auch nicht viel attraktiver. Sie schienen zum Freundeskreis der Pfadfinder zu gehören, sie redeten freimütig, lachten schallend und wirkten sehr selbstsicher. Irgendwie hing ihnen die ungewisse Aura des Sektiererischen an. Bestimmt verbrachten sie die meiste Zeit damit, einsamen alten Menschen Gesellschaft zu leisten, oder gingen einer anderen sozialen Tätigkeit nach, aber in mir riefen sie einen gewissen Widerwillen hervor.

Einige setzten sich im Kreis auf den Boden und sangen zu Gitarrenmusik. Das waren wohl die völlig aus der Mode gekommenen, tugendhaften, leutseligen und aufgeräumten Menschen im Dienste der Kirche.

Die Anzahl der Polizisten auf dem Platz war ungeheuerlich. Bis der päpstliche Zug eintraf, hatten sie nichts weiter zu tun, als zwischen den Leuten herumzuspazieren. Wir alle waren mit Walkie-Talkies ausgestattet, die mit der Zentrale verbunden waren. Mein Standort war im Südosten, ziemlich weit weg von Garzón.

Ich war nervös und schlecht gelaunt. Wenn ich an einer dieser singenden Gruppen vorbeikam, warf ich ihr wütende Blicke zu. Ich hätte sie am liebsten wegen Ruhestörung festgenommen. Niemals würde ich Coronas verzeihen, dass er mir das nicht erspart hatte.

Je näher die Messe rückte, desto mehr Menschen versammelten sich. Im ganzen Viertel war der Verkehr lahm gelegt. Die Teilnehmer strömten in Wellen von den Busparkplätzen. Gegen elf Uhr ließ der Zulauf nach. Alle suchten sich ihren Platz. Einige meiner Kollegen hatten begonnen, voluminöse Rucksäcke zu überprüfen. Ich war überrascht, wie professionell sie vorgingen, bezweifelte aber, dass sich in der gläubigen Menge ein Attentäter versteckte.

Ich sah Coronas näher kommen und setzte ein echtes Polizeigesicht auf.

»Darf man erfahren, welches Spiel Sie spielen, Petra?«

»Was meinen Sie, Comisario?«

»Warum haben Sie all diese Revisionen in den Ermittlungen angeordnet?«

»Meinen Sie den Fall Espinet?«

»Das wissen Sie doch.«

»Tut mir Leid, Señor, aber da wir gerade mitten in dieser wichtigen Operation stecken, bin ich etwas abgelenkt.«

»Na wunderbar! Seit einem Monat versuche ich, Sie dazu zu bringen, sich wenigstens fünf Minuten der Operation zu widmen, und Sie stecken die Nase nur in den Fall Espinet, aber jetzt sind Sie abgelenkt. Vermutlich wollen Sie mir einfach nur widersprechen.«

»Überhaupt nicht. Ich habe diese Revisionen angeordnet, weil ich davon überzeugt bin, dass wir dabei noch entscheidende Beweise finden.«

»Haben Sie eine Ahnung, wie viel Arbeit sich angehäuft haben wird, wenn dieses Papstspektakel vorüber ist?«

»Ich weiß, aber …«

»Petra, ich werde Ihnen diese Maßnahmen nicht verweigern, aber wenn es wieder ruhiger ist, will ich Sie in meinem Büro sehen, und wir reden über den Fall Espinet.«

Gut, die Würfel waren gefallen und die Stunden gezählt. Um zwölf Uhr mittags wurden wir darüber informiert, dass der päpstliche Zug sich in Bewegung gesetzt hatte. Er würde langsam die Avenida Diagonal herunterkommen, dann in den Paseo de Gracia einbiegen und schließlich an der Plaza Cataluña eintreffen. Dort würden die Kardinäle ihre Fahrzeuge verlassen und bis zur Kathedrale zu Fuß gehen. Nur der Pontifex würde in seinem Papamobil bis zum Altar fahren.

Wir waren in Alarmbereitschaft. Auf den umliegenden Dächern standen mehr Scharfschützen als Fernsehantennen und brachten ihre beeindruckenden Gewehre mit Zielfernrohr in Position. Anders als man glauben mochte, zeichneten sich die Scharfschützen durch ihre kleine Gestalt aus, womit sie sowohl in einen Kofferraum passten als auch durch einen schmalen Spalt oder Rost in ein Haus eindringen konnten. Subinspector Garzón war begeistert von ihnen. Er bewunderte ihre ungeheure physische Kraft und die athletisch trainierten Muskeln. Ich unterstellte,

dass er diese Operation genoss. Ich hingegen kam mir wie eine Filmstatistin vor.
Um Viertel vor eins änderte sich die Atmosphäre auf dem Platz. Die Menschen wurden unruhig. Die, die auf dem Boden gesessen hatten, sprangen auf, und überall war der Ruf zu hören: »Der Papst, der Papst ist da!« Ich bekam ein paar Ellbogen in die Rippen und stellte mich auf meinen Platz in Erwartung des Kardinals. Einige meiner Kollegen, ausgestattet wie Bodyguards, taten es mir gleich.
Zehn Minuten später vibrierte das Publikum wie ein Nest von Insekten in der Sommerhitze. Die Kardinäle zogen feierlich auf den Platz. Ich entdeckte Di Marteri in einem goldgrünen Gewand, das ihm sehr gut stand. Er wirkte entrückt, in sich gekehrt. Die Haltung der übrigen Prälaten war ähnlich. Ich folgte Di Marteri in gebotenem Abstand, falls sich jemand mit Mordabsichten auf ihn stürzen wollte, was natürlich nicht geschah. Er stieg auf das Podium, und ich stellte mich zusammen mit den anderen Kollegen in die erste Reihe. Wir wirkten wie Ordnungshüter bei einem Jugendkonzert.
Wenn die Menge bisher vibriert hatte, brach sie beim Eintreffen des Papamobils in Jubel aus. Da ich nie bei einem Fußballspiel gewesen war, überrumpelte mich diese kollektive Begeisterung. Einige weinten, andere klatschten oder beteten. Eine Menge Plakate wurden plötzlich hochgehalten: »Die Jugend für den Papst!«, »Liebe den Papst«, »Gott ist Jugend!«. Tausende Hände winkten dem seltsamen Vehikel, einer Mischung aus Goldfischglas und Urne, zu. Die Freude war aufrichtig, als komme sie aus tiefstem Herzen – ein Gefühlsausbruch, der mir fern lag. Das war

überhaupt nicht mehr mein Ding. Ich hatte den Eindruck, vor einer schwierigen mathematischen Aufgabe zu sitzen, die ich nicht lösen konnte. Offensichtlich hatte dieser religiöse Jubel einen Sinn für diejenigen, die ihn zu interpretieren wussten, aber nicht für mich.

Das Papamobil drehte eine Runde über den Platz und hielt endlich vor dem Altar, wo der Papst unter großen Schwierigkeiten und auf seine Begleiter gestützt ausstieg. In eine Wolke von Bodyguards und ein paar unserer Leute gehüllt, hinkte er zu seinem Thron auf der rechten Altarseite. Von dort aus würde er der Messe beiwohnen, die mit Rücksicht auf die Gesundheit und das Alter des Papstes von den Kardinälen zelebriert wurde. Erst zum Schluss würde er eine kurze Predigt auf Spanisch und Katalanisch halten und die Gläubigen segnen.

Der Papst saß gebeugt und mit einem außergewöhnlich mürrischen Gesicht da. Hin und wieder warf er einen flüchtigen Blick ins Nichts. Die restliche Zeit schien er zu schlafen. Er wirkte wie einer dieser misstrauischen Alten, als hätte er in seinem Schoß störrisch und eifersüchtig eine Süßigkeit versteckt, in der Angst, jemand könnte sie ihm wegnehmen.

Die Messe wurde mit allem Pomp und Trara abgehalten, nach einer unzählige Male aufgeführten Choreographie. Am Ende redete der Papst mit so monotoner Stimme wie jemand, der sich an Töne erinnerte, aber ihre Bedeutung nicht kannte. Dann sprach er mithilfe seiner Assistenten den Segen. Garzón hatte mir erklärt, dass dieser Segen großen Wert hatte, dass damit alle Sünden der Vergangenheit verziehen seien, und ich meine mich sogar zu erinnern, dass auch etwas für die Zukunft drin war. Wie auch immer, es war vorbei. Mädchen und Jungen gingen mit Blumensträußen auf den Heiligen Vater zu. Jetzt hieß es nur noch, darauf zu warten, dass der Papst sich davonmachte, und abschließend Di Marteri zu seinem Minibus zu begleiten. Und dafür waren einen Monat lang so viele Polizisten von der Arbeit abgehalten worden …

Plötzlich passierte etwas, das nicht im Programm stand. Di Marteri machte mir ein Zeichen, das besagte, dass ich ihm nicht folgen sollte. Ohne meine Reaktion abzuwarten, ging er auf das Publikum zu. Überrascht und alarmiert folgte ich ihm. Er drehte sich zu mir um und sagte leise.

»Warten Sie bitte hier auf mich, ich bin nicht in Gefahr.«

Die Stelle, auf die er sich zubewegte, war nahe beim Papst und mit Polizei gepflastert. Ich gehorchte und beobachtete mit aufgerissenen Augen, wie der Kardinal mit einem Grüppchen redete. Gleich darauf erkannte ich Dolores Carmona umringt von einem Haufen Familienangehöriger. Auch Mitglieder der Familie Ortega waren darunter. Gleich darauf gingen alle in Begleitung von Di Marteri zum Papst, der in dem Augenblick von der Bühne stieg, wobei er sich auf ein als Stock dienendes stilisiertes Kruzifix stützte. Die ganze Aktion wirkte perfekt vorbereitet. Beide Zigeunerfamilien umringten den Papst. Er ergriff sie an den Schultern wie beim Rugby und trat dann ein paar Schritte zurück, um sie zitternd zu segnen. Ein Haufen Fotografen hielten die Szene fest. Die päpstlichen Adlaten kamen angelaufen, weil er zusammenzubrechen drohte. Auf sie gestützt, ging er zu seinem Fahrzeug und stieg ein. Die Carmonas und die Ortegas mischten sich unter die Leute. Di Marteri kam zu mir herüber und sagte sanft.

»Jetzt können Sie mich zu meinem Bus begleiten.«

Ich ging schweigend neben ihm her. Schließlich fragte ich ihn:

»War das Ihr Handel mit den Zigeunerfamilien, Monsignore, wenn sich die Schuldigen stellen, wird ihnen der Papst persönlich verzeihen?«

Wir waren bei dem Minibus angelangt. Di Marteri sah mich ernst an.

»Ich bin nur ein bescheidener Vermittler des Herrn, und Gott lässt nicht mit sich handeln, er gewährt oder verwehrt.«

Dann reichte er mir lächelnd seine Hand in einem scharlachroten Handschuh, und ich spürte, dass diese gewöhnliche Geste etwas Außerordentliches und Feierliches hatte.

»Inspectora Delicado, ich habe mich sehr gefreut, Sie kennen zu lernen. Und ich bedaure, dass Sie dem katholischen Glauben nicht gewogen sind. Eine starke Frau wie Sie könnte viel für die Kirche tun.«

»Sie wären als Polizist auch nicht schlecht.«

Er raffte sein aufwändiges Ordenskleid zusammen und stieg in den Bus, in dem schon fast alle seiner Kollegen saßen.

Ich ging und versuchte, meine Gedanken zu ordnen. Auf dem Platz herrschte jetzt Chaos. Vergeblich hielt ich nach Garzón Ausschau. Mein Handy klingelte. Ich konnte den Subinspector kaum verstehen.

»Petra, ich warte in der Bar Castillo auf Sie. Die ist in einer

Seitenstraße, dort können wir in Ruhe abwarten, bis sich diese Heuschreckenplage verzogen hat.«

Das war eine gute Idee. Ich kämpfte mich durch die euphorischen Massen. Nach zehn schrecklichen Minuten stand ich endlich vor der Bar. Ich weiß nicht, wie Garzón es geschafft hatte, aber er war schon da und in seinem Seehundbart glänzte der Bierschaum.

»Prost, Inspectora, auf den Papst! Alles ist gut gegangen, keine Bombe, keine Granate, nicht mal ein Molotowcocktail. Mission erfüllt.«

Ich bestellte ein eiskaltes Bier und trank es genussvoll. Der Subinspector insistierte.

»Es war bewegend, nicht wahr?«

»Bewegender als eine Ansprache von Winston Churchill im Zweiten Weltkrieg.«

»Ich meine es ernst, Inspectora. Auch wenn wir nicht gläubig sind, ist es doch schön, andere Gläubige zu sehen. Der Glaube bewegt Berge!«

»Und Massen wie beim Rockkonzert, in der Politik oder beim Fußball.«

»Das ist nicht vergleichbar, nach einem Fußballspiel war ich nie frei von jeder Schuld.«

Wir lachten beide.

»Freut mich, dass Sie so guter Dinge sind.«

»Bin ich nicht. Coronas hat uns die erste deutliche Warnung ausgesprochen.«

»Der Fall Espinet beschäftigt Ihre Gehirnzellen sehr, stimmt's?«

»Ja, und zwar gründlich.«

»Ich habe das ungute Gefühl, dass wir nichts Neues her-

ausfinden werden. Ich weiß nicht, warum, es ist wie mit der Religion, ich bin einfach nicht gläubig.«
»Hoffen wir auf eine Offenbarung.«
»In der Religion oder im Fall Espinet?«
»Na in beidem.«

Wenn Coronas beabsichtigte, über uns herzufallen und unseren Fall abzuschließen, tat er es zumindest nicht bei der ersten Gelegenheit. Ich war davon überzeugt, dass wir die eingeräumte Woche Gnadenfrist dem großen Presseecho auf das Eingreifen des Papstes im Zigeunerfall zu verdanken hatten. Die Geschichte sprach sich wie ein Lauffeuer herum und wurde natürlich in den Medien breitgetreten. Man war allgemein der Ansicht, dass sich das Ereignis sowohl auf das Ansehen der katalanischen Polizei als auch auf das der römisch-katholischen Kirche positiv auswirkte. Ein perfektes Zusammenspiel.
Gegen Ende der Woche trafen die Ergebnisse aller erbetenen Revisionen ein. Ich ging sie durch. Der Finanzbericht, in den wir all unsere Hoffnungen gesetzt hatten, war absolut enttäuschend.
Dann sah ich mir die Einwanderungspapiere von Lali an. Auch da gab es keine neuen Enthüllungen. Ihr Aufenthalt war 1995 genehmigt worden und gleich darauf hatte sie bei den Espinets ihre Arbeit aufgenommen.
Fehlten noch Garzóns Bericht über Malena und die neuerliche Befragung von Inés. Ich griff zum Telefon, um Letzteres sofort zu erledigen. Inés zögerte, zierte sich, behauptete, sie habe keine Zeit, und erst, als ich einen offiziellen Ton anschlug, willigte sie ein. Sie wollte sich aber weder

bei ihren Eltern noch im Kommissariat mit mir treffen, also blieb mir nichts weiter übrig, als mich mit ihr in *El Paradís* zu verabreden.

Das ist das letzte Mal, dass ich hierher komme, dachte ich, als ich unter den Bäumen parkte, die schon die Blätter verloren. Zudem versprach ich mir von diesem Gespräch nichts.

Inés öffnete mir die Tür des Hauses *Margariten* mit einem unverbindlichen Gesichtsausdruck. Sie bat mich ins Wohnzimmer und setzte sich mir gegenüber. Ich zündete mir eine Zigarette an und betrachtete sie. Sie fühlte sich unwohl und wurde nervös. Plötzlich legte sie los.

»Inspectora, wenn Sie meine Eltern da raushalten könnten …«

Ich unterbrach sie missmutig.

»Glauben Sie ernsthaft, Sie können Ihre Geschichte mit Mateo geheim halten? Wachen Sie auf, Inés! Es wird einen Mordprozess geben, bei dem alles ans Licht kommt.«

»Die Sache mit Mateo hat nichts mit dem Mord zu tun.«

Ich wurde wütend.

»Also, Ihr Mann wurde umgebracht und Sie waren die Geliebte des Mannes der Frau, die des Mordes beschuldigt ist, glauben Sie wirklich, das hat mit dem Ganzen nichts zu tun? Ich empfehle Ihnen, endlich erwachsen zu werden.«

Plötzlich verspannte sie sich, zog ein verärgertes Gesicht und explodierte.

»Na toll, schon wieder das Erwachsenwerden! Wer hat Ihnen gesagt, ich sei unreif, Ihre Intimfreundin Doña Perfecta?«

»Wie?«

»Ja natürlich, Malena hat Ihnen das gesagt. Sie glaubt, sie sei eine Heilige, sie stehe über allem Guten und Bösen. Sie hat mir immer Ratschläge erteilt: Du solltest endlich erwachsen werden, Schätzchen. Sie ist rein wie eine Jungfrau, und jetzt geht sie als Einzige sauber aus dem ganzen Schlamassel hervor.«

Ich versuchte, sie zu unterbrechen, weil ich glaubte, es handelte sich um einen normalen Wutanfall.

»Inés, bitte, das ist doch absurd.«

»Nein, das ist es nicht! Die Heilige beschuldigt ihre Freundinnen des Mordes, die Heilige erzählt der Polizei, dass die arme Inés ein kleines Mädchen ist. Fragen Sie sie doch, ob sie wirklich besser ist als die anderen, fragen Sie sie, ob sie kaffeesüchtig ist und ob sie nicht hin und wieder ein Glas zu viel trinkt, wenn sie allein ist!«

Ich stand auf.

»Es reicht, Inés, es reicht!«

Sie biss sich auf die Lippen und begann zu weinen. Ich hätte sie an Ort und Stelle erwürgen können. Wie hatte sich ein Mann wie Juan Luis Espinet in ein derart verwöhntes, hohles Mädchen verlieben können? Ich verstand, warum die Liste seiner Geliebten so lang wie ein Güterzug war, und versuchte, mich zu beruhigen. Ich zog mein Notizbuch hervor, stellte ihr noch vier Routinefragen und verzog mich.

Mit vier Sätzen war ich bei meinem Wagen. Das war ein Scheißfall! Mittelmäßigkeit, Unreife und Sex, das waren die einzigen Bestandteile der Geschichte. Wahrscheinlich hatte Espinets abservierte Geliebte Rosa ihn tatsächlich auf dem Gewissen, wir sollten den Fall abschließen.

»Hallo, Petra, was tun Sie schon wieder hier?« Das war Malena Puig. »Gibt's was Neues?«
»Tut mir Leid, Malena, aber ich habe keine Lust zu reden.« Mein Ton überraschte sie, sie senkte den Kopf und sagte leise:
»Na gut, Verzeihung.«
»Ich muss los.«
»Wollen Sie nicht kurz Anita sehen? Sie ist im Haus bei Azucena.«
»Nein danke, ein andermal.«
Ich startete den Wagen und ließ sie einfach stehen.
Unbegreiflich, dass ich auf dem Weg zurück nach Barcelona keinen Unfall gebaut habe. Ich war mit meinen Gedanken ganz woanders und versuchte die Botschaft aus Inés' dämlichem Ausbruch herauszufiltern. Malena war nicht perfekt. Nein, war sie nicht. Kaffeesüchtig? Eine lächerliche Beschuldigung. Trank sie? Das konnte ich nur schwer glauben. Der perfekte Ablauf ihrer Hausarbeiten, wie sie ihre Kinder erzog, ihre Persönlichkeit … Nichts verwies auf die so verbreitete Tragödie der frustrierten Hausfrau, die sich alleine betrinkt.
Aber die Frage war eine andere: War sie womöglich Rosa Salvias Komplizin? Hatten die beiden zusammen Espinet auf dem Gewissen? Hatte Malena aus weiblicher Solidarität gehandelt?
Ich fuhr nach Hause, ich musste nachdenken. Wie ein Automat setzte ich die Bohnen auf, die mir meine Hausangestellte vorbereitet hatte. Dann ging ich wie ein Zombie ins Schlafzimmer und zog mich um. In einer bequemen Hose und einem Männerhemd dachte es sich besser.

Malena Puig. Aber warum schwieg Rosa, wenn sie beide schuldig waren? Schlussendlich wurde sie wegen der Aussage ihrer Freundin des Mordes bezichtigt.

Ich schloss die Augen. Malena Puig, immer so nah, bereit zur Mitarbeit. Seit ich sie kannte, war sie mir wie eine privilegierte Frau mit einer einfachen Werteskala erschienen: die Kinder aufwachsen zu sehen, ein schönes Haus zu versorgen, die kleinen Freuden des Alltags zu genießen, ein Leben ohne Aufregungen, ohne überzogene Ansprüche oder unerträgliche Frustrationen. Was für ein Gefühl konnte so stark sein, um daraus ausbrechen zu wollen? Waren Rosa und Malena Geliebte?

Mir wurde schwindlig. Wenn wir die Welt der Gefühle betraten, komplizierte der »Kirscheffekt« die Sache beträchtlich: Man zog an einer Kirsche, die dann andere mit sich riss, bis sie einen unförmigen Haufen bildeten. Gesetze, Gewohnheiten, Logik und Moral lösten sich in nichts auf. Alles war möglich, sogar das Lächerlichste und Absurdeste: Olivera verliebt in Espinet, Señora Domènech in Rosa …

Das Handy klingelte. Es war Richter García Mouriños.

»Petra, Comisario Coronas und ich wollen den Fall Espinet schließen.«

»Richter, könnten Sie noch einen Tag warten?«

»Was wollen Sie in einem Tag erreichen, die große Abschlusspirouette? So was gibt's nur im Kino.«

»Dann müssen Sie mir diesen Tag erst recht gewähren, Sie sind doch ein so großer Kinofan.«

»Aber wir befinden uns im realen Leben.«

»Richter, ich habe meine Gründe für diese Bitte.«

Er schwieg einen Augenblick. Dann ertönte wieder seine kräftige Stimme mit dem galicischen Akzent.

»Ist gut, aber machen Sie die Schlussszene spannend. Sie wissen schon, etwas Spektakuläres, Verfolgungsjagd, Einkreisen des Bösewichts und Duell am Mittag. Ach, und am Ende soll die Gerechtigkeit siegen!«

»Ich werde tun, was ich kann. Ich werde meinen Wagen tunen lassen und für Garzón ein Maschinengewehr anfordern.«

Er lachte und legte auf. Ich schaute auf die Uhr. Es war noch früh. Ich streckte mich auf dem Sofa aus und schlief ein.

Ich weiß nicht, wie lange ich geschlafen hatte, aber als Erstes stieg mir ein grässlicher Gestank in die Nase. Ich rannte in die Küche. Der Schnellkochtopf auf dem Herd gab gerade die letzten schwarzen Bohnenreste von sich. Normal. Wer konnte bei der Gemütsverfassung schon an gesunde Hausmannskost denken?

Wie um zu verhindern, dass ich mich an dem Desaster ergötzte, klingelte das Telefon. Es war der Subinspector.

»Wo stecken Sie bloß, Petra?«

»Zu Hause, da, wo Sie angerufen haben, aber auch hier werde ich vom Unglück verfolgt.«

»Vielleicht jetzt nicht mehr.«

»Was wollen Sie damit sagen?«

»Ich hab was, ich würde gern mit Ihnen reden. Warum laden Sie mich nicht zum Essen ein?«

»Ich erwarte Sie. Können Sie mir nicht vorab einen Hinweis geben?«

»Ich bin da, so schnell der Verkehr es erlaubt. Dann erzähle ich es Ihnen.«

Ich hasste Garzóns Geheimniskrämerei. Vielleicht hatte er ja etwas so Wichtiges herausgefunden, dass wir die filmische Schlussszene nach dem Geschmack des Richters improvisieren konnten. Was ich allerdings bezweifelte, war, dass er eine Idee mitbrachte, wie man ein halbes Kilo Bohnen vom Boden eines Schnellkochtopfs löste.
Ich griff zum Telefon und bestellte ein paar Pizzen mit viel Käse, wie mein Kollege sie mochte. Das war das Einzige, was ich ihm als gastronomische Hommage anbieten konnte.

Zehn

Dass Garzón etwas Wichtiges im Ranzen hatte, war unübersehbar. Sein Gesicht drückte Zufriedenheit darüber aus, keine Zeit vergeudet zu haben. Solche Situationen nutzte er gern für einen Moment der Selbstgefälligkeit, um meine Neugier zu verstärken.

»Lassen Sie mich erst einmal schnüffeln.«

»Nach was soll es denn riechen?«

»Nach einem leckeren Essen von Ihnen.«

»Vergessen Sie's. Heute gibt's Pizza auf Bestellung.«

»Oje! Haben Sie wenigstens ein kaltes Bier?«

»Das ja.«

Wir gingen in die Küche und der Subinspector schnüffelte wieder wie ein Spürhund.

»Jetzt würde ich sagen, es riecht verbrannt.«

»Warum bewahren Sie sich Ihren guten Riecher nicht für die Ermittlungen auf?«

»Und das Bier?«

Ich holte ein paar Flaschen aus dem Kühlschrank, und wir setzten uns an den Tisch. Er steckte seinen dichten Schnurrbart ins Glas und trank genüsslich. Ich wartete geduldig.

»Ah, ein eiskaltes Bier ist ein wahres Geschenk Gottes! Das

ist deutsches Bier, nicht wahr? Ich bin davon überzeugt, dass Gott, als er Deutschland erschuf, ans Bier gedacht hat.«

Mein Geduldsfaden riss.

»Also, Fermín, berichten Sie mir endlich, oder muss ich auf eine göttliche Offenbarung warten?«

Seine Schweinsäuglein sahen mich ernst an.

»Ich glaube, wir haben Malena viel zu sehr geschont, Petra.«

»Das haben Sie mir schon einmal gesagt.«

»Aber jetzt habe ich die Bestätigung und ich hätte gern, dass Sie mir Recht geben.«

»Spucken Sie's schon aus.«

»Inspectora, wissen Sie, wo Malena eine Zeit lang gearbeitet hat?«

»Als Anwältin, sie hat als Anwältin gearbeitet.«

»Anwälte arbeiten nicht immer nur als Anwälte. Sie selbst sind ein gutes Beispiel dafür.«

»Also, wo hat sie gearbeitet?«

»In der Einwanderungsbehörde.«

Es klingelte. Der Pizzalieferant. Beim Bezahlen rauchte mir der Kopf. Ich lief ins Wohnzimmer zurück.

»Ich bin davon überzeugt, dass Lali Dizóns Antrag durch ihre Hände gegangen ist.«

»Das werden wir überprüfen.«

Garzón machte sich über die Pizza her und kaute mechanisch.

»Fahren Sie fort«, sagte er zwischen zwei Bissen.

»Finden Sie die Annahme übertrieben, dass Malena in Lalis Antrag eine Unregelmäßigkeit entdeckt hat und ihr aus reinem Mitleid half, das zu vertuschen?«

»Ja, einverstanden, aber das …«
»Das hat ihr später zur Erpressung gedient. Für eine naive, verliebte Frau wie Lali muss es doch eine Riesenbedrohung sein, wenn in ihren Papieren was zu finden ist, aufgrund dessen sie des Landes verwiesen werden kann.«
»So bedrohlich, dass es ein Verbrechen wert ist?«
»Ja. Dann wäre Malena nicht nur Komplizin, sondern es wäre gut möglich, dass sie den Mord an Espinet ausgeheckt hat.«
»Es gibt kein Motiv«, rief Garzón. »Warum sollte sie so etwas tun?«
»Aus Solidarität. Als Rosa ihr von der Abtreibung erzählt, ist sie bestürzt. Sie sagt ihr, sie wolle sich für sie rächen, und die beiden …«
»Und dann liefert sie sie uns aus?«
»Sie ist Anwältin. Sie weiß, so wie die Dinge stehen, kann sie nicht verurteilt werden. Sie liefert sie uns aus und befördert uns in eine Sackgasse, aus der wir ohne Beweise nicht herauskommen.«
»Ja, möglich.«
»Wenn das alles stimmen sollte, dann hat mich Malena die ganze Zeit an der Nase herumgeführt. Ich muss was Scharfes trinken, Sie auch?«
Ich holte eine Flasche mit Whisky aus der Speisekammer, schenkte zwei Gläser ein und trank meines in einem Zug leer.
»Petra, ich möchte nicht, dass Sie sich jetzt schuldig fühlen. Diese Frau hat mit ihrer hübschen Tochter Ihre Sensibilität ausgenutzt, und Sie, vielleicht in der …«
Ich musste verhindern, dass er weitersprach.

»Lassen wir's, Garzón, jetzt brauchen wir Beweise. Wir dürfen die Ermittlungen nicht falsch abschließen.«
»Ja, Inspectora. Morgen überprüfen wir in der Einwanderungsbehörde, ob Malena seinerzeit Lalis Papiere bearbeitet hat. Was meinen Sie?«
Ich nickte. Mein Kollege stand auf und legte mir die Hand auf die Schulter.
»Ich gehe jetzt, Inspectora. Wir sehen uns morgen früh. Sie sollten das jetzt vergessen und schlafen gehen.«
»Ja, keine Sorge, das werde ich tun.«
Um mich abzulenken, begann ich die Küche sauber zu machen, aber es war sinnlos. Ich stellte ein leeres Glas in den Kühlschrank und verbrannte mich mit heißem Wasser. Mein Kopf war ganz woanders. Ich ließ alles stehen und liegen.
Im Wohnzimmer versuchte ich es mit Lesen. Unmöglich. Eine CD. Die *Nocturnes* von Chopin. Funktionierte auch nicht. Nicht alle Künste zusammen konnten meine routierenden Gedanken beruhigen. Waren Rosa und Malena Komplizinnen im Mordfall Espinet? Warum hatte sich Malena in derartige Schwierigkeiten gebracht? Rache für die Freundin zu nehmen schien mir kein ausreichendes Motiv. Vielleicht hatte sie Rosa nur vorgeschlagen, Lali und Olivera zu benutzen, und es hinterher bereut, was sie nicht weniger zur Komplizin machte.
Ich stand auf, drehte mehrere Runden durchs Wohnzimmer und fühlte mich wie eine Löwin im Käfig. Ich schenkte mir noch einen Whisky ein, und da war der gesuchte Satz plötzlich wieder: »Mein kleiner Sohn ist drei Jahre alt, Lali hat kurz vorher angefangen und ihn auf die Welt kom-

men sehen.« Das hatte Inés gesagt. Natürlich, und in Lalis Einwanderungsakte stand, dass sie vor fünf Jahren bei den Espinets angefangen hatte. Das war die Unstimmigkeit. Ich erinnerte mich daran, stutzig geworden zu sein, als Inés es sagte, hatte aber nicht weiter darüber nachgedacht und es dann einfach vergessen.

Statt Malena gewissenhaft zu überprüfen, hatte ich mich mit ihr angefreundet. Ein schrecklicher Fehler. War ich denn nicht kühl und skeptisch und ging Gefühlen nicht so leicht auf den Leim? Anstatt gewissenhaft meine Arbeit zu machen, hatte ich leichtfertig geplaudert und freundschaftliche Bande geknüpft. Und warum? Weil sich bei mir plötzlich ungeahnte mütterliche Gefühle gemeldet hatten, wie der Subinspector meinte? Weil ich in Malena gesehen hatte, was ich nie war und nie sein würde? Ich verabscheute mich unendlich, und es gab nichts Schlimmeres als das.

Ich griff zu meinem Mantel und verließ das Haus. Wie fast immer in Barcelona war der Herbst lau, aber es wehte ein frischer Nordwind. Ich war nicht warm genug angezogen, aber das war mir egal, die Kälte tat mir gut. Vermutlich hatte ich das Bedürfnis, mich zu bestrafen, wenn auch nur äußerlich.

Ich ging zu Fuß ins Kommissariat und sah alle Berichte noch einmal durch. Ja, da stand es, Lali war seit fünf Jahren bei den Espinets angestellt gewesen. Die neuerliche Überprüfung bestätigte es. Hätte ich Inés' zufälligen Kommentar damals ernster genommen, wären wir einen großen Schritt weiter gewesen und hätten den Fall vielleicht schon abgeschlossen. Ein bitterer Tropfen! Was empfahl Freud in solchen Situationen? Entspann dich, tu dir was Gutes und vergiss es? Zum Teufel mit Freud. Ich sah auf die Uhr. Es war nach elf Uhr, nicht die Uhrzeit, irgendwo anzurufen, und schon gar nicht in Inés' Elternhaus. Aber wir hatten schon genug Rücksicht genommen, und schließlich war ihr Mann ermordet worden und nicht ihr Hund.

Ich wählte die Nummer. Eine weibliche Stimme. Ich fragte nach Inés.

»Hier ist Inspectora Petra Delicado.«

Ich hatte mich noch nie so übertrieben gemeldet, aber ich wollte von Anfang an die Punkte auf die Is setzen. Dann hörte ich Inés' fast flüsternde Stimme.

»Ist was passiert, Inspectora?«

»Ich habe eine Frage.«

»Um diese Zeit?«

»Ja, um diese Zeit.«

»Ich höre.«

»Sie sagten, dass Lali seit drei Jahren bei Ihnen arbeitet?«

»Drei Jahre, ja.«

»Sind Sie sicher?«

»Ganz sicher.«

»Hat sie Ihnen mal erzählt, wo sie vorher gearbeitet hat?«

»Hm, ich meine, nicht. Sie hat mir erzählt, dass sie in ihrer Heimat auf dem Feld gearbeitet hat, aber sonst nichts ...«

»Sie haben sie nicht nach Referenzen über andere Beschäftigungen in Spanien gefragt?«

»Nein. Malena hat sie mir empfohlen, und dem habe ich natürlich vertraut.«

»Ist gut. Das war alles.«

»Haben Sie sie gefunden?«
»Nein, noch nicht.«
Ich legte auf. Es gab keinen Zweifel, Lali Dizón hatte aus irgendeinem Grund auf dem Papier zwei Jahre Spanien geschenkt bekommen. Malena hatte vielleicht die Möglichkeit gehabt, das regeln zu können. Ich würde es am nächsten Tag überprüfen. Am liebsten wäre ich sofort nach *El Paradís* geeilt und hätte Malena gefragt: warum, verdammt, wie und wann? Aber ich musste jetzt vorsichtig vorgehen, bloß keine Fehler mehr!
Ich verließ das Kommissariat. Das La Jarra de Oro schloss gerade. Nach Hause mochte ich noch nicht, dort würde ich sofort wieder von Grübeleien überfallen. Die Lösung war ein langer Spaziergang im in der Stadt nicht sichtbaren Mondschein. Und ich tat es, ich ging und ging, bis mir die Beine wehtaten und mein Rücken knarrte.
Um drei Uhr morgens kehrte ich heim. Ich ging ins Schlafzimmer, zog mich aus und legte mich nackt ins Bett. Die kalte Bettwäsche ließ mich zusammenzucken. Ich kauerte mich zusammen wie ein Küken im Nest, und bestimmt schenkte mir irgendeine mütterliche Henne ihre Wärme, denn ich schlief sofort ein.
Am nächsten Morgen regnete es. Ich war überrascht, wie lange ich tief und fest geschlafen hatte. Ich öffnete die Augen und sah unbeweglich den Regen an den Fensterscheiben hinunterlaufen. Ich hatte keine Lust, aufzustehen, es war so gemütlich im Bett. Ich schaltete das Radio ein und hörte die Nachrichten, die sich mit dem Geräusch des Regens vermischten. Die Uhr zeigte neun. Das Telefon klingelte. Ich ließ es klingeln. Dann nahm ich doch ab.

Es war der Subinspector. Er hatte die Daten der Einwanderungsbehörde. Unser Verdacht war bestätigt. Malena hatte Lalis Papiere bearbeitet. Ich dankte ihm und legte auf. Dann traf ich die notwendige Entscheidung. Ich wählte Malena Puigs Nummer.

»Malena? Ich möchte mit Ihnen sprechen.«

»Vermutlich über den Fall.«

»Ja.«

»Einverstanden, ich erwarte Sie und mache Kaffee.«

Ich duschte heiß und zog mich langsam an. Dann frühstückte ich, erlaubte mir dabei aber keinen einzigen Gedanken über den Fall Espinet.

Um zehn machte ich mich auf den Weg zu meinem letzten Besuch in dieser verdammten Wohnanlage. Ich parkte und ging zu Fuß zum Haus *Hibiskus*. Der Regen hatte Straßen und Parks verwaist hinterlassen. Es wehte ein eisiger Wind, ich bekam eine Gänsehaut.

Ich klingelte. Malena öffnete nicht gleich. Sie lächelte mich an und ließ mich schweigend eintreten. Ich sah auf meine Schuhe, die etwas verschlammt waren.

»Ich will Ihnen nicht das Haus schmutzig machen.«

»Ist egal. Gehen wir ins Atelier hinauf, Inspectora, ich habe das Frühstück nach oben gebracht.«

»Tut mir Leid, Malena, aber wir sollten nicht mehr ...«

Sie unterbrach mich sanft.

»Ich bitte Sie darum, es ist das letzte Mal.«

Sie ging voran. Ihre Schritte waren langsam und irgendwie schwerfällig.

Im Atelier stand ein Tablett mit einer Thermoskanne, zwei Tassen und Keksen, wie gewöhnlich sorgfältig vorbereitet.

»Setzen Sie sich, bitte.«

Sie sah mir direkt in die Augen. Ich holte mein Diktafon heraus und merkte, dass mir das Atmen schwer fiel. Als ich mir eine Zigarette anzündete, hoffte ich, nicht dabei zu zittern.

»Geben Sie mir auch eine?«

Nach einem tiefen Zug lehnte sie sich zurück und atmete den Rauch aus.

»Sie haben es mir ganz schön schwer gemacht, Malena. Die Ermittlungen haben länger gedauert als erwartet.«

Hinter meinen Schläfen pochte es heftig.

»Was wollen Sie damit sagen?«

»Ersparen Sie uns weiteres Theater, Malena. Gestehen Sie schon, es wäre für alle einfacher. Sie haben Juan Luis Espinet umbringen lassen, nur Sie. Rosa hat gar nichts damit zu tun.«

Sie ging zum Fenster und starrte in den Regen hinaus. Als sie sich umdrehte, standen ihre Augen voller Tränen.

»Hören Sie auf mit diesem Wahnsinn, geben Sie es zu. Wir haben Lali Dizóns Akte, die Sie gefälscht haben.«

Eine Träne lief ihr übers Gesicht und sie wischte sie hilflos weg. Dann sah sie mich an.

»Ja, ich bin müde, ich kann nicht mehr.«

»Sie haben es getan.«

»Ja.«

»Wo sind Lali und Olivera?«

»Warten Sie, ich muss Ihnen erklären ...«

»Wo sind sie?«

»In Castelldefels. In einer Wohnung versteckt.«

»Sagen Sie mir, wo genau. Die Adresse.«

»Calle de la Floresta, Nummer 18.«
Ich rief sofort Garzón an.
»Subinspector, es ist dringend. Fahren Sie mit einem Streifenwagen sofort in die Calle de la Floresta 18 in Castelldefels. Lali Dizón und der Wachmann haben sich dort versteckt. Nein, jetzt nicht. Ich berichte Ihnen später.«
Malena setzte sich ruhig, ihre schönen Augen waren konzentriert auf meine Bewegungen gerichtet.
»Setzen Sie sich, bitte, ich werde nicht davonlaufen und auch nicht lügen. Ich erzähle Ihnen alles, ganz ehrlich. Ich habe ein Beruhigungsmittel genommen, ich bin in Ordnung.«
»Sie haben Lali und deren Geliebten beauftragt, Juan Luis umzubringen.«
»Ja.«
»Warum?«
»Ich habe ihn so geliebt, Inspectora! Haben Sie einmal jemanden geliebt? Richtig geliebt, bis über die Grenzen hinaus, bis zum bitteren Ende?«
Ich sah sie wortlos an.
»Sicher nicht. So zu lieben passiert nur wenigen. Und mir ist es passiert.«
»Sie hatten ein Verhältnis.«
»Haben Sie sich Anita nie genau angesehen? Sie ist Juan Luis' Abbild. Die gleichen grazilen Bewegungen, das gleiche blonde kräftige Haar.«
»Sie ist von ihm?«
»Ja, aber Juan Luis dachte nicht daran, Inés zu verlassen, natürlich nicht. Inés war sein Status, sein soziales und berufliches Image. Hätte er sie verlassen, hätte er einen

Skandal riskiert, das konnte er sich nicht erlauben. Ich verstand es, was sollte ich auch tun, verdammt? Außerdem ist da immer noch die Hoffnung, wenn man verliebt ist. Vielleicht später, wenn die Kinder größer sind … Ich dachte, es ginge ihm so schlecht wie mir. Und da war seine Tochter. Ein gemeinsames Kind. Das war eine Art Garantie. Er wusste, dass sie seine Tochter ist, bestimmt würde er eines Tages alles hinschmeißen und die Wahrheit sagen …«

»Und dann hat Rosa Ihnen anvertraut, dass sie von Espinet schwanger war und abgetrieben hat.«

»Genau!« Sie lachte bitter auf. »Das war ein Hammer. Als hätte man mir den Schädel eingeschlagen. Adios, mein Geliebter! Stellen Sie sich vor, die leidende Verliebte hütet das Geheimnis, weil sie weiß, dass sie heimlich geliebt wird. Aber nein, Juan Luis schläft mit Rosa und schwängert sie auch noch – wie ein Deckhengst.«

Ihr Lachen klang pathetisch und ließ das Blut gefrieren.

»Ich fragte mich, die wievielte Geliebte ich gewesen war, die fünfundzwanzigste, die dreiunddreißigste? Hatte er uns nummeriert und uns Spitznamen verpasst? Die Managerin, die Hausfrau …, die wäre dann natürlich ich, was sonst.«

»Was haben Sie dann getan?«

»Ich habe mir von Rosa alles erzählen lassen, ich habe sie getröstet, ihr bis zum Ende zugehört. Als Erstes dachte ich daran, meinen Geliebten zur Rechenschaft zu ziehen. Warum, du Mistkerl, du liebst doch mich? Dann hatte ich vor, einen Skandal zu provozieren. Aber der hätte mich genauso getroffen. Wissen Sie, was ich getan habe? Ich ging zu Juan Luis und sagte ganz einfach zu ihm: ›Ich bring dich um. Du kannst tun, was du willst, da kommst du nicht raus.‹ Hätten Sie das ernst genommen?«

»Vermutlich nicht.«

»Er auch nicht. Er ging, er ließ mich zurück, er ignorierte mich. Ich gehörte für ihn zur Vergangenheit. Da beschloss ich ernsthaft, ihn zu töten.«

Sie machte eine Pause und schenkte ruhig Kaffee ein. Jetzt wirkte sie wirklich gelassen, als wäre das eine nette Plauderei, als erzählte sie den Inhalt eines Films.

»Lali schuldete mir einen Gefallen.«

»Ich weiß. Warum haben Sie das Datum in der Akte gefälscht?«

»In den beiden ersten Jahren in Spanien war sie Prostituierte in einem Club. Damit hätte sie nie eine normale Arbeit bekommen. Sie ist so hysterisch und dumm, dass es schon reichte, das Wort Ausweisung nur zu erwähnen. Und außerdem hatte sie ihre eigene Liebesgeschichte. Ich versprach ihr fünf Millionen Peseten, meine ganzen Ersparnisse. Sie sollten ein paar Monate verstreichen lassen und dann irgendwo anders neu anfangen. Endlich zusammen! Es funktionierte. Und Ihnen, Petra, ist nie in den Sinn gekommen, dass ich ein eigenes Konto haben könnte.«

»Wie konnten Sie wissen, dass Juan Luis an dem Abend das Haus verlassen würde?«

»Ganz einfach, als wir einen Moment zu zweit in der Küche waren, sagte ich ihm, dass ich unter ein Rad seines Wagens einen Brief gelegt hätte. Er fürchtete natürlich, er könnte in falsche Hände geraten, und ging raus mit der Ausrede, eine Flasche zu holen.«

»Ganz einfach. Er überrascht einen Dieb, und das wär's gewesen. Aber Señora Domènech hat Lali gesehen.«

»Das hat alles schwieriger gemacht. Dummerweise ist sie aus Sorge um Olivera hinten hinausgegangen, und da hat ihr Señora Domènech zugerufen: ›Wo gehst du hin, Vögelchen? Wer bist du?‹ Lali ist erschrocken, sie hat es mir erzählt, als Sie hier schon herumschnüffelten, und ich bat sie, es Ihnen auch zu sagen. Das war falsch, aber was hätten wir anderes tun können? Sollte Señora Domènech Ihnen erzählen, dass sie Lali gesehen hat, war es besser, der Aussage einer verwirrten Frau zuvorzukommen und jeden Verdacht abzulenken.«

»Und dann haben Sie Ana Vidal getroffen.«

»Als sie mir berichtete, dass sie Señora Domènech in der Mordnacht durch den Garten hat schleichen sehen, dachte ich ... die Polizei ist hartnäckig, warum nicht die Schuld einer Frau zuschieben, die nie verurteilt werden kann?«

»In dem Moment haben Sie angefangen, mit mir zu spielen, stimmt's, Malena?«

»Sie haben es mir sehr leicht gemacht, Petra. Anita hat Ihnen so gefallen ... Außerdem mochten wir uns, wir mochten uns doch?«

»Lassen Sie das.«

»Tut mir Leid, ich habe nicht nur die Tablette genommen, sondern auch getrunken.«

»An dem Tag, als Inés hier war und mir sagte, dass Lali seit drei Jahren bei ihr arbeite, sind Sie erschrocken. Sie glaubten, ich würde jetzt Zusammenhänge erkennen, Inés noch einmal befragen, deshalb veranlassten Sie Lali und Olivera zu fliehen.«

»Ja, ich bat sie, diese Wohnung in Castelldefels zu mieten. Ich wusste, dass im Winter der halbe Ort leer steht. Die beiden sollten eine Zeit lang dort unterkriechen, bis Sie uns nicht mehr belästigen, und dann auf die Philippinen oder in sonst ein Land fliehen. Aber die Ermittlungen haben sich zu lange hingezogen, sie verlangen jetzt mehr Geld von mir. Ich kann nicht mehr, Petra, der Druck ist zu groß. Ich will, dass Sie mich einsperren, ich will schlafen.«
»Sie haben sich so bedrängt gefühlt, dass Sie mir Ihre Freundin Rosa ausgeliefert haben.«
»Na ja, ich musste es vorsichtig machen, nicht einfach erzählen, was ich wusste, nur ein wenig und darauf hoffen, dass Sie den Rest herausfinden. Es schien, als wären alle Probleme gelöst. Rosa als Hauptverdächtige, aber mit so wenig überzeugenden Beweisen, dass sie freigesprochen würde. Bei allem, was schief ging, war das kein schlechter Zug, aber nein, Sie sind wie ein sturer Hund, der den Knochen nicht fallen lässt, das Maul nicht aufmacht, der die Trophäe lieber zerstört, statt sie freizugeben.«
»Wie können Sie über all das so kalt reden?«
»Ich weiß nicht, ich bin so. Ich habe Juan Luis nicht selbst ermordet, ich habe ihn nicht mal tot gesehen. Es war wie ein Spiel, ein Spiel, das schlecht ausgegangen ist.«
»Sie werden alles verlieren, Malena, alles, was Sie haben, Ihr Haus, Ihre Kinder ... Anita. War es das wert?«
»Ja. Für eine Stunde mit Juan Luis hätte ich alles tausend Mal verlassen. Es ist mir egal. Jetzt ist die Qual vorüber, und ich weiß, wenn ich im Gefängnis bin, ist er nicht mehr da, nur in meinem Kopf.«
Sie stand auf und stellte die Tassen zusammen.

»Also, Inspectora, ich muss Sie jetzt vermutlich begleiten. Es ist alles organisiert. Wenn die Kinder nach Hause kommen, wird Azucena Jordi anrufen und ihm sagen, er soll früher heimkommen. Sie bitte ich darum, ihn gegen sechs anzurufen und ihm mitzuteilen, wo auch immer ich sein werde, auf dem Kommissariat oder im Gericht. Ich habe heute Morgen mit meiner Schwiegermutter telefoniert – sie lebt in Burgos – und ihr angekündigt, dass sie hier gebraucht wird. Sie muss sich um die Kinder kümmern, bis Jordi weiß, wie er sein Leben von jetzt an organisieren wird.«

»Alles perfekt geplant, nicht wahr, Malena?«

»Sie wissen ja, wie ich bin. In meinem Haushalt war immer alles perfekt, warum sollte sich das ändern? Kann ich Sie um einen Gefallen bitten? Sagen Sie Jordi bitte nicht, dass Anita nicht seine Tochter ist. Es gibt keinen Grund, ihn noch mehr leiden zu lassen. Er hat all das nicht verdient! Wegen der Kinder mache ich mir keine Sorgen, sie werden es gut bei ihm haben.«

Wir gingen in die Küche hinunter. Malena räumte das Tablett ab und spülte die Tassen aus. Im Flur zog sie ihren Mantel an.

»Regnet es noch? Ach, wir brauchen sicher keinen Regenschirm.«

Sie wollte schon die Tür schließen, zögerte aber.

»Einen Augenblick noch, bitte. Ich glaube, ich nehme besser das Beruhigungsmittel mit. Ich möchte nicht, dass die Wirkung nachlässt und ich durchdrehe. Wird man es mir im Kommissariat abnehmen?«

»Zunächst vermutlich nicht.«

Sie holte die Tabletten.
»Jetzt können wir gehen.«
Sie trug einen wattierten Mantel, Jeans und Stiefeletten. Als wir ins Auto stiegen, klingelte mein Telefon. Es war der Subinspector.
»Petra? Wir haben sie.«
»Gut, Fermín.«
»Wir sind auf dem Weg ins Kommissariat. Darf man erfahren, wo Sie sind und wieso Sie wussten …?«
»Wir reden später, Garzón. Wir sind auf dem Weg.«
»Wir? Wer ist denn bei Ihnen?«
»Später, Subinspector, später.«
Auf der Fahrt wechselten wir kein Wort. Im Auto und im Regen wirkten wir nicht anders als zwei Hausfrauen, die zum Einkaufen in die Stadt fuhren.

Ich bat Garzón, sich persönlich um die Formalitäten im Fall von Lali Dizón und Pepe Olivera zu kümmern, ich hatte keine Lust, auf sie zu treffen. Außerdem war ich davon überzeugt, dass der Subinspector mir danach detailliert Bericht erstatten würde. Und so war es.
»Sie umarmten sich und waren die ganze Zeit unzertrennlich, Inspectora. Das ist wahre Liebe! Ich kann verstehen, dass sie gemordet haben, weil sie fürchteten, getrennt zu werden. Und jetzt werden sie doch getrennt.«
»Das klingt, als wäre Liebe eine Rechtfertigung für einen Mord.«
»Nein, aber sie können einem schon Leid tun. Sie haben keine Bildung, sind arm und allein auf der Welt, sie hatten nur ihre Liebe.«

»Wollen Sie sie nicht vor Gericht verteidigen? Sie wären gut.«
»Da ist nichts zu machen, denen werden etliche Jahre aufgebrummt. Wissen Sie, was ich denke? Die wirkliche Schuldige ist allein Malena. Sie wusste genau, was sie tat.«
»Sie hat auch aus Liebe gehandelt.«
»Eher aus Rache. Und sie hat es kalkuliert und vorsätzlich getan.«
»Sie hatte einfach die Mittel.«
»Würden Sie sie vor Gericht verteidigen?«
»Nein. Da wird sich schon jemand finden.«
Ich sah Malena noch ein letztes Mal. Sie musste ihre Aussage vor García Mouriños wiederholen. Als ich meinen Abschlussbericht abgab, trafen wir uns im Büro des Richters. Sie lächelte mich an und bat den Richter, einen Augenblick mit mir allein sprechen zu können, was er ihr gewährte. Vorher nahm er mich mit auf den Flur und sagte:
»Zwei Minuten, Petra, nicht mehr. Ich weiß, dass diese junge Frau Sie bitten will, ihrem Mann einen Brief auszuhändigen. Ich habe ihn gelesen, und es spricht nichts dagegen, aber Sie wissen ja, wenn Sie miteinander reden, dürfen Sie ihr keine Information geben.«
»Ich weiß, keine Sorge.«
»Es ist unglaublich, sie ist ruhig, vernünftig … sie gibt zu, es getan zu haben, als wäre der Mord an einem Geliebten das Normalste auf der Welt.«
»Es ist offensichtlich, dass alles sehr gut geplant war.«
»Ja, die Leidenschaft hat sie nicht blind gemacht.«
»Wenn die Leidenschaft abkühlt, nimmt sie monströse Formen an, Richter.«

Ich betrat den Raum, wo Malena entspannt auf einem Stuhl saß und zu Boden sah.
»Hat der Richter Ihnen gesagt, dass ich Sie um einen Gefallen bitten möchte?«
»Ja. Warum geben Sie diesen Brief nicht Ihrem Anwalt?«
»Ich möchte, dass Sie ihn weiterreichen. Letzter Wille der Verurteilten.«
»Ist in Ordnung.«
»Ich habe Jordi am Telefon gebeten, mich nicht zu besuchen und natürlich auch die Kinder nicht herzubringen. Niemals. Auch nicht ins Gefängnis. Ich könnte sie nicht ansehen, es wäre zu schmerzhaft für mich. Für sie ist es besser, sie denken, ich sei gestorben. Eine tote Mutter ist leichter zu akzeptieren.«
»Wenn Sie das so entschieden haben ...«
»In dem Brief bitte ich ihn nur um Verzeihung. Er hat das alles wirklich nicht verdient, aber ...«
»Ich will lieber keine Einzelheiten wissen, bitte.«
»Sind Sie mir böse, Petra?«
»Diese Frage ist unzulässig, eine Polizistin ist keinem Täter böse, es gibt keine persönliche Beziehung. Und jetzt entschuldigen Sie, ich muss gehen.«
»Werden wir uns wiedersehen?«
»Unwahrscheinlich.«
»Na dann ...«
Ich unterbrach sie mit gezwungenem Lächeln.
»Adios.«
Ich verließ den Raum, ohne ihr die Möglichkeit zur Reaktion zu geben. Zwischen uns beiden hatte es genug »Menschliches« gegeben. Normalerweise empfinde ich ein

gewisses Mitleid für die Täter, die ich ermittelt habe. Ich sehe ihre Lebensumstände, analysiere ihre Beweggründe und denke, dass es auf der Welt genug moralisches Elend gibt, das zum Morden veranlasst. Aber bei Malena war das anders, ich hatte noch nicht ganz begriffen, was sie wirklich zum Mord an Juan Luis Espinet getrieben hatte. Bestimmt lag es daran, dass ich nie eine derart heftige Leidenschaft für jemanden empfunden habe. Hatte ich etwas versäumt oder mir etwas erspart? Ich wusste es nicht.
Nun war es wirklich das letzte Mal, dass ich in *El Paradís* war. Es wirkte wie immer: Häuser und Gärten, Ruhe und spielende Kinder.
Vor dem Haus *Hibiskus* stand ein Umzugswagen, in den die Möbel der Puigs verladen wurden. Als ich auf die Haustür zuging, kam Jordi Puig heraus. Sein rundes Kindergesicht verzog sich leicht, als er mich erblickte. Aber sein Ton klang ruhig und höflich.
»Hallo, Inspectora, wie geht es Ihnen?«
»Entschuldigen Sie, Jordi, ich sehe schon, das ist nicht der geeignete Augenblick, aber ich habe etwas für Sie.«
»Ja, ich weiß schon.«
Ich reichte ihm den Brief, und er steckte ihn, ohne einen Blick darauf zu werfen, in die Hosentasche.
»Ich kann Sie nicht hereinbitten, es ist alles verpackt ...«
»Sie ziehen um?«
»Ich habe eine schöne Wohnung in Barcelona gefunden, das ist einfacher für mich. Ich werde das Haus verkaufen, und dann sehen wir weiter.«
»Sie werden bestimmt bald einen Käufer finden, es ist ein wunderschönes Haus.«

»Es stehen noch mehr Häuser zum Verkauf. Die Domènechs sind ausgezogen, die Salvias und Inés auch.«
Er sah mich traurig an. Ich reichte ihm die Hand, und er drückte sie.
»Möchten Sie sich von den Kindern verabschieden? Sie sind drinnen mit meiner Mutter. Sie wird uns jetzt helfen müssen, auch wenn Azucena bei uns bleibt.«
»Nein, keine weiteren Abschiede. Adios, Jordi.«
»Adios.«
Ich ging zu meinem Auto zurück. Ich wusste nicht, ob Malena mich als Briefträgerin ausgewählt hatte, weil sie hoffte, ich würde Jordi etwas zu ihrer Entlastung sagen. Ich hatte es nicht getan. Als ich im Auto saß, sah ich zu ihm hinüber. Er stand noch immer an derselben Stelle, jetzt umringt von seinen drei Kindern, einen Jungen an jeder Seite und das Mädchen vor sich. Sie winkten mir zum Abschied, und ich winkte zurück. Der Anblick dieses Mannes, der all diesen Betrug erlebt hatte, ohne selbst zu betrügen, erschreckte mich. Es war einer der traurigsten Momente, die ich je erlebt habe.
Alle waren aus diesem Paradies vertrieben worden, in dem es so viele Schlangen der Versuchung gab. Vielleicht war das ein zu simpler biblischer Vergleich, aber gut genug, um ihn Garzón hinzuwerfen, als ich im Kommissariat eintraf. Ihm gefiel er natürlich, und er blieb gleich beim Thema.
»Übrigens, Petra, Sie haben Post aus dem Vatikan.«
»Lädt mich der Papst zum Frühstück ein?«
»Im Ernst, hier ist der Brief. Er hat die Neugier all unserer Jungs geweckt.«
Er reichte mir den Umschlag mit den wunderschönen

Briefmarken des päpstlichen Staates. Ich öffnete ihn, er war von Kardinal Di Marteri, der in perfektem Spanisch schrieb.

Verehrte Inspectora Delicado,
ich schreibe Ihnen diese kurzen Zeilen, weil ich glaube, dass ich Ihnen eine Erklärung schuldig geblieben bin. In der Vermittlung zwischen den Familien Ortega und Carmona gab es einen Punkt, der nicht geklärt wurde und in dem ich nichts tun konnte. Tatsächlich kann ich keinerlei Garantie dafür geben, dass die mutmaßlichen Schuldigen, die im Gefängnis auf ihren Prozess warten, tatsächlich die Täter der beiden Morde sind. Sie haben mir versprochen, dass sich ein Mann pro Familie stellt, aber es war unmöglich zu erfahren, ob sie wirklich die Mörder sind. Dennoch haben sie mir geschworen, dass diese Männer für immer schweigen werden und die Strafe im Namen ihrer Familie verbüßen. Hoffen wir, dass Gott ihnen die notwendige Kraft gibt, bis zum Ende zu gehen. Dennoch müssen Sie die Wahrheit wissen, sollte noch etwas passieren.
Ich sende Ihnen meinen Segen im Namen Gottes.
Hochachtungsvoll
Pietro Di Marteri

Überraschung und Wut machten mich stumm. Ich reichte dem Subinspector den Brief. Er las ihn und sah mich dann ungerührt an.
»Und was soll das nun heißen?«
»Das heißt, dass die beiden Typen im Knast jeden Augen-

blick sagen können, sie hätten die Morde nicht begangen, und Alibis liefern, die bestätigen, dass sie die Wahrheit sagen. Deshalb, mein lieber Subinspector, hat das Geständnis gegenüber Di Marteri nicht mehr Wert als die ganzen falschen Geständnisse, die sie Ihnen und mir serviert haben.«

»Verdammt! Und warum hat der Pfarrer dann den ganzen Wirbel mit dem Papst veranstaltet?«

»Um vor all den Medien für sich und den Papst das Verdienst einzustreichen und sich die Angelegenheit vom Hals zu schaffen. Das hat sich doch gelohnt!«

»Mistkerl!«

»Ich hätte es mir denken können. Die Kirche ist uns viele Jahre voraus, Fermín.«

»Und was machen wir nun?«

»Wir müssten es melden.«

»Kommt nicht infrage, dann flippt Coronas aus! Wissen Sie was, Petra? Wenn Gott es so verfügt hat, wird das seinen Grund haben. Die beiden im Gefängnis halten garantiert dicht. Sie haben Angst, dass Gott sie bestraft.«

»Ich weiß nicht, ob ...«

»Entspannen Sie sich und machen wir eine Pause, bitte, ich halte es nicht aus, wenn ich den Zigeunerfall noch einmal aufrollen muss.«

»Ist gut, es ist Ihr Fall.«

»Ausgerechnet jetzt, als ich Ihnen gerade die Feier ankündigen wollte, passiert so was!«

»Welche Feier?«

»Richter García Mouriños hat uns morgen zum Abendessen eingeladen. Die Schwestern Enárquez, Sie und mich.

Außerdem hat der Comisario gesagt, dass wir bei ihm reinschauen sollen, er will uns gratulieren.«
Was sollte ich tun, wenn die Dinge plötzlich so gut liefen? Die Spielverderberin spielen und die Wahrheit sagen? Ach nein, zum Teufel mit dem Gewissen. Gottes Wege waren unergründlich, und ich war schließlich keine Pfadfinderin, also konnte es mir egal sein.
Coronas gratulierte mir und räumte ein, dass meine Hartnäckigkeit und Sturheit zur erfolgreichen Lösung des Falles Espinet geführt hatten. Ich dankte es ihm. Ich bekam ja nicht oft Komplimente. Mein Ego freute sich.
Und das Abendessen beim Richter? Es war vollkommen und gemütlich. Wir plauderten, aßen, tranken, scherzten und lachten, und abschließend schauten wir uns den Film *Panzerkreuzer Potemkin* an. Dabei beobachtete ich, wie sich García Mouriños und Concepción Enárquez verzückte Blicke zuwarfen, der Subinspector einnickte und die hübsche Emilia interessiert und entspannt den Film verfolgte. Da begriff ich, dass die Theorie von der nützlichen menschlichen Integration zur Entstehung eines kleinen, gut funktionierenden Clubs geführt hatte, und freute mich darüber.
Um drei Uhr standen wir auf und zogen müde unsere Mäntel an. Als wir schon gehen wollten, überraschte uns der Richter mit den Worten:
»Und jetzt gehen wir tanzen, Herrschaften! Morgen ist Samstag. Ich kenne ein Lokal, wo es erst jetzt richtig lebendig wird. Das wird Ihnen gefallen.«
Außer mir ließ sich niemand zweimal bitten. Meine Vorstellung vom sonnabendlichen Ausgehen begann nicht mit

einem Film von Eisenstein und endete in rhythmischen Boleros. Sosehr sie auch insistierten, ich lehnte ab.
Ich sah sie die Straße hinuntergehen und ging zu meinem Wagen. Als ich schon losfahren wollte, hörte ich den Subinspector rufen:
»Petra, wird es Ihnen wirklich gut tun, wenn Sie jetzt nach Hause fahren?«
»Selbstverständlich.«
»Haben Sie über meinen Vorschlag, ein chinesisches Mädchen zu adoptieren, nachgedacht?«
»Ja, habe ich, und ich bin zu dem Schluss gekommen, dass ich einen jungen Senegalesen mit einem zwanzig Zentimeter langen Schwanz adoptieren werde. Heißen Sie das gut?«
Er lachte schallend auf.
»Selbstverständlich, Inspectora, Sie sind aber auch direkt!«
»Wie würde Di Marteri sagen: Gott hat mich so geschaffen. Gute Nacht, Fermín, gehen Sie schon, man wartet auf Sie.«
Er lief zu der kleinen Gruppe zurück, und sie verschwanden in der Nacht. Armer Garzón! Er sorgte sich um mich, konnte aber nicht wissen, dass mir zu meinem perfekten Glück nur noch fehlte, einen Schwarm Wildgänse vorüberziehen zu sehen. Doch das würde ich in diesem Jahr nicht mehr erleben. Vielleicht im nächsten oder übernächsten Jahr oder irgendwann, wenn sich endlich die ewigen Glücksversprechen erfüllten, die jeder in einem geheimen Winkel bewahrt.

Danksagung

Ich danke Cynthia Cáceres, Psychologin und Fachärztin für Geriatrie und Gedächtnisstörungen, für ihre wertvollen Auskünfte über die Alzheimerkrankheit, die unentbehrlich für die Gestaltung einer der Figuren dieses Buches waren.
Desgleichen danke ich dem Waffenexperten Agustín Febrer Bosch für die Wahl der Waffen von Petra Delicado und Fermín Garzón, die diese beiden in den folgenden Krimis immer tragen werden.

ALICIA GIMÉNEZ-BARTLETT
GEFÄHRLICHE RITEN
Petra Delicado
löst ihren ersten Fall

Aus dem Spanischen
von Sybille Martin
336 Seiten,
überarbeitete Ausgabe
ISBN 3-404-92152-6

Ein Vergewaltiger treibt in Barcelona sein Unwesen. Sein Kennzeichen: ein mysteriöses Mal in Form einer Blume, das er bei allen Opfern hinterlässt. Ein Komplizierter Fall und ein nicht minder komplizierter Kollege fordern Inspectora Petra Delicado heraus. Denn Fermín Garzón ist nicht nur neu in Barcelona – für den Dickschädel aus der Provinz sind auch die ganz eigenen Methoden seiner Chefin neu.

Spannend und witzig erzählt.
BRIGITTE YOUNG MISS

BLT
Mit der Welt
auf Buchfühlung

ANDREA CAMILLERI
DIE RACHE DES SCHÖNEN GESCHLECHTS / *Roman*
Commissario Montalbano lernt das Fürchten

Aus dem Italienischen von Christiane v. Bechtolsheim
320 Seiten, gebunden in Leinen mit Schutzumschlag
ISBN 3-7857-1540-4

Wie gut, dass es immer ein paar Dinge gibt, auf die Commissario Montalbano sich verlassen kann: das Meer vor seiner Haustür in Marinella, die Köstlichkeiten in der Trattoria San Calogero, Verbrecher, die sich überführen lassen, und – nicht zuletzt – die Frauen.

Was wäre die Welt ohne das schöne Geschlecht: intelligente Frauen, charmante Frauen – aber vor allem gefährliche Frauen, die auf Rache sinnen? Und Frauen rächen sich nicht irgendwie, sondern ausschließlich auf raffinierte Weise, giftig, mit spitzer Zunge und anderen – garantiert tödlichen – Waffen.

Camilleri, der Krimi-König von Italien.
BRIGITTE

ANDREA CAMILLERI
DER KAVALIER DER SPÄTEN STUNDE / *Roman*
Commissario Montalbano wundert sich

Aus dem Italienischen von Christiane v. Bechtolsheim
256 Seiten, gebunden in Leinen mit Schutzumschlag
ISBN 3-7857-1533-1

Auch im entlegenen Sizilien hofft man auf das große Geld. Und genau das scheint Emanuele Gargano, der »Magier der Finanzen«, zu versprechen. Doch nachdem beinahe die gesamte Bevölkerung der Provinz Montelusa ihm ihre Ersparnisse anvertraut hat, ist er plötzlich spurlos verschwunden. Alles macht Jagd auf den hinterhältigen Dieb, und nur Commissario Montalbano ahnt, dass hinter dem scheinbar simplen Betrug ein viel düstereres Verbrechen steckt.

Sizilien, der Sommer, die Mafia und Commissario Montalbano: eine unschlagbare Kombination mit viel Humor.
FÜR SIE

JOHN MURRAY
KURZE NOTIZEN ZU TROPISCHEN SCHMETTERLINGEN/ Storys

Aus dem Amerikanischen von Xenia Osthelder
416 Seiten, gebunden in Leinen mit Schutzumschlag
ISBN 3-7857-1546-3

Mit acht Erzählungen, deren Vollkommenheit uns den Atem verschlägt, betrat ein junger amerikanischer Arzt die literarische Szene New Yorks. John Murrays *Kurze Notizen zu tropischen Schmetterlingen* sind leidenschaftliche Geschichten, die uns daran erinnern, was Menschlichkeit ist. Angesiedelt in der Stille des Himalajas, in den Slums von Bombay oder an der Küste von Papua Neuguinea erzählen diese Geschichten von Menschen an Wendepunkten ihres Lebens... Ein ganz wichtiges Buch, aus dessen Bann man sich nicht lösen kann und mag.

Eine sensationelle literarische Entdeckung!
JOYCE CAROL OATES

GINA B. NAHAI
DIE SCHLANGENPRINZESSIN/ Roman

Aus dem Amerikanischen von Xenia Osthelder
352 Seiten, gebunden in Leinen mit Schutzumschlag
ISBN 3-7857-1547-1

Adam Watkins ist Nahost-Korrespondent einer Chicagoer Zeitung und notorischer Einzelgänger. Weder Orte noch Menschen scheinen ihm etwas zu bedeuten. Bis er eines Tages im Intercontinental in Beirut die NEW YORK TIMES aufschlägt und von dem mysteriösen Tod seines Vaters Little Sam Jenkins erfährt, des Gründers einer Gift trinkenden, mit Schlangen kämpfenden Sekte. Adam beschließt in die Appalachen zurückzukehren, um auf Spurensuche zu gehen – und begegnet der Frau seines Lebens. Es ist Blue, eine geheimnisvolle Schönheit mit kupferrotem Haar, zart wie ein Engel. Sie ist Mitglied der Sekte und steht unter dringendem Verdacht, seinen Vater getötet zu haben...

FRANCISCO JOSÉ VIEGAS
DER LETZTE FADO / *Roman*
Jaime Ramos und Filipe Castanheira ermitteln

Aus dem Portugiesischen von Sabine Müller-Nordhoff
352 Seiten, gebunden in Leinen mit Schutzumschlag
ISBN 3-7857-1539-0

In einem an einsamer Stelle geparkten Wagen in der Nähe von Porto wird die Leiche des Werbefachmanns João Alves Lopes gefunden. Waren es politische Gründe, aus denen der ehemalige Kommunist und Sohn eines Politikers sterben musste? Jaime Ramos reist nach Kuba und Mexiko, um diese Spur zu verfolgen. Unterdessen fällt Filipe Castanheira das Foto der Frau in die Hände, mit der der Tote die letzte Nacht seines Lebens verbrachte: Amélia Lobo Correia, einst Studentin der Philosophie, jetzt als Striptease-Tänzerin bekannt – und seit João Alves Lopes' Todesnacht spurlos verschwunden.

Ein virtuos inszeniertes Spiel von Stimmungen und Atmosphären.
NEUE ZÜRCHER ZEITUNG

LAURA ESQUIVEL
DAS ZÄRTLICHE ALPHABET DES DON JÚBILO / *Roman*

Aus dem mexikanischen Spanisch von Petra Strien
256 Seiten, gebunden in Leinen mit Schutzumschlag
ISBN 3-7857-1530-7

In der unvergesslich sinnlich-poetischen Tradition ihres Welterfolges *Bittersüße Schokolade* erzählt die mexikanische Autorin Laura Esquivel die Geschichte des Telegraphisten Júbilo, der selbst schweigende Stimmen versteht und dank seiner Maya-Vorfahren weiß, dass *Worte, vom Klopfen Tausender Herzen angestoßen, durch die Luft reisen, um Liebe zu vermitteln.*

Laura Esquivel – eine über die Grenzen Mexikos bekannt gewordene Schriftstellerin. Bewundert und beneidet. Eine neue Bannerträgerin der lateinamerikanischen Frauen.
DIE WELT

ARTO PAASILINNA
NÖRDLICH DES WELTUNTERGANGS / Roman

Aus dem Finnischen von Regine Pirschel
320 Seiten, gebunden in Leinen mit Schutzumschlag
ISBN 3-7857-1543-9

Es ist das Jahr 2014, und die Weltsituation gestaltet sich nicht wirklich erheiternd: Die europäische Einheitswährung verfällt, der Dritte Weltkrieg droht, Versorgungsengpässe, ja, Hunger bestimmen den Alltag der Menschen. Überall? Nein, denn in einem kleinen Dorf im entferntesten Norden Europas freuen sich ein paar lustige Finnen ihres Lebens und scheren sich nicht die Spur darum, was im Rest der Welt passiert. Doch dann taucht ein riesiger Meteorit am Himmel auf, der sich unaufhaltsam der Erde nähert und das Paradies im Land der Mücken und Saunen zu zerstören droht …

Der Meister aberwitziger Komik.
DER SPIEGEL

C.S. MAHRENDORFF
DAS DUNKLE SPIEL / Roman

512 Seiten, gebunden in Leinen mit Schutzumschlag
ISBN 3-7857-1541-2

Eine Melange aus Liebesgeschichte, brillantem Epos des Fin de Siècle und Kriminalerzählung um die Machenschaften einer Geheimloge, um politische und musikalische Leidenschaften – und um Gustav Mahler. Doch die düsteren Intrigen ziehen schließlich nicht nur den Hofoperndirektor in einen tödlichen Strudel – sie wirken wie ein Fanal des Untergangs …

Auf einen neuen deutschen Autor wie C.S. Mahrendorff haben wir seit langem gewartet.
DIE WELT